Ne t'enfuis plus

Harlan Coben

Ne t'enfuis plus

Traduit de l'anglais (États-Unis)
par Roxane Azimi

ÉDITIONS FRANCE LOISIRS

Titre original : *Run away*
Publié par Grand Central Publishing, une marque de Hachette
Group Book (USA) Inc. New York

Édition du Club France Loisirs
avec l'autorisation des Éditions Belfond

Éditions France Loisirs,
31, rue du Val de Marne, Paris
www.franceloisirs.com

ISBN : 978-2-298-14858-9

MAN PLANS,
GOD LAUGHS!
Thank you for
being Awesome!

[signature]

L'homme propose, Dieu dispose !
Vous êtes formidables !

1

Assis sur un banc de Central Park – à Strawberry Fields, plus précisément –, Simon sentit son cœur exploser. Personne n'aurait pu prévoir ce qui allait arriver, au début tout au moins, pas avant que les coups ne se mettent à pleuvoir et que deux touristes finlandaises – il fallait que ça tombe sur elles – ne se mettent à hurler tandis que neuf autres touristes venus des quatre coins du monde filmaient l'abominable scène avec leurs smartphones.

Mais on n'en était pas encore là.

Il n'y avait pas de fraises à Strawberry Fields, et cette partie paysagère du parc n'avait strictement rien d'un champ, ni au singulier ni au pluriel ; elle devait son nom à la chanson éponyme des Beatles. Strawberry Fields forme un triangle à la hauteur de la 72e Rue, dédié à la mémoire de John Lennon assassiné juste en face. Au centre du mémorial se trouve une mosaïque circulaire avec ce simple mot : « IMAGINE ».

Anéanti, Simon regardait sans ciller droit devant lui. Les touristes défilaient pour se faire prendre en photo avec le fameux symbole : photos de groupe, selfies, certains agenouillés sur les pierres incrustées, d'autres carrément allongés dessus. Aujourd'hui, comme presque tous les jours, quelqu'un avait décoré le mot « IMAGINE » avec des fleurs fraîches : les pétales de rose formaient le signe de la paix sans s'envoler. Les visiteurs – peut-être parce que c'était un lieu de mémoire – attendaient patiemment leur tour pour s'approcher de la mosaïque et prendre la photo convoitée qu'ils posteraient sur Snapchat ou Instagram, l'un de leurs réseaux sociaux préférés, avec une citation de John Lennon, les paroles d'une chanson des Beatles, et pourquoi pas celle où les gens vivent leur vie en paix.

Simon portait un costume. Il n'avait pas pris la peine de desserrer sa cravate en sortant de son bureau du World Financial Center. En face de lui, assise près de la mosaïque, une… comment on appelle ça maintenant ? clocharde ? vagabonde ? mendiante ? toxico ? détraquée ? jouait des chansons des Beatles pour gagner quelques pièces. La « musicienne de rue » – une appellation plus charitable, sans doute – chantait d'une voix fêlée en s'accompagnant sur une guitare désaccordée que Penny Lane était dans ses oreilles et dans ses yeux.

Curieux ou, du moins, drôle de souvenir : Simon passait souvent devant cette mosaïque quand les enfants étaient petits. À une époque où Paige avait peut-être neuf ans, Sam six et Anya trois, ils traversaient Strawberry Fields pour se rendre depuis leur immeuble dans la 67e Rue à la statue d'Alice au pays des merveilles près du bassin aux petits bateaux dans la partie est. Contrairement à tant d'autres statues dans le monde, les enfants avaient le droit de grimper sur les silhouettes en bronze d'Alice, du Chapelier fou, du Lapin blanc et d'une ribambelle de champignons géants à l'aspect douteux. Sam et

Anya adoraient escalader ces statues, même si, à un moment ou un autre, Sam enfonçait les doigts dans les narines d'Alice en criant : « Papa, regarde ! Je suis en train de lui ôter les crottes de nez ! » Ingrid, la mère de Sam, soupirait invariablement en marmonnant : « Ah, ces garçons ! »

Mais Paige, leur aînée, avait été plus sage, même en ce temps-là. Elle s'installait sur un banc avec un livre de coloriage et des crayons intacts – elle n'aimait pas qu'un crayon casse ou perde son capuchon – et, ironiquement, ne débordait jamais des contours du dessin. Plus tard, à l'âge de quinze, seize ans, elle venait ici, comme son père en ce moment même, pour écrire des histoires et des paroles de chansons sur un carnet qu'il lui avait acheté dans un Papyrus sur Columbus Avenue. Paige ne choisissait jamais un banc au hasard. Environ neuf mille bancs de Central Park avaient été « adoptés » moyennant une importante contribution financière. Chaque banc portait une plaque personnalisée, comme celui que Simon occupait maintenant. On y lisait :

À la mémoire de Carl et Corky

D'autres, ceux qui avaient la préférence de Paige, racontaient une petite histoire :

Pour C&B qui ont survécu à l'Holocauste et refait leur vie dans cette ville...

À ma douce Anne, je t'aime, je t'adore, je te chéris. Veux-tu m'épouser ?...

Notre histoire d'amour est née à cet endroit, le 12 avril 1942...

Le banc favori de Paige, sur lequel elle restait assise des heures avec son carnet – était-ce prémonitoire ? –, évoquait un drame mystérieux :

La belle Meryl, 19 ans. Tu méritais tellement mieux et tu es morte si jeune. J'aurais fait n'importe quoi pour te sauver.

Paige passait d'un banc à l'autre, lisait les inscriptions, s'en inspirait pour rédiger la trame de ses histoires. Désireux de renforcer leur lien, Simon avait essayé de l'imiter, mais il n'avait pas l'imagination de sa fille. Il venait donc là pour lire son journal ou tripoter son téléphone, consultant l'état des marchés ou la page financière, pendant que Paige noircissait fébrilement son carnet.

Qu'était-il arrivé à ces vieux carnets ? Où se trouvaient-ils maintenant ?

Par chance, « Penny Lane » prit fin, et la chanteuse-mendiante enchaîna directement sur « All You Need Is Love ». Un jeune couple était assis sur un banc voisin. Le garçon murmura, théâtral :

— Si je lui donnais de l'argent pour la faire taire ?

Et la fille ricana :

— C'est John Lennon qu'on assassine une seconde fois.

Certains passants jetaient des pièces dans l'étui de la guitare, mais la plupart restaient à distance ou s'écartaient en grimaçant, comme s'ils avaient capté des effluves peu ragoûtants.

Simon, lui, écoutait de toutes ses oreilles. Espérant trouver un semblant de beauté dans la mélodie, la chanson, les paroles, l'interprétation.

C'est à peine s'il remarquait les touristes, leurs guides, l'homme sans chemise (hélas) qui vendait des bouteilles d'eau à un dollar, ou le gringalet avec un bouc qui racontait des blagues pour un dollar (« Promo du jour : 6 blagues pour 5 $ »). Il ne vit pas non plus la vieille Asiatique qui brûlait de l'encens en guise de vague hommage à John Lennon, ni les joggeurs, ni les gens sortis promener leurs chiens, ni ceux qui se faisaient bronzer sur la pelouse.

Mais il n'y avait aucune beauté dans la musique. Aucune.

Simon fixait des yeux la mendiante qui massacrait l'héritage de John Lennon. Les cheveux emmêlés, les joues creuses, elle était maigre comme un clou, sale, en haillons, cassée, perdue, sans toit ni loi.

C'était aussi sa fille Paige.

Simon ne l'avait pas revue depuis six mois... depuis qu'elle avait commis l'impardonnable.

Pour Ingrid, ç'avait été le coup de grâce.

— Laisse-la, maintenant, lui avait-elle dit après que Paige se fut volatilisée dans la nature.

— C'est-à-dire ?

Ce à quoi Ingrid, mère exemplaire, pédiatre ayant voué sa vie à soigner des enfants en difficulté, avait répondu :

— Je ne veux plus la voir ici.

— Tu n'es pas sérieuse ?

— Simon, je suis tout ce qu'il y a de plus sérieuse.

Pendant des mois, à l'insu d'Ingrid, il avait cherché Paige. Certaines de ses tentatives avaient été méthodiques, comme lorsqu'il avait engagé un détective privé. Mais la plupart du temps, il avait tâtonné dans le noir, sillonnant les quartiers malfamés pour montrer sa photo à des drogués et autres personnages peu recommandables.

Sans résultat.

Simon s'était demandé si Paige, qui venait de fêter ses vingt et un ans (comment ?... Avec des amis, un gâteau, de la coke ? Se rappelait-elle seulement quel jour c'était ?), n'avait pas quitté Manhattan pour retourner au campus où tout avait commencé. À deux reprises, profitant d'un week-end où Ingrid était de garde et ne risquait pas de poser trop de questions, il s'était rendu là-bas et avait passé la nuit dans un petit hôtel voisin. Il avait arpenté la cour centrale, se rappelant l'enthousiasme avec lequel toute la famille avait accompagné Paige pour l'aider à s'installer dans sa nouvelle vie d'étudiante. Ingrid et lui voyaient les choses d'un œil confiant : tous ces espaces verts, ce parc boisé pour leur fille qui avait grandi dans la Grosse Pomme. Mais leur optimisme avait vite été douché.

Quelque part, sans même qu'il ose se l'avouer, Simon aurait voulu abandonner ses recherches. La vie était, sinon meilleure, du moins plus facile depuis que Paige était partie. Sam, qui avait terminé le lycée au printemps, mentionnait rarement sa grande sœur. Il avait été absorbé par son diplôme, ses copains, les fêtes, et, aujourd'hui, son unique obsession était son entrée en première année à Amherst College. Anya… eh bien, Simon ne savait pas trop ce qu'elle pensait. Elle ne lui parlait pas de Paige ni de grand-chose d'autre. Ses réponses à ses tentatives de conversation se limitaient généralement à un ou deux mots, voire une syllabe. Genre « ça va », « ouais » ou « OK ».

Mais un jour, Simon fut mis sur une drôle de piste.

Son voisin du dessus, un ophtalmologue nommé Charlie Crowley, prit l'ascenseur avec lui un matin. C'était il y a environ trois semaines. Après avoir échangé les politesses d'usage, Charlie, les yeux rivés sur la porte de l'ascenseur tandis que défilaient les étages, timidement et à regret, informa Simon qu'il « pensait » avoir vu Paige.

Simon, qui, lui aussi, comptait les étages, demanda aussi nonchalamment que possible s'il pouvait lui en dire plus.

— Je crois… euh, que je l'ai vue dans le parc.

— Quoi, en train de se balader ?

— Pas vraiment.

Ils avaient atteint le rez-de-chaussée. Les portes s'ouvrirent. Charlie prit une grande inspiration.

— Paige… jouait de la guitare à Strawberry Fields.

Il dut remarquer l'air ahuri de Simon.

— Elle… Elle faisait la manche.

Le cœur de Simon s'arrêta de battre.

— La manche ? Comme une…

— J'allais lui donner de l'argent, mais…

Simon hocha la tête pour l'encourager à poursuivre.

— … mais Paige était tellement à la ramasse

qu'elle ne m'a même pas reconnu. Je craignais qu'elle ne se serve de l'argent pour...

Il n'eut pas besoin d'achever sa phrase.

— Je suis désolé, Simon. Sincèrement.

Et voilà.

Simon avait hésité à en parler à Ingrid, mais il n'avait pas envie d'alimenter ce conflit-là. Du coup, il s'était mis à fréquenter Strawberry Fields dans ses moments libres.

Sans aucun signe de Paige.

Il avait interrogé plusieurs musiciens de rue en leur montrant une photo sur son téléphone portable avant de jeter deux ou trois billets dans leurs étuis à guitare. Certains s'étaient dits prêts à lui fournir des informations fiables en échange d'une contribution plus substantielle. Simon avait accepté sans rien obtenir en retour. La plupart avaient admis ne pas la reconnaître, et en la voyant maintenant, il comprenait mieux pourquoi. Il n'y avait plus grand-chose de commun entre sa fille, jadis si jolie, et ce sac d'os à la mine hagarde.

Durant les heures qu'il avait passées à Strawberry Fields, assis généralement devant le panneau qui disait, c'en était presque comique, « ZONE DE SILENCE – pas de sons amplifiés ni d'instruments de musique », Simon avait remarqué une chose. Les musiciens, qui penchaient tous lourdement du côté de la cloche, ne jouaient jamais en même temps. Les transitions entre chaque guitariste et le suivant étaient étonnamment fluides. En gros, toutes les heures.

Comme s'il y avait une grille horaire.

Il en coûta cinquante dollars à Simon pour

16

rencontrer un dénommé Dave, un musicien de rue parmi les plus miteux, avec une énorme tignasse grise, une barbe avec des élastiques dedans et une tresse qui lui descendait à la taille. Entre la cinquantaine décrépite et peut-être sept décennies un peu plus clémentes, Dave expliqua à Simon comment cela fonctionnait.

— Dans le temps, un type qui s'appelait Gary dos Santos... Vous voyez qui c'est ?

— Ça me dit quelque chose, en effet, répondit Simon.

— Ouais, si vous veniez vous balader par ici, vous devez vous souvenir de lui. Gary était le maire autoproclamé de Strawberry Fields. Une armoire à glace. Pendant vingt ans, il a maintenu la paix ici. Et quand je dis « maintenu la paix », c'est en terrorisant les gens. Ce gars-là était complètement cinglé. Vous me suivez ?

Simon hocha la tête.

— Gary est mort en 2013. D'une leucémie. Quarante-neuf ans tout juste.

Dave esquissa un geste avec ses mitaines.

— Et tout est parti en vrille. L'anarchie totale sans notre dictateur. Vous avez lu Machiavel ? C'était exactement ça. Tous les jours, il y avait des bagarres entre musiciens. Question de territoire, vous comprenez ?

— Je comprends.

— Ils ont essayé de rétablir l'ordre, mais bon... la moitié d'entre eux sont à peine capables de s'habiller tout seuls. Quand un connard jouait trop longtemps, un autre connard se mettait à jouer, et ça hurlait, ça s'insultait, même devant des mômes. Parfois, ils en venaient aux mains, alors les flics débarquaient, vous voyez le tableau ?

Simon confirma d'un signe de la tête.

— Ça nuisait à notre image, sans parler de notre porte-monnaie. Du coup, nous avons trouvé une solution.

— Laquelle ?

— Un emploi du temps. Une rotation toutes les heures entre dix et dix-neuf heures.

— Sérieux ?

— Oui.

— Et ça marche ?

— C'est pas parfait, mais pas loin.

Intérêt économique bien compris, pensa Simon en analyste financier qu'il était. Une constante dans l'existence.

— Et comment on fait pour réserver un créneau ?

— Par texto. On a cinq habitués qui occupent les meilleures tranches horaires. Les autres remplissent les temps libres.

— Et c'est vous qui gérez cet emploi du temps ?

— C'est moi, oui.

Dave se rengorgea.

— Je sais comment ça marche, vous comprenez ? Je ne mets jamais Hal après Jules parce que ces deux-là se détestent plus que mes ex me détestent moi. J'essaie aussi de diversifier.

— Diversifier ?

— Des Blacks, des nanas, des Latinos, des tarlouzes et même deux Orientaux.

Il écarta les mains.

— Faut pas qu'on croie que tous les zonards

sont des Blancs. C'est un mauvais cliché, vous comprenez ?

Simon comprenait. Il comprenait aussi que s'il donnait à Dave deux billets de cent dollars déchirés en deux en lui promettant l'autre moitié s'il le prévenait de la prochaine apparition de sa fille, il aurait une chance d'avancer.

Ce matin, Dave lui avait envoyé un texto :

11 h aujourd'hui. Je vous ai rien dit. Je suis pas une balance.

Puis :

Apportez-moi l'argent à 10 h. J'ai yoga à 11.

Voilà ce qui expliquait sa présence à Strawberry Fields.

Assis en face de Paige, Simon se demandait si elle allait le repérer, et que faire si elle prenait la poudre d'escampette. Le mieux serait peut-être d'attendre qu'elle ait fini, ramassé sa guitare et son maigre butin avant de l'aborder.

Il consulta sa montre. 11 h 58. Le tour de Paige tirait à sa fin.

Simon avait répété toutes sortes de répliques dans sa tête. Il avait déjà appelé la clinique Solemani pour réserver une chambre au nom de Paige. Tel était son plan : promettre tout et n'importe quoi, cajoler, supplier, employer tous les moyens possibles et imaginables pour qu'elle accepte de le suivre.

Un autre musicien de rue, jean délavé et chemise de flanelle déchirée, vint s'asseoir à côté de Paige. Un sac-poubelle noir lui servait de housse de guitare. Il tapota le genou de Paige en désignant une montre imaginaire à son poignet. Elle hocha la tête en terminant « I Am The Walrus » d'un long « *Goo-Goo-Gjoob.* »

— Merci ! cria-t-elle à un public qui ne faisait guère attention à elle.

Elle ramassa les quelques pièces et billets froissés d'un dollar et rangea la guitare dans son étui avec un soin surprenant. Ce simple geste – ranger la guitare dans son étui – bouleversa Simon. Il lui avait offert cette guitare, une Takamine G Series, le jour de ses seize ans. Il voulut renouer avec l'émotion associée à ce souvenir : le sourire de Paige quand elle avait décroché la guitare du mur de la boutique, ses paupières closes pendant qu'elle l'essayait avant de se jeter à son cou en criant : « Merci, merci, merci ! »

Mais l'émotion ne venait pas.

La consternante vérité, c'est que Simon n'arrivait même plus à voir dans sa tête le visage de sa fille à seize ans.

Pourtant, depuis une heure, il faisait de son mieux. En la regardant, il s'efforçait de ressusciter l'image de l'adorable enfant qu'il accompagnait à ses cours de natation, à qui il avait lu deux tomes entiers de *Harry Potter* durant un long week-end de trois jours, la gamine qui avait insisté pour mettre son déguisement de statue de la Liberté, y compris le visage peint en vert, quinze jours avant Halloween, mais – était-ce un mécanisme de défense ? – les souvenirs lui échappaient.

Paige se leva en chancelant.

C'était le moment d'y aller.

De l'autre côté de la mosaïque, Simon se leva à son tour. Son cœur battait à tout rompre. Il sentait un début de migraine, deux mains géantes qui lui pressaient les tempes. Il regarda à gauche, à droite.

À la recherche du copain.

Simon n'aurait su situer avec précision le point de départ de la dégringolade, mais, à ses yeux, le responsable de tous leurs malheurs, c'était lui, le copain de sa fille. Certes, il avait lu qu'un toxicomane était censé répondre de ses actes, qu'il était le seul coupable et tout le bla-bla. Et que la plupart des drogués (et, par extension, leurs familles) avaient un passé qui expliquait leur addiction. Un traitement antidouleur après une opération, l'influence de l'entourage ou une expérience ponctuelle qui avait dégénéré.

Il y avait toujours une raison.

Dans le cas de Paige – appelez ça vulnérabilité ou mauvaise éducation –, les choses semblaient beaucoup plus simples.

Il y avait eu Paige avant sa rencontre avec Aaron. Et la Paige d'aujourd'hui.

Aaron Corval était une racaille – il ne s'en cachait pas –, or si vous mélangez racaille et pureté, la pureté s'en trouve irrémédiablement souillée. Simon n'avait jamais compris ce qui, chez lui, avait pu séduire Paige. Aaron avait trente-deux ans, onze ans de plus que sa fille. En des temps moins troublés, cette différence d'âge l'avait préoccupé. Pas Ingrid... Elle avait l'habitude de ces choses-là depuis ses années de mannequinat. À présent, la différence d'âge était le cadet de ses soucis.

Aucune trace d'Aaron.

Une petite lueur d'espoir s'alluma dans son cœur. Se pouvait-il qu'Aaron ne fasse plus partie de sa vie ? Que ce vampire, ce parasite qui pompait le sang de sa fille ait terminé son festin et soit parti squatter un hôte plus robuste ?

Ce serait trop beau.

Paige se dirigea vers l'allée transversale, traînant les pieds façon zombie. Simon la suivit.

Et si elle refusait de venir avec lui ? C'était plus que vraisemblable. Il avait déjà essayé de l'aider dans le passé, et cela lui était retombé dessus. Il ne pouvait pas la forcer. Il avait même tenté, par l'intermédiaire de Robert, son beau-frère, d'obtenir une décision de justice pour la placer dans un centre fermé. Cela n'avait pas marché non plus.

Simon était juste derrière elle maintenant. Les bretelles de sa vieille robe d'été lui tombaient des épaules. Elle avait des taches brunes dans le dos – soleil ? maladie ? maltraitance ? –, maculant une peau jadis satinée.

— Paige ?

Elle ne se retourna pas, n'hésita même pas une seconde, et l'espace d'un instant, Simon se prit à rêver qu'il s'était trompé, que Charlie Crowley s'était trompé, que ce sac d'os dépenaillé à l'odeur fétide et à la voix cassée n'était pas sa première-née, sa Paige, qui avait joué Hodel dans *Un violon sur le toit* monté par l'école Abernathy, l'adolescente qui sentait la pêche et la jeunesse et avait bouleversé le public par son interprétation solo de « Loin du foyer que j'aime ». Simon n'avait jamais réussi à tenir jusqu'au bout des cinq représentations sans avoir les larmes aux yeux, manquant éclater en sanglots chaque fois que Paige-Hodel se tournait vers Tevye en disant :

« Papa, Dieu seul sait quand nous nous reverrons. » Ce à quoi son père répondait : « Alors laissons cela entre Ses mains. »

Il s'éclaircit la voix et pressa le pas.

— Paige ?

Elle ralentit, mais ne se retourna pas. Simon tendit une main tremblante vers son épaule, une épaule décharnée recouverte d'une peau fine comme du papier.

— Paige ?

Elle s'arrêta.

— Paige, c'est papa.

Il entendit sa propre voix brisée, implorante.

Elle continuait à lui tourner le dos.

— Paige, s'il te plaît...

Tout à coup, elle se mit à courir.

Simon se trouva pris au dépourvu. Paige avait trois pas d'avance sur lui lorsqu'il finit par réagir. Il était en bonne forme physique : il y avait une salle de fitness à côté du bureau, et à la suite du stress que lui avait causé la perte de sa fille – c'est ainsi qu'il le voyait, il l'avait perdue –, il s'était lancé dans le cardio-boxing durant ses pauses déjeuner.

Il la rattrapa donc sans difficulté et la saisit par son bras maigre comme une allumette : il aurait pu facilement refermer le pouce et l'index autour du frêle biceps. Il la tira en arrière, un peu fort peut-être, mais tout cela n'était qu'une action réflexe.

Paige avait pris la fuite, et il avait fait ce qu'il fallait pour l'intercepter.

— Aïe ! cria-t-elle. Lâche-moi !

Il y avait une foule de gens alentour ; certains avaient même dû se retourner en l'entendant crier. Simon s'en moquait. Cela signifiait simplement qu'il fallait faire vite. Avant qu'un bon Samaritain n'intervienne pour « porter secours » à Paige.

— Chérie, c'est papa. Viens avec moi, OK ?

Il la fit pivoter face à lui, mais elle cacha ses yeux dans le creux de son bras, comme s'il lui avait braqué une lumière trop vive au visage.

— Paige ? Paige, s'il te plaît, regarde-moi.

Son corps se raidit, puis se détendit d'un coup. Elle baissa le bras et, lentement, leva les yeux sur lui. À nouveau, il sentit l'espoir renaître. Ses yeux étaient certes enfoncés et jaunes là où ils auraient dû être blancs, mais, pour la première fois, Simon crut y entrevoir comme une étincelle de vie.

Pour la première fois, il revit, fugace, la petite fille qu'il avait connue jadis.

Lorsque Paige parla, il entendit enfin l'écho de son enfant :

— Papa ?

Il hocha la tête. Les mots venaient difficilement.

— Je suis là pour t'aider, Paige.

Elle se mit à pleurer.

— Je suis vraiment désolée.

— Ça va, dit-il. Ça va aller.

Il tendit les bras pour emmener sa fille, la mettre en sécurité, quand une voix fendit l'air telle la faux de la Camarde :

— C'est quoi, ce bordel ?

Le cœur de Simon manqua un battement. Il tourna la tête.

Aaron.

Au son de sa voix, Paige s'écarta de lui. Simon tenta de la retenir, mais elle se dégagea, l'étui à guitare cognant contre sa cuisse.

— Paige...

L'éclair de lucidité qu'il avait surpris dans son regard s'était déjà évanoui.

— Laisse-moi tranquille ! cria-t-elle.

— Paige, s'il te plaît...

Elle recula. Simon voulut l'empoigner par le bras, comme un homme tombant d'une falaise et tentant de se raccrocher à une branche, mais Paige poussa un hurlement strident.

On commençait à se retourner sur eux.

Simon ne désarma pas.

— S'il te plaît, écoute-moi...

C'est là qu'Aaron vint se placer entre eux.

Les deux hommes se mesurèrent du regard. Paige se blottit derrière Aaron, qui avait l'air défoncé. Il portait une veste en jean par-dessus un T-shirt blanc sale – le comble du chic de l'héroïnomane, moins le chic –, de nombreuses chaînes autour du cou, une barbe naissante qui se voulait cool sans y parvenir et des chaussures de chantier, le summum pour quelqu'un qui n'avait pas la moindre idée du sens du mot « travail ».

— C'est bon, Paige, fit Aaron, découvrant ses dents dans un sourire sans quitter Simon des yeux. Tu peux y aller, poupée.

Simon secoua la tête.

— Non, ne pars pas...

Mais Paige, se servant presque du dos d'Aaron comme d'un levier, détala dans l'allée.

— Paige ! cria Simon. Attends ! S'il te plaît, juste une...

Elle était en train de s'éloigner. Simon fit un pas de côté, mais Aaron lui bloqua le passage.

— Paige est une adulte, déclara-t-il. Vous n'avez aucun droit...

Simon serra le poing et le lui expédia au visage.

Il sentit le nez céder sous ses jointures, entendit un craquement comme quand un godillot écrase un nid d'oiseau. Le sang jaillit.

Aaron s'écroula.

C'est là que les deux touristes finlandaises se mirent à hurler.

Mais Simon n'avait d'yeux que pour Paige. Elle bifurqua à gauche, quitta l'allée et s'enfonça sous les arbres.

— Paige, attends !

Il contourna l'homme à terre pour s'élancer à sa poursuite, mais Aaron l'agrippa par la jambe. Simon tenta de se libérer, mais des gens affluaient déjà – bien intentionnés quoique déconcertés –, et ils étaient nombreux. Certains filmaient la scène avec leurs fichus portables.

Ils criaient, le sommant de ne pas bouger.

Simon se dégagea d'un coup de pied, trébucha et, ayant fini par retrouver l'usage de ses jambes, s'élança dans l'allée que Paige avait empruntée quelques instants plus tôt.

Mais il était déjà trop tard. La foule était à ses trousses.

Quelqu'un essaya de le ceinturer à la hauteur de la poitrine. Il lui envoya un coup de coude. Son attaquant ahana et desserra son emprise.

Quelqu'un d'autre le saisit par la taille. Simon dénoua ses bras comme si c'était une ceinture. Il ne pensait qu'à courir après sa fille, tel un joueur de foot franchissant la ligne de défense pour foncer vers la cage de but.

Sauf qu'il ne faisait pas le poids.

— Ma fille ! hurla-t-il. S'il vous plaît... arrêtez-la...

Personne ne l'entendit au milieu du vacarme ou peut-être que, simplement, ils n'écoutaient pas le forcené qui devait être neutralisé au plus vite.

Un touriste bondit sur lui. Puis un autre.

Avant de tomber, Simon aperçut sa fille tout au bout de l'allée. Il s'effondra lourdement. Et, comme il tentait de se relever, les coups se mirent à pleuvoir. Sans relâche. Au final, il eut trois côtes cassées et deux doigts fracturés. Plus une commotion cérébrale et vingt-trois points de suture au total.

Mais il ne sentait rien, sinon une déchirure au cœur.

Un corps atterrit sur lui. Ça braillait, ça hurlait de partout. Puis la police arriva, on le plaqua au sol, à plat ventre, un genou dans le dos, pour lui passer les menottes. Se contorsionnant, il vit Paige qui observait la scène derrière un arbre.

— Paige !

Mais elle disparut, et Simon comprit qu'il avait échoué une fois de plus.

2

Pendant un moment, les flics se bornèrent à le laisser étendu face contre terre, les mains menottées dans le dos. L'une d'entre eux – une Black avec un badge au nom de HAYES – se baissa pour l'informer posément qu'il était en état d'arrestation et qu'elle allait lui lire ses droits. Simon se débattit en hurlant, appelant sa fille, suppliant pour qu'on l'intercepte, mais Hayes continua à lui débiter le protocole réglementaire.

Lorsqu'elle eut terminé, elle se redressa et tourna les talons. Simon se remit à hurler, mais personne ne l'écoutait, sans doute parce qu'il passait pour un détraqué. Il s'efforça alors de se calmer, d'adopter un ton plus urbain.

— Monsieur l'agent ? Madame ?

Mais, occupés à interroger les témoins, ils ne faisaient pas attention à lui. Plusieurs touristes étaient en train de montrer aux flics les vidéos de l'incident, ce qui, imaginait Simon, ne présageait rien de bon.

— Ma fille, répéta-t-il. Je voulais sauver ma fille. Il l'a enlevée.

La dernière phrase était un quasi-mensonge, mais il avait espéré une réaction. En vain.

Simon tourna la tête, cherchant Aaron des yeux. Il avait disparu.

— Où est-il ? cria-t-il comme le déséquilibré qu'il était censé être.

Hayes finit par le regarder.

— Qui ça ?

— Aaron.

Rien.

— Le gars que j'ai frappé. Où est-il ?

Pas de réponse.

Le flot d'adrénaline commençait à se tarir, et une douleur nauséeuse irradiait à travers tout son corps. Finalement – Simon ignorait combien de temps avait passé –, Hayes et un grand flic blanc nommé WHITE le hissèrent sur ses pieds et le traînèrent jusqu'à une voiture de police. Une fois qu'il fut installé à l'arrière, White prit le volant, et Hayes s'assit à la place du passager. Elle tenait le portefeuille de Simon dans la main. En se retournant vers lui, elle demanda :

— Alors, qu'est-ce qui s'est passé, monsieur Greene ?

— J'étais en train de parler à ma fille. Son petit ami est intervenu. J'ai essayé de le contourner...

Simon se tut.

— Et... ? lui souffla-t-elle.

— L'avez-vous interpellé ? Son petit ami ? Pouvez-vous, s'il vous plaît, m'aider à retrouver ma fille ?

— Et... ? répéta Hayes.

Simon était à cran, mais il n'était pas fou.

— Il y a eu une altercation.

— Une altercation.

— Oui.

— Expliquez-nous.

— Vous expliquer quoi ?

— L'altercation.

— Parlez-moi de ma fille d'abord, insista Simon. Son nom est Paige Greene. Son petit ami que je soupçonne de la séquestrer s'appelle Aaron Corval. J'essayais de la secourir.

— Mm-mmm, fit Hayes.

Puis :

— Vous avez donc frappé un SDF ?

— J'ai frappé...

Simon s'interrompit. Il n'était pas aussi bête.

— Vous avez frappé ? l'encouragea Hayes.

Il ne répondit pas.

— Bien, c'est ce que je pensais, déclara Hayes. Vous avez du sang partout. Même sur votre belle cravate. Une Hermès, n'est-ce pas ?

En effet, mais Simon garda le silence. Sa chemise était toujours boutonnée jusqu'au cou, la cravate impeccablement nouée.

— Où est ma fille ?

— Aucune idée.

— Alors je n'ai rien de plus à vous dire tant que je n'aurai pas parlé à mon avocat.

— Comme vous voudrez.

Hayes pivota sur son siège et ne lui adressa plus la parole. Ils conduisirent Simon aux urgences de Saint Luke's Roosevelt dans la 57e Rue, où on l'emmena aussitôt au service radiologique. Un médecin coiffé d'un turban, l'allure trop jeune pour aller voir un film interdit aux moins de dix-huit ans, fixa des attelles aux doigts de Simon et lui recousit le cuir chevelu. Il n'y avait rien à faire pour les côtes cassées, expliqua-t-il, sinon

« restreindre ses activités dans les six prochaines semaines ».

Le reste fut un tourbillon surréaliste : la maison d'arrêt du 100, Centre Street, les photos d'identité, les empreintes digitales, la cellule de détention. Il n'eut droit qu'à un seul coup de fil, comme au cinéma. Simon allait appeler Ingrid, mais il préféra joindre son beau-frère Robert, l'un des meilleurs avocats pénalistes de New York.

— Je t'envoie quelqu'un tout de suite, déclara Robert.

— Tu ne peux pas t'en charger ?

— Je ne suis pas pénaliste.

— Tu crois vraiment qu'il me faut un… ?

— Oui. En plus, Yvonne et moi, on est à la mer. Il me faudra trop de temps pour rentrer. Ne bouge pas.

Une demi-heure plus tard, une femme menue, entre soixante-dix et soixante-quinze ans, cheveux frisés d'un blond tirant sur le gris et regard étincelant, se présenta à lui tout en lui serrant fermement la main.

— Hester Crimstein, dit-elle. C'est Robert qui m'envoie.

— Simon Greene.

— Oui, en tant qu'avocate pénaliste de choc, je m'en suis doutée. Maintenant répétez après moi, Simon Greene : « Non coupable. »

— Pardon ?

— Répétez ce que je viens de dire.

— Non coupable.

— Parfait, bravo, j'en ai les larmes aux yeux.

Hester Crimstein se pencha plus près.

32

— Ce sont les seuls mots que vous êtes autorisé à prononcer... et ce, uniquement au moment du plaidoyer. Compris ?

— Compris.

— Vous voulez qu'on répète d'abord ?

— Non, je crois que j'y arriverai.

— Brave garçon.

Lorsqu'ils entrèrent dans la salle d'audience, elle annonça :

— Hester Crimstein pour la défense.

Aussitôt, un brouhaha s'éleva dans le prétoire. Levant la tête, le juge arqua un sourcil.

— Maître Crimstein, que me vaut l'honneur ?

— Je suis là pour empêcher une grave erreur judiciaire.

— J'en suis persuadé.

Le juge joignit les mains et sourit.

— Content de vous revoir, Hester.

— Vous ne parlez pas sérieusement.

— Non, en effet, répondit le juge. Vous avez raison.

Cela eut l'air de faire plaisir à Hester.

— Vous avez bonne mine, Votre Honneur. La robe noire vous va bien.

— Quoi, cette vieillerie ?

— Ça vous amincit.

— N'est-ce pas ?

Le juge se redressa.

— Que plaide le prévenu ?

Hester lança un coup d'œil à Simon.

— Non coupable, répondit-il.

Elle hocha la tête en signe d'approbation. Le procureur réclama cinq mille dollars de caution.

Hester ne contesta pas le montant. Après avoir rempli quantité de paperasses et effectué les formalités administratives *ad hoc*, ils furent autorisés à quitter le tribunal. Simon se dirigea vers la sortie, mais Hester l'arrêta en posant la main sur son bras.

— Pas par là.

— Pourquoi ?

— Ils vous attendent.

— Qui ça ?

Elle appuya sur le bouton de l'ascenseur, jeta un œil sur les voyants allumés et lui dit :

— Suivez-moi.

Ils prirent l'escalier pour descendre deux étages. Hester le conduisit vers l'arrière du bâtiment. Puis elle sortit son portable.

— Vous êtes à l'Eggloo de Mulberry, Tim ? Parfait. Cinq minutes.

— Que se passe-t-il ? s'enquit Simon.

— Bizarre.

— Quoi donc ?

— Vous n'arrêtez pas de parler, répondit Hester, alors que je vous ai expressément demandé de vous taire.

Ils longèrent un couloir sombre. Hester ouvrait la marche. Elle tourna à droite, puis encore à droite. Finalement, ils atteignirent l'entrée du personnel. Les gens montraient leur badge pour entrer, mais Hester joua des coudes pour se frayer un passage au-dehors.

— Vous n'avez pas le droit de faire ça, lui dit l'agent de sécurité.

— Arrêtez-nous.

34

Il n'en fit rien. Une fois à l'extérieur, ils traversèrent Baxter Street et coupèrent à travers la pelouse de Columbus Park pour arriver dans Mulberry Street.

— Vous aimez les glaces ? demanda Hester.

Simon, muet, désigna sa bouche fermée.

— Vous avez la permission de parler, soupira-t-elle.

— Oui.

— Les sandwichs à la glace au coco de l'Eggloo sont une vraie tuerie. J'ai dit à mon chauffeur d'en prendre deux pour la route.

La Mercedes noire les attendait devant la porte. Le chauffeur avait les sandwichs à la crème glacée. Il en tendit un à Hester.

— Merci, Tim. Simon ?

Il secoua la tête. Elle haussa les épaules.

— Il est pour vous, Tim.

Elle mordit dans sa glace et se glissa sur la banquette arrière. Simon prit place à côté d'elle.

— Ma fille…, commença-t-il.

— La police ne l'a pas retrouvée.

— Et Aaron Corval ?

— Qui ?

— Le gars que j'ai frappé.

— Hou là là, ne plaisantez pas avec ça. Vous voulez dire le gars qu'on vous accuse d'avoir frappé.

— Peu importe.

— Non, pas peu importe. Même en privé.

— OK, j'ai compris. Savez-vous où…

— Il a filé.

— Comment ça, filé ?

— Qu'est-ce qui n'est pas clair dans le mot « filé » ? Il a pris la fuite avant que la police ne

35

puisse l'interroger. Tant mieux pour vous. Pas de victime, pas de délit.

Elle prit une autre bouchée et s'essuya le coin des lèvres.

— Les choses vont finir par se tasser, mais en attendant... Écoutez, mon amie Mariquita Blumberg est un vrai bulldozer, pas une gentille comme moi, mais c'est la mieux placée pour gérer les situations de crise. Il faut la charger dare-dare d'organiser votre campagne de RP.

Le chauffeur mit le moteur en marche. La Mercedes tourna dans Bayard Street, direction le nord.

— Une campagne de RP ? Pour quoi faire ?

— Je vais vous le dire dans une minute, mais ne nous dispersons pas. Racontez-moi d'abord ce qui s'est passé. Tout. Du début à la fin.

Simon s'exécuta. Hester se tourna vers lui. Elle était de ceux qui élèvent l'expression « une attention pleine et entière » au rang de forme d'art. Il l'avait vue à l'œuvre, tout en énergie et mouvement. À présent, cette énergie était comme un rayon laser focalisé sur lui. Elle se concentrait sur chaque mot avec une empathie si intense qu'il avait l'impression de pouvoir la toucher du doigt.

— Oh, mon Dieu, je suis désolée, fit-elle quand il eut terminé. Ça craint, vraiment.

— Vous comprenez donc.

— Je comprends.

— Il faut que je retrouve Paige. Ou Aaron.

— Je reposerai la question aux enquêteurs, mais comme je vous l'ai dit, il semblerait qu'ils aient pris la fuite tous les deux.

Encore une impasse. Simon avait mal partout. Les mécanismes de défense, les réactions chimiques qui avaient retardé la douleur à défaut de la bloquer, se désintégraient à toute vitesse. Et plutôt que de se propager, la douleur le submergea d'un seul coup.

— Et pourquoi aurais-je besoin d'une campagne de RP ? demanda-t-il.

Hester sortit son téléphone portable et se mit à pianoter dessus.

— J'ai horreur de ces trucs-là. Tellement d'informations, tellement d'usages, mais au final ça vous pourrit la vie. Vous avez des enfants, hein ? Oui, évidemment. Combien d'heures par jour passent-ils... ?

Elle s'interrompit.

— Ce n'est pas le moment de vous faire la morale. Tenez.

Elle lui tendit le téléphone.

C'était une vidéo YouTube qui comptait 289 000 vues. Il vit la capture d'écran, lut le titre, et son cœur se serra.

LA PROSPÉRITÉ ROSSE LA PAUVRETÉ
LA FINANCE FLANQUE UNE RACLÉE À UN SDF
LE NANTI ASSOMME L'INDIGENT
LE TRADER TAPE LE LOQUETEUX
« CELUI QUI A » FRAPPE « CELUI QUI N'A PAS »

Son regard pivota vers Hester qui haussa les épaules d'un air compatissant. Se penchant, elle effleura l'écran du bout de son index pour lancer la vidéo. Quelqu'un qui avait pour pseudo ZorraStiletto l'avait postée deux heures plus tôt. ZorraStiletto était en train de filmer trois femmes – ses copines peut-être ? – quand quelque chose avait attiré son attention. L'objectif avait pivoté à droite, focalisant pile au bon moment sur un Simon à l'allure prétentieuse – pourquoi diable avait-il gardé son costume ou au moins n'avait-il pas dénoué cette maudite cravate ? –, alors que Paige s'écartait et qu'Aaron s'interposait entre sa fille et lui. À les voir ainsi, on avait l'impression qu'un homme riche et privilégié accostait – voire pire – une femme beaucoup plus jeune, secourue par un SDF au grand cœur.

Tandis que la jeune femme fragile et effrayée se cachait derrière le dos de son sauveur, l'homme en costume se mettait à hurler. La jeune femme s'enfuyait. L'homme en costume essayait de contourner le SDF pour la rattraper. Simon avait beau savoir la suite, il regardait de tous ses yeux, comme s'il y avait une chance que le type en costume ne soit pas débile au point de mettre un pain au courageux SDF.

Sauf que ce fut exactement ce qui se passa.

Il y eut du sang pendant que le bon Samaritain des rues s'affaissait dans l'allée. L'insensible individu en costume tenta de l'enjamber, mais le SDF l'agrippa par la cheville. Et lorsqu'un Asiatique avec une casquette de baseball – autre bon Samaritain sans doute – voulut s'en mêler, l'homme en costume lui assena un coup de coude au nez.

Simon ferma les yeux.

— Oh, mon Dieu.

— Eh oui.

Quand il rouvrit les yeux, il passa outre à la règle d'or du Net : <u>Ne jamais lire les commentaires.</u>

Les riches se croient tout permis…

Il allait violer cette fille ! Heureusement que ce héros est intervenu...

Il mérite de finir sa vie en taule, point barre...

Je parie que monsieur Plein-aux-As va s'en sortir. S'il avait été noir, il se serait pris une balle...

Le gars qui a sauvé cette fille est très courageux. Si le maire laisse ce mec friqué acheter sa liberté...

— La bonne nouvelle, dit Hester, est que vous avez des fans.

Elle fit défiler la page des commentaires, pointa du doigt sur l'écran.

Ce SDF doit sûrement toucher des bons alimentaires. Bravo au costume-cravate d'avoir fait le ménage...

Peut-être que si ce tas de merde trouvait un boulot au lieu de vivre aux crochets de la société, il ne se prendrait pas de roustes...

Les avatars de ses « supporters » étaient tous flanqués d'un aigle ou d'un drapeau américain.

— Super, acquiesça Simon. Les psychopathes sont tous de mon côté.

— Ah, mais il ne faut pas cracher dans la soupe. Certains pourraient faire partie du jury. Même s'il n'y aura pas de jury. Ni de procès, d'ailleurs. Soyez gentil, cliquez pour rafraîchir la page.

Il ne voyait pas très bien ce qu'elle voulait dire par là. Se penchant, Hester appuya sur la flèche du dessus. La vidéo se rechargea. Le nombre de vues était passé de 289 000 à 453 000 en l'espace de deux minutes.

— Félicitations, dit-elle. Vous êtes un phénomène viral.

3

La verdure familière du parc défilait comme dans un brouillard derrière la vitre. Le chauffeur tourna à gauche dans la 67ᵉ Rue, et Simon entendit Hester marmonner :

— Oh, oh !

Il se retourna.

Des véhicules de presse stationnaient en double file devant son domicile. Une vingtaine de manifestants étaient parqués derrière des tréteaux en bois bleus sur lesquels on lisait :

POLICE – ACCÈS INTERDIT
NYPD

— Où est votre femme ? demanda Hester.

Ingrid. Il l'avait complètement oubliée. Comment allait-elle réagir à tout ce cirque ? Qui plus est, il avait perdu toute notion du temps. Il consulta sa montre. Cinq heures et demie.

— Au travail.

— Elle est pédiatre, n'est-ce pas ?

Il hocha la tête.

— Au New York - Presbyterian, 168ᵉ Rue.

— À quelle heure elle termine ?

— Ce soir à sept heures.

— Elle rentre en voiture ?

41

— Elle prend le métro.

— Appelez-la. Tim passera la prendre. Où sont vos enfants ?

— Je n'en sais rien.

— Appelez-les aussi. Notre cabinet possède un appartement en ville. Vous pourrez y dormir cette nuit.

— On peut aller à l'hôtel.

Hester secoua la tête.

— Ils vous retrouveront. L'appartement, c'est mieux. Rassurez-vous, ça vous sera facturé.

Il ne répondit pas.

— Cela aussi passera, Simon, si on évite de jeter de l'huile sur le feu. Demain, après-demain au plus tard, les barjots se seront trouvé une nouvelle cible. L'Amérique a une capacité de concentration proche de zéro.

Il téléphona à Ingrid, mais comme c'était son jour de garde aux urgences, il tomba directement sur sa boîte vocale. Il lui laissa un message détaillé. Puis il appela Sam, qui était déjà au courant.

— La vidéo a dépassé le million de vues.

Son fils semblait à la fois déconcerté et impressionné.

— Je n'arrive pas à croire que tu as cogné Aaron. Toi !

— Je voulais seulement rattraper ta sœur.

— Ils te font passer pour un mec friqué et une brute.

— Ça ne s'est pas du tout passé comme ça.

— Je sais.

Il y eut un silence.

— Bon, alors Tim, le chauffeur, viendra te chercher...

— Ça ira. Je resterai chez les Bernstein.

— Tu es sûr ?

— Ouais.

— Les parents sont d'accord ?

— Larry dit que ce n'est pas un souci. Je rentrerai avec lui après l'entraînement.

— OK, si tu penses que c'est mieux.

— En tout cas, c'est plus simple.

— En un sens. Mais si tu changes d'avis...

— Ça marche.

Puis Sam ajouta plus doucement :

— J'ai vu... Paige dans cette vidéo... elle avait l'air...

Nouveau silence.

— Oui, dit Simon. Je sais.

Il essaya d'appeler sa fille Anya à trois reprises, sans résultat. Finalement, elle le rappela, mais lorsqu'il répondit, ce n'était pas elle au bout du fil.

— Salut, Simon, c'est Suzy Fiske.

Suzy habitait deux étages au-dessus. Sa fille Delia était dans la même classe qu'Anya, et ce, depuis l'école Montessori quand elles avaient trois ans.

— Anya, ça va ? demanda-t-il.

— Oui, très bien. Enfin, vous n'avez pas à vous inquiéter. C'est juste qu'elle est perturbée. À cause de cette vidéo.

— Elle l'a vue ?

— Oui, vous connaissez Alyssa Edwards ? Elle l'a montrée à tous les parents à la sortie des cours,

43

mais les jeunes avaient déjà... Vous savez comment c'est. Les nouvelles vont vite.

En effet.

— Vous voulez bien me passer Anya ?

— Je ne crois pas que ce soit une bonne idée, Simon.

Je me fous de ce que tu crois, pensa-t-il, mais, raisonnablement – aurait-il appris à arrondir les angles après l'esclandre au parc ? –, il ne le dit pas tout haut.

Ce n'était pas la faute de Suzy.

Il s'éclaircit la voix et, le plus calmement possible :

— Pourriez-vous appeler Anya, s'il vous plaît ?

— Je peux toujours essayer.

Elle dut se détourner du téléphone car le son parut venir de plus loin :

— Anya, ton père aimerait te... Anya ?

Le son était complètement étouffé maintenant. Simon attendit.

— Elle ne fait que secouer la tête. Écoutez, Simon, elle peut rester ici aussi longtemps qu'il le faudra. Vous pourriez rappeler plus tard ou peut-être qu'Ingrid lui passera un coup de fil quand elle aura fini sa journée.

Il n'avait aucune raison d'insister.

— Merci, Suzy.

— Je suis vraiment désolée.

— C'est gentil de nous aider.

Il coupa la communication. Assise à côté de lui, Hester regardait droit devant elle, son sandwich à la crème glacée dans la main.

— Vous regrettez, je parie, de n'avoir pas

accepté cette glace quand je vous l'ai proposée, hein ?

Puis :

— Tim ?

— Oui, Hester ?

— Il vous reste encore une glace dans la glacière ?

— Oui.

Il lui tendit la glacière.

Hester sortit la glace et la montra à Simon.

— Ça aussi, vous allez me le facturer ? demanda-t-il.

— Pas moi personnellement.

— Votre cabinet alors.

Elle haussa les épaules.

— Pourquoi je tiens tant à vous les fourguer, à votre avis ?

Hester tendit la glace à Simon. Il prit une bouchée et, l'espace de quelques secondes, se sentit mieux.

Mais cela ne dura pas.

L'appartement était situé dans une tour de bureaux, juste au-dessous du cabinet d'Hester, et ça se voyait. La moquette était beige. Le mobilier était beige. Les murs étaient beiges. Les coussins étaient... beiges.

— Très réussie, la déco d'intérieur, commenta Hester.

— Oui, si on aime le beige.

— Le terme exact est « terre cuite ».

— Terre cuite, répéta Simon. Comme de la glaise.

Hester apprécia.

— Moi, j'appelle ça le « générique américain de base ».

Son téléphone bourdonna. Elle consulta le texto.

— Votre femme est en route. Je vous l'amène dès qu'elle sera arrivée.

— Merci.

Hester partit. Simon risqua un coup d'œil sur son propre téléphone. Il y avait quantité de messages et d'appels manqués. Il n'écouta que ceux d'Yvonne, à la fois son associée au cabinet de gestion du patrimoine et la sœur d'Ingrid. Il lui devait une explication. Il écrivit donc :

Je vais bien. Longue histoire.

Des points clignotants apparurent à l'écran. Yvonne était en train de lui répondre :

On peut faire quelque chose ?

Non. J'aurai peut-être besoin d'une garantie.

Pas de problème.

Je te tiendrai au courant.

Pour toute réponse, Yvonne lui envoya des émojis réconfortants disant qu'il n'y avait pas le feu et que tout allait s'arranger.

Il parcourut le reste des messages.

Rien de la part d'Ingrid.

Pendant quelques minutes, il arpenta la moquette beige, contempla la vue par la fenêtre, s'assit sur le canapé beige, se releva, se remit à faire les cent pas. Il préféra ignorer les appels jusqu'à celui du lycée d'Anya. Lorsqu'il décrocha, son interlocuteur parut surpris.

— Allô ?

— Oh...

Il reconnut la voix d'Ali Karim, le proviseur de l'école Abernathy.

— Je ne m'attendais pas à ce que vous répondiez.

— Tout va bien ?

— Anya, oui. Il ne s'agit pas d'elle.

Ali Karim était l'image même de l'enseignant : veste en tweed à coudières, rouflaquettes indisciplinées, calvitie naissante auréolée de touffes de cheveux trop longs.

— Que puis-je pour vous, Ali ?

— C'est un peu délicat.

— Hmm.

— C'est à propos du bal caritatif du mois prochain.

Simon le laissait parler.

— Comme vous le savez, le comité se réunit demain soir.

— Je suis au courant. Ingrid et moi sommes coprésidents.

— Justement...

Simon sentit sa main se crisper sur le téléphone. Le proviseur voulait qu'il dise quelque chose, qu'il saisisse la perche tendue. Il n'en fit rien.

— Certains parents pensent qu'il vaudrait mieux que vous ne veniez pas.

— Quels parents ?

— Je préfère ne pas les citer.

— Pourquoi ?

— Simon, ne me rendez pas la tâche plus difficile qu'elle ne l'est déjà. Ils sont perturbés par cette vidéo.

— Ah, ah ! fit Simon.

— Pardon ?

— C'est tout, Ali ?

— Euh… pas exactement.

Une fois de plus, il attendit que Simon s'engouffre dans le silence. Une fois de plus, Simon ne broncha pas.

— Comme vous le savez, le bal caritatif de cette année doit lever des fonds en faveur des sans-abri. Mais à la lumière de ce qui s'est passé, nous estimons qu'Ingrid et vous devriez renoncer à la présidence du comité.

— Qu'est-ce qui s'est passé ?

— Simon, voyons.

— Ce n'est pas un sans-abri. C'est un trafiquant de drogue.

— Je ne sais rien là-dessus…

— Précisément. C'est une information que je vous donne.

— … mais la perception l'emporte souvent sur la réalité.

— « La perception l'emporte souvent sur la réalité », répéta Simon. C'est ça que vous enseignez à vos élèves ?

— Je parle de ce qui est le mieux pour nos œuvres caritatives.

— La fin justifie les moyens, hein ?

— Ce n'est pas ce que j'ai dit.

— Vous avez une drôle de conception de l'éducation, Ali.

— J'ai l'impression de vous avoir offensé.

— Déçu plus exactement, mais bon, peu importe. Vous n'avez qu'à nous renvoyer notre chèque.

— Pardon ?

— Vous ne nous avez pas nommés à la coprésidence parce que vous nous trouviez sympathiques. Vous nous avez choisis parce que nous avons donné une grosse somme d'argent pour ce bal.

Au sens strict du terme, ils n'avaient pas donné cet argent parce qu'ils croyaient à la cause. Dans un cas comme celui-ci, la cause est secondaire. Il s'agit plutôt de s'attirer les bonnes grâces de l'institution et d'administrateurs comme Ali Karim. Si vous voulez soutenir une cause, faites-le. Pourquoi vous infliger la corvée d'un dîner assommant au cours duquel vous allez mastiquer du saumon caoutchouteux en l'honneur d'un type plein aux as si vous pouvez vous y prendre autrement pour faire le bien ?

— Maintenant que nous ne sommes plus coprésidents...

Ali demanda, incrédule :

— Vous voulez récupérer votre contribution financière ?

— Oui. J'aimerais que vous nous renvoyiez le chèque avant ce soir, mais si vous ne le postez que demain, ça ira quand même. Bonne fin de journée à vous, Ali.

Simon raccrocha et jeta le téléphone sur le coussin beige du canapé beige. Il remettrait cet

49

argent à l'œuvre caritative en faveur des sans-abri – il n'était pas cynique à ce point-là –, mais sans passer par le bal du lycée.

Lorsqu'il se retourna, il vit qu'Ingrid et Hester le regardaient.

— Un conseil plus personnel que juridique, déclara Hester. Évitez d'interagir avec quiconque pendant quelques heures. Quand on est sous pression, on a tendance à foncer tête baissée, sans réfléchir. Pas vous, évidemment. Mais un homme averti en vaut deux, n'est-ce pas ?

Simon avait les yeux rivés sur Ingrid. Sa femme était grande, avec un port altier, des pommettes saillantes, des cheveux courts blond-gris qui semblaient perpétuellement à la mode. Étudiante, elle avait fait du mannequinat avec son look « scandinave, distant et glacé ». Curieuse apparence quand on songeait au métier qu'elle avait choisi : un pédiatre se devait d'être chaleureux avec ses petits patients. Mais les enfants ne la voyaient pas de cet œil-là. Ils aimaient Ingrid et lui faisaient confiance au premier regard. C'était étonnant, cette faculté qu'ils avaient de lire dans son cœur.

— Allez, je vous laisse, dit Hester.

Leur avocate partie, Ingrid haussa les épaules d'un air désabusé, et Simon se lança dans son récit.

— Tu savais où était Paige ? demanda-t-elle.

— Je te l'ai dit. C'est Charlie Crowley qui m'a mis sur la piste.

— Et tu l'as suivie. Puis cet autre SDF, ce Dave…

— J'ignore s'il est SDF. Je sais seulement qu'il gère l'emploi du temps des musiciens.

— Tu crois vraiment que c'est le moment de pinailler, Simon ?

Non, ce n'était pas le moment de pinailler.

— Donc ce Dave... t'a prévenu que Paige serait là ?

— Il pensait qu'elle viendrait, oui.

— Et tu ne m'as rien dit ?

— Ce n'était pas sûr. Je ne voulais pas te donner de faux espoirs.

Elle secoua la tête.

— Quoi ?

— Tu ne m'as encore jamais menti, Simon. Ça ne te ressemble pas.

En effet. Même là, il n'avait pas menti à proprement parler, sinon par omission, ce qui n'était guère mieux.

— Je te demande pardon, dit-il.

— Tu ne m'as rien dit parce que tu craignais que je ne m'y oppose.

— En partie.

— Et quelle est l'autre raison ?

— J'aurais dû t'avouer tout le reste. Que je la cherche depuis des mois.

— Bien que nous soyons convenus de ne plus le faire ?

La décision ne venait pas de Simon. Ingrid l'avait mis au pied du mur, et il n'avait pas objecté, mais, une fois encore, ce n'était pas le moment de pinailler.

— Je ne pouvais pas... la laisser partir comme ça.

— Parce que, moi, je pouvais ?

Il ne répondit pas.

— Tu en souffres plus que moi, tu crois ?

— Bien sûr que non.

— À d'autres. Tu me prends pour un glaçon.

Il faillit répéter « Bien sûr que non », sauf que, quelque part, il le pensait vraiment.

— C'était quoi ton plan, Simon ? Une énième cure de désintoxication ?

— Et pourquoi pas ?

Ingrid ferma les yeux.

— Combien de fois avons-nous essayé... ?

— Une fois, c'est trop peu.

— Tu n'aides pas, là. La décision doit venir de Paige et d'elle seule. Tu ne comprends donc pas ? Je ne l'ai pas « laissée partir »...

Ingrid cracha ces mots.

— ... parce que je ne l'aime plus. Je l'ai laissée partir parce qu'elle est partie... et qu'on ne peut pas la ramener. Tu m'entends ? On ne peut pas. Elle seule le peut.

Simon se laissa tomber sur le canapé. Ingrid s'assit à côté de lui. Au bout d'un certain temps, elle posa la tête sur son épaule.

— J'ai essayé, dit-il.

— Je sais.

— Et je me suis planté.

Ingrid l'attira contre elle.

— Ça va aller.

Il hocha la tête, même s'il n'y croyait pas une seconde.

4

Trois mois plus tard

Simon avait rendez-vous avec Michelle Brady dans son grand bureau du trente-huitième étage juste en face de l'ancien emplacement des tours du World Trade Center. Il avait vu les tours s'effondrer, mais il n'en parlait jamais. Il ne regardait pas les documentaires ni les cérémonies de commémoration. C'était au-dessus de ses forces. Plus loin, à droite, au-dessus de l'eau, on voyait la statue de la Liberté. D'ici elle paraissait petite, écrasée par les gratte-ciel, mais elle n'en brandissait pas moins fièrement son flambeau, et bien que, à force, Simon ait fini par se lasser du panorama, la vue de la statue de la Liberté lui apportait toujours un certain réconfort.

— Je vous remercie, disait Michelle, les larmes aux yeux. Vous avez été un véritable ami pour nous.

Ils n'étaient pas vraiment des amis. Lui, il était conseiller financier, et elle, une de ses clientes. Mais ces mots le touchèrent. Au fond, n'est-ce pas ainsi qu'il considérait son métier ?

Vingt-cinq ans plus tôt, après la naissance du premier enfant de Rick et Michelle, Simon avait ouvert un compte de dépôt pour qu'ils puissent un jour envoyer Elizabeth à l'université.

Vingt-trois ans plus tôt, il les avait aidés à monter un dossier de prêt pour leur premier logement.

Vingt et un ans plus tôt, il avait mis de l'ordre dans leurs affaires pour leur permettre d'adopter leur fille Mei, venue de Chine.

Vingt ans plus tôt, il avait aidé Rick à financer son projet d'impression en ligne qui aujourd'hui comptait des clients dans les cinquante États.

Dix-huit ans plus tôt, il avait aidé Michelle à créer son premier studio d'art.

Au fil du temps, Simon et Rick avaient parlé extension des activités, versement direct des salaires, plan de retraite, location ou achat de voiture, possibilité d'envoyer les filles dans une école privée. Ils avaient discuté placements, équilibre recettes dépenses, masse salariale, coût de vacances en famille, achat d'une cabane de pêcheur au bord du lac, rénovation de la cuisine. Ils avaient ouvert 529 comptes et revu le plan successoral.

Deux ans plus tôt, Simon avait aidé Rick et Michelle à établir un budget pour financer le mariage d'Elizabeth. Il avait été invité, bien sûr. Il y avait eu beaucoup de larmes ce jour-là, tandis que les Brady regardaient leur fille descendre la nef centrale.

Un mois plus tôt, Simon se retrouva assis dans la même rangée de la même église pour les obsèques de Rick.

À présent, il aidait Michelle, toujours sous le choc consécutif à la mort de son compagnon, à gérer les petites choses du quotidien que jusque-là elle avait laissées à Rick : tenir les comptes, demander une carte de paiement, faire le point sur les comptes joints et les comptes séparés, poursuivre l'activité professionnelle ou bien vendre.

— Tant mieux si nous pouvons vous être utiles, répondit Simon.

— Rick s'était préparé à tout ceci.

— Je sais.

— Comme s'il se doutait de quelque chose. Pourtant, il avait toujours l'air en forme. M'aurait-il caché ses problèmes de santé ? Vous pensez qu'il était au courant ?

Simon secoua la tête.

— Non, je ne crois pas.

Rick était mort d'un infarctus à l'âge de cinquante-huit ans. Simon n'était pas notaire ni agent d'assurances, mais en tant que gestionnaire de patrimoine, il devait envisager toutes les éventualités. Il en avait parlé avec Rick. Mais comme la plupart des hommes de son âge, ce dernier avait rechigné à considérer la question de sa mortalité.

Simon sentit son portable vibrer dans sa poche. Il s'était fixé une règle très stricte : pas d'interruption quand il était en rendez-vous avec un client. Sans vouloir paraître prétentieux, si les gens venaient le voir, c'était pour aborder un sujet qui leur tenait à cœur : leur argent. On peut toujours se moquer, arguer que l'argent ne fait pas le bonheur... sauf que ce n'est pas vrai. L'argent est ce qui nous rapproche le plus de cet idéal impalpable qu'on appelle le bonheur. Il diminue le stress. Il permet une meilleure éducation, une meilleure alimentation, de meilleurs soins... une certaine forme de tranquillité d'esprit. L'argent est source de confort et de liberté. L'argent vous offre des expériences et des commodités, mais, par-dessus tout, l'argent vous procure du temps, une valeur que Simon plaçait au même rang que la famille et la santé.

Si vous y croyez – et même si vous n'y croyez pas –, la personne que vous choisissez pour gérer vos finances est l'équivalent d'un prêtre ou d'un médecin. Simon aurait objecté qu'un gestionnaire de patrimoine était plus impliqué encore dans votre vie quotidienne. Vous travaillez dur. Vous économisez. Vous faites des projets. Vos finances ont une influence sur chaque grande décision que vous prenez dans votre vie.

C'est une sacrée responsabilité, quand on y pense.

Michelle Brady méritait sa pleine et entière attention. Le téléphone qui vibrait dans sa poche signifiait donc forcément une urgence.

Il jeta un coup d'œil discret sur l'écran de l'ordinateur. Khalil, son nouvel assistant, venait de lui envoyer un message :

Un inspecteur de police demande à vous voir.

Il scruta le message suffisamment longtemps pour que Michelle le remarque.

— Tout va bien ? s'enquit-elle.

— Oui, oui. C'est juste que...

— Quoi ?

— Il y a un imprévu.

— Oh, fit Michelle. Je peux revenir...

— Donnez-moi deux secondes, voulez-vous ?

— Bien sûr.

Simon décrocha le téléphone sur son bureau et pressa la touche du poste de Khalil.

— L'inspecteur Isaac Fagbenle est en train de monter pour vous voir.

— Il est dans l'ascenseur ?

— Oui.

— Faites-le patienter à l'accueil jusqu'à ce que je vous rappelle.

— OK.

En raccrochant, Simon croisa le regard de Michelle.

— Désolé pour cette interruption.

— Ce n'est pas grave.

Si, ça l'était.

— Vous avez eu vent de… la mésaventure qui m'est arrivée il y a quelques mois ?

Elle hocha la tête. Tout le monde était au courant. Simon avait rejoint le panthéon des tristes sires qui avaient fait l'objet de vidéos comptant des millions de vues sur le Net, aux côtés du dentiste qui avait tué un lion et de l'avocat raciste qui avait pété les plombs. Le lendemain, les matinales d'ABC, NBC et CBS en avaient fait des gorges chaudes. Les chaînes du câble aussi. Comme Hester Crimstein l'avait prédit, sa notoriété atteignit son apogée au bout de huit jours pour sombrer dans l'oubli à la fin du mois. La vidéo avait atteint huit millions de vues la première semaine. Aujourd'hui, trois mois plus tard, elle frôlait encore les huit millions et demi.

— Oui, eh bien ? demanda Michelle.

Il avait peut-être tort de lui en parler. Ou peut-être pas.

— Un policier veut me voir.

Si on attend de ses clients qu'ils se confient à

vous, faut-il s'interdire la réciproque ? Cet épisode ne concernait en rien Michelle, mais puisqu'il empiétait sur le temps qui lui était dévolu, Simon estima qu'elle avait le droit de savoir.

— Rick m'a dit que les poursuites avaient été abandonnées.

— C'est exact.

Là-dessus aussi, Hester avait eu raison. Ni Paige ni Aaron ne s'étaient manifestés durant ces trois mois, or pas de victime, pas de procès. Qui plus est, Simon était un homme fortuné, alors qu'Aaron Corval avait un casier judiciaire bien chargé. Hester et le procureur général de Manhattan avaient conclu un accord dans leur coin, loin des regards indiscrets.

D'autre part, le proviseur Karim avait également fait machine arrière quinze jours après l'incident : la levée de fonds était toujours d'actualité et si Simon et Ingrid acceptaient d'y participer... Il n'avait pas directement présenté ses excuses, mais avait offert son soutien, rappelant à Simon que les Greene faisaient partie de la « famille » d'Abernathy. Simon s'était apprêté à l'envoyer paître, mais Ingrid lui avait rappelé qu'Anya était une élève de cet établissement et qu'elle avait encore quelques années de scolarité devant elle. Il lui avait souri, avait renvoyé le chèque, et la vie avait repris son cours.

Seul petit bémol, le procureur général voulait attendre un peu avant d'abandonner définitivement les poursuites. Il fallait que l'incident soit suffisamment loin dans le rétroviseur pour que les médias ne s'en emparent pas et ne relancent pas le débat sur les privilèges et tout le toutim.

— Vous savez pourquoi la police est là ? demanda Michelle.

— Non, dit Simon.

— Vous devriez peut-être appeler votre avocat.

— J'étais en train d'y penser.

Michelle se leva.

— Je vous laisse alors.

— Je suis vraiment désolé.

— Ne vous inquiétez pas pour ça.

Le bureau de Simon était doté d'une baie vitrée donnant sur l'open space. En voyant passer Khalil, il lui fit signe d'entrer.

— Khalil va vous préparer tous les documents. Dès que j'en aurai fini avec ce policier…

— Faites attention à vous, lui glissa Michelle.

Il lui serra la main par-dessus le bureau. Khalil l'escorta dehors. Simon prit une grande inspiration, décrocha le téléphone et appela le cabinet d'Hester Crimstein. Très vite, il l'eut au bout du fil.

— Articulez, dit-elle.

— Pardon ?

— J'ai un ami qui répond de cette façon au téléphone. Peu importe. Qu'est-ce qui vous arrive ?

— Un flic veut me voir.

— Où est-il ?

— À mon bureau.

— Sérieux ?

— Non, Hester, c'est un canular.

— Super, les petits malins sont mes clients préférés.

— Que dois-je faire ?

— Bande de cons, fit-elle.

— Hein ?

— Ces cons-là savent que je vous représente dans cette affaire. Ils ne devraient pas vous approcher sans me contacter au préalable.

— Alors je fais quoi ?

— J'arrive. Ne lui parlez pas.

— Je croyais que le procureur abandonnait les poursuites... que le dossier était vide.

— Et c'est le cas. Ne bougez pas. Motus et bouche cousue, hein ?

On frappa doucement à la porte, et Yvonne Previdi, la sœur d'Ingrid, se faufila dans la pièce. Yvonne était son associée dans PPG Gestion de patrimoine. Moins jolie que sa sœur mannequin – mais était-il vraiment objectif ? – mais, en revanche, obsédée par la mode, Yvonne portait une jupe crayon rose, un chemisier sans manches couleur crème et des escarpins Valentino cloutés d'or.

Il avait connu Yvonne avant Ingrid, à une époque où ils étaient tous deux stagiaires chez Merrill Lynch. Ils s'étaient instantanément liés d'amitié. C'était il y a vingt-six ans. Peu après la fin de leur stage, le père d'Yvonne, Bart Previdi, avait pris deux associés pour gérer sa société en pleine expansion : sa fille Yvonne et celui qui allait devenir son gendre, Simon Greene.

PPG Gestion de patrimoine : deux P comme les Previdi et G comme Greene.

Devise : « Nous sommes des gens honnêtes, mais pas très créatifs côté noms de société. »

— Qu'est-ce qu'il veut, le flic beau gosse ? demanda Yvonne.

Yvonne et Robert avaient quatre enfants et habitaient Short Hills, une banlieue huppée du

New Jersey. Simon et Ingrid avaient eux aussi essayé la banlieue juste après la naissance de Sam. Parce que ça se faisait. Une fois qu'on avait des enfants, on quittait la ville pour une jolie maison avec palissade, jardin, bonnes écoles et installations sportives facilement accessibles. Sauf que Simon et Ingrid n'aimaient pas la banlieue. Il leur manquait l'essentiel : l'animation, la cohue, le bruit. Quand on se balade le soir dans une grande ville, il y a toujours quelque chose à voir. Allez donc vous promener le soir dans une banlieue : rien, *nada*. Tous ces espaces – les jardins silencieux, les interminables terrains de foot, les piscines municipales –, ça vous rendait agoraphobe. Le calme leur pesait. Ainsi que les heures de transport. Ils avaient tenu deux ans, puis ils étaient retournés à Manhattan.

Avec le recul, avaient-ils fait une erreur ?

Il y avait de quoi devenir fou à se poser ce genre de question. Mais Simon ne le pensait pas. Du reste, les jeunes qui s'ennuyaient dans les banlieues faisaient bien plus de bêtises que leurs petits camarades citadins. Paige avait eu une scolarité normale. C'est quand elle était allée dans cette université perdue en pleine campagne que les ennuis avaient commencé.

Ou peut-être qu'il cherchait midi à quatorze heures. Allez savoir.

— Tu l'as vu ? fit Simon.

Yvonne acquiesça.

— À l'accueil. Qu'est-ce qu'il fait là ?

— Je ne sais pas.

— Tu as appelé Hester ?

— Oui. Elle arrive.

— Il est trop beau.

— Qui ça ?

— Le flic. Il pourrait faire la couverture de *GQ*.

Simon hocha la tête.

— C'est bon à savoir, merci.

— Tu veux que je m'occupe de Michelle ?

— Khalil est avec elle, mais tu peux jeter un œil.

— Ça marche.

Yvonne tourna les talons quand un grand Noir vêtu d'un élégant costume gris se dressa dans l'encadrement de la porte.

— Monsieur Greene ?

Tout droit sorti de *GQ*, en effet. Ce costume ne semblait pas tant coupé sur mesure que créé pour lui seul. Il lui allait comme une tenue de super-héros ou une seconde peau. Bâti comme un athlète, il avait le crâne rasé, une barbe impeccablement taillée, de grandes mains... bref, « plus cool que moi, tu meurs ».

Yvonne adressa un signe de tête à Simon, l'air de dire : « Tu comprends maintenant ? »

— Inspecteur Isaac Fagbenle du NYPD.

— Vous n'auriez pas dû venir ici, répondit Simon.

Il eut un sourire si éblouissant qu'Yvonne fit un pas en arrière.

— Ma foi, ce n'est pas un rendez-vous ordinaire.

Il sortit sa plaque.

— J'aimerais vous poser quelques questions.

Yvonne ne bougea pas.

— Bonjour, lui dit-il.

Muette pour une fois, elle le salua d'un signe de la main. Simon fronça les sourcils.

— J'attends mon avocate.

— Serait-ce Hester Crimstein ?

— Oui.

Isaac Fagbenle traversa la pièce et s'assit sans y avoir été invité dans un fauteuil en face de Simon.

— Elle est bonne.

— Mm-mm.

— Le top du top, paraît-il.

— Exact. Et elle ne serait pas contente qu'on ait cette conversation.

Haussant un sourcil, Fagbenle croisa les jambes.

— Vous refusez donc de me parler ?

— Je ne refuse pas. J'attends l'arrivée de mon avocate.

— Vous ne voulez pas me parler maintenant ?

— Je viens de vous le dire, j'attends mon avocate.

— Et vous pensez que je vais en faire autant ?

Une note métallique perçait dans sa voix. Simon regarda Yvonne, qui, elle aussi, avait entendu.

— C'est ce que vous êtes en train de me dire, Simon ? C'est votre dernier mot ?

— Je ne vois pas ce que vous entendez par là.

— Vous refusez vraiment de me parler ?

— Je vous parlerai en présence de mon avocate.

Isaac Fagbenle soupira, décroisa les jambes et se leva.

— Dans ce cas, au revoir.

— Vous pouvez attendre à la réception.

— Certainement pas.

— Elle ne va pas tarder.

— Vous prenez soin de vos clients, non ?

Simon jeta un coup d'œil à Yvonne.

— On fait de notre mieux.

— Vous ne gaspillez pas leur argent, n'est-ce pas ?

— Tout à fait.

— Pareil pour moi. Mes clients, voyez-vous, sont les contribuables de la ville de New York. Je ne vais pas dépenser leurs dollars durement gagnés à feuilleter des revues financières dans votre salle d'attente. Vous comprenez ?

Simon ne dit rien.

— Quand vous et votre avocate serez disponibles, vous pourrez passer au commissariat.

Fagbenle lissa son costume, sortit une carte de la poche de son veston et la tendit à Simon.

— Allez, au revoir.

Simon regarda la carte, et ce qu'il lut le surprit.

— Le Bronx ?

— Pardon ?

— Votre commissariat se trouve dans le Bronx ?

— Parfaitement. Vous autres, à Manhattan, avez tendance à oublier que New York compte cinq arrondissements. Il y a le Bronx, Queens et...

— Mais l'agression...

Simon s'interrompit, rétropédala à la hâte :

— ... la *supposée* agression a eu lieu dans Central Park. C'est à Manhattan.

— C'est vrai, opina Isaac Fagbenle, dégainant à nouveau son sourire éclatant. Mais le meurtre a eu lieu dans le Bronx.

5

En pénétrant clopin-clopant dans le bureau ridiculement vaste au panorama ridiculement spectaculaire, Elena Ramirez se prépara à l'inévitable. Elle ne fut pas déçue.

— Attendez, c'est vous, Ramirez ?

Elena était habituée à ce scepticisme frisant l'incrédulité.

— En chair, répliqua-t-elle. Peut-être un peu trop même, hein ?

Le client – Sebastian Thorpe III – l'examina ouvertement comme il n'aurait jamais examiné un homme. Ce n'était pas une question de susceptibilité, non. C'était un fait. Tout chez Thorpe empestait le fric : le III à la fin de son nom, le costume rayé sur mesure, le teint rubicond, les cheveux lissés en arrière, façon Wall Street années quatre-vingt, les boutons de manchette ours et taureau en argent massif.

Thorpe dardait sur elle un regard qui se voulait des plus méprisants.

— Vous voulez voir mes dents ? s'enquit Elena.

Elle ouvrit grand la bouche.

— Quoi ? Mais non, pas du tout.

— Sûr ? Je peux me tourner aussi.

Elle pivota sur elle-même.

— Les fesses non plus, ce n'est pas ce qui manque, hein ?

— Arrêtez ça.

Le bureau de Thorpe était décoré dans le plus pur style connard américain, tout en blanc et chrome avec une peau de zèbre au milieu, comme pour lui permettre de prendre la pose. Cent pour cent tape-à-l'œil. Lui-même se tenait derrière un bureau blanc suffisamment grand pour garer une Honda Odyssey dessous. Il y avait un cadre sur le bureau, une photo de mariage trop travaillée avec un Thorpe en smoking, un sourire suffisant aux lèvres, et une jeune blonde au corps ferme qui devait se présenter comme « mannequin fitness » sur Instagram.

— C'est juste qu'on m'a dit le plus grand bien de vous, lança Thorpe en guise d'explication.

Autrement dit, il s'attendait à quelqu'un d'un peu plus présentable à ce prix-là, en tout cas pas à une Mexicaine grassouillette d'un mètre cinquante en jean avachi et chaussures plates. Ces gens-là, en entendant son nom, s'imaginaient voir Penelope Cruz ou une féline danseuse de flamenco, et non quelqu'un qui ressemblait à leur femme de ménage.

— Gerald dit que vous êtes la meilleure, répéta Thorpe.

— Et la plus chère, alors cessons de tourner autour du pot, voulez-vous ? Si j'ai bien compris, votre fils a disparu.

Thorpe leva son téléphone portable, tapota l'écran, le tourna vers elle.

— Voici Henry. Mon fils. Il a vingt-quatre ans.

Vêtu d'un polo bleu, Henry arborait un sourire gêné, comme s'il s'efforçait de faire de son mieux, mais n'y arrivait pas vraiment. Elena se pencha en avant, mais le bureau qui les séparait était trop large. Ils s'approchèrent tous deux d'une fenêtre qui offrait une vue à couper le souffle sur la rivière Chicago et le centre-ville.

— Il a l'air gentil, dit-elle.

Thorpe hocha la tête.

— Ça fait combien de temps qu'il a disparu ?

— Trois jours.

— Vous avez alerté la police ?

— Oui.

— Et ?

— Ils ont été très polis. Ils m'ont écouté, ont rédigé un rapport, rentré Henry dans leur fichier, tout ça parce que je suis ce que je suis...

Blanc et fortuné, pensa Elena. C'était tout. Et cela suffisait.

— J'entends un « mais », dit-elle.

— Henry m'a envoyé un texto.

— Quand ?

— Le jour de sa disparition.

— Et que disait ce texto ?

Thorpe tapota à nouveau son téléphone et le lui tendit. Elle lut :

Je pars dans l'Ouest avec des amis. Je reviendrai dans quinze jours.

— Vous avez montré ça à la police ?

— Oui.

— Et ils ont quand même pris votre déposition ?

— Oui.

Elena tenta d'imaginer la réaction de ces policiers

si un père noir ou hispanique, venu signaler la disparition de son fils, leur avait montré le même texto. On lui aurait ri au nez avant de le mettre à la porte.

— Il y a un autre…

Thorpe regarda en l'air.

— … « mais », figurez-vous.

— Lequel ?

— Henry a eu des ennuis avec la justice.

— Quel genre d'ennuis ?

— Rien de grave. De la drogue. Sur lui.

— Il a fait de la prison ?

— Non. Ce n'était pas grand-chose. Il a écopé de travaux d'intérêt général. Plus un casier juvénile scellé. Vous comprenez.

Et comment !

— Est-ce qu'il est déjà arrivé à Henry de disparaître comme ça ?

Thorpe regardait fixement la fenêtre.

— Monsieur Thorpe ?

— Il a déjà fugué, si c'est à ça que vous pensez.

— Plus d'une fois ?

— Oui. Mais là, c'est différent.

— Hmm, fit Elena. Vous vous entendiez bien, tous les deux ?

Il sourit tristement.

— On a été les meilleurs copains du monde. Dans le temps.

— Et maintenant ?

Il tapota son menton du bout de son index.

— Nos rapports ont été tendus dernièrement.

— Pourquoi ?

— Henry n'aime pas Abby.

— Abby ?

— Ma nouvelle épouse.

Elena prit le cadre avec la photo sur le bureau.

— Cette Abby ?

— Oui. Je sais ce que vous pensez.

Elle hocha la tête.

— Que c'est une bombe atomique ?

Il lui arracha le cadre des mains.

— Je n'ai pas besoin que vous me jugiez.

— Je ne vous juge pas. Je juge Abby. Et, ce que j'en pense, c'est que c'est une bombe atomique.

Thorpe fronça les sourcils.

— J'ai peut-être eu tort de faire appel à vous.

— Peut-être, mais récapitulons ce que nous savons au sujet de votre fils Henry. Un, il vous a envoyé un texto disant qu'il partait dans l'Ouest avec des amis. Deux, il lui est arrivé plusieurs fois de disparaître. Trois, il a été arrêté pour détention de drogue. J'oublie quelque chose ? Ah oui, quatre, il désapprouve votre relation avec Abby, qui a l'air d'avoir son âge.

— Abby a presque cinq ans de plus que lui, siffla Thorpe.

Elena ne fit aucun commentaire.

Il sembla soudain se dégonfler à vue d'œil.

— Je pensais bien que vous ne me prendriez pas au sérieux.

Il la congédia d'un geste de la main.

— Vous pouvez partir.

— Minute, pas si vite.

— Je vous demande pardon ?

— Vous êtes visiblement inquiet pour lui. La question est : pourquoi ?

— Peu importe. Je n'ai pas l'intention de vous engager.

— Faites-moi plaisir.

— Le texto.

— Eh bien ?

— Ça a l'air bête.

— Allez-y quand même.

— Les autres fois où Henry avait... disparu.

— Il ne vous avait pas prévenu par texto. Il avait fugué, point.

— C'est ça.

— Donc ce message... ça ne lui ressemble pas.

Thorpe acquiesça lentement.

— Et c'est tout ?

— Oui.

— Pas très convaincant, comme preuve, observa Elena.

— C'est aussi l'avis de la police.

Thorpe se frotta le visage avec les deux mains. On voyait bien qu'il n'avait pas dormi depuis un bon bout de temps. Ses joues étaient rouges, mais la peau sous les yeux était blême.

— Merci de vous être déplacée, madame Ramirez. Je n'aurai pas besoin de vos services.

— Moi, je pense que si, dit Elena.

— Pardon ?

— J'ai pris la liberté de faire quelques recherches avant de venir ici.

Thorpe dressa l'oreille.

— Comment ça ?

— Votre fils vous a envoyé un texto depuis son portable.

— Oui.

— Avant notre rendez-vous, j'ai pingué son téléphone.

Il plissa les yeux.

— Ça veut dire quoi, « pinguer » ?

— Pour tout vous avouer, je n'en ai pas la moindre idée. Mais je connais un génie en informatique du nom de Lou. Il peut envoyer un ping – une sorte de signal, si vous préférez – vers n'importe quel téléphone portable qui lui renvoie sa position.

— Vous savez donc où se trouve Henry ?

— En théorie, oui.

— Et vous l'avez déjà fait ?

— Lou l'a fait, oui.

— Alors où est-il ?

— C'est ça, le *hic*, fit Elena. Il n'y a pas eu de réponse à notre ping.

Thorpe cilla à plusieurs reprises.

— Je ne comprends pas. Vous dites que son téléphone aurait dû… vous pinguer en retour ?

— Exact.

— Henry l'a peut-être éteint, tout simplement.

— Ça, c'est ce que tout le monde pense à tort. Le fait d'éteindre son portable ne désactive pas le GPS.

— On peut donc localiser n'importe qui à n'importe quel moment ?

— Théoriquement, il faut un mandat et une raison valable pour demander à votre opérateur de le faire.

— Pourtant vous l'avez fait, rétorqua Thorpe. Comment ?

Elle ne répondit pas.

Il hocha la tête.

— Je vois. Et ça signifie quoi… que vous n'ayez pas eu de ping en retour ?

— Ça peut signifier beaucoup de choses. Si ça se trouve, c'est très simple. Henry s'est douté que vous engageriez quelqu'un et il a changé de portable.

— Mais vous n'êtes pas convaincue ?

Elena haussa les épaules.

— Cinquante pour cent de chances…, voire plus, qu'il y ait une explication rationnelle à tout cela et que Henry se porte bien.

— Mais vous continuez à penser que je devrais faire appel à vous.

— Vous payez bien une assurance même s'il y a une chance sur mille que votre maison soit cambriolée.

— Pas faux, acquiesça Thorpe.

— Je considère que je vaux le prix de la tranquillité d'esprit, à défaut d'autre chose.

Thorpe pianota sur son téléphone et ouvrit une photo de lui, plus jeune, avec un nourrisson dans les bras.

— Gretchen… c'est ma première femme… elle et moi, on ne pouvait pas avoir d'enfants. On a tout essayé. Hormones, opérations, trois tentatives de FIV. Pour finir, nous avons adopté Henry.

Un sourire jouait sur ses lèvres, mais un sourire mélancolique.

— Et où est Gretchen maintenant ?

— Elle est morte il y a dix ans. Henry était encore au lycée. Ça a été très dur pour lui. J'ai fait de mon mieux. Vraiment. Je sentais que j'étais en train de le perdre. J'ai pris un congé sabbatique pour passer plus de temps avec lui. Mais plus je me raccrochais à lui...

— ... plus il s'éloignait, dit Elena.

Thorpe leva la tête. Il avait les yeux humides.

— Je ne sais pas pourquoi je vous raconte ça.

— Les origines. J'ai besoin de tout savoir.

— Bon, bref... je vois bien de quoi j'ai l'air. C'est pourquoi j'ai demandé à Gerald de me trouver le meilleur détective privé de Chicago. Vous comprenez, madame Ramirez, malgré la drogue, malgré ce texto, malgré ses problèmes avec Abby, je connais mon fils. Et j'ai un mauvais pressentiment. C'est aussi simple que ça. Il y a quelque chose qui cloche. Vous me suivez ?

— Oui, fit-elle doucement. Je vous suis.

— Madame Ramirez ?

— Appelez-moi Elena.

— S'il vous plaît, Elena, tâchez de retrouver mon garçon.

6

C'était une ruse, Simon le savait bien.

L'inspecteur Fagbenle cherchait à le coincer, mais il savait également qu'il n'avait rien fait de mal (« Les fameuses dernières paroles du condamné », lui dirait Hester plus tard), et il n'était pas question, comme Fagbenle s'en doutait certainement, qu'il le laisse partir après lui avoir balancé ce missile nucléaire.

— Qui a été tué ? demanda-t-il.

— Ah, ah !

Fagbenle brandit un doigt moqueur.

— Je croyais qu'on ne se parlait pas avant l'arrivée de votre avocate.

Simon avait la bouche sèche.

— Est-ce ma fille ?

— Je regrette. À moins que vous ne renonciez à votre droit de vous faire assister par un avocat...

— Soyez humain, nom de Dieu ! s'exclama Yvonne.

— Je renonce à mon droit de me faire assister, déclara Simon. Je vous parlerai sans la présence de mon avocate.

Fagbenle se tourna vers Yvonne.

— Je vous prierai de sortir.

— Paige est ma nièce, riposta-t-elle. Elle va bien ?

— Je l'ignore, dit Fagbenle, l'œil rivé sur l'open space divisé en cubicules, mais ce n'est pas elle, la victime.

Une exquise, indicible sensation de soulagement. Comme si chaque parcelle de son être avait été privée d'oxygène jusque-là.

— Alors qui est-ce ? demanda Simon.

Fagbenle ne répondit pas tout de suite. Il attendit qu'Yvonne soit partie – elle promit de guetter Hester devant l'ascenseur –, et que la porte du bureau soit fermée. Pendant un moment, il contempla les cubicules de l'open space par la baie vitrée. C'était bizarre pour un visiteur, un bureau offert à tous les regards.

— Voulez-vous me dire où vous étiez hier soir, Simon ?

— À quelle heure ?

Fagbenle haussa les épaules.

— Dans la soirée. Mettons vers six heures.

— J'ai quitté mon bureau à cette heure-là et j'ai pris le métro pour rentrer.

— Quelle ligne ?

— La une.

— À Chambers Street ?

— Oui. Je descends à la station Lincoln Center.

Fagbenle hocha la tête comme s'il s'agissait d'une information cruciale.

— Ça fait combien de temps au total ? De porte à porte. Vingt, trente minutes ?

— Trente minutes.

— Vous êtes donc arrivé chez vous vers six heures trente ?

— C'est ça.

— Il y avait quelqu'un à la maison ?

— Ma femme et ma plus jeune fille.

— Vous avez aussi un fils, si je ne me trompe pas ?

— Oui, Sam. Mais il est à l'université.

— Où ça ?

— Amherst. C'est dans le Massachusetts.

— Je sais où est Amherst, répliqua Fagbenle. Donc, vous rentrez chez vous. Votre femme et votre fille sont là…

— Oui.

— Et vous n'êtes pas ressorti ?

Simon réfléchit une fraction de seconde.

— Si, deux fois.

— Pour aller où ?

— Au parc.

— À quelle heure ?

— À sept et à dix heures du soir. Je suis allé promener le chien.

— Sympa. C'est quoi comme chien ?

— Un bichon havanais. Elle s'appelle Laszlo.

— Mais Laszlo, c'est un prénom masculin, non ?

Simon hocha la tête. Ils avaient eu Laszlo pour les six ans de Sam. C'est lui qui avait insisté pour lui donner ce nom, indépendamment du sexe du chiot. C'était de l'histoire ancienne, mais malgré les promesses de Sam et de ses deux sœurs, le seul membre de la famille qui s'occupait du chien, c'était celui qui n'en avait pas voulu au départ.

Rien d'étonnant à cela : Simon était tombé fou amoureux de Laszlo. Il aimait leurs promenades, surtout quand il rentrait le soir et que la chienne l'accueillait à la porte comme on accueille un prisonnier de guerre sur le tarmac de l'aéroport, avant de le traîner joyeusement au parc.

Laszlo avait douze ans à présent. Son pas s'était ralenti. Elle était devenue sourde, si bien que, certains jours, elle découvrait que Simon était rentré après coup, et cela l'attristait plus que de raison.

— Et après les promenades avec votre chien, vous n'êtes pas ressorti ?

— Non.

— Donc, vous avez tous les trois passé la soirée à la maison ?

— Je n'ai pas dit ça.

Se redressant, Fagbenle ouvrit les bras.

— Je vous écoute.

— Ma femme est allée travailler.

— Elle est pédiatre au New York - Presbyterian, c'est ça ? Je suppose qu'elle était de garde cette nuit-là. Vous êtes resté seul toute la nuit avec votre fille Anya.

Simon marqua une pause. Ce flic savait où travaillait sa femme. Il connaissait le prénom de sa fille.

— Inspecteur ?

— Appelez-moi Isaac.

Dur, comme diraient ses gosses.

— Qui a été tué ?

La porte du bureau s'ouvrit à la volée. Bien que menue, Hester Crimstein avait de grandes enjambées. Elle fit irruption dans la pièce et se rua vers Fagbenle.

— Vous vous foutez de moi ?

Nullement impressionné, l'inspecteur se leva

sans hâte et, dominant Hester de sa haute taille, lui tendit la main.

— Inspecteur Isaac Fagbenle, police criminelle. Ravi de vous rencontrer.

Hester le toisa.

— Retirez votre main si vous ne voulez pas la perdre... tout comme votre boulot.

À son tour, Simon eut droit à un regard noir.

— Je ne vous félicite pas non plus.

Elle poursuivit sur le même ton pendant quelque temps. Puis elle exigea de continuer cet entretien dans une salle de réunion sans fenêtres. Changement de décor. Une manœuvre psychologique sûrement, même si son intérêt ne sauta pas immédiatement aux yeux de Simon. Une fois dans la salle, Hester prit les choses en main. Elle plaça Fagbenle à un bout de la longue table. Simon et elle s'assirent à l'autre bout.

Après que tout le monde se fut installé, elle adressa un signe de tête à Fagbenle.

— OK, allez-y.

— Simon...

— Monsieur Greene, siffla Hester. Vous n'avez pas gardé les cochons ensemble.

Fagbenle, qui semblait vouloir protester, se borna à sourire.

— Monsieur Greene.

Il sortit une photo de sa poche.

— Connaissez-vous cet homme ?

Hester posa la main sur l'avant-bras de Simon. C'était un avertissement. Il ne devait réagir ou répondre que si elle l'y autorisait.

Fagbenle fit glisser la photo sur la table.

C'était Aaron Corval. Ce fumier arborait ce petit sourire satisfait que Simon avait effacé au parc d'un coup de poing. Il se tenait dans un pré bordé d'arbres, et il n'était pas seul ; il enlaçait quelqu'un… quelqu'un que Fagbenle avait coupé, de sorte qu'on n'en voyait que l'épaule, et Simon ne put s'empêcher de se demander si cette autre personne sur la photo n'était pas Paige.

— Oui, je le connais, dit-il.

— Qui est-ce ?

— Son nom est Aaron Corval.

— C'est le compagnon de votre fille, exact ?

Hester lui pressa le bras.

— Ce n'est pas son rôle de décrire la nature de leur relation. Continuez.

Fagbenle pointa le doigt sur le visage arrogant d'Aaron.

— Et comment l'avez-vous connu ?

— Vous plaisantez, là ?

C'était à nouveau Hester.

— Un problème, maître Crimstein ?

— En effet. Vous êtes en train de nous faire perdre notre temps.

— Je demande…

— Stop.

Elle leva la main.

— Vous vous enferrez. Nous savons tous ici comment mon client a connu Aaron Corval. Faisons comme si vous nous aviez plongés, M. Greene et moi, dans un état de relaxation profonde grâce à vos méthodes d'interrogation aussi subtiles qu'évidentes. Nous sommes de l'argile entre vos mains, inspecteur, alors venons-en au fait, OK ?

— Très bien.

Fagbenle se pencha en avant.

— Aaron Corval a été assassiné.

Simon s'en doutait déjà, mais le choc n'en fut pas moins brutal.

— Et ma fille… ?

Hester lui serra le bras.

— Nous ne savons pas où elle est, monsieur Greene. Et vous ?

— Moi non plus.

— Quand l'avez-vous vue pour la dernière fois ?

— Il y a trois mois.

— Où ?

— À Central Park.

— Le jour où vous avez agressé Aaron Corval ?

— Ouh là, dit Hester. Faites comme si je n'étais pas là.

— Je vous le demande encore une fois, il y a un problème ?

— Et je vous réponds encore une fois : oui, il y a un problème. Je n'aime pas le choix que vous faites de vos mots.

— Parce que j'ai parlé d'agression pour décrire ce qui s'était passé ?

— Parfaitement.

Se laissant aller en arrière, Fagbenle posa les mains sur la table.

— J'ai l'impression que, dans cette affaire, les charges ont été abandonnées.

— Vos impressions m'importent peu.

— Vous vous en êtes bien tiré. Malgré toutes les preuves. Intéressant, non ?

— Je me fiche de ce qui vous intéresse, inspecteur.

Je n'aime pas le terme employé pour qualifier cet incident. Reformulez, je vous prie.

— Qui est en train de nous faire perdre du temps, maître ?

— Je veux un interrogatoire en règle, monsieur Je-sais-tout.

— Soit. L'agression présumée. L'incident. Ce que vous voulez. Votre client peut-il répondre à ma question ?

— Oui. Je n'ai pas revu ma fille depuis l'incident à Central Park, dit Simon.

— Et Aaron Corval ? Vous l'avez vu ?

— Non plus.

— Donc, ces trois derniers mois, vous avez eu zéro contact avec Corval, zéro contact avec votre fille, c'est bien ça ?

— Vous l'avez déjà demandé, l'interrompit Hester sèchement, et il vous a répondu.

— Laissez-le parler, je vous prie.

— C'est bien ça, dit Simon.

Fagbenle sourit brièvement.

— Vous n'êtes pas très proche de votre fille Paige.

Mais Hester ne l'entendait pas de cette oreille.

— Vous êtes conseiller en thérapie familiale ?

— Simple remarque. Et votre fille Anya ?

— Quoi, sa fille Anya ? riposta Hester.

— M. Greene a mentionné tout à l'heure que lui et sa fille Anya étaient restés seuls toute la nuit à la maison.

Hester fusilla Simon du regard.

— Monsieur Greene, vous avez sorti votre chien

une seconde fois vers dix heures du soir, est-ce exact ?

— Oui.

— Anya ou vous êtes-vous ressortis après ça ?

— Ouh là, fit Hester, formant un T avec ses mains. Le temps est écoulé.

Fagbenle eut l'air contrarié.

— J'aimerais poursuivre mon interrogatoire.

— Et moi, j'aimerais rouler une pelle à Hugh Jackman, répliqua Hester. Nous allons donc tous les deux devoir vivre avec nos frustrations respectives.

Elle se leva.

— Restez là, inspecteur. On revient tout de suite.

Elle entraîna Simon dans le couloir tout en pianotant sur son téléphone.

— Je passe sur les remontrances qui s'imposent.

— Et moi, je passe sur le fait que j'ignorais si c'était ma fille qui avait été assassinée.

— C'était un stratagème.

— J'avais bien compris.

— Ce qui est fait est fait, trancha-t-elle. Que lui avez-vous dit jusqu'ici ? N'omettez rien.

Simon lui rapporta leur conversation avant son arrivée.

— Vous avez vu, je viens d'envoyer un texto.

— Oui.

— Avant d'y retourner et de commettre une bourde, je veux que mon enquêteur récolte un maximum d'infos sur le meurtre de Corval : l'heure, les circonstances, la méthode, tout. Comme vous n'êtes pas bête, vous savez où il veut en venir, notre affriolant inspecteur.

— Je fais partie des suspects.

Elle hocha la tête.

— Vous avez été impliqué dans un « incident »…

Elle esquissa des guillemets avec ses doigts.

— … avec la victime. Vous le détestiez. Vous le rendiez responsable de la toxicomanie de votre fille. Alors oui, vous faites partie des suspects. Ainsi que votre femme. Et Paige aussi, ma foi. Je dirais même que c'est elle, le suspect numéro un. Vous avez un alibi pour hier soir ?

— Je viens de le dire, j'étais chez moi.

— Avec ?

— Anya.

— Ça ne va pas le faire.

— Pourquoi ?

— Où était Anya dans l'appartement ?

— Dans sa chambre, essentiellement.

— Porte ouverte ou fermée ?

Simon comprit ce à quoi elle faisait allusion.

— Fermée.

— C'est une ado, non ? Porte close, probablement la musique qui beugle dans son casque. Vous auriez pu vous éclipser à tout moment. À quelle heure Anya s'est-elle couchée ? Vers vingt-trois heures, sans doute. Vous auriez pu sortir après. Y a-t-il des caméras de surveillance dans votre immeuble ?

— Oui. Mais c'est un vieux bâtiment. Il y a toujours moyen de passer inaperçu.

Le téléphone d'Hester bipa. Elle le porta à son oreille en disant :

— Articulez.

Elle écouta et blêmit. Lorsqu'elle parla enfin, sa voix était inhabituellement douce.

— Envoyez-moi le rapport par mail.

Elle raccrocha.

— Alors ? fit Simon.

— Ils ne pensent pas que c'est vous. Correction, ils ne *peuvent pas* penser que c'est vous.

7

Ash regarda la cible se garer devant une maison délabrée qui abritait plusieurs familles.

— Il a une Cadillac ? demanda Dee Dee.

— Apparemment.

— Une Eldorado ?

Dee Dee était un vrai moulin à paroles.

— Non.

— Tu es sûr ?

— Il a une ATS. Ils ne fabriquent plus l'Eldorado depuis 2002.

— Comment tu sais ça ?

Ash haussa les épaules. Il le savait, c'est tout.

— Mon papa avait une Eldorado, déclara Dee Dee.

Il fronça les sourcils.

— Ton « papa » ?

— Quoi, tu crois que je ne me souviens pas de lui ?

Dee Dee avait été placée en famille d'accueil dès l'âge de six ans. Ash était arrivé dans sa première famille d'accueil à quatre ans. Les quatorze années suivantes, il en avait connu une bonne vingtaine. Pareil pour Dee Dee. À trois reprises pour une durée totale de huit mois, ils s'étaient retrouvés sous le même toit.

— Il l'avait achetée d'occasion, évidemment.

Et quand je dis d'occasion... Le plancher était complètement rouillé. Mais papa adorait cette bagnole. Il me laissait m'asseoir à côté de lui. Sans ceinture. Le cuir des sièges était tout craquelé. Ça me grattait les jambes. Il mettait la radio à fond et, des fois, il chantait en même temps. C'est le principal souvenir que je garde de lui. Il avait une belle voix, mon vieux. Il souriait et se mettait à chanter, puis il lâchait le volant et conduisait avec les poignets, tu vois ce que je veux dire ?

Ash était au courant. Il savait aussi que papa conduisait d'une main tout en fourrant l'autre entre les jambes de sa petite fille, mais ce n'était peut-être pas le moment d'en parler.

— Papa adorait cette fichue bagnole, répéta Dee Dee avec une moue. Jusqu'à ce que...

Ash ne put se retenir.

— Jusqu'à ce que quoi ?

— Je crois que tout est parti en vrille quand papa a découvert la vérité à propos de cette voiture.

Ash se crispait chaque fois qu'elle prononçait le mot « papa ».

La cible descendit de voiture. C'était un type baraqué vêtu d'un jean, de boots écornées simili-Timberland et d'une chemise en flanelle. Il avait une barbe et une casquette couleur treillis avec le logo des Boston Red Sox, trop petite pour sa tête en forme de citrouille.

Ash le désigna du menton.

— C'est lui, notre gars ?

— J'ai l'impression. C'est quoi, le plan ?

La cible ouvrit la portière arrière de la voiture,

et deux fillettes avec des cartables vert vif en sortirent. C'étaient ses filles. Ash savait que l'aînée, Kelsey, avait dix ans, et Kiera, la plus jeune, huit ans.

— On attend.

Ash était assis au volant et Dee Dee sur le siège du passager. Il ne l'avait pas vue depuis trois ans. Il l'avait même crue morte jusqu'à leurs récentes retrouvailles. Il s'était imaginé qu'ils seraient gênés – trop de temps, trop d'eau sous les ponts –, mais ils avaient vite repris leurs anciennes habitudes.

— Et alors, que s'est-il passé ? demanda-t-il.

— Comment ?

— Avec l'Eldorado de ton père. Pourquoi ça a mal tourné ? Qu'est-ce qu'il a découvert au sujet de cette bagnole ?

Le sourire de Dee Dee s'évanouit. Elle se trémoussa sur son siège.

— Tu n'es pas obligée de répondre.

— Mais si, dit-elle, j'y tiens.

Tous les deux regardaient par le pare-brise la maison de la cible. Ash posa la main sur sa hanche, sur la crosse de son arme, plus précisément. Il avait ses consignes. Il ignorait ce que le type baraqué avait fait – lui ou tous ceux qui étaient sur sa liste –, mais, quelquefois, moins il en savait, mieux il se portait.

— On est allés dans un restaurant de poisson, un restaurant assez classe, commença Dee Dee. C'était juste avant la mort de mamie. C'est elle qui avait payé. Papa, il était plutôt viande. Il détestait le poisson. Et quand je dis détestait…

Ash ne voyait pas du tout où elle voulait en venir.

— Le serveur arrive pour nous lire les plats du jour. Marqués à la craie blanche sur un tableau noir. Classe, non ?

— Si, si.

— Bref, il a un accent bizarre, le serveur, et il nous dit comme ça : « Le chef vous recommande tout particulièrement... – là, il pointe le doigt comme si son tableau était une voiture à gagner au *Juste Prix* – ... la dorade grillée aux noix et au pesto vert. »

Ash tourna la tête pour la regarder. On aurait pu penser que les années auraient laissé leur empreinte sur Dee Dee, après tout ce qu'elle avait subi, mais il la trouvait plus belle que jamais. Ses cheveux blond doré dégringolaient en une longue natte dans son dos. Ses lèvres étaient pulpeuses, son teint, éclatant. Ses yeux étaient d'un vert émeraude, si bien que beaucoup la soupçonnaient de porter des lentilles ou de recourir à un quelconque artifice.

— Alors papa demande au serveur de répéter le nom de ce poisson, le serveur répète, et là papa...

Si seulement elle pouvait arrêter de l'appeler comme ça.

— ... il pète les plombs. Il renverse sa chaise et part en courant. Tu comprends, sa voiture, sa belle voiture... elle portait un nom de poisson ! Et ça, papa ne l'a pas supporté.

Ash se borna à la dévisager.

— Tu es sérieuse ?

— Bien sûr que je suis sérieuse.

— Elle ne portait pas un nom de poisson.

— Quoi, tu n'as jamais entendu parler de la dorade ?

— J'ai entendu parler de la dorade, mais Eldorado est une cité d'or légendaire d'Amérique du Sud.

La cible sortit de la maison et se dirigea vers son garage.

— Ils doivent tous être neutralisés différemment ? demanda Ash.

— Différemment, je ne sais pas, mais on ne doit pas pouvoir faire le rapprochement entre eux.

Donc, il ne fallait pas que ce soit comme à Chicago, mais bon, cela lui laissait de la marge.

— Surveille la maison, dit-il.

— Je ne viens pas avec toi ?

Elle avait l'air peinée.

— Non. Prends le volant. Laisse tourner le moteur. Surveille la porte. Si quelqu'un sort, appelle-moi.

Il ne répéta pas ses instructions. La cible s'était engouffrée dans le garage. Ash se mit en chemin.

Voici ce qu'il savait à son sujet. Son nom était Kevin Gano. Il était marié depuis douze ans à Courtney qu'il avait connue au lycée. Les Gano habitaient au premier étage de cette maison dans Devon Street à Revere, Massachusetts. Six mois plus tôt, Kevin avait été viré de l'usine de conditionnement de viande de Lynn où il avait été employé ces sept dernières années. Comme il n'arrivait pas à retrouver du travail, Courtney avait été obligée de prendre un poste de réceptionniste dans une agence de voyages sur Constitution Avenue.

Kevin, qui voulait se rendre utile, allait chercher ses filles à l'école tous les jours à quatorze heures. C'est la raison pour laquelle il était chez lui à une heure où tout le quartier était calme et désert.

Debout devant un établi, il était en train de démonter un lecteur DVD ou Blu-ray – il gagnait un peu d'argent en faisant de petites réparations de ce genre – quand Ash s'approcha. Levant la tête, il lui adressa un sourire amical. Ash sourit aussi et pointa son arme sur lui.

— Restez tranquille et tout ira bien.

Il pénétra dans le garage et abaissa la porte pour la fermer. Pas un instant il n'avait quitté Kevin des yeux, qui avait toujours le tournevis dans sa main.

Sa main droite.

— Qu'est-ce que vous voulez ?

— Posez ce tournevis, Kevin. Si vous coopérez, personne ne sera blessé.

— Mon œil, fit Kevin.

— Pardon ?

— J'ai vu votre visage.

Pas faux.

— Je porte un déguisement. Ne vous inquiétez pas pour ça.

— Mon œil, répéta Kevin.

Il regarda la porte latérale, comme s'il avait l'intention de s'enfuir par là.

— Kelsey et Kiera, dit Ash.

En entendant les prénoms de ses filles, il se figea.

— De deux choses l'une. Soit vous tentez de vous sauver, je vous descends ici et maintenant. Ça passera pour un cambriolage qui aura mal tourné. Autrement dit, j'entrerai dans la maison. Que font Kelsey et Kiera à cette heure-ci ? Leurs devoirs ? Elles regardent la télé ? Elles prennent leur goûter ? Quoi qu'il en soit, j'entrerai et commettrai des choses tellement atroces que vous remercierez le ciel d'être mort.

Kevin secoua la tête. Ses yeux s'emplirent de larmes.

— S'il vous plaît.

— Soit, dit Ash, vous lâchez ce tournevis. Tout de suite.

Kevin s'exécuta. Le tournevis rebondit sur le sol en ciment.

— Je ne comprends pas. Je n'ai fait de mal à personne. Pourquoi vous faites ça ?

Ash haussa les épaules.

— Je vous en prie, ne touchez pas à mes filles. Je ferai ce que vous voudrez. Seulement ne...

Il déglutit, se redressa légèrement.

— Et... Et maintenant ?

Ash traversa le garage et pressa le canon de son arme contre la tempe de Kevin, qui ferma les yeux juste avant que le coup parte.

La détonation résonna dans le garage, mais Ash doutait qu'on l'ait entendue de l'extérieur.

Kevin était mort avant d'avoir touché terre.

Ash ne perdit pas une seconde. Il plaça le pistolet dans la main droite de Kevin et appuya sur la détente. La balle alla se loger directement dans le sol. Comme ça, il y aurait un résidu de poudre sur sa main. Il ramassa le téléphone et le déverrouilla en se servant du pouce de Kevin. Rapidement, il fit défiler la liste des contacts jusqu'à ce qu'il tombe sur la femme.

Le prénom de Courtney était encadré de deux cœurs.

Des cœurs. Kevin avait ajouté des cœurs au prénom de sa femme.

Ash tapa un simple texto :

Désolé. S'il te plaît, pardonne-moi.

Il envoya le texto, jeta le téléphone sur l'établi et retourna à la voiture.

Pas de précipitation. Ne pas marcher trop vite.

Il y avait probablement huit chances sur dix pour que le scénario du suicide tienne la route. Une plaie à la tempe... la tempe droite, normal pour un droitier. C'est pour cela qu'Ash avait regardé dans quelle main Kevin tenait le tourne-vis. Il y avait le texto. Le résidu de poudre sur la main. L'autre balle pourrait laisser croire que Kevin avait essayé une première fois, mais s'était dégonflé à la dernière seconde, avant de sauter le pas pour de bon.

Le scénario du suicide était donc plausible. Huit... voire neuf chances sur dix, si on ajoutait que Kevin était au chômage et sans doute dépressif à la suite de son licenciement. Un flic trop agressif ou qui regarderait trop *Les Experts* pourrait certes relever quelques incohérences. Par exemple, il n'avait pas eu le temps de redresser Kevin avant de tirer la seconde balle. Alors, si la police scienti-fique avait de l'argent à dépenser pour étudier la trajectoire du projectile, ils se rendraient compte que le coup était parti au ras du sol.

Quelqu'un aurait pu apercevoir Ash ou la voiture, ce qui provoquerait aussi quelques haussements de sourcils.

Mais tout cela était très hypothétique.

De toute façon, Dee Dee et lui seraient déjà loin. La voiture serait nettoyée et abandonnée. Il n'y aurait aucun moyen de les identifier.

Ash excellait dans son métier.

Il monta dans la voiture côté passager. Aucun rideau n'avait bougé dans les environs. Aucune porte ne s'était ouverte. Aucun véhicule n'avait emprunté cette rue.

Dee Dee demanda :

— Il est… ?

Ash hocha la tête.

Dee Dee sourit et démarra.

8

Ingrid accueillit Simon à la porte et noua les bras autour de sa taille.

— Je venais de m'écrouler, dit-elle, quand la police a débarqué.

— Je sais.

— L'interphone n'a pas arrêté de sonner. J'ai eu un mal fou à me réveiller. J'ai cru que c'était une livraison, sauf qu'ils s'arrangent toujours pour m'éviter ça.

Par « ils », Ingrid entendait les portiers de l'immeuble. Une fois par semaine, Ingrid effectuait une garde de nuit aux urgences. Les portiers savaient qu'elle dormait toute la journée du lendemain, de sorte que, s'il y avait des livraisons, ils les interceptaient pour les remettre à Simon quand il rentrait à six heures et demie.

— J'ai enfilé un jogging. Le flic est monté. Il m'a demandé si j'avais un alibi, comme s'il me soupçonnait de quelque chose.

Simon était déjà au courant. Ingrid l'avait contacté sitôt que le portier l'avait informée de la visite du policier. Hester avait aussitôt dépêché un confrère de son cabinet pour l'assister pendant l'entretien.

— Et je viens d'avoir un coup de fil de Mary

aux urgences. Les flics se sont déplacés à l'hôpital pour vérifier mes dires. Non, mais tu imagines ?

— Ils m'ont aussi demandé mon alibi, dit Simon. Hester pense que c'est une simple formalité.

— Je ne comprends pas bien. Que s'est-il passé exactement ? Aaron a été tué ?

— Assassiné, oui.

— Et où est Paige ?

— Personne n'a l'air de le savoir.

Laszlo la chienne, qui, jusque-là, attendait patiemment qu'on s'occupe d'elle, se mit à gratter la jambe de Simon. Leurs regards croisèrent ses yeux mélancoliques.

— On la sort ? proposa Simon.

Cinq minutes plus tard, ils entraient dans Central Park côté 67e Rue, Laszlo tirant fort sur la laisse. Sur la gauche, bien en vue et cependant légèrement cachée, il y avait une minuscule aire de jeux toute bariolée. Il y a une éternité de cela, et cependant il n'y a pas si longtemps, ils venaient ici avec Paige, puis avec Sam, puis avec Anya. Ils s'asseyaient sur un banc d'où ils pouvaient surveiller tous les jeux sans tourner la tête, se sentant en sécurité au milieu de cet immense parc dans cette immense ville à deux pas de chez eux.

Ils passèrent devant le restaurant réputé Tavern on the Green et tournèrent à droite en direction du sud. Un groupe d'écoliers avec des T-shirts jaunes assortis – faciles à repérer lors d'une sortie scolaire – les doublèrent, marchant en file indienne. Simon attendit qu'ils soient hors de portée de voix.

— Ce meurtre, dit-il. C'était macabre.

Ingrid portait une veste longue et fine. Elle enfonça ses mains dans les poches.

— Je t'écoute.

— Aaron a été mutilé.

— Comment ?

— Tu tiens vraiment à le savoir ? s'enquit-il.

Ingrid faillit sourire.

— Bizarre, fit-elle.

— Quoi ?

— C'est toi qui as du mal à supporter la violence au cinéma.

— Et toi, tu es la toubib qui ne bronche pas à la vue du sang, acheva-t-il à sa place. Mais je crois que je comprends mieux maintenant.

— Comment ça ?

— Quand Hester m'en a parlé, ça ne m'a pas écœuré. Peut-être parce que c'était réel. On n'a pas d'autre choix que de réagir. Comme toi avec tes patients aux urgences. À l'écran, j'ai le luxe de pouvoir regarder ailleurs. Mais dans la vraie vie...

Il se tut.

— Tu es en train de noyer le poisson, dit Ingrid.

— C'est idiot, je sais. Selon la source d'Hester, Aaron a été égorgé, même si elle dit que c'est un doux euphémisme. Le couteau est entré si profondément dans sa gorge que l'assassin lui a pratiquement tranché la tête. On lui a coupé trois doigts. Et aussi...

— Ante ou post mortem ? questionna Ingrid sur un ton professionnel.

— Comment ?

— Les amputations. Était-il encore vivant à ce moment-là ?

— Aucune idée, répondit Simon. Ça change quelque chose ?

— Ça peut.

— Je ne vois pas quoi.

Laszlo marqua un arrêt pour saluer un colley qui passait en lui reniflant le derrière.

— Si Aaron était en vie quand on l'a mutilé, expliqua Ingrid, c'était peut-être pour lui extorquer des informations.

— Quel genre d'informations ?

— Je ne sais pas. Mais maintenant, notre fille est introuvable.

— Tu penses... ?

— Je ne pense rien, rétorqua Ingrid.

Ils s'arrêtèrent tous les deux. Leurs yeux se rencontrèrent et, pendant un bref instant, malgré les promeneurs autour d'eux, malgré l'horreur de ce qu'ils étaient en train de vivre, Simon se noya dans le regard d'Ingrid, et elle dans le sien. Il l'aimait. Elle l'aimait. L'équation est simple : on a chacun une carrière, on élève des gosses, il y a des victoires et des défaites, et la vie suit son cours, les journées longues et les années courtes, mais quelquefois, on prend le temps de regarder son compagnon ou sa compagne, celui ou celle qui chemine à vos côtés le long de la route solitaire, et on se rend compte à quel point vos destins sont intriqués.

— Pour la police, Paige est juste une droguée, un déchet, affirma Ingrid. Ils ne la rechercheront pas ou, s'ils le font, ce sera pour l'arrêter comme complice ou pire.

Simon hocha la tête.

— C'est donc à nous d'agir.

— Où Aaron a-t-il été assassiné ?

— Dans leur appartement à Mott Haven.

— Tu connais l'adresse ?

Il acquiesça. Hester la lui avait donnée.

— Alors, commençons par là, déclara Ingrid.

Le chauffeur Uber s'arrêta devant deux barrières en béton qui barraient la rue comme dans une zone de guerre.

— Je peux pas aller plus loin.

Le chauffeur qui s'appelait Ahmed se retourna en fronçant les sourcils.

— Vous êtes sûrs que c'est là ?

— Absolument.

Ahmed avait l'air dubitatif.

— Si vous cherchez de la marchandise, je connais un endroit...

— Ça ira, merci, le coupa Ingrid.

— C'était pas pour vous offenser.

— J'avais bien compris, dit Simon.

— Vous allez pas me mettre une seule étoile à cause de ça, hein ?

— Vous méritez largement les cinq étoiles, mon vieux, fit Simon en ouvrant la portière.

— Nous vous en aurions attribué six, si c'était possible, ajouta Ingrid.

Ils descendirent de la Toyota. Simon portait un jogging et des baskets. Ingrid avait mis un pull et un jean. Ils étaient chacun affublés d'une casquette de baseball, elle avec le traditionnel rabat des New York Yankees, lui avec le logo d'un club de golf, vestige d'une quelconque manifestation caritative. Un look discret, décontracté... tout pour passer inaperçus, sauf que ça ne trompait personne.

L'immeuble de trois étages en brique décrépit tombait moins en ruine qu'il ne s'effritait, craquant aux coutures tel un vieux pardessus. L'escalier de secours semblait à deux doigts de s'écrouler ; du métal il ne restait que la rouille, de quoi se poser la question s'il ne valait pas mieux se faire rôtir que d'attraper le tétanos. Sur le trottoir, un matelas qui avait subi les pires outrages avait été jeté sur des sacs-poubelle noirs, les réduisant en un tas informe. Les marches en ciment s'émiettaient. La porte d'entrée en métal gris s'ornait d'un tag tarabiscoté peint à la bombe. Le terrain vague attenant était jonché de vieux pneus et de morceaux de carrosserie, le tout bizarrement clôturé avec du grillage neuf surmonté de barbelés, comme si quelqu'un avait eu l'idée de venir se servir dans cette décharge. L'immeuble de droite, autrefois en grès rouge, dissimulait ses vitres brisées sous du contreplaqué, créant une impression de détresse et de solitude à vous donner envie de pleurer.

Paige, sa petite fille, avait vécu ici.

Simon regarda Ingrid. Elle aussi contemplait l'immeuble, l'air complètement perdu. Ses yeux effleurèrent par-delà les toits les tours HLM qui se dressaient non loin de là.

— On fait quoi maintenant ? lui demanda Simon.

Ingrid examina les alentours.

— On n'y a pas vraiment réfléchi, hein ?

Elle se dirigea vers la porte peinturlurée et la poussa sans hésitation. La porte céda en grinçant. Une fois dans l'entrée – un terme bien pompeux –, une odeur âcre de renfermé les submergea, mélange de moisi et de pourriture. Une ampoule nue pendait du plafond ; sa puissance ne devait pas dépasser les vingt-cinq watts.

C'est ici qu'a habité Paige, pensa Simon.

Il songea aux choix de vie, aux mauvaises décisions et aux croisées des chemins, aux tournants et aux portes coulissantes qui avaient conduit Paige dans ce trou à rats. Était-ce sa faute à lui ? Quelque part, oui. On appelle ça l'« effet papillon ». Changez une seule chose, même infime, et vous changez tout. Si seulement il pouvait revenir en arrière ! Paige voulait écrire. Il aurait pu envoyer un de ses textes à cet ami dans la revue littéraire locale, revue qui fonctionnait grâce à des dons, pour le faire publier. Se serait-elle consacrée davantage à l'écriture ? Paige n'avait pas été reçue à Columbia. N'aurait-il pas dû insister, faire jouer ses anciennes relations ? Le beau-père d'Yvonne avait siégé au conseil d'administration du prestigieux Williams College. Il aurait pu appuyer sa candidature. Un rien aurait suffi pour changer le cours des choses. Paige voulait un chat pour sa chambre d'étudiante, mais Simon ne s'en était pas occupé. Elle s'était disputée avec Merilee, sa meilleure amie en classe de CP, et, en tant que père, il n'avait rien tenté pour les réconcilier. Paige préférait le fromage américain au cheddar dans ses sandwichs à la dinde, mais Simon avait tendance à l'oublier.

Il y avait de quoi devenir fou.

Et puis, elle avait été tellement gentille. La meilleure fille du monde. Paige détestait les conflits ; ses yeux débordaient à la moindre broutille, si bien que Simon n'avait jamais eu le cœur de la réprimander. Peut-être qu'il aurait dû. Sauf que lui aussi pleurait pour un oui ou pour un non. Il prétextait une poussière dans l'œil, une allergie imaginaire ou s'éclipsait plutôt que de faire étalage de son hypersensibilité. Il avait cru qu'afficher une virilité factice rassurerait sa fille, qu'elle se sentirait plus protégée, plus en sécurité, mais, au final, cela l'avait rendue encore plus vulnérable.

Ingrid avait déjà commencé à gravir les marches inégales. S'apercevant que Simon ne suivait pas, elle se retourna.

— Ça va ?

Tiré de sa rêverie, il hocha la tête et lui emboîta le pas.

— Deuxième étage, dit-il. Appartement B.

Il y avait des débris de ce qui avait dû être un canapé sur le palier du premier étage. Des canettes de bière écrasées et des cendriers remplis de mégots. Avant de continuer, Simon risqua un coup d'œil dans le couloir et vit un Noir maigre vêtu d'un marcel et d'un jean élimé. Il avait une barbe blanche si épaisse et bouclée qu'on aurait dit qu'il était en train de manger un mouton.

Au deuxième étage, ils tombèrent sur un ruban jaune avec l'inscription SCÈNE DE CRIME DÉFENSE D'ENTRER. Simon hésita. Pas Ingrid. Elle passa par en dessous sans ralentir l'allure. Il suivit. Il y avait un autre ruban jaune sur la lourde porte métallique avec la lettre B, formant un X cette fois, si bien que, pour le franchir, on était obligé de l'arracher. Mais Ingrid n'en avait cure. Elle posa la main sur le bouton de porte et tenta de le tourner.

Le bouton ne bougea pas.

Elle recula et fit signe à Simon d'essayer. Il secoua le bouton dans tous les sens, poussa, tira.

La porte était verrouillée.

Les murs autour d'eux étaient peut-être pourris au point que Simon aurait pu passer son poing à travers, mais la porte ne céderait pas.

— Salut.

Ce simple mot, prononcé d'une voix normale, leur fit l'effet d'une déflagration. Simon et Ingrid sursautèrent et se retournèrent. C'était le Noir maigre à la barbe moutonneuse. Simon chercha une issue de secours. Il n'y en avait pas, à part l'escalier qu'ils avaient emprunté, et l'accès à celui-ci était bloqué.

Instinctivement, il se plaça entre l'homme et Ingrid.

Pendant un moment, personne ne parla. Ils restaient là, sans bouger, dans ce couloir crasseux. À l'étage du dessus, quelqu'un mit de la musique avec des basses tapageuses et un chanteur agressif.

L'homme dit :

— Vous cherchez Paige.

Ce n'était pas une question.

— Vous, fit-il en pointant un doigt osseux sur Ingrid. Vous êtes sa mère.

— Comment le savez-vous ?

— Vous lui ressemblez énormément. Ou c'est elle qui vous ressemble ?

Il caressa sa barbe moutonneuse.

— Je confonds toujours.

— Vous savez où est Paige ? demanda Simon.

— C'est pour ça que vous êtes là ?

Ingrid fit un pas vers lui.

— Oui. Vous savez où elle est ?

L'homme secoua la tête.

— Je regrette.

— Mais vous la connaissez ?

— Oui, je la connais. J'habite juste au-dessous de chez eux.

— Quelqu'un pourrait nous dire où elle est ? hasarda Simon.

— Quelqu'un ?

— Un ami, par exemple.

L'homme sourit.

— C'est moi, son ami.

— Un autre ami, alors.

— Je ne crois pas.

Il pointa sa barbe en direction de la porte.

— Vous essayez d'entrer ?

Simon regarda Ingrid. Elle dit :

— Oui, nous espérions voir…

L'homme à la barbe plissa les yeux.

— Voir quoi ?

— Pour tout vous dire, je n'en sais rien, répondit Ingrid.

— Nous voulons juste la retrouver, ajouta Simon.

L'homme se remit à caresser sa barbe, tirant sur son extrémité comme pour l'allonger.

— Je peux vous faire entrer.

Il sortit une clé de sa poche.

— Comment avez-vous... ?

— Je viens de vous le dire, je suis un ami de Paige. Vous ne laissez pas vos clés à des amis, au cas où vous vous retrouveriez enfermés dehors ?

Il s'approcha d'eux.

— Si les flics râlent à cause du ruban, je dirai que c'est votre faute. Allez, venez.

L'appartement était un taudis deux fois plus petit que la chambre d'étudiante de Paige. Il y avait deux matelas par terre, un contre le mur de droite, un autre contre le mur de gauche. Aucun meuble, juste ces deux matelas.

La guitare de Paige était debout dans le coin droit. À côté, par terre, il y avait ses habits. Rangés en trois piles ordonnées. Simon sentit la main d'Ingrid se glisser dans la sienne. Paige avait toujours pris soin de ses affaires.

Du côté gauche de la pièce, il y avait des traces de sang séché sur le plancher.

— Elle n'a jamais fait de mal à personne, votre fille, dit le Noir. À part à elle-même.

Ingrid se tourna vers lui.

— Comment vous appelez-vous ?

— Cornelius.

— Moi, c'est Ingrid. Et voici le père de Paige, Simon. Mais vous avez tort, Cornelius.

— À propos de quoi ?

— Elle n'a pas fait du mal qu'à elle-même.

Cornelius réfléchit avant de hocher la tête.

— C'est peut-être vrai, Ingrid. Mais elle a un

107

bon fond, vous savez. On jouait souvent aux échecs, elle et moi.

Il croisa le regard de Simon.

— Elle m'a dit que c'est vous qui lui aviez appris.

Simon acquiesça, incapable de proférer un son.

— Elle adorait promener Chloe. Ma chienne. Un cocker anglais. Elle disait qu'elle aussi avait une chienne à la maison. Et qu'elle lui manquait. Je comprends que Paige vous ait blessés, mais ce n'était pas intentionnel. Je connais ça. C'est le démon... il prend possession de vous. Il vous titille jusqu'à ce qu'il trouve un point faible et, là, il se faufile en vous et pénètre jusque dans votre sang. Ça peut être à travers l'alcool. À travers le jeu. Le démon peut se cacher dans l'héroïne, le crack, les amphètes. Il prend des formes différentes, voilà tout.

Il regarda le sang sur le plancher.

— Le démon peut même être un homme.

— J'imagine que vous avez connu Aaron aussi, dit Simon.

Cornelius continuait à fixer le sol de la pièce.

— Vous savez, quand je dis que le démon pénètre dans votre sang...

— Oui ? fit Ingrid.

— Des fois, il n'a pas besoin de vous tester. Des fois, c'est un homme qui le fait à sa place.

Cornelius leva les yeux.

— Je ne souhaite la mort de personne, mais je vous le dis... certains jours, quand je venais ici et les trouvais complètement défoncés, Paige et lui, couchés au milieu de cette puanteur, je le regardais et imaginais...

Il se tut.

— Vous avez parlé à la police ? questionna Ingrid.

— Eux m'ont parlé, mais je n'avais rien à leur dire.

— Quand avez-vous vu Paige pour la dernière fois ?

Cornelius hésita.

— J'espérais que vous autres alliez me le dire.

— Comment ça ?

Il y eut un bruit dans le couloir. Cornelius passa la tête à l'extérieur. Un jeune couple tituba dans leur direction, les membres tellement entrelacés qu'on ne savait plus où commençait l'un et où finissait l'autre.

— Cornelius, fit le jeune homme d'une voix chantante, qu'est-ce qui se passe, mec ?

— Tout va bien, Enrique. Ça roule, Candy ?

— Je t'aime, Cornelius.

— Je t'aime aussi.

— Tu fais le ménage ? s'enquit Enrique.

— Non. Je vérifie juste que tout est en ordre.

— Ce gars-là était une raclure.

— Enrique ! dit Candy.

— Quoi ?

— Il est mort.

— Ben, c'est une raclure morte. Ça te va ?

Enrique jeta un œil dans l'appartement et vit Simon et Ingrid.

— C'est qui, eux ?

— Des enquêteurs de police, répondit Cornelius.

109

Leur attitude changea aussitôt. Leur pas sembla se raffermir.

— Euh… enchantée, dit Candy.

Ils se désenlacèrent et se hâtèrent de disparaître dans une chambre au fond du couloir. Cornelius garda le sourire jusqu'à ce que le couple se soit éloigné.

— Cornelius ? fit Ingrid.

— Hmm.

— Quand avez-vous vu Paige pour la dernière fois ?

Il pivota lentement. Son regard balaya la pièce lugubre.

— Ce que je vais vous dire, commença-t-il, je ne l'ai pas dit à la police pour des raisons évidentes.

Ils attendirent.

— Comprenez-moi bien. J'ai peut-être quelque peu embelli la réalité en parlant de la gentillesse de Paige. En fait, c'était une loque. Une junkie. Quand elle venait chez moi pour jouer aux échecs ou manger un morceau… je n'aime pas trop l'admettre, mais je gardais un œil sur elle. Vous voyez ce que je veux dire ? Je craignais qu'elle ne vole quelque chose parce que, les junkies, ils sont tous comme ça.

Ils le savaient déjà. Paige les avait volés également. De l'argent liquide avait disparu du portefeuille de Simon. Et quand ce furent des bijoux appartenant à Ingrid, Paige avait joué à la perfection le rôle de l'innocence outragée.

« Les junkies, ils sont tous comme ça. »

Une junkie.

Sa fille était une junkie. Simon ne s'était jamais

résolu à le formuler ainsi, mais en l'entendant de la bouche de Cornelius, cela avait un terrible et indéniable accent de vérité.

— J'ai croisé Paige deux jours avant la mort d'Aaron. En bas, dans l'entrée. J'arrivais, et elle était en train de dévaler l'escalier. En trébuchant comme si elle avait le diable à ses trousses. J'ai cru qu'elle allait rater une marche tellement elle était pressée.

Le regard de Cornelius se perdit au loin, comme s'il revoyait la scène.

— J'ai levé les mains pour l'empêcher de tomber, fit-il en joignant le geste à la parole. Je l'ai appelée. Mais elle a filé sans s'arrêter. Ce n'était pas la première fois, d'ailleurs.

— Qu'est-ce qui n'était pas la première fois ? demanda Ingrid.

Cornelius reporta son attention sur elle.

— Que Paige descendait cet escalier en courant comme une dératée. Tellement à côté de ses pompes qu'elle ne me reconnaissait même pas. La plupart du temps, elle fonçait vers le terrain vague d'à côté. Il y a des barbelés autour, mais aussi une brèche sur le côté. C'est par là qu'elle passe pour aller chercher son fix auprès de Rocco.

— Rocco ?

— Le dealer du quartier. Aaron bossait pour lui.

— Aaron revendait de la drogue ? fit Ingrid.

Cornelius haussa un sourcil.

— Ça vous étonne ?

Simon et Ingrid échangèrent un regard.

— Le problème, quand un junkie a besoin d'un fix, c'est que vous pouvez placer tous les défenseurs de la NFL sur sa route, il passera à travers. Donc, ce n'est pas de la voir foncer dehors comme ça qui m'a surpris.

— Qu'est-ce qui vous a surpris alors ? dit Simon.

— Elle avait des bleus sur le visage.

Simon sentit ses tempes palpiter. Sa voix lui sembla venir de très loin :

— Des bleus ?

— Et du sang aussi. Comme si elle s'était pris une raclée.

Simon serra les poings. La rage déferla, consumant son corps tout entier. Drogue, junkie, défonce... passe encore, mais que quelqu'un ait osé lever la main sur sa petite fille !

Il imaginait l'agresseur, son poing cruel, son rictus, le coup envoyé au visage de sa fille sans défense.

Sa fureur monta d'un cran.

Si c'était Aaron – et s'il avait été vivant et en face de lui en cet instant même –, Simon l'aurait tué sans hésiter une seconde. Sans regret. Sans une once de culpabilité.

Il sentit la main d'Ingrid sur son bras, la chaleur de sa peau, elle cherchait à le calmer.

— Je sais ce que vous ressentez, dit Cornelius en le regardant droit dans les yeux.

— Et qu'avez-vous fait ?

— Qui vous dit que j'ai fait quelque chose ?

— Puisque vous savez ce que je ressens.

— Ça ne veut pas dire que je suis intervenu. Je ne suis pas son père.

— Vous avez donc haussé les épaules et vaqué à vos occupations ?

— C'est possible.

Simon secoua la tête.

— Vous ne seriez pas resté sans réagir devant une chose pareille.

— Je ne l'ai pas tué, fit Cornelius.

— Si c'est vous, répondit Simon, ça ne sortira pas de cette pièce.

Cornelius jeta un coup d'œil sur Ingrid. Elle acquiesça comme pour le rassurer.

— S'il vous plaît, racontez-nous tout.

Cornelius tripota sa barbe blanche, parcourut la pièce du regard et grimaça, comme s'il découvrait pour la première fois la crasse et la désolation.

— Oui, je suis venu ici.

— Et ?

— J'ai cogné à la porte. Elle était verrouillée. Alors j'ai sorti ma clé. J'ai ouvert...

La musique à l'étage du dessus s'arrêta, et tout redevint silencieux.

Cornelius contempla le matelas de gauche.

— Aaron était là. Inconscient. Ça puait tellement que j'avais du mal à respirer. J'ai eu envie de partir en courant, d'oublier tout ça.

Il s'interrompit.

— Et alors, qu'avez-vous fait ? demanda Ingrid.

— J'ai examiné ses jointures.

— Pardon ?

— Les jointures de sa main droite, elles étaient éraflées. C'était tout frais. J'ai compris, et ce n'était pas une surprise. C'est lui qui avait frappé Paige. J'étais là, au-dessus de lui...

Il s'interrompit à nouveau, ferma les yeux.

Ingrid fit un pas vers lui.

— Ça va aller.

— Comme je viens de vous le dire, j'en rêvais souvent, Ingrid. J'aurais… J'aurais peut-être dû en faire plus, si j'en avais eu l'occasion. Si ce punk avait été réveillé, s'il avait tenté de s'expliquer, j'aurais probablement explosé. Je ne sais pas. En tout cas, j'étais là à regarder ce déchet humain. En me disant qu'après ce que je venais de voir, je ne devais peut-être plus me contenter de secouer la tête en tournant les talons.

Cornelius rouvrit les yeux.

— Mais je ne l'ai pas fait.

— Vous êtes parti, dit Ingrid.

Il hocha la tête.

— Enrique et Candy sont arrivés, tout comme aujourd'hui. J'ai donc fermé la porte et je suis redescendu.

— Et c'est tout ?

— C'est tout.

— Vous n'avez pas revu Paige depuis ?

— Ni Paige, ni Aaron. En vous voyant débarquer tous les deux, j'ai cru un instant que je m'étais trompé.

— Trompé sur quoi ?

— Peut-être que Paige n'était pas allée rejoindre Rocco dans ce terrain vague. Peut-être qu'elle avait filé chez papa et maman pour leur raconter ce qui lui était arrivé. Alors ils sont venus ici et… Ce sont ses parents, non ? Et elle, leur chair et leur sang. Ils ont peut-être fait plus que rêver…

Cornelius scruta leurs visages.

— Ce n'est pas le cas, dit Simon.

— Oui, je le vois bien.

114

— Il faut qu'on la retrouve.

— Je comprends.

— Il faut qu'on sache ce qu'elle a fait après s'être sauvée d'ici.

Cornelius acquiesça.

— Ça veut dire que vous devez aller voir Rocco.

9

Cornelius leur indiqua où et comment trouver ce fameux Rocco.

— Vous vous faufilez par la brèche dans le grillage. Il sera dans le bâtiment abandonné à l'autre bout.

Simon ignorait ce qui les attendait là-bas.

À la télé, il avait vu plein de scènes de trafic de drogue dans des quartiers louches, des hommes au regard torve, avec des armes et un bandana, des gamins à vélo qui dealaient parce qu'il était plus difficile de les envoyer en prison… bref, de la fiction. Ici, près de l'ouverture dans le grillage, il n'y avait personne. Pas de guetteurs. Pas de gardes armés. On entendait des voix au loin, venant probablement du bâtiment abandonné, mais sinon tout paraissait calme.

Sauf que le risque zéro n'existait pas.

— Alors, dit Simon à Ingrid, je te repose la question : c'est quoi le plan ?

— Je n'en ai pas la moindre idée.

Ils regardèrent la brèche dans le grillage.

— Je vais y aller en premier, fit-il, au cas où il y aurait un problème.

— En me laissant toute seule ici ? Question sécurité, tu repasseras.

Elle n'avait pas tort.

— Je pourrais te dire de rentrer.

— Tu pourrais, opina Ingrid en écartant le grillage pour s'introduire dans le terrain vague.

Simon l'imita. Les mauvaises herbes lui arrivaient aux genoux. Ils marchaient en levant les pieds comme dans une neige profonde, de peur de trébucher sur un essieu rouillé, un tuyau d'arrosage déchiqueté, une bande de roulement usée, un pare-brise éclaté ou un phare fissuré.

Ils s'étaient soigneusement préparés à leur équipée, à la limite du stéréotype, diraient certains. Ingrid avait retiré tous ses bijoux, y compris son alliance et sa bague de fiançailles. Simon avait gardé son alliance qui, de toute façon, n'avait pas une grande valeur commerciale. Ensemble, ils devaient avoir une centaine de dollars en liquide sur eux. S'ils se faisaient braquer – et ce n'était pas exclu, vu le contexte –, le butin serait maigre.

Les portes métalliques de la cave étaient ouvertes. Simon et Ingrid regardèrent à l'intérieur. Ils distinguèrent un sol en ciment et rien d'autre. Des bruits provenaient des profondeurs, des voix étouffées, des murmures, quelquefois même des rires. Ingrid posa le pied sur la première marche, mais Simon n'avait pas l'intention de la laisser faire. Il bondit et atterrit sur le ciment humide avant même qu'Ingrid n'ait frôlé la deuxième marche.

Ce fut l'odeur qui le frappa d'abord : l'abominable puanteur soufrée d'œufs pourris mêlée à quelque chose de plus chimique, un goût ammoniaqué qui lui resta sur la langue.

Les voix étaient plus distinctes à présent. Simon

se dirigea vers elles sans chercher à se cacher. Il ne voulait pas qu'ils commettent une bêtise s'il surgissait devant eux par surprise.

Ingrid le rejoignit. Lorsqu'ils arrivèrent dans la pièce centrale du sous-sol, les voix se turent comme si quelqu'un avait appuyé sur un interrupteur. Simon examina la scène, même si la puanteur commençait à le suffoquer. Il s'efforça de respirer par la bouche. À sa droite, quatre individus gisaient comme s'ils avaient été désossés. On aurait dit de vieilles chaussettes éparpillées au hasard. Dans la pénombre, on distinguait surtout leurs yeux grands ouverts. Il y avait aussi un futon déchiré et ce qui ressemblait à un pouf poire. Des cartons d'emballage ayant servi à transporter du vin bon marché avaient été recyclés en tables basses. On y avait disposé des cuillères, des briquets, des seringues et des brûleurs.

Personne ne bougea. Simon et Ingrid s'arrêtèrent. Les quatre gisants – quatre ou plus, difficile à dire faute d'éclairage – restaient parfaitement immobiles, comme s'ils se croyaient dissimulés par un camouflage.

Quelques secondes s'écoulèrent avant que l'un d'eux ne remue. Un homme. Il se leva lentement, progressivement, un colosse tel Godzilla sortant de l'eau et remplissant toute la pièce de sa présence. Une fois qu'il fut debout, sa tête touchait presque le plafond. Il s'avança d'un pas traînant, une montagne ambulante.

— Que puis-je pour vous, braves gens ?

La voix était plaisante, affable.

— Nous cherchons Rocco, dit Simon.

— C'est moi.

Le colosse tendit une main digne d'un personnage de la parade de Thanksgiving. Simon la serra ; ses doigts disparurent dans les replis de chair. Le sourire de Rocco fendit son visage en deux. Il portait une casquette des Yankees, la même qu'Ingrid, mais la sienne était trop petite pour sa tête, semblable à une mascotte avec une balle de baseball géante sur les épaules. Rocco était noir comme l'ébène. Il portait un sweat en chanvre avec une poche kangourou, un short en jean et ce qui ressemblait à une paire de sandales Birkenstock.

— Je peux faire quelque chose pour vous ?

Sa voix restait légère, décontractée, peut-être un peu planante. Les autres occupants du lieu reprirent leurs activités impliquant l'usage de briquets, brûleurs et sacs en plastique au contenu inconnu de Simon.

— Nous cherchons notre fille, dit Ingrid. Elle s'appelle Paige.

— Je crois qu'elle est venue ici récemment, ajouta Simon.

— Ah bon ?

Rocco croisa ses bras de la taille d'une colonne gréco-romaine.

— Et qu'est-ce qui vous fait croire ça ?

Simon et Ingrid échangèrent un regard.

— On le sait, c'est tout, répondit Simon.

— Comment que vous le savez ?

Par terre, quelqu'un hurla :

— Comment que vous le savez !

— Hein ?

Un hipster blanc avec un bouc trop fourni et un jean étroit enfoncé dans de fausses bottes de pluie se leva péniblement.

— Comment, pas comment que. Adverbe interrogatif. Rocco, voyons !

— Merde, OK, désolé.

— Tu vaux mieux que ça, mec.

— Tout le monde peut se tromper. Y a pas de quoi en faire un fromage.

Rocco se tourna vers Simon et Ingrid.

— Où en étions-nous ?

— Paige.

— Exact.

Il y eut un silence.

— Vous connaissez Paige, n'est-ce pas ? fit Simon.

— Je la connais, oui.

— Elle est...

Ingrid s'interrompit, cherchant la bonne formule.

— ... cliente chez vous ?

— Je n'ai pas l'habitude de parler de mes clients. Dans mon business – imaginez ce que vous voulez – le maître mot est discrétion.

— Votre business ne nous concerne pas, répliqua Ingrid. Nous voulons juste retrouver notre fille.

— Vous m'avez l'air sympathique, madame... ?

— Greene. Docteur Greene.

— Vous m'avez l'air sympathique, docteur Greene. Je ne voudrais pas vous contrarier, mais regardez autour de vous.

Il ouvrit grand les bras comme pour englober tout le sous-sol dans son étreinte.

— Pensez-vous que, dans un endroit comme celui-ci, nous fournissons aux familles l'adresse où peut se cacher l'un de leurs proches ?

— Et c'est le cas ? demanda Simon.

— Quoi ?

— Paige se cache ?

— Ça, je ne vous le dirai pas.

— Même pas pour dix mille dollars ?

Le silence se fit d'un coup autour d'eux.

Rocco roula un peu plus près, comme ce rocher dans *Les Aventuriers de l'arche perdue*.

— Je vous conseille de parler moins fort.

— L'offre tient toujours, déclara Simon.

Rocco se frotta le menton.

— Vous avez dix mille dollars sur vous ?

Simon fronça les sourcils.

— Bien sûr que non.

— Combien avez-vous en cash ?

— Quatre-vingts, peut-être cent dollars. Pourquoi, vous avez l'intention de nous dépouiller ?

Simon éleva la voix.

— Ce que j'ai dit concerne tout le monde ici : dix mille dollars si vous m'indiquez où est Paige.

Ingrid leva les yeux, forçant Rocco à soutenir son regard.

— S'il vous plaît, fit-elle. Je pense que Paige est en danger.

— À cause de ce qui est arrivé à Aaron ?

Ce prénom – le simple fait de l'entendre de la bouche de Rocco – changea l'atmosphère dans la pièce.

— Oui.

Rocco pencha la tête.

— Et d'après vous, qu'est-il arrivé, docteur Greene ?

Son ton restait calme, posé, mais Simon crut déceler autre chose dans sa voix. Une cassure. Une aspérité. C'était pourtant l'évidence même. Rocco avait peut-être une apparence amicale, une allure de gros ours en peluche, mais c'était un trafiquant de drogue, et il était sur son territoire.

Le meurtre brutal d'Aaron faisait penser à l'emprise de la drogue, non ? Or si Aaron avait travaillé pour Rocco...

— On s'en fiche, d'Aaron, riposta Ingrid. On se fiche de cet endroit ou de votre business. Paige n'a rien à voir avec ce qui est arrivé à Aaron.

— Comment le savez-vous ? s'enquit Rocco.

— Quoi ?

— Sérieusement. Comment savez-vous que Paige n'a rien à voir avec ce qui est arrivé à Aaron ?

Ce fut Simon qui répondit :

— Vous avez vu Paige ?

— Oui.

— Alors vous le savez aussi.

Rocco hocha lentement la tête.

— Un coup de vent pouvait la faire tomber. C'est vrai. Mais ça ne veut pas dire qu'elle n'a pas pu le droguer pour lui trancher la gorge pendant qu'il était dans les vapes.

— Dix mille dollars, répéta Simon. Tout ce qu'on veut, c'est ramener notre fille à la maison.

Le silence revint dans le sous-sol humide. Le visage de Rocco était dénué de toute expression.

Il réfléchit, pensa Simon. Ni lui ni Ingrid ne cherchèrent à le brusquer.

Une voix résonna soudain :

— Eh, mais je vous connais.

Simon se retourna. C'était le hipster féru de grammaire. Il désigna Simon, puis fit claquer ses doigts.

— C'était vous, ce gars.

— De quoi tu parles, Tom ?

— C'est lui, Rocco.

— Quoi, lui ?

Tom le grammairien glissa les pouces dans les boucles de sa ceinture pour remonter son jean.

— Le gars de la vidéo. Qui a tabassé Aaron. Dans le parc.

Rocco fourra les mains dans sa poche kangourou.

— Waouh. Je crois que tu as raison.

— Je te le dis, Rocco. C'est lui.

— En vrai.

Rocco sourit à Simon.

— Vous êtes le gars de la vidéo ?

— Oui.

Levant les mains pour feindre la reddition, Rocco fit un pas en arrière.

— Oh, mon Dieu, s'il vous plaît, ne me tapez pas.

Tom le grammairien rit. D'autres se joignirent à lui.

Plus tard, Simon affirmerait qu'il avait flairé le danger avant même que la situation ne dégénère.

Il y a peut-être quelque chose de primitif chez l'être humain, un instinct de survie hérité de l'âge des cavernes, un sixième sens qui refait rarement surface chez l'homme moderne, mais qui est toujours là, caché dans les profondeurs de notre patrimoine génétique.

Lorsque le jeune homme dévala les marches du sous-sol, Simon ressentit un picotement à la nuque.

Rocco dit :

— Luther ?

Le reste prit une seconde, deux tout au plus.

Luther était torse nu, la poitrine rasée et luisante. Âgé d'une vingtaine d'années, tout en muscles, il se balançait sur ses pieds tel un boxeur poids coq impatient d'entendre la cloche. Les yeux agrandis, il regardait Simon et Ingrid, et, sans crier gare, sortit un pistolet.

— Luther !

Luther visa. Sans un mot, sans un avertissement, sans un temps de pause. Il visa et pressa la détente.

BAM !

Simon aurait juré qu'il avait senti la balle lui frôler le nez et entendu son sifflement au passage. Il se souvint d'une partie de golf où Robert, son beau-frère, avait frappé la balle qui lui était passée sous le nez pour aller heurter le caddie, lui infligeant une commotion cérébrale. C'était stupide comme comparaison, mais même si la scène n'avait duré qu'une seconde, son esprit l'avait ramené à une partie de golf à Paramus, New Jersey… tandis que la balle sifflait près de son oreille et que le sang lui giclait sur la joue.

Le sang…

Les yeux révulsés, Ingrid s'effondra sur le sol.

Simon la regarda tomber au ralenti. Oublié, l'instinct de conservation, celui qui lui dictait de fuir ou de combattre. À la vue d'Ingrid, qui était toute sa vie, ensanglantée sur le ciment, un autre instinct prit le dessus.

L'instinct de protection.

Il se jeta à terre et, sans réfléchir, la recouvrit de son corps, se plaçant de façon à la protéger au maximum ; en même temps, il cherchait à vérifier qu'elle était toujours en vie, où était sa blessure, s'il y avait moyen de stopper l'hémorragie...

Quelque part, dans un autre recoin de son cerveau, il savait que Luther était toujours là, toujours armé et, vraisemblablement, prêt à tirer à nouveau. Mais c'était une considération secondaire.

Protéger Ingrid. La sauver...

Il risqua un coup d'œil. Luther fit un pas vers lui, pointant l'arme sur sa tête. Plusieurs pensées lui traversèrent simultanément l'esprit : lui assener un coup de pied, rouler de côté, le frapper n'importe où, n'importe comment pour l'empêcher de tirer.

Mais il n'y avait rien à faire, et Simon en était conscient.

Comme il n'avait plus le temps de réagir, il se recroquevilla au-dessus d'Ingrid en veillant à ce qu'aucune partie de son corps ne dépasse. Baissant la tête vers elle, il attendit.

Le coup de feu partit.

Et Luther s'écroula.

10

Ash posa la tasse de café sur la table. Dee Dee baissa la tête pour prier. Il se retint de lever les yeux au ciel. Elle acheva sa prière par la formule habituelle :

— Que la Vérité rayonne maintenant et à jamais.

Ash était assis en face d'elle. Leur cible se nommait Damien Gorse. Il possédait un salon de tatouage dans un centre commercial du New Jersey, de l'autre côté de la voie express. Ils se retournèrent tous les deux vers l'enseigne peinte sur un auvent.

Dee Dee pouffa de rire.

— Qu'est-ce qu'il y a de si drôle ?

— Le nom de la boutique.

— Pourquoi ?

— « Un tattoo en attendant », dit-elle. Réfléchis un peu. Comment tu veux faire ça, hein ? « Tenez, voici mon bras, mettez-moi une tête de mort et deux tibias croisés, je reviens dans deux heures. »

Elle se couvrit la bouche en riant. C'était totalement craquant.

— Bien vu, opina Ash.

— C'est vrai, quoi. Un tattoo en attendant. Je me demande ce qu'il aurait pu inventer à la place.

Il rit aussi, parce que c'était amusant, mais

surtout parce que son rire était contagieux. Dee
Dee le rendait fou. Elle pouvait être casse-pieds,
ça oui, mais il était terrifié à l'idée que sa mission allait prendre fin et qu'elle disparaîtrait à
nouveau de sa vie.

Elle surprit son regard.

— Quoi ?

— Rien.

— Ash...

Alors il se jeta à l'eau :

— Tu n'es pas obligée d'y retourner.

Dee Dee le contempla avec ses yeux beaux à
faire damner un saint.

— Bien sûr que si.

— Ta « Vérité rayonnante », c'est une secte.

— Tu ne comprends pas.

— C'est ce que disent tous les adeptes. Mais
tu as le choix.

— Le seul choix, c'est la Vérité.

— Dee Dee, voyons.

Elle se redressa.

— Je ne suis pas Dee Dee là-bas. Je ne te l'ai
pas dit.

— Comment ça ?

— Au Havre de la Vérité. On m'appelle Holly.

— Sérieux ?

— Oui.

— Ils t'ont fait changer de nom ?

— Ils ne m'ont rien fait changer du tout. Holly
est ma vérité.

— Le changement de nom est un préalable à
l'endoctrinement sectaire.

— Ça signifie que je suis une nouvelle personne.

Je ne suis pas Dee Dee. Je n'ai pas envie d'être Dee Dee.

Ash esquissa une moue.

— Tu veux que je t'appelle Holly ?

— Pas toi, Ash.

Se penchant par-dessus la table, elle posa sa main sur la sienne.

— Tu as toujours vu Holly en moi. Tu étais le seul.

Il sentit la chaleur de sa main. Le temps semblait suspendu ; Ash aurait voulu que cet instant dure éternellement. C'était idiot. Rien n'était éternel. Mais pendant quelques secondes, il se laissa aller à savourer la sensation.

Dee Dee lui sourit comme si elle savait ce qu'il ressentait. C'était peut-être le cas. Elle lisait en lui comme personne.

— Tout va bien, Ash.

Il ne répondit pas. Elle lui tapota le bras et s'écarta lentement, pour ne pas le brusquer.

— Il se fait tard, dit-elle. On devrait peut-être se mettre en position.

Il hocha la tête. Ils retournèrent à la voiture volée avec une plaque volée. Puis ils reprirent la voie express et sortirent à Downing Street. La route secondaire les conduisit à l'arrière d'un supermarché A&P. Ils se garèrent près de la sortie, à l'écart des caméras de vidéosurveillance, et passèrent par le bosquet pour arriver à la porte de service du salon de tatouage.

Ash consulta sa montre. Il restait vingt minutes avant l'heure de la fermeture.

Éliminer quelqu'un n'était pas compliqué si on ne cherchait pas les complications.

Ash avait déjà enfilé les gants. Il était habillé en noir de la tête aux pieds. Il n'avait pas encore mis la cagoule – c'était trop chaud, trop rugueux –, mais il la gardait à portée de main.

Il y avait une benne à ordures verte rouillée derrière le salon de tatouage. La fenêtre latérale portait une inscription en lettres de néon rouges : PIERCINGS – PARTOUT, N'IMPORTE OÙ. À l'intérieur, on apercevait la silhouette de quelqu'un en train de balayer. Il y avait deux voitures sur le parking, un pick-up Toyota Tundra appartenant, du moins il fallait l'espérer, au dernier client de la journée et, à côté de la benne, invisible depuis la voie express, le Ford Flex lambrissé de Damien Gorse.

À en croire leur informateur, Gorse fermait toujours lui-même la boutique.

Le plan consistait à attendre qu'il sorte et, une fois devant sa voiture, à le descendre au cours d'un « braquage qui aurait mal tourné ».

Ash entendit le tintement d'une clochette tandis que la porte d'entrée s'ouvrait. Un homme avec une longue queue-de-cheval rousse sortit et, se retournant, cria :

— Merci, Damien.

Damien lui cria quelque chose en retour. L'homme à la queue-de-cheval hocha la tête et traversa le parking gravillonné en direction du Toyota Tundra. Son bras était recouvert de bandages. Un grand sourire aux lèvres, il n'arrêtait pas de le regarder.

— Il est peut-être revenu le chercher, chuchota Dee Dee.

— Quoi ?

— Son bras. Tu sais bien. « Un tattoo en attendant ».

La silhouette à l'intérieur de la boutique avait fini de balayer.

Elle gloussa tandis que l'homme à la queue-de-cheval montait dans le Toyota et démarrait pour se fondre dans le trafic de la voie express.

Dee Dee se rapprocha d'Ash. Elle sentait comme toutes les jolies femmes le lilas, le chèvrefeuille et une espèce d'ambroisie. Sa proximité le perturbait. Il n'aimait pas ça.

Ash recula légèrement et mit la cagoule.

Dans la boutique, les lumières s'éteignirent.

— Place au spectacle, fit Dee Dee.

— Reste ici.

Courbé en deux, Ash se rapprocha du parking et, se postant derrière un arbre, attendit. Il regarda le Ford Flex. Les lambris en faux bois lui donnaient l'aspect d'une voiture familiale ; or Gorse était célibataire et n'avait pas d'enfants. C'était peut-être la voiture de sa mère. Ou de son père. S'il avait eu plus de temps, Ash aurait creusé davantage le dossier. Mais, pardon pour le calembour, il n'avait pas de temps à tuer.

Son boulot était d'exécuter le contrat et de disparaître sans laisser de traces.

Le reste était accessoire.

Cela lui permettait de réfléchir de manière méthodique. Il lui faudrait moins de dix secondes pour atteindre la voiture. Ne pas hésiter. Ne pas lui laisser le temps de réagir. S'approcher de lui et lui tirer deux coups dans la poitrine. Normalement, il visait plutôt la tête, mais, primo, un braqueur ne ferait pas ça, et, secundo, Kevin Gano était mort d'une balle dans la tête.

Il ne pouvait pas tuer deux fois de la même façon.

Certes, il n'y avait aucun autre lien entre Damien Gorse et Kevin Gano. Ash utilisait des marques et des modèles différents d'armes de poing, qu'il se procurait par des moyens différents. La mort de Gano était un « suicide » du côté de Boston, alors que celle de Gorse devait être le résultat d'une tentative ratée d'attaque à main armée dans le New Jersey.

La police n'y verrait que du feu.

Qui plus est, étant donné qu'Ash s'en moquait et qu'il n'avait pas obtenu plus de détails de Miss Vérité rayonnante – qui, peut-être, n'en savait pas plus que ça –, rien ne reliait Kevin Gano ou Damien Gorse à tous les autres. Leur tranche d'âge se situait entre vingt-quatre et trente-deux ans. Ils vivaient dans des régions différentes, avaient fréquenté des écoles différentes, exerçaient des métiers différents. Pourtant, il existait forcément un point commun entre toutes ces cibles et, s'il avait eu plus de temps ou d'informations, Ash l'aurait découvert.

Mais en l'état actuel des choses, ce qu'il savait lui suffisait.

La clochette du salon de tatouage trilla.

Ash tenait le pistolet dans sa main gantée. La cagoule était en place. Il avait appris au fil des ans qu'une cagoule limitait la vision périphérique ; du coup, il avait agrandi les trous. Immobile dans sa cachette, il attendait. Du coin de l'œil, il vit que Dee Dee s'était rapprochée aussi. Il fronça les sourcils. Elle n'aurait pas dû bouger. Mais ça, c'était du Dee Dee tout craché.

Gorse arrivait vers lui par la droite. Dee Dee se trouvait sur sa gauche. Aucune chance qu'il la repère avant de tomber sous les balles.

Elle voulait mieux voir, voilà tout.

N'empêche, il n'aimait pas ça.

Un crissement de pas sur le gravier lui fit tourner la tête.

C'était Damien Gorse.

Parfait.

Il ne lui restait plus qu'à choisir le bon moment pour frapper, mais il avait de la marge. S'il intervenait trop tôt, Gorse pouvait s'enfuir en direction de la route ou retourner dans la boutique, même si c'était peu probable. S'il agissait trop tard, Gorse serait déjà dans la voiture, sauf que le verre n'arrête pas les balles.

D'une manière ou d'une autre, le timing était parfait.

Gorse tendit la main avec la commande à distance. Ash entendit le bip-bip caractéristique du déverrouillage. Il attendit que Damien Gorse arrive à la hauteur du pare-chocs arrière et, se redressant, se dirigea d'un pas rapide vers lui. Inutile de courir. Courir empêche de viser juste.

Gorse allait poser la main sur la poignée de la portière lorsqu'il aperçut Ash. Il se retourna, l'air interrogateur. Ash leva son arme et tira deux coups dans sa poitrine. L'écho fut plus sonore qu'il ne l'aurait cru, mais cela n'avait pas grande importance. Le corps de Gorse bascula contre la voiture qui sembla le soutenir un instant, avant qu'il ne s'affaisse sur le gravier.

Tandis qu'il se précipitait vers le corps inerte, Ash vit Dee Dee – merci, la vision périphérique – qui s'était déplacée vers la droite pour avoir une meilleure vue. Mais il n'avait pas le temps de s'en préoccuper. Il s'assura que Gorse était mort, puis fouilla ses poches. Il prit le portefeuille et la montre TAG Heuer qu'il portait au poignet.

Dee Dee se rapprocha.

— Ne reste pas là, siffla-t-il.

Il allait se relever quand il vit sa tête. Elle regardait par-dessus son épaule. Il sentit son estomac se nouer.

— Ash ? fit-elle en pointant le menton.

Il fit volte-face. Là, à côté de la benne verte, se tenait un homme avec un sac-poubelle à la main.

L'homme – un petit jeune en fait, tout juste un ado – avait dû sortir par-derrière pour jeter la poubelle. Il la brandissait comme s'il avait suspendu son geste, pétrifié par ce qu'il venait de voir.

Il fixait Ash, qui portait une cagoule.

Et Dee Dee, qui n'en portait pas.

Merde, se dit Ash.

Il n'avait pas le choix. Il tira, mais le gamin plongea derrière la benne. Ash se dirigea vers lui. Il pressa à nouveau la détente, mais le garçon se laissa tomber à quatre pattes, et la balle passa au-dessus de sa tête. Il courut se réfugier dans la boutique en claquant la porte.

Nom d'un chien !

Pour ce contrat-là, Ash avait choisi un revolver, un six-coups. Il en avait déjà tiré quatre ; il ne lui restait plus que deux balles. Il ne pouvait pas se permettre de les gaspiller. Mais le temps pressait. C'était une question de secondes avant que le gamin n'appelle la police. Ou alors...

Une alarme déchira le silence.

Le bruit fut si fort qu'Ash s'arrêta et faillit se boucher les oreilles. Il pivota vers Dee Dee.

— File ! cria-t-il.

Elle hocha la tête, connaissant le protocole. Il fut tenté de faire de même... lever le camp avant l'arrivée de la police. Mais le gamin avait vu le visage de Dee Dee. Il pouvait donner son signalement.

Dans ces conditions, pas question de le laisser vivre.

Il essaya la poignée de la porte. Elle tourna. Cinq secondes peut-être s'étaient écoulées depuis le premier coup de feu. S'il y avait une arme dans la boutique, le gamin n'aurait pas eu le temps de la trouver. Ash fit irruption à l'intérieur et regarda autour de lui.

Aucun signe du garçon.

Il devait se cacher.

Le cerveau est un ordinateur, et durant le bref instant qu'il lui fallut pour faire un pas, il passa en revue tout un éventail de possibilités. La première était la plus flagrante et la plus instinctive : le garçon avait vu le visage de Dee Dee. Il pouvait l'identifier. Très clairement, il représentait un danger pour elle.

135

Conclusion : il devait le tuer.

Mais au pas suivant, Ash se dit que sa réaction viscérale était peut-être un peu trop extrême. OK, le garçon avait vu Dee Dee. Mais que dirait-il ? Une belle femme avec une longue natte blonde et des yeux verts qui n'habitait pas dans le New Jersey, n'avait aucun lien avec le New Jersey, qui serait bientôt loin et sans doute de retour dans sa communauté, sa retraite, son havre ou quel que soit le fichu nom qu'elle lui donnait... comment la police ferait-elle pour la retrouver ?

D'un autre côté, admettons que Dee Dee n'aille pas jusque-là. Admettons que la police l'arrête maintenant, avant qu'elle ne reparte en toute sécurité. Le gamin pourrait l'identifier. Mais encore une fois – c'est comme ça que le cerveau fonctionne –, et alors ?

En bref, Dee Dee se trouvait sur le parking quand Damien Gorse avait été tué. En même temps qu'un homme cagoulé et armé. Fallait-il obligatoirement en conclure qu'ils étaient ensemble ? Si elle avait été complice, n'aurait-elle pas mis une cagoule, elle aussi ? Et même si elle se faisait prendre, Dee Dee serait certainement capable de donner le change. Elle passait là par hasard, voilà tout.

Ash fit un autre pas dans la boutique.

Il n'y avait pas un bruit à l'intérieur.

Franchement, à la réflexion, ne valait-il pas mieux mettre les voiles avant l'arrivée des flics, plutôt que de poursuivre ce gamin effrayé... compte tenu du risque mineur qu'il représentait ?

Autant lui laisser la vie sauve.

Ash entendit une sirène.

Il n'était pas très chaud pour l'abattre, de toute façon. Oh, il le ferait sans problème, mais ce serait du gâchis, et, tant qu'à faire, il préférait ne pas alourdir son karma. Même s'il n'y croyait pas.

Les sirènes se rapprochaient.

C'était le jour de chance de ce gamin.

Ash fonça vers la porte de service car, à vrai dire, ses possibilités se résumaient à une seule option : fuir.

Ce fut alors qu'un craquement lui parvint du placard à côté de la porte.

Ash faillit ne pas s'arrêter.

Mais il s'arrêta.

Ouvrit la porte. Roulé en boule, le gamin se cachait la tête dans ses mains tremblantes comme pour se protéger des coups.

— S'il vous plaît… je vous promets de ne rien…

Pas le temps d'en entendre davantage.

Ash tira une seule balle, en pleine tête, et garda la dernière pour lui, juste au cas où.

11

Le sous-sol se vida en quelques secondes.

Du coin de l'œil, Simon vit Rocco hisser Luther sur son épaule comme un sac de linge sale avant de prendre la fuite. Simon resta un moment sans bouger, protégeant sa femme de son corps. Lorsqu'il se rendit compte que le danger était passé, il dégaina son téléphone et composa le 911. Un hurlement de sirènes déchira l'air confiné.

Quelqu'un avait peut-être déjà appelé les secours. Ou alors les sirènes n'avaient rien à voir avec eux.

Ingrid avait les yeux fermés. Le sang coulait d'une blessure située quelque part entre la cage thoracique et l'épaule droite. Simon arracha son T-shirt et le pressa contre la plaie pour tenter de contenir l'hémorragie. Il ne prit pas la peine de chercher le pouls. Si Ingrid était morte, il s'en apercevrait bien assez tôt.

Protège-la. Sauve-la.

L'opératrice du 911 lui dit que l'ambulance était en route. Du temps passa. Combien, il n'aurait su le dire. Ils étaient seuls dans ce sous-sol pourri, Ingrid et lui. Il songea à leur première rencontre dans un restaurant de la 69e Rue, à deux pas de leur adresse actuelle. Ingrid venait de rentrer aux États-Unis, et Yvonne leur avait organisé un rencard. Arrivé le premier, Simon rongeait son frein à une table près de la fenêtre quand il l'avait vue entrer, port altier, démarche dansante, et ce fut le coup de foudre. Aussi trivial que cela puisse paraître, chaque fois qu'il rencontrait une femme, Simon – comme tout le monde peut-être – imaginait ce que serait la vie avec elle. Se projetant dans un futur très très lointain, il se voyait marié avec elle, avoir des enfants ; plus vieux, ils étaient à la table de la cuisine, lisaient au lit et tout le toutim. Ce qu'il avait pensé en voyant Ingrid ? Qu'elle était sublime. Ce fut sa première réaction. Elle semblait trop raffinée pour lui, trop posée et sûre d'elle. Plus tard, il découvrirait que c'était juste une façade, qu'Ingrid était sujette aux mêmes peurs et angoisses que le commun des mortels, qu'il est dans la nature humaine de se sentir à part et en porte-à-faux par rapport au reste du monde.

Bref. Leur relation avait débuté dans la 69e Rue, à cette table de restaurant devant une fenêtre baignée de lumière, et elle risquait fort de se terminer dans ce sous-sol obscur et nauséabond du Bronx.

— Ingrid ?

Sa voix résonna comme une supplique pitoyable.

— S'il te plaît, reste avec moi.

La police arriva, suivie de l'ambulance. Ils éloignèrent Simon pour prendre les choses en main. Il s'assit sur le ciment, les genoux sous le menton. Un flic lui posa des questions, mais il n'entendait rien, il n'avait d'yeux que pour sa femme, que l'équipe de réanimation venait de prendre en charge. Un masque à oxygène recouvrait la bouche qu'il avait si souvent embrassée… embrassée de toutes les manières possibles et imaginables, passionnément ou alors juste en passant. Il regardait sans mot dire. Il ne chercha pas à savoir si elle était toujours vivante ni s'il y avait une chance de la sauver. Il avait trop peur de les déranger, de les interrompre dans leur tâche délicate, comme si le fil de sa vie était si ténu que la moindre diversion risquait de le rompre irrémédiablement.

Le reste ne se passa pas dans un brouillard, mais au ralenti et en Technicolor. Ingrid sur un brancard, conduite jusqu'à l'ambulance, Simon assis à l'arrière à côté d'elle, les yeux rivés sur la poche à perfusion, la mine compassée des ambulanciers, le visage pâle d'Ingrid, le hurlement strident de la sirène, le trafic insupportablement lent, et enfin l'arrivée en trombe aux urgences, une infirmière l'entraînant patiemment mais fermement pour l'installer sur une chaise en plastique moulé jaune dans la salle d'attente.

Il appela Yvonne pour la mettre au courant.

— Je vais chercher Anya, fit-elle aussitôt.

Simon ne reconnaissait pas le son de sa propre voix.

— OK.

— Que dois-je lui dire ?

Il ravala le sanglot qui lui montait dans la gorge.

— Rien de particulier. Reste avec elle, c'est tout.

— Tu as prévenu Sam ?

— Non. Il a un partiel de biologie. On lui dira après.

— Simon ?

— Quoi ?

— Tu as la tête à l'envers. Leur mère a reçu une balle. Elle est sur la table d'opération.

Il ferma les yeux en serrant les paupières.

— Je passe prendre Anya, déclara Yvonne. Robert ira chercher Sam. Leur place est à l'hôpital.

Elle ne parla pas d'elle, peut-être parce que les enfants comptaient davantage, ou alors parce qu'Ingrid et elle n'étaient pas très proches. Elles entretenaient des rapports polis sans aucune animosité apparente, mais Simon servait de trait d'union entre les deux sœurs.

Yvonne demanda :

— Ça te va, Simon ?

Deux flics firent leur entrée en scrutant la salle. Ils aperçurent Simon et mirent le cap sur lui d'un pas chaloupé.

— Ça me va, répondit-il avant de raccrocher.

Sur place, il avait donné à la police le signalement du tireur, mais ils voulaient plus de détails. Il entreprit de tout leur raconter en évitant cependant de mentionner Aaron ou les circonstances de sa mort, et là ça devenait compliqué. Il avait aussi du mal à se concentrer ; il regardait la porte en attendant qu'un médecin – un dieu plutôt – en sorte pour lui annoncer ou pas la fin du monde.

Fagbenle fit irruption dans la salle d'attente. Les deux flics allèrent à sa rencontre, et tous les trois tinrent un conciliabule dans un coin. Simon en profita pour retourner une fois de plus à l'accueil… et, une fois de plus, la réceptionniste l'informa poliment qu'un médecin viendrait le voir dès qu'il y aurait du nouveau.

Pivotant sur lui-même, Simon se trouva nez à nez avec Fagbenle.

— Je ne comprends pas. Que faisiez-vous dans le Bronx ?

— On cherchait notre fille.

— Dans un repaire de drogués ?

— Notre fille est toxicomane.

— Et vous l'avez retrouvée ?

— Non, inspecteur. Au cas où vous ne le sauriez pas, ma femme a été blessée par balle.

— Je suis vraiment désolé.

Fermant les yeux, Simon balaya ses paroles d'un geste.

— J'ai appris aussi que vous vous étiez rendus sur la scène du meurtre.

— Oui.

— Pourquoi ?

— C'est par là qu'on a commencé.

— Commencé quoi ?

— Nos recherches.

— Comment en êtes-vous arrivés au repaire de drogués voisin de l'immeuble ?

Simon n'avait nulle intention de le suivre sur ce terrain-là.

— Quelle importance ?

— Pourquoi vous ne voulez pas me le dire, Simon ?

— Parce que ça n'a pas d'importance.

— Je vais être honnête avec vous, déclara Fagbenle. Ça ne sent pas bon.

— Je vais être honnête avec vous, rétorqua Simon. Je me fiche de ce que ça sent.

Il regagna sa chaise en plastique jaune.

— Le rasoir d'Occam, dit Fagbenle. Vous connaissez ?

— Je ne suis pas d'humeur, inspecteur.

— Ça signifie...

— Je sais ce que ça signifie.

— ... que l'explication la plus simple est généralement la bonne.

— Et quelle est l'explication la plus simple, inspecteur ?

— Vous avez tué Aaron Corval, énonça Fagbenle de but en blanc.

Sans émotion, sans rancœur, sans surprise.

— Vous ou votre femme. Je ne saurais vous le reprocher. Cet homme-là était un monstre. Il était en train d'empoisonner votre fille, de la tuer à petit feu.

Simon fronça les sourcils.

— C'est là que je suis censé craquer et tout avouer ?

— Non, contentez-vous d'écouter. Je parle du classique cas de conscience.

— Hmm.

— Question : seriez-vous capable de tuer ? Réponse : bien sûr que non. Question : seriez-vous capable de tuer pour sauver votre enfant ? Réponse... ?

Levant les deux paumes, Fagbenle haussa les épaules.

Simon se rassit. Fagbenle prit la chaise la plus proche et prit place près de lui. Il continua à parler tout bas :

— Vous auriez pu vous éclipser de chez vous pendant qu'Anya dormait. Ou bien Ingrid aurait pu faire un saut dans le Bronx au moment de sa pause.

— Vous ne pouvez pas croire ça.

Fagbenle esquissa un geste vague, ni oui ni non.

— Quand votre femme a été touchée, il paraît que vous vous êtes couché sur elle. Pour faire rempart de votre corps.

— Où voulez-vous en venir ?

— Vous étiez prêt à mourir pour sauver un être cher, dit Fagbenle en se rapprochant. De là à imaginer que vous pourriez tuer...

Il y avait du mouvement tout autour d'eux. Les gens entraient et sortaient, mais Simon et Fagbenle ne les voyaient pas.

— J'ai une idée, inspecteur.

— Je suis tout ouïe.

— C'est un dénommé Luther qui a tiré sur ma femme.

Simon lui redonna le signalement du tireur pour la troisième fois d'affilée.

— Pourquoi ne l'arrêtez-vous pas, hein ?

— C'est déjà fait.

— Attendez, vous avez mis la main sur lui ?

— Ce n'était pas bien difficile. On a suivi les traces de sang. On l'a retrouvé inconscient deux rues plus loin.

— Le type costaud, Rocco, l'a sorti du sous-sol. Il l'a emporté.

— Rocco Canard. Oui, nous le connaissons. Il fait partie d'un gang. Luther Ritz – c'est son nom complet, soit dit en passant – travaillait pour Rocco. Tout comme Aaron. Rocco a dû essayer de le cacher. Quand il a vu les traces de sang, il l'a balancé dans une ruelle. Nous aurons besoin de vous pour identifier notre homme. Nous voulons nous assurer que c'est bien lui, votre tireur.

— OK, fit Simon. C'est grave, sa blessure ?

— Il survivra.

— Il a dit quelque chose pendant le transport ?

— Oui, répondit Fagbenle avec son fameux sourire. Il a dit qu'Ingrid et vous aviez tiré sur lui.

— Il ment.

— Ça, nous le savons. Mais je ne comprends toujours pas ce qui s'est passé. Pourquoi a-t-il tiré ?

— Aucune idée. Nous étions en train de parler à Rocco quand...

— Vous et votre femme ?

— Oui.

— Vous avez débarqué dans cet antre pour drogués et taillé une bavette avec le chef d'un gang ?

— Vous l'avez dit, inspecteur, que ne ferait-on pas pour sauver un être cher...

Cette réponse plut à Fagbenle.

— Continuez.

Simon s'exécuta en omettant un détail clé.

— Et donc, Luther a tiré sans sommation ?

— C'est ça.

— Et voilà.

Nouveau sourire étincelant.

— On en revient toujours au rasoir d'Occam.

— Comment ça ? demanda Simon.

— Rocco est un trafiquant de drogue. Luther

et Aaron travaillaient pour lui. C'est un univers violent. Aaron se fait trucider, Luther tire sur vous... À ce propos, qui a tiré sur Luther ?

Un homme se laissa tomber sur le siège en plastique moulé jaune en face d'eux. Il avait un bandage autour de la tête. Du sang suintait à travers la gaze.

— Simon ?

— Oui.

— Votre femme est touchée par une balle. Vous vous jetez sur elle pour la protéger. Luther s'apprête à en finir avec vous. Alors, qui l'en a empêché ?

— Je n'ai vu personne.

Fagbenle perçut quelque chose dans le ton de sa voix.

— Je ne vous demande pas si vous avez vu quelqu'un. Je vous demande qui a empêché Luther de vous tirer dessus vous aussi.

Juste à ce moment-là, Anya arriva en courant dans la salle d'attente. Simon se leva, et sa fille se pendit à son cou, manquant le renverser. Il ferma les yeux en s'efforçant de retenir ses larmes. Anya enfouit son visage dans sa poitrine.

— Maman..., renifla-t-elle.

Il faillit lui dire « Ça va aller » ou « Elle va s'en sortir », mais à quoi bon mentir ? Ses yeux se rouvrirent. Yvonne traversa la salle et vint l'embrasser sur la joue pendant qu'il serrait toujours Anya contre lui.

— Robert est parti chercher Sam.

— Merci.

Un homme en tenue verte entra dans la salle.

147

— Simon Greene ?

Anya relâcha lentement son étreinte.

— Je suis là.

— Suivez-moi, s'il vous plaît. Le médecin veut vous voir.

12

Un médecin, dit-on, ne sait pas adopter la bonne attitude au chevet du patient. À croire qu'il est préférable d'avoir affaire à quelqu'un qui accomplit froidement, mécaniquement sa tâche à la manière d'un robot, sans se laisser parasiter par ses émotions ; comme le dit le vieil adage, « mieux vaut un chirurgien qui coupe droit et qui ne s'en fait pas ».

Ingrid, Simon le savait, était convaincue du contraire.

On attend de son médecin qu'il soit avant tout un être humain, attentionné et à l'écoute. Qu'il vous considère comme une personne qui a peur, qui a mal et qui a besoin de soutien et de réconfort. Cette responsabilité, Ingrid la prenait très au sérieux. Quand un parent lui amenait son enfant... réfléchissez deux minutes, c'est à ce moment-là qu'on est le plus vulnérable. On est stressé, angoissé, désemparé. Les médecins qui ne comprennent pas ça, qui vous traitent comme un objet anatomique nécessitant une réparation, genre un MacBook au comptoir d'assistance technique, non seulement ajoutent à votre détresse, mais leur diagnostic ne sera pas complet.

Parfois, comme en ce moment même, on est stressé, angoissé, on a mal en s'asseyant face à un praticien dont les paroles risquent de changer à jamais le cours de votre existence. Des paroles pour le meilleur ou pour le pire, ou alors, en l'occurrence, entre les deux.

Ingrid aurait bien aimé le Dr Heather Grewe, qui semblait à la fois épuisée et pleine d'empathie. Le Dr Grewe opta pour la simplicité, alliant le vocabulaire de tous les jours au jargon médical. Simon se concentra sur l'essentiel.

Ingrid était en vie.

Tout juste.

Elle était dans le coma.

Tout allait se jouer dans les vingt-quatre prochaines heures.

Il hochait la tête, mais quelque part en cours de route, il sentit qu'il se déconnectait. Il tenta de s'accrocher, mais son esprit partait ailleurs. Yvonne, assise à côté de lui, gardait les deux pieds sur terre. Elle posa les questions d'usage, les bonnes questions sans doute, mais qui ne changeaient rien au diagnostic nébuleux. Encore une chose qu'on apprend sur les médecins. On a beau les considérer comme des démiurges, les limites de leur savoir ou de leur pouvoir sont à la fois stupéfiantes et une véritable leçon d'humilité.

Ils surveillaient de près l'état d'Ingrid, mais, pour l'instant, il n'y avait rien d'autre à faire qu'attendre. Le Dr Grewe se leva et tendit la main. Simon se leva et la lui serra. Yvonne fit de même. Les visites étant interdites jusqu'à nouvel ordre, ils revinrent d'un pas mal assuré dans la salle d'attente.

Fagbenle intercepta Simon pour le prendre à part.

— J'ai besoin de vous.

Simon, toujours assommé, hocha vaguement la tête.

— OK.

— J'ai quelque chose à vous montrer.

Fagbenle lui tendit une feuille de papier cartonné avec six photos, trois en haut, trois en bas. Six portraits, tous numérotés.

— Regardez attentivement et dites-moi si...

— Le numéro cinq, répondit Simon.

— Laissez-moi finir. Regardez attentivement ceci et dites-moi si vous reconnaissez l'un de ces hommes.

— Je reconnais le numéro cinq.

— D'où le connaissez-vous ?

— C'est l'individu qui a tiré sur ma femme.

Fagbenle acquiesça.

— Il me faudrait une identification officielle.

— Ceci, fit Simon en désignant la feuille cartonnée, ne vous suffit pas ?

— Ce serait mieux de le faire en personne.

— Je ne veux pas laisser ma femme maintenant.

— Vous n'y êtes pas obligé. Le suspect est ici... en train de se remettre de sa blessure. Venez avec moi.

Fagbenle s'engagea dans le couloir. Simon se tourna vers Yvonne qui l'encouragea d'un signe de la tête. Ils n'iraient pas bien loin, seulement au bout du couloir.

— Avez-vous arrêté Rocco aussi ? demanda Simon.

— On l'a interpellé, oui.

— Et qu'a-t-il dit ?

— Que vous et votre femme êtes venus dans

son établissement, qu'il avait le dos tourné, qu'il y a eu des coups de feu et qu'il est parti en courant. Il ignore totalement qui a tiré ou s'il y a eu des blessés.

— Mon œil.

— Comment ? Rocco, un gros trafiquant de drogue, nous aurait menti ? Ça alors, je ne l'aurais jamais cru.

— L'avez-vous interrogé au sujet de ma fille ?

— Il ne la connaît pas. « Toutes les filles blanches se ressemblent, a-t-il dit, surtout les junkies. »

Simon ne broncha pas.

— Vous ne pouvez pas le placer en garde à vue ?

— Pour quel motif ? Vous avez vous-même déclaré que Rocco ne vous avait pas agressés.

— C'est vrai.

— C'est Luther qui a appuyé sur la détente. Tenez, justement...

Fagbenle s'arrêta face à un flic en uniforme assis devant la porte.

— Salut, Tony.

Tony, l'agent en faction, regarda Simon.

— Qui c'est ?

— Le mari de la victime.

— Oh...

Tony hocha la tête à l'adresse de Simon.

— Désolé.

— Merci.

— Il vient pour l'identification, expliqua Fagbenle. Je suppose que le suspect est toujours dans les vapes ?

— Non, il est réveillé.

— Depuis quand ?

— Cinq, dix minutes.

Fagbenle se tourna vers Simon.

— Ce n'est peut-être pas le bon moment.

— Pourquoi ?

— Le protocole. En général, les témoins ont peur de se retrouver face à l'auteur du crime.

Simon fronça les sourcils.

— Allons-y, finissons-en.

— Ça ne vous gêne pas qu'il vous voie ?

— J'étais là quand il a tiré sur ma femme.

Fagbenle haussa les épaules et poussa la porte. La télévision diffusait une émission en espagnol. Assis dans le lit, l'épaule bandée, Luther grimaça en voyant Simon.

— Qu'est-ce qu'il fait là, celui-là ?

— Ah, vous connaissez donc cet homme ? s'enquit Fagbenle.

Les yeux de Luther pivotèrent à droite et à gauche.

— Euh…

Fagbenle se tourna vers Simon.

— Monsieur Greene ?

— Oui, c'est l'homme qui a tiré sur ma femme.

— Il ment !

— Vous en êtes sûr ? demanda Fagbenle.

— Sûr et certain.

— Ils ont tiré sur moi ! cria Luther.

— C'est vrai, Luther ?

— Ouais. Il ment.

— À quel endroit avez-vous été blessé exactement ?

— À l'épaule.

153

— Non, Luther, je parle de localisation géographique.

— Hein ?

Fagbenle leva les yeux au ciel.

— Le lieu, Luther.

— Ah, dans le sous-sol. Chez Rocco.

— Alors pourquoi vous a-t-on retrouvé planqué dans un passage, deux rues plus loin ?

On sentait bien que Luther n'avait pas inventé le fil à couper le beurre.

— Euh... je me suis sauvé. Pour pas qu'il me tue.

— Et vous vous êtes caché dans ce passage alors que la police était à votre recherche ?

— Ben, j'aime pas les flics, c'est tout.

— Super, merci d'avoir confirmé que vous étiez sur le lieu de la fusillade, Luther. Voilà qui nous aide à reconstituer le tableau.

— J'ai tiré sur personne. Vous avez aucune preuve.

— Possédez-vous une arme, Luther ?

— Non.

— Et vous n'en avez jamais utilisé ?

Il prit un air évasif.

— Peut-être une fois, il y a longtemps.

— Bon sang, Luther, vous ne regardez pas la télé ?

— Quoi ?

— Les séries policières.

Luther semblait déboussolé.

— Il y a toujours un moment où un criminel bas du front déclare : « Je ne me suis jamais servi d'une arme. » Comme vous maintenant. Et le flic répond qu'il a fait faire un test de résidu de tir – ça vous dit quelque chose, Luther ? – et que ses collègues de la scientifique ont découvert des traces de poudre sur les mains et les vêtements du criminel bas du front.

Le visage de Luther perdit ses couleurs.

— Et là, voyez-vous, les flics – autrement dit moi, dans votre cas – tiennent leur coupable. On a des témoins, un résidu de poudre et des preuves scientifiques qui démontrent que notre criminel bas du front est un menteur. C'en est fini de lui. Normalement, il avoue et essaie de négocier.

Se laissant aller en arrière, Luther cligna des yeux.

— Vous voulez nous dire pourquoi vous avez fait ça ?

— J'ai rien fait.

Fagbenle poussa un soupir.

— Vous commencez à nous ennuyer, vous savez.

— Vous avez qu'à le lui demander, rétorqua Luther.

— Pardon ?

Luther pointa le menton en direction de Simon.

— Demandez-le-lui.

Simon prit quelques grandes inspirations. Il s'était blindé en entrant dans la chambre, et le contrecoup fut d'autant plus brutal. Ingrid, la femme de sa vie, était dans ce même hôpital entre la vie et la mort à cause de ce fumier. Sans réfléchir, il fit un pas vers le lit, prêt à étrangler ce parasite, ce moins-que-rien, cette ordure qui avait tenté de réduire à néant un être aussi merveilleux, aussi lumineux.

Fagbenle leva la main pour l'arrêter, un avertissement plus mental que physique. Croisant le regard de Simon, il eut un hochement de tête compréhensif mais ferme.

— Que dois-je lui demander, Luther ?

— Ils faisaient quoi chez Rocco, hein ? Disons que c'est moi. En réalité non, mais faisons comme si... c'est quoi, le mot... hypodermiquement, disons que c'est moi.

Fagbenle se retint de froncer les sourcils.

— Admettons.

— Peut-être que Rocco avait besoin de protection.

— Et pourquoi Rocco aurait-il eu besoin de protection ?

— J'en sais rien. C'est hypodermique.

— C'est donc Rocco qui vous a demandé de tirer sur le Dr Greene ?

— Docteur ?

Il se rassit en grimaçant.

— De quoi vous parlez ? J'ai pas tiré sur un docteur. Vous allez pas me coller ça sur le dos.

Il pointa le doigt sur Simon.

— J'ai juste tiré sur sa bonne femme.

Simon était partagé entre l'envie de rire et celle de lui envoyer son poing dans la figure. L'énormité de la situation – que même ce détritus immonde ait le pouvoir de détruire quelqu'un d'aussi vivant, d'aimé et de choyé qu'Ingrid – le consuma à nouveau, lui faisant comprendre qu'il n'y avait pas de justice dans ce monde, aucun contrôle, aucune ligne directrice, rien que le hasard chaotique. Il aurait voulu tuer ce punk, l'écraser comme la

156

punaise qu'il était, sauf qu'une punaise, c'était beaucoup moins nuisible… alors oui, l'écraser pour le bien de l'humanité, quand soudain, vaincu, il se rendit compte que cela ne servirait à rien. Tout ceci n'était qu'une vaste blague.

— Je voulais protéger mon boss, déclara Luther. Légitime défense, vous connaissez ?

Simon sentit son téléphone vibrer. Il jeta un œil sur l'écran. C'était Yvonne.

On peut voir Ingrid maintenant.

Quand Simon entra dans sa chambre – quand il vit Ingrid immobile, des tuyaux partout, des machines gargouillantes –, ses jambes se dérobèrent sous lui. Il aurait pu se rattraper à la barre d'appui pour handicapés, au lieu de quoi il se laissa tomber pesamment et poussa un hurlement muet car il en avait besoin.

Lorsqu'il se releva, il n'avait plus de larmes. Il s'assit à côté d'Ingrid, lui prit la main, lui parla. Il ne la supplia pas de revenir à la vie, ne lui dit pas combien il l'aimait, rien de tout cela. Si Ingrid l'entendait, elle n'apprécierait pas. Déjà, elle n'était pas portée sur le mélodrame, mais surtout, à quoi bon lui faire part de ses sentiments si elle ne pouvait lui rendre la pareille ? C'était comme jouer à la balle avec soi-même. Il fallait quelqu'un pour la renvoyer.

Il parla donc de tout et de rien, de son travail à lui, de son travail à elle, de la rénovation de la cuisine qui aurait lieu un jour (ou pas), de politique, du passé et des moments partagés dont elle aimait à se souvenir. Elle était aussi comme ça, Ingrid. Elle prenait plaisir à l'écouter raconter toujours les mêmes histoires. Elle était bon public et, quand elle souriait, il sentait qu'elle revivait la scène avec une acuité dont peu de gens étaient capables.

Sauf que, aujourd'hui, il n'y avait pas l'ombre d'un sourire sur son visage.

Au bout d'un certain temps – il n'aurait su dire combien –, Yvonne posa la main sur son épaule.

— Explique-moi ce qui s'est passé, dit-elle. Depuis le début.

Simon obtempéra.

Yvonne avait les yeux rivés sur sa sœur. Ingrid et elle avaient pris des routes différentes, d'où peut-être ce fossé entre les deux sœurs. À ses débuts, Ingrid avait choisi de mener la grande vie : mannequinat, voyages, quelques incursions dans la drogue qui, curieusement, la rendaient moins indulgente envers Paige. Tandis qu'Yvonne avait toujours été la fille modèle qui travaillait dur à l'école, aimait ses parents et ne sortait jamais des sentiers battus.

Pour finir, Ingrid avait découvert, selon ses propres mots, que « le fait de courir le monde vous aide simplement à trouver votre port d'attache ». Elle était revenue faire une année postbac à Bryn Mawr College et avait pu réunir ainsi les prérequis pour entrer à l'école de médecine. Avec une détermination et une constance qu'Yvonne n'aurait pas manqué d'admirer chez quelqu'un d'autre, Ingrid avait excellé dans ses études et jusque dans son internat.

— Tu ne peux pas rester ici, déclara Yvonne lorsqu'il eut terminé.

— De quoi tu parles ?

— Je vais tenir compagnie à Ingrid. Mais toi, tu ne peux pas rester assis là, Simon. Tu dois retrouver Paige.

— Je ne peux pas partir maintenant.

— Il le faut. Tu n'as pas le choix.

— On s'est toujours promis...

Simon se tut. Il n'allait pas raconter à Yvonne ce qu'elle savait déjà. Ingrid et lui ne faisaient qu'un. Si l'un tombait malade, l'autre devait être là. Cela faisait partie du contrat.

Yvonne comprenait, mais elle secoua la tête.

— Ingrid va se réveiller. Ou pas. Et si elle se réveille, elle voudra voir le visage de Paige.

Il ne répondit pas.

— Tu ne la retrouveras pas en restant ici.

— Yvonne...

— Ingrid t'aurait dit la même chose, tu le sais, Simon.

La main d'Ingrid était inerte, comme si le sang ne circulait plus dans ses veines. Simon dévisagea sa femme, cherchant une réponse, un signe quelconque, mais elle semblait rapetisser, fondre à vue d'œil. Ce n'était plus Ingrid dans ce lit, mais une coquille vide, comme si son essence avait déjà déserté la chambre d'hôpital. Il n'était pas naïf au point de penser que le son de la voix de Paige la ramènerait à la vie... pas plus que le fait de prendre racine sur cette chaise.

Simon lâcha la main d'Ingrid.

— Avant de partir, je dois...

— Je m'occupe des gosses. Je m'occupe de la boîte. Je m'occupe d'Ingrid. Allez, vas-y.

13

Le jour se levait quand le chauffeur déposa Simon dans le Bronx. Il n'y avait personne dehors... enfin, personne qui soit réveillé. Deux hommes dormaient sur le trottoir devant le terrain vague envahi de hautes herbes, tout près de l'endroit où Ingrid et lui avaient franchi le grillage quelques heures plus tôt. Quelqu'un avait tendu une rubalise, mais déchirée au milieu, elle flottait dans la brise matinale.

Simon arriva devant l'immeuble en brique décrépit que sa fille avait jadis considéré comme son foyer. Cette fois, il entra sans crainte ni hésitation et gravit les marches jusqu'au premier étage. Il n'était pas tout à fait six heures. Simon n'avait pas fermé l'œil de la nuit. Il se sentait groggy ; s'il lui restait encore un peu de jus dans les batteries, il savait que ça ne durerait pas.

Il frappa à la porte et attendit. Sans doute allait-il le réveiller, mais tant pis. Dix secondes plus tard, la porte s'ouvrit. Cornelius avait la tête de quelqu'un qui n'avait pas beaucoup dormi non plus.

— Comment va-t-elle ?

— Pronostic vital engagé.

— Vous feriez mieux d'entrer.

Simon ignorait à quoi pouvait ressembler l'appartement de Cornelius – probablement au taudis crasseux de Paige –, mais ce fut comme franchir un portail magique pour pénétrer dans un autre monde. Il aurait pu figurer dans une de ces émissions de déco qu'Ingrid affectionnait tant. Des bibliothèques encastrées en chêne encadraient les fenêtres au fond de la pièce. Un canapé touffeté vert de style victorien trônait à droite. Les coussins brodés évoquaient des thèmes botaniques. Sur la gauche, il y avait des gravures de papillons. Un jeu d'échecs était posé sur une table en bois ouvragé et, l'espace d'un instant, Simon crut voir Paige assise en face de Cornelius, le front plissé, triturant ses cheveux comme chaque fois qu'elle réfléchissait à un mouvement.

Un cocker surgit soudain, remuant la queue si frénétiquement qu'il en perdait presque l'équilibre. Cornelius le prit dans ses bras, le serrant contre lui.

— Et voici Chloe.

Il y avait des photographies sur les étagères. Des photos de famille. Simon se rapprocha pour mieux les voir. Il s'arrêta devant la première photo, un portrait de famille classique sur un fond d'arc-en-ciel : un Cornelius plus jeune, une femme qui avait l'air d'être son épouse, et trois ados souriants dont deux avaient déjà dépassé leur père en taille.

Cornelius reposa la chienne et le rejoignit.

— Cette photo doit avoir huit ou dix ans. Tanya et moi avons élevé trois garçons dans cet appartement. Ils sont grands maintenant. Tanya... est partie il y a deux ans. Cancer du sein.

— Je suis désolé, dit Simon.

— Vous n'avez pas envie de vous asseoir ? Vous avez l'air à bout.

— Si je m'assieds, j'ai peur de ne pas pouvoir me relever.

— Ce qui ne serait peut-être pas plus mal. Il faut vous reposer si vous voulez tenir le coup.

— Peut-être plus tard.

Cornelius posa la photo doucement, comme si elle avait été extrêmement fragile, et désigna le portrait d'un marine en uniforme.

— Lui, c'est Eldon. Notre aîné.

— Il est marine.

— Oui.

— Il vous ressemble.

— C'est vrai.

— Vous avez servi dans l'armée, Cornelius ?

— Caporal dans la marine. Première guerre du Golfe. Opération Tempête du désert.

Cornelius pivota pour faire face à Simon.

— Vous n'avez pas l'air surpris.

— Je ne le suis pas.

Cornelius se frotta le menton.

— Vous m'avez vu ?

— Une fraction de seconde.

— Mais suffisamment pour comprendre ?

— Je crois que j'aurais deviné, de toute façon, répondit Simon. Je ne sais comment vous remercier.

— Il n'y a pas de quoi. J'ai vu Luther entrer, alors je l'ai suivi. J'aurais dû le neutraliser avant qu'il ne tire sur Ingrid.

— Vous nous avez sauvé la vie.

Cornelius jeta un coup d'œil sur les photos de famille, comme en quête d'inspiration.

— Pourquoi êtes-vous revenu ? demanda-t-il.

— Vous le savez bien.

— Pour retrouver Paige.

— Oui.

— Elle est allée là-bas. Dans ce sous-sol. Tout comme vous.

Cornelius s'éloigna à l'autre bout de la pièce.

— Je ne l'ai pas revue depuis.

— Et Aaron s'est fait trucider.

— C'est ça.

— Vous pensez qu'ils ont tué Paige ?

— Je ne sais pas.

Cornelius s'accroupit et ouvrit la porte d'une vitrine qui dissimulait un coffre-fort.

— Mais il faut vous préparer à une mauvaise nouvelle, même si ça fait très mal.

— Je suis prêt, répliqua Simon.

Cornelius posa son pouce sur la porte. Simon entendit un bip-bip pendant que le coffre décryptait son empreinte. La porte s'ouvrit.

— Et cette fois, vous ne retournerez pas là-bas sans renfort.

Il sortit deux armes de poing, se leva et referma la vitrine. Il tendit un pistolet à Simon et garda l'autre sur lui.

— Vous n'êtes pas obligé de faire ça, lui dit Simon.

— Vous n'êtes pas venu ici juste pour me remercier, n'est-ce pas ?

— Non.

— Alors, venez. On va aller rendre une petite visite à Rocco.

La résidence Juge Lester Patterson était l'un des plus anciens et plus vastes complexes de logements sociaux de la ville. Elle se composait de quinze tours identiques en brique fatiguée et abritait plus de cent familles.

Cornelius ouvrait la marche. Les ascenseurs du bâtiment 6 étaient en panne ; alors ils prirent l'escalier. Malgré l'heure matinale, l'ambiance était animée. La cage d'escalier résonnait des rires des enfants qui partaient pour l'école. Les adultes entamaient leur périple quotidien jusqu'à l'arrêt de bus ou la station de métro la plus proche afin de se rendre au travail. Tout ce monde descendait, de sorte que Simon et Cornelius durent naviguer à contre-courant, deux saumons en route pour le septième étage.

La famille de Rocco occupait l'appartement 7C. Deux gamins en jaillirent, laissant la porte ouverte. Simon tambourina dessus, et une voix de femme lui dit d'entrer.

Il pénétra à l'intérieur. Cornelius resta dans le couloir. S'extirpant d'un fauteuil relax, Rocco s'avança à sa rencontre. Une fois de plus, Simon fut frappé par le gabarit du bonhomme. Une femme sortit de la cuisine.

— Qui c'est ? demanda-t-elle.

Rocco fusilla Simon du regard.

— T'inquiète, m'man.

165

— Tu n'as pas à me dire si je dois m'inquiéter ou pas. C'est chez moi ici.

— Je sais, m'man. Il s'en va tout de suite.

Rocco se planta devant Simon, déployant toute son immense carrure. Les yeux de Simon arrivaient à la hauteur de ses pectoraux.

— N'est-ce pas ?

Simon se pencha pour regarder derrière lui, ce qui n'était pas une mince affaire.

— Je cherche ma fille, dit-il à la mère de Rocco. Je pense que votre fils pourrait savoir où elle est.

— Rocco ?

— Ne l'écoute pas, m'man.

Mais elle ne l'entendait pas de cette oreille. À son approche, le colosse parut se ratatiner.

— Tu sais où est la fille de ce monsieur ?

— Non, m'man.

On aurait dit un gamin de dix ans.

— C'est la vérité, je te jure.

Sa mère se tourna vers Simon.

— Qu'est-ce qui vous fait croire qu'il le sait, m'sieur ?

— Laisse-moi lui dire deux mots, m'man.

Rocco entreprit de repousser Simon vers la porte.

— J'en ai pour deux secondes.

Profitant de sa masse imposante, Rocco éjecta Simon dans le couloir, le suivit et referma la porte.

— C'est pas cool, mec... de venir chez ma mère.

Il aperçut Cornelius.

— Qu'est-ce que vous foutez là ?

— Je lui file un coup de main.

Rocco fit claquer ses doigts.

— Je comprends maintenant. C'est vous qui

l'avez envoyé chez moi. Fichez le camp d'ici, tous les deux.

Simon ne broncha pas.

— Rocco ?

Le colosse baissa les yeux sur lui.

— Quoi ?

— Ma femme est dans le coma, entre la vie et la mort. C'est votre homme qui a tiré sur elle dans votre sous-sol. Ma fille a disparu. La dernière fois que quelqu'un l'a vue, c'était aussi dans votre sous-sol.

Simon ne bougea pas d'un pouce.

— Je ne partirai pas d'ici tant que vous ne m'aurez pas dit tout ce que vous savez.

— Vous croyez que j'ai peur de vous ?

— Tu devrais, fit Cornelius.

— Ah bon, pourquoi ?

— Regarde-le, Rocco. Tu es face à un homme désespéré. Et tu es suffisamment futé pour savoir que, dans ce genre de cas, mieux vaut ne pas pousser le bouchon trop loin.

Rocco regarda Simon. Qui ne cilla pas.

— Je dirai à la police que vous avez ordonné à Luther de tirer sur nous.

— Quoi ? Vous savez bien que ce n'est pas vrai.

— Vous avez crié son nom.

— Pour l'arrêter, mec. Je ne voulais pas qu'il tire !

— Qu'est-ce que j'en sais ? Ça ressemblait à un ordre. Vous lui avez demandé de tirer sur nous.

— Ah, je vois.

Rocco écarta les mains. Son regard alla de Simon à Cornelius.

— Alors c'est comme ça, hein ?

Cornelius haussa les épaules.

— Je veux juste retrouver ma fille, fit Simon.

Rocco inclina la tête, l'air de dire : « Laissez-moi réfléchir. »

— Bon, très bien, mais je ne veux plus vous voir après ça.

Simon acquiesça.

— Paige est venue chez moi, ouais. Elle est venue dans mon sous-sol. J'ai vu tout de suite qu'elle s'était fait tabasser.

— Elle a dit qui lui avait fait ça ?

— Je n'ai pas eu besoin de demander. Je le savais.

— Aaron.

Rocco ne prit pas la peine de répondre.

— Mais alors, pourquoi Luther a tiré sur nous ?

— Parce qu'il est taré.

Simon secoua la tête.

— Il y a sûrement une autre explication.

— Écoutez, mon business, c'est pas de la tarte. Chacun essaie d'avoir la peau de l'autre. Aaron, oui, c'était une racaille. Mais il était des nôtres. On pense que c'est... disons, une entreprise rivale qui l'a buté. Peut-être bien les Fidel.

— Les Fidel ?

— Les Cubains, dit Cornelius.

Malgré sa femme dans le coma et sa fille Dieu sait où, Simon rit tout haut. L'écho résonna dans le couloir. Des gens se retournèrent sur lui.

— C'est une blague ?

— Pas du tout.

— Un gang cubain qui se fait appeler les Fidel ?

168

Un sourire joua sur les lèvres de Cornelius.

— Le nom de leur chef est Castro.

— Vous me faites marcher.

— Je jure devant Dieu que c'est vrai.

Simon pivota vers Rocco.

— Pourquoi Paige est-elle venue se réfugier chez vous ?

— À votre avis ?

— Elle venait chercher sa dose. La lui avez-vous donnée ?

— Elle n'avait pas d'argent.

— Donc, c'est non ?

— Je ne suis pas une œuvre de charité, dit Rocco.

— Et ensuite ?

— Elle est partie, mec. Et juste après, j'ai appris qu'Aaron s'était fait massacrer.

— Vous pensez que c'est Paige qui l'a tué ?

— Je parierais plutôt sur les Fidel. Mais il y a une chance, oui, que ce soit Paige. Ou vous. C'est peut-être ce que croyait Luther. Il était là quand Paige est passée. Réfléchissez un peu. Si un type avait abîmé ma fille comme Aaron a abîmé Paige, c'est sûr que je me vengerais. Alors, si ça se trouve, c'est vous qui avez monté le coup.

— Comment ça ?

— Vous avez buté Aaron. Et maintenant vous voulez récupérer votre fille.

— Ce n'est pas moi, dit Simon.

En un sens, il le regrettait presque. Rocco avait raison. Si quelqu'un fait du mal à votre fille, vous êtes dans l'obligation de le lui faire payer. Or Simon avait laissé Paige lui échapper en lui tendant des perches inutiles au lieu de se conduire en homme.

Un homme se doit de secourir son enfant.

La protéger. La sauver.

Vous parlez d'un père.

— Elle est sûrement quelque part dans les parages, dit Rocco. Vous pouvez toujours la chercher, c'est normal. Sauf que c'est une junkie. Même si vous la retrouvez, cette histoire ne finira pas bien.

De retour chez Cornelius, Simon sortit le pistolet de la poche de sa veste.

— Tenez, dit-il en le lui tendant.

— Gardez-le.

— Vous en êtes sûr ?

— Sûr et certain.

— Vous croyez que Rocco pourrait la retrouver ?

— Moyennant la récompense ?

Simon avait fini par faire une offre à Rocco : « Trouvez Paige et vous aurez cinquante mille dollars. »

— Oui, acquiesça Cornelius. Si elle est toujours là, il la retrouvera.

On frappa à la porte.

— Rangez ce pistolet, chuchota Cornelius.

Puis, élevant la voix :

— Qui est-ce ?

Une voix de petite vieille avec un accent – russe, polonais, Europe de l'Est ? – répondit :

— C'est Lizzy, monsieur Cornelius.

Il ouvrit la porte. La femme était à l'image de la voix, petite et vieille. Elle portait une espèce de robe blanche, longue et ample, qui ressemblait plus à une chemise de nuit. Ses cheveux gris lui tombaient en désordre dans le dos. Ils semblaient voler au vent, alors qu'il n'y avait pas un souffle d'air.

— Que puis-je pour vous, mademoiselle Sobek ? demanda Cornelius.

La vieille dame toisa Simon avec des yeux ronds comme des soucoupes.

— Qui êtes-vous ?

— Je m'appelle Simon Greene, madame.

— Le papa de Paige, ajouta Cornelius.

Elle lui décocha un regard si perçant qu'il faillit reculer d'un pas.

— Vous pouvez encore la sauver.

Ses paroles le glacèrent.

— Vous savez où est Paige ?

Mlle Sobek secoua la tête, ses longs cheveux gris dansant autour de son visage comme un rideau à franges.

— Mais je sais ce qu'elle est.

Cornelius se racla la gorge.

— Vous vouliez quelque chose, mademoiselle Sobek ?

— Il y a quelqu'un là-haut.

— Là-haut ?

— Au deuxième. Une femme. Elle vient de s'introduire dans l'ancien appartement de Paige. Je tenais à vous prévenir.

— Vous l'avez reconnue ?

— C'est la première fois que je la vois.

— Merci, mademoiselle Sobek. Je vais jeter un coup d'œil.

Cornelius et Simon sortirent dans le couloir. Mlle Sobek s'éloigna à la hâte.

— Pourquoi c'est vous qu'elle est venue voir ? demanda Simon.

— Je ne suis pas un simple locataire.

— Vous êtes le gardien ?

— Je suis le propriétaire.

Ils montèrent au deuxième étage. Le ruban jaune sur la porte de l'appartement – interdisant l'accès à la « scène de crime », tout de même – était déchiré. Cornelius posa la main sur le bouton de porte. Simon se rendit compte que, machinalement ou non, ses doigts serraient la crosse du pistolet dans sa poche. Serait-ce le premier réflexe quand on a une arme sur soi ? Elle est toujours là, à portée de main, qui calme et rassure en situation de stress ?

Cornelius ouvrit la porte à la volée. La femme, si elle avait été surprise par leur irruption, n'en laissa rien paraître. Elle était petite et trapue, une Latino selon toute vraisemblance, vêtue d'un jean et d'un blazer bleu.

Elle fut la première à rompre le silence.

— Vous êtes Simon Greene ?

— Qui êtes-vous ?

— Elena Ramirez, détective privée. Il faut que je parle à votre fille.

Elena Ramirez leur montra une élégante carte de visite gravée en relief, un genre de licence professionnelle et une pièce d'identité indiquant qu'elle était un agent du FBI à la retraite. Ils

172

avaient tous regagné l'appartement de Cornelius. Les deux hommes avaient pris place dans les fauteuils en cuir, tandis qu'Elena avait opté pour le canapé vert.

— Alors, où est votre fille, monsieur Greene ?

— Je ne comprends pas. Sur votre carte, il est marqué que vous êtes de Chicago.

— C'est exact.

— Et pourquoi voulez-vous parler à ma fille ?

— C'est au sujet d'une enquête en cours.

— Une enquête sur quoi ?

— Ça, je ne peux pas vous le dire.

— Madame Ramirez...

— Appelez-moi Elena.

— Elena, je ne suis pas d'humeur à jouer aux devinettes. Votre enquête ne m'intéresse pas, mais comme je n'ai pas de raisons de me méfier de vous, je vais être franc et j'espère que vous le serez aussi. J'ignore où est ma fille. C'est pour ça que je suis ici. J'essaie de la retrouver. Je n'ai pratiquement aucune piste en dehors du fait qu'elle doit être en train de se shooter quelque part dans un rayon de deux kilomètres. Vous me suivez jusqu'ici ?

— Et comment, répondit Elena.

— Sur ce, vous entrez en scène – une détective privée de Chicago, rien que ça – et vous demandez à parler à ma fille. J'adorerais, moi, parler avec elle. C'est même mon vœu le plus cher. Alors on pourrait peut-être unir nos efforts, non ?

Son portable bourdonna. Il l'avait gardé à la main au cas où il recevrait un texto. Cette vibration fantôme, il la ressentait pratiquement toutes les dix secondes, sauf que cette fois, c'était réel.

Un message d'Yvonne :

Son état se stabilise. Bon signe selon le médecin. On l'a transférée dans une chambre particulière. Toujours dans le coma. Sam et Anya sont avec nous.

— Juste pour être sûre d'avoir tout suivi, dit Elena Ramirez. Votre fille a disparu, c'est ça ?

— Oui, répondit Simon, les yeux rivés sur l'écran du téléphone.

— Depuis quand ?

Il n'avait rien à gagner à tourner autour du pot.

— Depuis l'assassinat de son compagnon.

Elle croisa les bras et prit son temps, réfléchissant.

— Elena ?

— Moi aussi, je recherche une personne disparue.

— Qui ?

— Un jeune homme de vingt-quatre ans originaire de la région de Chicago.

Cornelius ouvrit la bouche pour la première fois :

— Depuis combien de temps a-t-il disparu ?

— Jeudi dernier.

— Et qui est-ce ? s'enquit Simon.

— Je ne peux pas divulguer son nom.

— Bon sang, Elena, si c'est quelqu'un que ma fille connaît, on pourrait peut-être vous aider.

Elle hésita brièvement.

— Il s'appelle Henry Thorpe.

Il se mit à pianoter sur son téléphone.

— Qu'est-ce que vous faites ?

— Ce nom ne me dit rien. J'interroge mon

fils et mon autre fille. Ils sont plus au fait des amitiés de Paige.

— Je ne pense pas que Paige et Henry étaient amis.

— Mais alors, quel est le lien entre eux ?

Elena Ramirez haussa les épaules.

— C'est l'une des raisons de ma présence ici. J'essaie de comprendre. Sans entrer dans le détail, il semblerait que, peu de temps avant sa disparition, Henry Thorpe ait été en contact soit avec votre fille, soit avec son compagnon, Aaron Corval.

— Quel genre de contact ?

Elle sortit un petit carnet et entreprit de le feuilleter.

— Il y a eu un coup de fil. Du téléphone de votre fille à celui de Henry. Il y a quinze jours. Puis des textos, suivis de mails.

— Et que disaient-ils, ces mails et ces textos ?

— Je ne sais pas. Les textos doivent être sur leurs téléphones. On ne peut pas y accéder. Les mails ont été effacés. Nous savons qu'il y en a eu, c'est tout.

— Vous croyez que c'est important ?

— Je n'en sais rien, monsieur Greene. C'est ça, mon job. Quand quelqu'un disparaît, je cherche les anomalies... des choses qui ne font pas partie de la routine.

— Et ces mails et textos...

— Des anomalies, oui. Comment expliquez-vous que Henry Thorpe, un jeune homme habitant Chicago, soit entré en contact avec votre fille ou Aaron Corval ?

Simon n'eut pas besoin de chercher longtemps.

— Ce Henry Thorpe a-t-il déjà consommé de la drogue ?

— Occasionnellement.

— Voilà une explication possible.

— Peut-être, dit Elena. Mais on peut acheter de la drogue à Chicago.

— À moins que ce ne soit dans un cadre plus professionnel.

— Peut-être, mais j'en doute. Pas vous ?

— Moi aussi, répondit Simon. Et, de toute façon, ma fille et votre client manquent tous les deux à l'appel.

— C'est ça.

— Que puis-je faire pour vous aider ? demanda-t-il.

— La première question que je me suis posée, c'est pourquoi les messages par textos se sont transformés en mails envoyés depuis un ordinateur.

— Et ?

— Et à quel stade de toxicomanie en étaient-ils ? Votre fille et son ami.

Simon n'avait aucune raison de mentir.

— Au dernier, dirais-je.

Cornelius fit claquer ses doigts.

— Paige a dû vendre son téléphone. Pour avoir de quoi se payer un fix.

Il se tourna vers Simon.

— Ça arrive tout le temps par ici.

— Ce téléphone est désactivé, opina Elena. Je pencherais donc pour cette hypothèse aussi.

Simon n'était pas convaincu.

— Du coup, Paige se serait servie d'un ordinateur ?

— Oui.

— Et où est cet ordinateur maintenant ?

— Sans doute vendu également, dit Cornelius.

— C'est ce qui m'est venu à l'esprit, répondit Elena. Elle aurait pu l'emporter en partant. Ou l'assassin aurait pu le voler. Mais la question clé est : comment s'était-elle procuré cet ordinateur ? Elle n'aurait pas pu l'acheter, n'est-ce pas ?

— C'est peu plausible, acquiesça Simon. Si elle avait vendu son téléphone pour s'offrir de la drogue, pourquoi aurait-elle dépensé de l'argent pour se payer un ordinateur ?

— Donc, elle l'a probablement volé.

Simon encaissa le coup. Sa fille. Une junkie. Une voleuse.

Et quoi d'autre ?

— Vous vous y connaissez en informatique, monsieur Greene ?

— Simon. Non, absolument pas.

— Si vous savez vous y prendre – comme mon technicien, Lou –, vous pouvez retrouver l'adresse ISP et localiser un ordinateur dans une ville, une rue, voire chez un particulier.

— Et Lou a trouvé à qui appartenait cet ordinateur ?

— Non, dit Elena. Mais il l'a localisé à Amherst, Massachusetts. Plus précisément au campus d'Amherst College. Vous n'avez pas un fils qui fait ses études là-bas ?

14

En arrivant à l'hôpital, Simon et Elena trouvèrent Anya endormie sur une chaise de la salle d'attente. Sa tête reposait sur l'épaule massive de son oncle Robert. Le mari d'Yvonne était un grand costaud, corpulent, le crâne dégarni, ancien joueur de foot américain, et il avait le cœur sur la main. Au prétoire, c'était un orateur hors pair : les jurés adoraient son sourire charmeur, sa décontraction qui masquait un esprit acéré, sa façon d'arpenter la salle à grandes enjambées lors d'un contre-interrogatoire. Et il se trouvait que, en dehors d'Yvonne, Robert était le meilleur ami de Simon.

Il se dégagea le plus lentement possible pour ne pas réveiller Anya et, se levant, engloutit Simon dans une énorme étreinte. C'était un don qu'il avait ; Simon ferma les yeux et se laissa faire.

— Ça va, toi ?

— Non.

— Je m'en doutais.

Ils s'écartèrent l'un de l'autre et regardèrent Anya qui dormait toujours.

— Les mineurs ne sont pas admis dans les chambres, expliqua Robert.

— Donc Sam est...

— Oui, Yvonne et lui sont avec Ingrid. Chambre 717.

Robert jeta un coup d'œil interrogateur en direction d'Elena Ramirez. Simon se dit qu'elle était assez grande pour se présenter toute seule. Il tapota l'épaule de Robert, le remercia et se dirigea vers la chambre d'Ingrid. Cornelius était resté chez lui. Il ne pouvait rien faire de plus – il en avait déjà fait beaucoup –, et il pensait qu'il serait plus utile sur place, puisqu'il pourrait ainsi « surveiller le terrain ». « Mais si vous avez besoin de moi... », avait-il ajouté tandis qu'ils échangeaient leurs numéros de portable.

Simon poussa la porte de la chambre. D'abord, il entendit les sons, ces maudits bip-bip, des bruits de succion et toutes sortes de cliquetis incompatibles avec la notion de chaleur humaine.

Son fils de dix-huit ans était assis au chevet de sa mère. Il se tourna vers Simon, le visage baigné de larmes. Sam était un garçon émotif. Comme son père. Ingrid l'avait même surnommé affectueusement « Sam pleureur ». Quand la mère de Simon était morte trois ans plus tôt, il avait sangloté des heures durant, sans s'arrêter ; Simon n'en revenait pas qu'il puisse pleurer comme ça sans s'évanouir d'épuisement.

Il était impossible de consoler Sam lorsqu'il se trouvait dans cet état. Tout contact physique ne faisait qu'empirer les choses. Il avait besoin d'être seul. Si on essayait de le distraire ou de le réconforter, ça vous retombait dessus. Même tout petit, Sam vous regardait d'un air implorant en disant : « Laisse-moi, il faut que ça sorte, OK ? »

Debout à la fenêtre, Yvonne sourit faiblement à Simon.

Il traversa la chambre, posa la main sur l'épaule de son fils et se baissa pour embrasser Ingrid sur la joue. Son état lui paraissait encore plus alarmant que tout à l'heure : elle était livide, évanescente, comme dans un film où on voit un personnage lutter entre la vie et la mort, et que la mort semble l'emporter.

Une main s'insinua dans son cœur et le tordit cruellement.

Se retournant vers Yvonne, il lui montra la porte du regard. Elle comprit le message et se glissa dehors sans un mot. Simon prit une chaise et s'assit à côté de son fils. Sam portait un T-shirt rouge avec le logo de la sauce piquante Sriracha. Il adorait les logos. Ingrid lui avait offert ce T-shirt il y a une quinzaine de jours, quand Sam leur avait dit que la nourriture dans les restaurants universitaires n'était pas mauvaise, mais qu'avec de la sauce Sriracha, elle était bien meilleure. Elle avait cherché sur Internet, trouvé le T-shirt et le lui avait fait expédier par la poste.

— Ça va ?

C'était une question stupide, mais que pouvait-il dire d'autre ? Des larmes silencieuses continuaient à couler sur les joues de Sam. En entendant son père, il se raidit comme pour contenir une nouvelle crise. Il était tellement heureux là-bas, à Amherst. Contrairement à Paige qui s'était morfondue loin de la maison – pourquoi diable ne s'en étaient-ils pas inquiétés davantage ? Pourquoi avaient-ils écouté les gens bien intentionnés leur

181

conseillant de laisser le temps au temps ? –, Sam s'était très vite adapté à la vie sur le campus. Tout le monde était super-cool, mais le plus cool de tous était son colocataire Carlos, un garçon originaire d'Austin, affublé d'un bouc et fainéant comme pas deux. Sam s'était inscrit séance tenante à des activités sportives, des ateliers et des groupes d'études.

Ingrid en aurait probablement voulu à Simon de l'avoir arraché à tout cela.

Sam gardait les yeux rivés sur sa mère.

— Qu'est-ce qui s'est passé ?

— Qu'est-ce que ton oncle et ta tante t'ont dit ?

— Juste que maman a reçu une balle. Et que je devais t'attendre.

Ils avaient bien fait, une fois de plus.

— Tu vois qui est Aaron, hein ?

— Le type que Paige…

— Oui. Il a été assassiné.

Sam cilla.

— Et Paige a disparu.

— Je ne comprends pas.

— Ils vivaient ensemble dans le Bronx. Ta mère et moi, on est allés voir sur place. C'est là-bas qu'on lui a tiré dessus.

Il lui donna les détails sans reprendre son souffle, sans s'interrompre même lorsque Sam pâlit et se mit à ciller de plus belle.

À un moment, il dit :

— Tu crois que c'est Paige qui a tué Aaron ?

Simon resta momentanément sans voix.

— Pourquoi tu me demandes ça ?

Sam haussa les épaules.

182

— J'ai une question à te poser, Sam.

Son fils fixait à nouveau le visage de sa mère.

— As-tu vu Paige récemment ?

Il ne répondit pas.

— C'est important, Sam.

— Oui, fit-il doucement. Je l'ai vue.

— Quand ?

Il ne quittait pas sa mère des yeux.

— Sam ?

— Il y a à peu près deux semaines.

Cela n'avait aucun sens. Il y a deux semaines, Sam était en cours. Même pendant les vacances, il y avait tellement de choses à faire sur le campus qu'il avait préféré rester là-bas. Ou alors c'était du pipeau. En réalité, il n'aimait pas la fac, ni la sauce Sriracha, ni Carlos, ni les activités sportives, rien de tout cela.

— Où ? questionna Simon.

— Elle est venue à Amherst.

Une fois de plus, il eut le souffle coupé.

— Paige ? Sur le campus ?

Sam hocha la tête.

— Elle a voyagé dans un car Peter Pan. Le billet coûte vingt-quatre dollars.

— Elle est venue seule ?

— Oui.

— Et tu savais qu'elle venait ?

— Non. Elle ne m'a rien dit. Elle s'est juste pointée… c'est tout.

Simon imagina la scène : le campus idyllique, des étudiants bronzés jouant au Frisbee ou se prélassant au soleil, et soudain une apparition, quelqu'un qui, un an plus tôt, aurait eu sa place parmi eux, mais qui, aujourd'hui, faisait figure d'un terrible avertissement, telle une épave de voiture que la police garde sous la main pour apprendre aux jeunes à ne pas conduire bourrés.

À moins que...

— Comment était-elle ? demanda Simon.

— Comme dans la vidéo.

La minuscule lueur d'espoir flamba pour s'éteindre aussitôt.

— Elle t'a dit pourquoi elle venait ?

— Elle voulait s'éloigner d'Aaron.

— Elle ne t'a pas dit pourquoi ?

Sam secoua la tête.

— Et ensuite ?

— Elle m'a demandé de l'héberger quelques jours.

— Tu ne nous as rien dit.

Sam avait les yeux rivés sur Ingrid.

— Elle m'a fait promettre de ne pas en parler.

Simon aurait voulu entamer une discussion à propos de la confiance entre parents et enfants, mais le moment était mal choisi.

— Et ton coloc, ça ne le dérangeait pas ?

— Carlos ? Il trouvait ça cool. Comme si elle était l'exemple parfait pour illustrer un exposé sur le thème de l'aide aux personnes défavorisées.

— Elle est restée longtemps ?

Sam répondit tout bas :

— Pas très.

— Combien de temps, Sam ?

Ses yeux débordèrent à nouveau.

— Sam ?

— Assez longtemps pour nous dévaliser.

Les larmes jaillirent, mais sa voix demeura claire.

— Paige a dormi par terre, sur le matelas gonflable de Carlos. Quand on s'est réveillés, elle était partie. Avec nos affaires.

— Qu'est-ce qu'elle a pris ?

— Nos portefeuilles. Nos ordinateurs portables. Carlos avait un clou d'oreille en diamant.

— Comment as-tu pu me cacher ça ?

Simon se reprocha instantanément son ton exaspéré.

— Sam ?

Son fils se taisait.

— Carlos l'a dit à ses parents ?

— Non. J'avais un peu d'argent. Je suis en train de le rembourser.

— Dis-moi combien, et nous le dédommagerons. Et de ton côté ?

— J'ai appelé à ton bureau, fit Sam. J'ai dit à Emily que j'avais perdu ma carte bancaire. Elle m'en a envoyé une autre.

Simon s'en souvenait maintenant. Sur le moment, cela ne l'avait pas choqué. Une carte Visa était facile à perdre ou à voler.

— En attendant, j'utilise les ordinateurs de la bibliothèque. Ce n'est pas un souci.

— Comment as-tu pu ne rien dire ?

C'était plus fort que lui.

Le visage de son fils se décomposa.

— C'est ma faute, hoqueta Sam.

— Quoi ? Mais non.

— Si je te l'avais dit…

— Non, Sam. Ça n'aurait rien changé.

— Est-ce que maman va mourir ?

— Non.

— Tu n'en sais rien.

Il n'avait pas tort. Simon ne protesta pas, ne s'enfonça pas dans le déni. Il n'y avait pas de réconfort à puiser dans les mensonges. Il regarda la porte. Yvonne les observait par la petite vitre. Quand on est proche de quelqu'un et qu'on passe autant de temps ensemble qu'Yvonne et lui, on finit par lire dans les pensées de l'autre.

Simon sortit, et Yvonne prit le relais.

Il trouva Elena Ramirez en train de jouer avec son téléphone au fond du couloir.

— Racontez-moi, dit-elle.

Il s'exécuta.

— Voilà qui explique comment Paige s'est procuré un ordinateur, fit Elena.

— Et maintenant ?

Elle esquissa un sourire.

— On fait équipe, alors ?

— Je pense qu'on peut s'entraider, en effet.

— Je suis bien de votre avis. Il faut trouver ce qui les reliait.

Elle pianota sur son téléphone.

— Je vous envoie les infos sur la famille d'Aaron. Ils organisent une sorte de service commémoratif dans la matinée. Vous devriez peut-être y aller. Au cas où Paige se manifesterait. Regardez s'il n'y a pas quelqu'un qui se cache dans les parages. Sinon parlez à la famille. Tâchez de savoir comment Aaron aurait pu connaître Henry Thorpe.

— OK, dit Simon. Et vous pendant ce temps-là ?

— J'irai voir une autre personne que Henry a contactée.

— Qui ça ?

— Je n'ai pas son nom. Juste l'adresse.

— Où ?

— C'est un salon de tatouage dans le New Jersey.

15

La ferme-auberge des Corval se trouvait dans l'ouest du Connecticut, tout près de la frontière du Rhode Island. Simon arriva à huit heures et demie. Le service commémoratif, d'après Elena Ramirez, commencerait à neuf heures.

L'auberge était une maison blanche fin XVIIIe, flanquée d'extensions élégantes de part et d'autre. Des fauteuils en osier verts s'alignaient sur la terrasse qui faisait tout le tour de la bâtisse. Sur un panneau, on lisait « Demeure familiale depuis 1893 ». Une vraie carte postale de la Nouvelle-Angleterre. À droite, un autocar débarquait des touristes pour une promenade en charrette à foin. Au fond, une grange abritait la « Mini-ferme enchantée » où l'on pouvait câliner des chèvres, des brebis, des alpagas et des poulets, même si Simon ne voyait pas très bien comment on pouvait faire un câlin à un poulet.

En période de Noël, les visiteurs venaient couper leurs propres sapins. En octobre, ils avaient créé une « Ferme hantée » avec son « Labyrinthe hanté », son « Silo hanté », sa balade en « Charrette hantée » (le mot-clé étant « hanté ») conduite par le « Cavalier sans tête ». Il y avait aussi la cueillette saisonnière de pommes et de citrouilles. On pouvait fabriquer son propre cidre dans la petite cabane sur la droite.

Simon gara la voiture et se dirigea vers l'entrée principale. Un écriteau ouvragé à côté de la porte indiquait « Réservé aux clients de l'auberge ». Simon l'ignora et pénétra dans le vestibule. Le décor d'époque était plus formel qu'il ne l'aurait cru. Des fauteuils Windsor en merisier encadraient des canapés en acajou aux pieds en forme de patte ailée. Une horloge de parquet montait la garde à côté d'une grande cheminée. Une armoire à façade rompue contenait de la porcelaine fine, et une autre des livres reliés de cuir. Une série de portraits à l'huile représentait des hommes florissants, la mine austère : les patriarches de la famille Corval.

— Vous désirez ?

La réceptionniste lui sourit. Elle portait un chemisier à carreaux comme dans ces restaurants italiens qui surjouent la carte de l'authenticité. Simon se demanda si cette femme n'était pas la mère d'Aaron, mais, en suivant des yeux les portraits à l'huile, il tomba sur la photo encadrée d'un couple souriant autour de la soixantaine. Sur la plaque sous la photo on lisait : « Wiley et Enid Corval ».

— Je viens pour le service commémoratif, dit Simon.

La femme le considéra d'un œil torve.

— Votre nom ?

— Simon Greene.

— Je ne vous connais pas, monsieur Greene.

Il hocha la tête.

— Je connaissais Aaron.

— Vous connaissiez Aaron, dit-elle d'un ton incrédule, et vous êtes venu lui rendre hommage ?

Simon ne prit pas la peine de répondre. La femme sortit une brochure et l'ouvrit soigneusement. Ses lunettes de lecture se balançaient au bout d'une chaînette. Elle les percha sur son nez.

— Vous allez contourner la grange. Tournez à droite, juste là. Vous verrez le labyrinthe de maïs. N'y entrez pas. Cette semaine, on a dû envoyer deux fois quelqu'un récupérer des gens qui ne trouvaient pas la sortie. Faites le tour par ici.

Elle lui montra sur la carte.

— Il y a un sentier qui mène dans le bois. Vous verrez une flèche verte sur un arbre pointée vers la droite. C'est pour les randonneurs. Vous prendrez à gauche.

— Compliqué, fit Simon.

Elle lui tendit la brochure en fronçant les sourcils.

— Ici, c'est uniquement pour les clients qui logent à l'auberge.

— Et subtil.

Il la remercia et sortit. Dehors, il croisa la charrette de promenade dans laquelle se trouvait un groupe de gens et qu'un tracteur faisait avancer à une allure d'escargot. Tout le monde souriait, même si cela n'avait pas l'air très confortable. Une famille – les parents, la fille, le fils – le salua en agitant les mains à l'unisson. Simon leur rendit leur salut et tout à coup se trouva transporté à la cueillette de pommes à Chester, à la limite du New Jersey. C'était par une belle journée d'automne ; il avait hissé Paige sur ses épaules pour qu'elle puisse atteindre les branches du haut, mais ce dont il se souvint surtout, tandis qu'il se retenait de dévisager cette famille heureuse et innocente, ce fut Ingrid en chemise de flanelle foncée, bottes montantes et jean étroit. Pendant que Paige gloussait sur ses épaules, elle lui avait souri, repoussant ses cheveux derrière l'oreille, et aujourd'hui encore, en y repensant, Simon sentait ses genoux flageoler.

Il sortit son téléphone et scruta l'écran dans l'espoir de recevoir une bonne nouvelle. Mais il n'y avait rien.

Il suivit le chemin jusqu'à la mini-ferme. Les poulets étaient en liberté. L'un d'eux accourut, s'arrêta, le regarda. Simon fut tenté de le caresser. Un homme en salopette de fermier était en train de faire une démonstration avec des œufs et une couveuse. Les plants de maïs dans le labyrinthe étaient hauts de trois mètres. Les gens faisaient la queue pour y entrer. Une pancarte informait les visiteurs que le thème de cette année était « Les cinquante États : découvrez-les tous ».

Il trouva le sentier et, arrivé à la flèche verte, tourna dans la direction opposée. Tout en s'enfonçant dans le bois, il jeta un coup d'œil en arrière, mais la clairière d'où il était parti n'était plus visible.

Le sentier descendait, de plus en plus escarpé. À distance, Simon entendit le bruit de l'eau, un ruisseau peut-être. Le sentier bifurqua à droite. La végétation devenait plus clairsemée à présent.

Devant lui, il y avait un pré qui formait un carré. Un carré parfait, tracé par la main de l'homme. Une palissade en bois haute d'une trentaine de centimètres délimitait le périmètre autour de quelques pierres tombales.

C'était le cimetière familial.

Simon s'arrêta.

Tout au fond gazouillait un ruisseau. À côté, il y avait un vieux banc en teck. Les morts, ça leur était égal, mais les vivants disposaient là d'un lieu idéal pour méditer et pleurer leurs chers disparus.

Un homme se tenait devant une tombe toute fraîche. Simon reconnut Wiley Corval, le père d'Aaron. Il attendit. Wiley Corval finit par lever la tête.

— Qui êtes-vous ?

— Je m'appelle Simon Greene.

Corval le regarda d'un air interrogateur.

— Je suis le père de Paige.

— C'est elle qui a fait ça ?

Simon ne répondit pas.

— Est-ce qu'elle a tué mon fils ?

— Non.

— Comment pouvez-vous en être si sûr ?

— Je ne suis sûr de rien.

Cet homme venait d'enterrer son fils. Ce n'était pas le moment de mentir.

— Je pourrais vous dire que ma fille serait incapable de tuer, mais ce serait une piètre consolation, n'est-ce pas ?

Wiley Corval se borna à le dévisager.

— Mais je ne crois pas que ce soit Paige. La mort a été... violente. Vous connaissez les détails ?

193

— Oui.

— Je doute qu'elle ait pu faire ça.

— Mais vous n'en êtes pas sûr ?

— Non.

Il se détourna.

— Partez.

— Paige a disparu.

— Je m'en fiche.

Au loin, on entendait des enfants qui hurlaient de rire ; ils sortaient probablement du labyrinthe de maïs. Aaron Corval avait grandi ici, dans ce tableau de Norman Rockwell plus vrai que nature, pour finir comme il avait fini. De son côté, Paige aussi avait connu une enfance idyllique. Et pas seulement sur le papier. Mais que sait-on de ce qui se passe derrière une belle façade, le sourire des parents, la mine épanouie des enfants ? On a zéro idée de ce qu'il y a derrière une porte close, peut-être la colère, peut-être la maltraitance, des rêves brisés et des espoirs mort-nés.

Pourtant, ce n'était pas le cas de Paige.

Leur vie était-elle parfaite ?

Sans doute pas.

Mais tout comme.

Ce qui ne l'avait pas empêchée de mal tourner. Simon s'était posé un million de questions, avait reconsidéré chacune de ses décisions : avait-il été suffisamment présent, suffisamment attentif à ses études, ses fréquentations, ses loisirs ? Ingrid et lui avaient-ils été trop stricts ou trop laxistes ? Il y avait eu cette fois où, dans un accès de colère, il avait cassé un verre à l'heure du dîner. Juste une fois. Paige, qui avait huit ans à l'époque, s'était mise à trembler.

Était-ce cela, l'explication ?

Chaque enfant vient au monde avec sa propre personnalité – l'inné l'emporte haut la main sur l'acquis –, mais lorsque ça se gâte, on se demande forcément à quel moment on s'est fourvoyé.

Derrière lui, une voix de femme interrogea :

— Qui est-ce ?

Simon fit volte-face. Elle aussi, il la reconnut d'après la photo : la mère d'Aaron, Enid. Une dizaine de personnes l'accompagnaient, dont un homme avec un col ecclésiastique, une bible à la main.

— Un gentil monsieur qui s'est trompé de chemin, répondit Wiley Corval.

Simon allait protester, mais, à la réflexion, décida que ce serait sûrement contre-productif. Marmonnant des excuses, il reprit donc le chemin de la ferme. Il n'y avait personne qui eût l'âge d'Aaron dans l'assistance. Paige lui avait dit, se souvint-il, qu'Aaron était enfant unique. Donc pas de frères et sœurs, et ces gens-là étaient trop vieux pour être des amis proches, à supposer qu'un drogué comme Aaron puisse avoir des amis.

Alors que faire ?

Les laisser vivre leur deuil. Quoi qu'il soit devenu, Wiley et Enid avaient perdu leur fils… brutalement, irrémédiablement, d'une mort tout sauf naturelle. Ce moment leur appartenait.

Lorsqu'il revint dans la clairière, des gamins âgés d'une dizaine d'années émergèrent, à bout de souffle, du labyrinthe de maïs. Pendant qu'ils se tapaient dans la main, Simon ouvrit son téléphone. Il y avait quantité de messages. Il alla dans ses favoris. Ingrid figurait en tête. Suivie d'Yvonne, puis de Paige (son numéro ne fonctionnait plus, mais il l'avait gardé quand même), de Sam et d'Anya. De la plus âgée à la plus jeune. Logique.

Il appela Yvonne.

— Toujours pareil, dit-elle.

— Il faut que je revienne à son chevet.

— Certainement pas.

Il regarda les gamins qui venaient de sortir du labyrinthe. Ils avaient tous un portable à la main : certains prenaient des selfies, d'autres des photos de groupe, d'autres encore avaient le nez sur leur écran.

— Inversons les rôles, poursuivit Yvonne. C'est toi qui as été blessé. Tu es couché là, dans le coma. Voudrais-tu qu'Ingrid reste assise à côté de toi à te tenir la main ? Ou bien...

— OK, j'ai compris.

— Tu as retrouvé la famille d'Aaron ?

Il lui résuma brièvement la situation.

— Et c'est quoi, ton plan ?

— Attendre la fin de la cérémonie. Essayer de leur parler à nouveau.

— Le père n'a pas l'air très aimable, commenta Yvonne. La mère sera peut-être plus compréhensive.

— Sexiste, va.

— Eh oui.

— Comment ça va, au boulot ?

— On gère.

Simon retourna à sa voiture pour consulter les messages. Les journaux n'avaient pas encore eu vent de la fusillade ; la plupart des messages étaient donc d'ordre professionnel, plutôt que des expressions de sympathie. Il rappela quelques clients, comme si c'était une journée de travail ordinaire. Retrouver sa routine lui fit du bien.

Il avait chassé momentanément Ingrid de son esprit. C'était la seule solution.

Une demi-heure plus tard, alors qu'il discutait avec le Dr Daniel Brocklehurst, neurochirurgien à l'hôpital Mount Sinai, des avantages financiers de prendre sa retraite en Floride plutôt qu'en Arizona, Simon aperçut le cortège qui remontait du cimetière, Wiley Corval et le pasteur en tête. Wiley avait le dos courbé, ployant sous un chagrin qui pouvait paraître mélodramatique, et l'homme d'Église avait posé le bras sur ses épaules, lui murmurant sans doute des paroles de réconfort. Les autres proches du défunt leur emboîtaient le pas, qui plissant les yeux au soleil, qui saluant des touristes au passage.

Derrière – loin derrière, tiens – marchait Enid Corval, la mère d'Aaron. Pendant un instant, Simon les imagina comme un troupeau de gazelles, et lui, un lion prêt à bondir sur la proie à la traîne.

Autrement dit, Enid, la mère.

Il les observa avec attention. Enid semblait distraite. Elle consulta sa montre, ralentit le pas, laissant partir les autres loin devant.

Bizarre. Elle était la mère. Mais il n'y avait personne autour d'elle pour la soutenir, la réconforter. Personne.

Et puis, elle était habillée différemment. Tout

le monde, y compris Wiley Corval, avait le look blazer bleu, pantalon kaki, mocassins sans chaussettes, même si ce n'était pas exactement ce qu'ils portaient. Le yacht club du pauvre, quoi. Enid, elle, était vêtue d'un jean ordinaire, d'un chandail à grosses côtes couleur canari, et portait des tennis blanches à scratch aux pieds.

Wiley et le pasteur montèrent les marches du perron. La réceptionniste qui avait éconduit Simon accueillit Wiley à la porte d'une bise sur la joue. Les autres suivirent à la queue leu leu.

Tous sauf Enid.

Elle était encore loin quand la porte se referma. Avec un coup d'œil à droite et à gauche, elle disparut derrière l'auberge.

Simon hésita. Devait-il aller lui parler ou attendre de voir ce qu'il allait se passer ensuite ?

Il descendit de sa voiture et vit Enid Corval monter dans un pick-up. Elle recula, et il retourna en courant à son véhicule.

Trente secondes plus tard, il suivait le pick-up d'Enid le long de la voie Tom Wheeler.

La route était bordée de murets en pierre qui protégeaient les terres agricoles alentour. Simon connaissait mal cette région – étaient-ce de vraies fermes ? La plupart d'entre elles avaient l'air vieilles et délabrées.

Un quart d'heure plus tard, le pick-up s'engagea sur un parking en terre battue où stationnaient des véhicules du même genre. Il n'y avait aucun panneau, aucune enseigne pour indiquer la nature de l'établissement. Enid descendit et se dirigea vers une grange reconvertie avec un revêtement en alu, comme si on l'avait assemblée de toutes pièces. La couleur était orange flamboyant, telle une chevelure de clown.

Simon pénétra sur le parking, un peu gêné que son Audi détonne, et alla se garer tout au fond. Du côté gauche de la grange, invisibles depuis la route, s'alignaient des dizaines de motos, comme à la parade. Des Harley-Davidson pour la plupart. Simon n'était jamais monté sur une moto, mais même de son poste d'observation, il reconnut le logo mythique sur quelques-uns de ces engins.

Deux types baraqués, chaps en cuir et bandanas noirs, poussaient les portes saloon au moment où Enid arrivait. Leurs bras épais et néanmoins flasques étaient couverts de tatouages. Tous deux avaient une grosse panse et l'incontournable barbe. Des bikers.

Ils saluèrent chaleureusement Enid d'une poignée de main et d'une accolade. Elle embrassa l'un des deux sur la joue et s'engouffra à l'intérieur. Simon se demanda s'il devait l'attendre – cette gargote n'était pas franchement sa tasse de thé –, mais cela risquait d'être long. Il coupa donc le moteur et s'approcha des portes saloon.

En les poussant, il s'attendait à ce que la musique s'arrête et que tous les regards se tournent vers l'intrus. Il n'en fut rien. D'ailleurs, il n'y avait pas de musique. Une vieille télé façon oreilles de lapin diffusait un match de baseball. C'était un drôle de bar. Les tables étaient espacées, comme si on avait prévu la place nécessaire à une piste de danse, même si Simon voyait mal des gens venir danser ici. Il y avait un juke-box dans un coin, mais il était débranché. Tout comme le parking, le sol était en terre battue.

Enid Corval s'assit au comptoir. Si on tenait compte du fait qu'il était onze heures du matin, on pouvait dire que les affaires marchaient plutôt bien. Il y avait une dizaine de clients disséminés sur une trentaine de tabourets, tous également espacés comme des urinoirs dans des toilettes publiques. Le nez sur leurs verres, ils ne semblaient pas d'humeur à communiquer avec leurs voisins. À droite, des bikers jouaient au billard sur une table avec de vilaines déchirures dans le tapis vert.

Partout, on ne voyait que des canettes de Pabst Blue Ribbon.

Simon portait une chemise blanche, une cravate et des mocassins noirs – après tout, il était venu assister à des obsèques –, alors que ces gars-là arboraient pour la plupart des débardeurs en coton, tenue que, passé la quarantaine, un homme, aussi bien bâti soit-il, se devait de remiser définitivement au fond de son placard. Or ils n'étaient pas bien bâtis.

Chapeau, pensa Simon. Eux au moins se moquaient du regard des autres.

Il s'assit à deux tabourets de distance d'Enid. Elle ne leva même pas les yeux de son verre. De l'autre côté, un type coiffé d'un borsalino hochait la tête en cadence ; pourtant, il n'y avait pas de musique et il n'avait pas d'écouteurs aux oreilles. Une collection de plaques minéralogiques rouillées tapissait presque tout un pan de mur : elles devaient représenter l'ensemble des cinquante États, mais Simon n'avait pas vraiment envie de le vérifier. Il y avait des publicités lumineuses pour la Miller High Life et la Schlitz. Un lustre curieusement tarabiscoté pendait du plafond. Comme à l'auberge, tout était en bois foncé, mais c'était leur seul point commun. On aurait dit le plus pauvre des parents pauvres de l'auberge au décor cossu.

— Qu'est-ce que je vous sers ?

La barmaid avait les cheveux de la teinte et de la texture du foin, comme dans ces promenades en charrette, avec une coupe mulet qui lui fit penser à un hockeyeur des années quatre-vingt. Elle avait entre quarante-cinq ans version pessimiste et soixante-cinq version optimiste, mais il était clair qu'elle en avait vu de toutes les couleurs, et plutôt deux fois qu'une.

— Vous avez quoi comme bière ? demanda-t-il.

— De la Pabst. Et de la Pabst.

— Je vous laisse choisir pour moi.

Enid, toujours sans un coup d'œil dans sa direction, lâcha tout de go :

— Vous êtes le père de Paige.

— Wiley vous l'a dit ?

Elle secoua la tête sans le regarder.

— Il ne m'a rien dit du tout. Qu'est-ce que vous faites là ?

— Je suis venu rendre un dernier hommage au défunt.

— Vous mentez.

— C'est vrai. Mais mes condoléances tout de même.

Elle ne releva pas.

— Alors, pour quelle raison êtes-vous venu ici ?

— Ma fille a disparu.

La barmaid décapsula une canette et la posa bruyamment devant lui.

Enid finit par tourner la tête.

— Depuis quand ?

— Depuis le meurtre d'Aaron.

— Ça ne peut pas être une coïncidence.

— Tout à fait d'accord.

— Votre fille a dû le tuer et prendre la fuite.

Comme ça, direct, d'une voix dénuée d'émotion.

— Ça change quelque chose si je vous dis que je n'y crois pas ?

Elle esquissa un geste vague, ni oui ni non.

— Vous êtes joueur ?

— Non.

— Mais vous êtes trader, non ?

— Je suis conseiller financier.

— Oui, bon, peu importe. Il vous arrive de parier, n'est-ce pas ? Sur tel ou tel placement. De prendre des risques calculés.

Simon acquiesça.

— Vous connaissez donc les deux solutions les plus vraisemblables.

— Dites-le-moi, vous.

— La première, votre fille a tué Aaron et depuis elle est en cavale.

— Et la seconde ?

— Quiconque a tué Aaron l'a enlevée ou éliminée, elle aussi.

Enid but une gorgée de bière.

— Réflexion faite, la seconde solution me paraît beaucoup plus probable.

— Qu'est-ce qui vous fait dire ça ? demanda Simon.

— Les junkies ne sont doués ni pour effacer les indices derrière eux ni pour échapper à la police.

— Donc, vous pensez qu'elle ne l'a pas tué ?

— Je n'ai pas dit ça.

— Admettons que vous ayez raison, reprit Simon en s'efforçant de parler posément, d'un ton détaché. Qui aurait intérêt à enlever Paige ?

— Aucune idée. Navrée de vous dire ça, mais il y a quand même une forte probabilité qu'elle soit morte.

Elle but une autre gorgée.

— Je ne vois toujours pas ce que vous faites ici.

— J'espérais que vous pourriez m'éclairer.

— Je n'ai pas vu Aaron depuis des mois.

— Vous connaissez ce garçon ?

Simon lui tendit son portable. Elena Ramirez lui avait envoyé la photo de son client disparu, Henry Thorpe.

— Qui est-ce ?

— Il s'appelle Henry Thorpe. Il est de Chicago.

Elle secoua la tête.

— Ça ne me dit rien. Pourquoi ?

— Il pourrait être mêlé à tout cela.

— Mêlé comment ?

— Je n'en sais rien. C'est pour ça que je suis ici. Il a disparu.

— Comme Paige ?

— Vraisemblablement.

— Désolée, je ne peux rien pour vous.

Un biker renfrogné au crâne rasé s'assit sur un tabouret entre eux deux pour pouvoir s'accouder au bar. Simon remarqua une croix de fer tatouée et peut-être la moitié d'une croix gammée dépassant de la manche de sa chemise. Le biker surprit son regard et le dévisagea fixement. Simon ne cilla pas. Il sentait le rouge lui monter aux joues.

— Vous matez quoi, là ? s'enquit Biker Boy.

Simon ne broncha pas.

— Je vous ai demandé...

Enid dit :

— Il est avec moi.

— Attends, Enid, je ne voulais pas...

— ... et tu t'es immiscé dans une conversation privée.

— Je... Comment je pouvais savoir ?

Biker Boy paraissait effrayé.

— Je venais juste chercher des bières.

— C'est bon. Gladys te les apporte. Va attendre à côté du billard.

Biker Boy battit en retraite.

— Enid ? fit Simon.

— Ouais ?

— C'est quoi, ici ?

— Un club privé.

— Le vôtre ?

— C'est moi qui vous intéresse ou c'est votre fille ?

— Je cherche seulement à comprendre.

— Comprendre quoi ?

— Ça vous ennuie de me parler d'Aaron ?

— Vous voulez savoir quoi ?

— N'importe. Tout.

— Je ne vois pas l'intérêt.

— Il y a des pistes, là...

Ses propres mots sonnaient bizarrement à ses oreilles.

— Des connexions. J'ignore lesquelles, mais je sens que quelque chose m'échappe. Alors je pose des questions, je creuse mon sillon et je garde l'espoir.

Elle fronça les sourcils.

— Un peu léger, votre histoire.

— Ma femme a été blessée par balle hier, dit Simon.

Enid l'interrogea du regard.

— Elle est en vie, mais... Nous étions à la recherche de Paige. À son ancienne adresse. Là où Aaron a été tué.

Il lui raconta leur périple tout en sirotant sa Pabst. Ce n'était guère dans ses habitudes de boire de la bière fraîche à une heure aussi matinale, mais aujourd'hui, dans ce cadre, cela lui semblait être juste ce qu'il fallait. Tout en parlant, Simon jeta un œil autour de lui. Biker Boy n'était pas le seul à arborer un tatouage vantant la suprématie de la race blanche. Il y avait là un certain nombre de croix gammées, et oui, il était en minorité, il avait d'autres chats à fouetter, mais ceci était son pays, l'Amérique de maintenant, toute cette ordure qui s'affichait au grand jour, et il ne put s'empêcher de bouillir intérieurement.

— Vous avez vu l'endroit où Aaron a passé son enfance, dit Enid lorsqu'il eut terminé.

— À la ferme, oui.

— Ce n'est pas une vraie ferme. C'est une attraction touristique, mais bon. C'est joli, non ?

— Ça en a l'air.

205

— Ça en a l'air, répéta-t-elle en hochant la tête. Quand il était petit, Aaron habitait à l'auberge même. À l'époque, ils ne louaient que six chambres. Le reste était réservé à la famille. Puis ils se sont agrandis. Les dix chambres ont été louées. Il y a cinq ou six ans, nous avons rajouté les extensions ; du coup, ça nous fait vingt-quatre chambres en tout. On a un restaurant qui marche bien. Wiley l'appelle « le bistrot ». Pour faire chic. La boutique de souvenirs nous rapporte pas mal aussi. Avec toutes ces bougies et tous ces bibelots. Mais je m'écarte du sujet, hein ?

— Pas du tout.

— Vous voulez que je vous parle d'Aaron.

Simon ne répondit pas.

— Voilà, même gamin, Aaron était un peu sombre, si vous voyez ce que je veux dire.

L'un des types tatoués à la porte de derrière croisa son regard. Enid hocha la tête, et il se glissa dehors.

— Mais je ne vois pas en quoi tout ça pourrait vous servir.

— Ils.

— Comment ?

— Vous avez dit : « Ils ne louaient que six chambres. » Ils.

— Et alors ?

— Normalement, vous auriez dû dire « nous », non ?

— Pas en ce temps-là. Wiley et moi n'étions pas encore mariés.

— En ce temps-là ?

— Quand Wiley habitait à l'auberge même.

— Mais vous m'avez dit qu'Aaron vivait aussi là-bas.

— Oui, avec Wiley. Je suis sa belle-mère. Il avait neuf ans quand je suis arrivée. Pour ne rien vous cacher, je ne suis pas du genre maternel. Aaron et moi, on n'a jamais été proches.

— Et où est sa vraie mère ?

Enid regarda la porte de derrière. L'homme tatoué revint en s'assurant qu'elle l'avait remarqué. Le verre d'Enid était vide. Gladys aux cheveux de foin le remplit sans attendre qu'on le lui demande.

— Madame Corval ?

— Appelez-moi Enid.

— Enid, qu'est devenue la mère biologique d'Aaron ?

— Ceci n'a rien à voir avec cela.

— Peut-être que si.

— Comment ?

Un bras sur le comptoir, Enid pivota vers lui.

— Je l'ai dit à Aaron, dès le premier jour. « N'essaie même pas. Oublie. » Il savait bien à quoi ça mène, cette saloperie. Pourtant, il s'est fait buter dans un trou à rats infesté de camés. Alors dites-moi, monsieur Greene, que vient faire la mère biologique d'Aaron dans la façon dont il a fini ? Et tant qu'on y est, qu'a-t-elle à voir avec la disparition de votre fille ?

— Je ne sais pas, répondit Simon.

— Ce serait plutôt moi la responsable, non ?

Il garda le silence.

— On s'est mariés, son père et moi. Ado, il voulait venir traîner par ici. C'est le problème quand on grandit dans un coin tranquille. Les gens trouvent ça magique, mon œil. La beauté, ça lasse. Ça vous emprisonne. Quelqu'un comme Aaron a toujours envie d'aller voir ailleurs. Moi, c'est pareil, même si on n'est pas du même sang.

Simon aurait voulu en savoir plus sur cet endroit, mais mieux valait ne pas trop insister. Il changea de sujet.

— La mère d'Aaron était là aujourd'hui ?

Enid baissa la tête.

— Dites-moi au moins...

— Non, elle n'était pas là.

— Est-elle toujours en vie ? Entretenait-elle des relations avec son fils ?

— Je ne vous connais pas, monsieur Greene.

— Mais bien sûr que si. En tout cas, vous en savez assez. Ce que vous faites ici ou ce qui se passe à l'auberge ne me regarde pas. Je n'ai pas l'intention de vous créer des ennuis. Mais au risque de me répéter, ma fille a disparu.

— Et je ne vois pas le rapport avec...

— Il n'y en a probablement pas, interrompit-il. Mais ce n'est pas comme ça que je le ressens. La police pense que Paige a tué Aaron pour se défendre. Ou alors que c'était moi. Ou ma femme. Pour protéger notre enfant. Ou bien c'était un règlement de comptes entre dealers. Toutes ces hypothèses tiennent la route, mais moi, je vous demande votre aide.

Elle fit tourner la bière dans son verre.

— La mère d'Aaron est-elle en vie, oui ou non ?

— La vérité ?

Levant la tête, Enid le scruta longuement.

— Je n'en sais rien.

— Vous ne savez pas si elle est morte ou vivante ?
— C'est ça.
Enid regarda Gladys.
— Sers une autre bière à mon pote et apporte-la à la table du fond. On a à causer, lui et moi.

16

L'accès au Tattoo en attendant était interdit par des barrières de circulation à l'ancienne, avec bandes réfléchissantes blanches et orange sur la barre du milieu.

Elena Ramirez repéra deux véhicules de police standard, plus deux autres qui devaient être des voitures banalisées. Elle arrêta sa Ford Fusion de location généreusement parfumée à la cerise devant l'entrée de la boutique, dans l'espace libre entre la voie express et les barrières.

Un flic s'approcha aussitôt en fronçant les sourcils.

— Vous ne pouvez pas rester ici.

— Qu'est-ce qui se passe ?

— Circulez, s'il vous plaît.

Elena aurait pu brandir ses références, mais elle n'était pas sûre que ça marcherait. De toute façon, elle ne voulait pas agir à l'aveugle, sans savoir pourquoi la police était là.

C'était le moment de partir en reconnaissance.

Elena remercia l'agent, recula et reprit la voie express. Elle se gara cent mètres plus loin, devant un Sonic Burger, sortit son portable et donna quelques coups de fil. Une demi-heure plus tard, elle connaissait tous les détails du double meurtre commis la veille.

Les deux victimes étaient Damien Gorse, vingt-neuf ans, copropriétaire de la boutique, et Ryan Bailey, dix-huit ans, élève de terminale qui travaillait là à temps partiel. D'après le rapport initial, ils avaient été abattus au cours d'un braquage qui aurait mal tourné.

Mais bien sûr, pensa Elena, et la marmotte met le chocolat dans le papier alu.

Elle appela d'autres numéros et attendit d'avoir la confirmation. Puis elle rebroussa chemin et s'arrêta devant les barrières. Le même agent de police en déplaça une pour la laisser passer. Il lui fit signe de se garer sur la gauche. Elle le remercia d'un hochement de tête et suivit ses indications.

Regardant dans son rétro, elle essaya le sourire engageant du style : « Nous sommes tous dans le même bateau. » Bof. La partie s'annonçait serrée. Flics et ego, un mélange détonant. Ajoutez-y une louchée de micmac territorial, les rivalités habituelles et le caractère exceptionnel d'un homicide dans la circonscription, sans même parler d'un double meurtre, et vous obtiendrez un bordel sans nom.

Un homme, entre trente-cinq et quarante ans, sortit par la porte principale de la boutique, retira ses gants en latex et se dirigea vers elle. D'un pas assuré, mais sans arrogance. Il était beau par-dessus le marché, plus bûcheron que joli garçon, dans le genre « buriné ». Si elle pouvait encore exprimer une préférence – or Elena était en stand-by de ce côté-là depuis la mort de Joel –, elle irait indéniablement vers ce gars-là.

Le flic la salua d'un hochement de tête et d'un sourire crispé... normal, au vu des circonstances.

— Vous devez être l'agent spécial Ramirez, dit-il.

— À la retraite.

Elle lui serra la main. Une grande main. Comme celle de Joel. À nouveau, elle ressentit un pincement au cœur.

— Inspecteur Dumas. Mais tout le monde m'appelle Nap.

— Dumas comme...

— Oui, l'auteur des *Trois Mousquetaires*.

— Moi, c'est Elena. Je travaille dans le privé maintenant.

— Ma chef m'a tenu au courant.

— Serait-ce la procureure du comté Loren Muse ?

— Exact.

— Il paraît que c'est quelqu'un de bien.

— Tout à fait, acquiesça Nap.

Il ne semblait pas malheureux d'avoir une femme plus jeune au-dessus de lui. C'était plutôt bon signe.

Voici comment ça marchait : la société d'Elena, VMB Investigations, était l'une des plus prestigieuses du pays avec des bureaux à Chicago, New York, Los Angeles et Houston. Les agences comme VMB obtenaient leurs entrées partout où elles en avaient besoin en finançant des campagnes électorales et en assurant la sécurité des associations de tous bords. L'un de ses principaux associés, Manny Andrews, était un grand supporter du gouverneur actuel. Lequel gouverneur avait nommé Loren Muse au poste de procureure.

Donc Manny Andrews avait appelé le gouverneur, le gouverneur avait appelé Muse, et Muse à son tour avait appelé l'inspecteur chargé de l'enquête, Nap Dumas.

Avec une seule consigne : coopérer.

Ceci n'avait rien d'illégal. Si vous vous récriez devant cette logique de renvoi d'ascenseur, c'est que vous êtes d'une naïveté confondante. Le monde a toujours fonctionné selon le principe « Brosse-moi dans le sens du poil et j'en ferai autant ». Si ça s'écroule, pour le meilleur ou pour le pire, tout s'écroule.

Les flics avaient tendance à rechigner devant ce système de brossage réciproque, ce qui donnait lieu à des bras de fer territoriaux au grand dam d'Elena. Mais, apparemment, cela ne dérangeait pas Nap Dumas. Pour l'instant.

— Venez avec moi, dit-il.

Elena, qui boitait à cause d'une vieille blessure par balle, pressa le pas pour le rattraper.

— J'ai repris l'affaire il y a une heure seulement, expliqua-t-il. Du coup, moi aussi je dois me mettre dans le bain.

— C'est gentil à vous de m'accepter ici.

Nap Dumas eut un petit sourire entendu.

— Pas de problème.

Elena n'insista pas.

— Et serait-ce trop vous demander de me dire quel est votre intérêt dans cette histoire ?

— Une enquête en cours, répondit Elena. Les deux pourraient être liées.

— Holà, fit Dumas. On va se noyer dans les détails.

Elle sourit. Un peu plus loin, elle aperçut un Ford Flex lambrissé de bois. Deux techniciens de la police scientifique en combinaison blanche s'affairaient autour de lui.

— Vous voulez bien me parler de votre enquête ?

Elena hésita. Elle pourrait le rembarrer, invoquer le secret professionnel, lui rappeler qu'il avait déjà reçu l'ordre de coopérer. Mais ce ne serait pas fair-play. Ce Nap Dumas avait l'air d'un type bien. Mieux que ça, il avait une bonne aura, aurait dit sa mère. Les intuitions, les premières impressions, Elena n'y croyait pas vraiment. On pouvait se trouver face à un psychopathe et se faire avoir quand même. Sauf qu'elle n'était pas née de la dernière pluie. Et, les années passant, elle s'était rendu compte que son instinct ne la trompait pas. Quelqu'un qui lui donnait la chair de poule au premier coup d'œil se révélait toujours être un monstre. À l'inverse, elle savait pouvoir faire confiance à ces rares personnes qui émettaient des ondes positives.

Et puis, Nap lui faisait penser à Joel. Son Joel. Que Dieu la préserve.

Son cœur se serra pour de bon.

— Je crois qu'on ferait mieux d'attendre, dit-elle.

— Ah bon ?

— Je n'ai pas l'intention de vous cacher quoi que ce soit. Mais là, tout de suite, j'aimerais entendre votre avis sans préconceptions.

— Préconceptions, répéta Dumas.

— Oui.

— Vous voulez dire le contexte et les faits ?

— Vous n'êtes pas du genre à tourner autour du pot.

— Vous non plus.

— Allez, faites-moi plaisir.

Nap finit par hocher la tête et, tandis qu'ils arrivaient devant le Ford Flex, il commença sans autre forme de préambule :

— Nous pensons que les premières balles ont été tirées ici, pendant que Damien Gorse montait dans sa voiture.

— Donc Gorse a été abattu en premier ?

— Très certainement.

Nap pencha la tête.

— C'est important ?

Elena ne répondit pas.

Il poussa un soupir.

— Oui, c'est vrai. Les préconceptions.

— Combien de tireurs ? demanda-t-elle.

— Nous l'ignorons. Mais d'après les premiers examens balistiques, c'est la même arme qui a été utilisée contre les deux victimes.

— Alors, c'est qu'il n'y en avait qu'un.

— Difficile à dire, mais il semblerait bien que oui.

Elena balaya le parking du regard. Elle scruta l'arrière du bâtiment, puis leva les yeux vers le ciel.

— Pas de caméras de surveillance de ce côté ?

— Aucune.

— Et à l'intérieur ?

— Non plus. Juste une banale alarme ADT avec bouton d'appel et détecteur de mouvement.

— J'imagine qu'ils doivent accepter du liquide.

— Oui.

— Et où le mettent-ils ?

— L'un des deux propriétaires – et Gorse en était un – emporte l'argent liquide chaque soir et le range dans leur coffre.

— Leur coffre ?

— Pardon ?

— Vous avez dit *leur* coffre. Les deux propriétaires partagent le même coffre ?

— Ils vivent ensemble, oui. Et pour répondre à la question suivante, Gorse a été braqué. L'argent, son portefeuille, certains de ses bijoux ont disparu.

— Vous pensez donc à un braquage ?

Nap la gratifia d'un sourire oblique. Il avait le même sourire que Joel. Zut et rezut.

— Je l'ai pensé, oui.

Implicitement : « jusqu'à ce que vous débarquiez ».

— Et où est le copropriétaire ?

— Sur la route. Il vient directement de l'aéroport. Il ne devrait plus tarder.

— L'aéroport ?

— Son nom est Neil Raff. Il était en vacances à Miami.

— Il fait partie des suspects ?

— Un associé qui part en voyage au moment du meurtre ?

— Oui, évidemment, acquiesça-t-elle. Il est forcément suspect.

— Comme je l'ai dit, il est encore tôt pour juger.

— Vous avez une idée de la somme en liquide que Gorse avait sur lui ?

— Pas pour l'instant. Certains jours, nous a-t-on

dit, il y en avait pour plusieurs milliers de dollars. D'autres jours, rien ou presque. Ça dépend de son chiffre d'affaires de la journée et du nombre de clients qui ont réglé par carte.

Il n'y avait pas de silhouette tracée à la craie, mais Nap avait les photos de la scène de crime. Elena les examina longuement.

— Croyez-vous que le braqueur a détroussé Gorse avant de le tuer, commença-t-elle, ou bien l'a-t-il tué avant de le détrousser ?

— Il a commencé par le tuer, répondit Nap.

— Vous avez l'air très sûr de vous.

— Regardez la poche de Gorse sur la photo.

Elena hocha la tête.

— Elle est retournée.

— Plus la chemise sortie du pantalon, et une bague laissée en plan... comme s'il n'avait pas réussi à l'enlever ou qu'on l'ait interrompu.

Elena comprenait maintenant.

— Où se trouvait le tireur ?

Nap lui montra.

— Les collègues appelés en urgence ont estimé que l'homme avait tiré depuis sa voiture ou alors qu'il s'était garé et avait attendu.

— Vous n'y croyez pas, vous ?

— C'est possible, dit Nap. Mais, à mon avis, le tireur est sorti du bois. Regardez cet angle.

Elena opina.

— Il aurait pu, poursuivit Nap, arriver en avance, se garer, puis se cacher dans le bois. Mais j'en doute.

— Pourquoi ?

— Parce que, en dehors de Gorse, il n'y avait

qu'une seule personne ici au moment du braquage : la seconde victime, Ryan Bailey. Bailey n'a pas de voiture. Il prend le bus jusqu'au centre commercial, puis finit le trajet jusqu'ici à pied.

Elle jeta un coup d'œil autour d'elle, faisant abstraction des voitures de police.

— Du coup, à l'arrivée des premiers secours, y avait-il d'autres voitures sur le parking ?

— Non, il était vide.

Elena se redressa.

— Donc, si quelqu'un – disons le tireur – s'était garé là, Gorse l'aurait remarqué en se dirigeant vers son véhicule.

— Tout à fait, dit Nap. Damien Gorse est le propriétaire de la boutique. C'est l'heure de la fermeture. S'il avait vu une voiture inconnue sur son parking, je pense qu'il serait allé voir qui c'était. Sauf si le conducteur s'était fait la malle.

Elena lui coula un regard en biais.

— S'était fait la malle ?

— J'aime bien caser un mot d'argot par-ci par-là. De toute façon, nous allons étudier les vidéos enregistrées par les caméras de surveillance des alentours.

— Si j'ai bien compris, l'une des deux victimes a appelé le 911 ?

— Ryan Bailey. La seconde victime.

— Et que leur a-t-il dit ?

— Rien.

— Rien ?

Nap lui exposa son hypothèse de travail. Le braqueur abat Damien Gorse devant le Ford Flex. Il fouille dans les poches du mort, prend l'argent, la

219

montre, le portefeuille. Il est en train de dépouiller Gorse de ses bijoux quand la porte s'ouvre, et Ryan Bailey sort de la boutique. Il voit la scène, se précipite à l'intérieur, actionne l'alarme et se cache dans le placard.

Elena fronça les sourcils.

— Quoi ? fit Nap.

— Bailey a actionné l'alarme dans le salon de tatouage ?

Nap hocha la tête.

— Le bouton est juste à côté de la porte de service.

— C'est une alarme silencieuse ?

— Non.

— Sonore ?

— L'alarme ? Très sonore.

Elle fronça les sourcils de plus belle.

— Quoi ?

— Montrez-moi, dit-elle.

— Vous montrer quoi ?

— L'intérieur. Le placard où Ryan Bailey était caché.

Nap la considéra un moment, puis lui tendit une paire de gants en latex. Il sortit une autre paire pour lui, et ils gagnèrent la porte de service.

— Un sac-poubelle plein, fit Nap en désignant un sac noir fendu par terre. Bailey a dû sortir pour le jeter dans la benne.

— C'est là qu'il est tombé sur le braquage ?

— C'est notre hypothèse, oui.

Sauf que cela n'avait pas de sens.

Un autre flic leur remit des combinaisons blanches avec des chaussons. Elena enfila la sienne par-dessus son tailleur. Tout en blanc... on aurait dit deux spermatozoïdes géants. Il y avait d'autres hommes en blanc dans la boutique, les gars de la police scientifique. Le placard se trouvait près de la porte de service.

Elena secoua la tête.

— Quoi ?

— Ça ne colle pas.

— Pourquoi ?

— D'après vous, Ryan Bailey serait sorti jeter la poubelle.

— C'est ça.

— Et il a surpris notre tueur en train de dépouiller le cadavre de Gorse.

— C'est ça.

— Donc, le braqueur ignorait que le gamin était à l'intérieur. C'est l'explication la plus plausible.

— Je ne sais pas, peut-être. Et alors ?

— Ryan Bailey sort, surprend le tueur, se réfugie dans la boutique et actionne l'alarme. Après quoi, il se cache dans le placard.

— C'est ça.

— Avec notre tueur à ses trousses.

— C'est ça.

— Le tueur le suit et fouille la boutique à sa recherche. Pendant tout ce temps, l'alarme continue à mugir.

— Oui, et ?

— Pourquoi ? demanda-t-elle.

— Comment ça, pourquoi ? Ryan Bailey a vu le tueur. Il pouvait l'identifier.

— Donc, notre tueur voulait le réduire au silence.

221

— Oui.

— Par conséquent, on n'a pas affaire à un professionnel, déclara Elena.

— Ah bon ?

— Vous en connaissez, des tueurs à gages qui ne portent pas une cagoule ou un quelconque déguisement ? Un professionnel aurait pris la fuite quand l'alarme s'est déclenchée. Parce que le gamin n'aurait rien pu nous dire d'exploitable à part : « Un homme cagoulé a tué mon patron. » Si le tueur l'a suivi à l'intérieur pour le liquider, c'est uniquement parce que Ryan Bailey était en mesure de l'identifier.

Nap hocha la tête.

— Ou alors c'était quelqu'un qu'ils connaissaient tous les deux.

— D'une manière ou d'une autre, fit Elena, ça ne colle pas avec mon enquête. Mon gars est sûrement un pro. Il utiliserait une cagoule.

— Eh bien, parlez-moi de votre enquête.

Soudain, elle aperçut l'ordinateur sur le bureau. Elle ignorait avec qui Henry Thorpe avait été en contact. Elle savait seulement que les communications provenaient d'une adresse ISP située dans ce local.

Elena se tourna vers Nap.

— Puis-je jeter un œil sur cet ordinateur ?

17

Enid Corval et Simon étaient confortablement installés dans un recoin du « club privé ».

Simon avait déjà compris pas mal de choses. Pas au sujet de la mère d'Aaron. Là-dessus, il nageait dans le brouillard. Mais à propos de ce club. Ils vendaient quelque chose sous le manteau ici. De la drogue probablement. Ce n'était pas un pub ou un bar. C'était un club privé. La réglementation était différente. L'auberge lui servait de façade et sans doute aussi à blanchir l'argent de son commerce illicite.

C'était une hypothèse, du reste, et pas forcément fondée. De toute façon, il n'avait pas l'intention d'aborder ce thème, sauf s'il y était contraint.

Mais son raisonnement lui semblait juste.

— Wiley et moi, on est un couple plutôt vieux jeu.

Enid s'interrompit, secoua la tête.

— Je ne sais pas pourquoi je vous raconte ça. Peut-être parce que je vieillis. Aaron est mort. Et vous devez avoir raison, monsieur Greene.

— Simon.

— Je préfère monsieur Greene.

— Raison à propos de quoi ?

Enid écarta les mains.

— Peut-être que tout est lié. Les histoires du passé. Et maintenant. Je suis mal placée pour juger.

Simon n'attendit pas longtemps. Enid se jeta à l'eau.

— Je ne suis pas d'ici. J'ai grandi à Billings, dans le Montana. Je passe sur les raisons qui m'ont fait atterrir dans cette région du Connecticut. Le vent souffle où il veut. C'est la vie. Quand j'ai connu Wiley, il avait un fils de neuf ans, Aaron. Ça fait craquer certaines femmes, le père célibataire qui élève seul son gamin. La belle ferme-auberge. Quand on questionnait Wiley sur la mère du garçon, il vous envoyait poliment sur les roses. Il n'aimait pas en parler. Il avait toujours la larme à l'œil, même avec moi.

— Et au bout du compte ?

— Oh, j'ai su le fin mot de l'histoire avant qu'il ne me la raconte. Tout le monde en connaissait des bribes par ici. Wiley a rencontré la mère de son fils à une époque où il n'avait rien à voir avec l'auberge. Comme tous ceux qui ont grandi ici, il rêvait de prendre le large. Il est parti faire l'Europe avec un sac à dos et là, en Italie, il a croisé une fille. Bruna. C'était en Toscane. Pendant un moment, ils ont bossé dans un vignoble. Il m'a dit que c'était un peu comme travailler à l'auberge. En tout cas, ça l'y a fait penser. Sa maison lui manquait.

Enid désigna la canette de Pabst du menton.

— Vous ne buvez pas beaucoup.

— Je conduis.

— Deux bières ? Allez, ne faites pas la fillette.

C'était pourtant la vérité. Ingrid était capable de

224

boire verre sur verre d'un alcool fort sans manifester le moindre signe d'ébriété. Simon, au bout de deux bières, avait tendance à vouloir embrasser une douille.

— Et que leur est-il arrivé ?

— Ils sont tombés amoureux. C'est romantique, hein ? Ils ont eu un garçon, Aaron. Un vrai conte de fées, sauf que Bruna est morte.

— Morte ?

Enid restait immobile. Presque figée.

— Comment ? demanda-t-il.

— Accident de voiture. Une collision frontale sur l'Autostrada A11. Wiley tenait à le préciser. L'Autostrada A11. J'ai cherché où c'était, allez savoir pourquoi. C'est l'autoroute qui relie Pise à Florence. Bruna partait rendre visite à sa famille. Et lui n'a pas voulu y aller. Ils se sont disputés avant son départ. Donc, Wiley aurait dû être dans la voiture avec elle. Il s'en veut. C'est très dur pour lui d'en parler. Ça lui reste en travers de la gorge.

Elle le regarda par-dessus son verre.

— Vous avez l'air sceptique, observa Simon.

— Vous trouvez ?

— Oui.

— Wiley raconte ça avec panache. C'est un bon comédien, mon mari. On y croit dur comme fer.

— Mais pas vous ?

— Oh, j'y ai cru. Mais je me suis demandé pourquoi Bruna allait voir sa famille sans son petit garçon. Ça se fait, non ? Une jeune maman qui prend…

Elle esquissa des guillemets avec ses doigts.

— ... l'Autostrada pour rendre visite à sa famille. Normalement, elle emmène son bébé.

— Vous n'avez pas posé la question à Wiley ?

— Non, je n'ai rien dit. À quoi bon ? Qui irait mettre en doute une histoire pareille ?

L'air aux relents de bière sembla fraîchir d'un seul coup. Simon retint son souffle.

— Après l'accident, Wiley est rentré chez lui. Ici. À l'auberge. Il craignait que la famille de Bruna ne réclame la garde de l'enfant – ils n'étaient pas légalement mariés – ou qu'on ne lui interdise de quitter le territoire. Alors il a pris l'avion avec le bébé, direction les États-Unis. Ils se sont installés à l'auberge...

Elle haussa les épaules.

Fin de l'histoire.

— Ainsi, dit Simon, la mère d'Aaron est morte.

— D'après Wiley, oui.

— Mais quand j'ai demandé si elle était en vie, vous m'avez répondu que vous n'en saviez rien.

— Vous êtes un petit futé, monsieur Greene.

Elle sourit et leva son verre.

— Pourquoi diable je vous raconte tout ça ?

Elle le dévisagea dans l'attente d'une réponse.

— Parce que j'ai une bonne tête ? hasarda Simon.

— Vous ressemblez à mon premier mari.

— C'était quelqu'un d'honnête ?

— Nom de Dieu, sûrement pas.

Puis :

— Mais c'était un super-coup.

— Alors on a quelque chose en commun.

Enid s'esclaffa.

— Je vous aime bien, monsieur Greene. Oh, et puis zut. Je ne vois pas en quoi ça va vous aider, et en même temps... j'en ai vu, des trucs bizarroïdes. Le mal, voyez-vous, ne s'en va pas. Vous l'enterrez, il refait surface. Vous le balancez dans la mer, il vous revient en pleine poire comme un raz de marée.

Simon attendit.

— Vous gardez vos anciens passeports ? s'enquit-elle. Après leur date d'expiration ?

— Oui.

Simon conseillait même à ses clients d'en faire autant, au cas où ils seraient appelés à apporter la preuve d'un déplacement. Il était de ceux qui conservent tous les papiers officiels, juste au cas où.

— Eh bien, Wiley, c'est pareil. Pas dans un endroit où ils sont facilement accessibles. Ils sont dans un carton au sous-sol. Mais je les ai retrouvés. Et vous savez quoi ?

— Dites-moi.

La main au coin de sa bouche, Enid chuchota d'un ton théâtral :

— Wiley n'a jamais mis les pieds en Italie.

Le bureau d'Un tattoo en attendant était entièrement vitré, de façon à voir les fauteuils, les tatoueurs, la salle d'attente et *vice versa*. Toutefois, l'écran de l'ordinateur était tourné vers le mur, si bien que celui qui l'utilisait pouvait le faire en toute discrétion.

Le bureau était double, permettant à deux

personnes de s'asseoir face à face. Il était jonché de papiers, auxquels s'ajoutaient trois paires de lunettes de lecture et une bonne douzaine de stylos et marqueurs assortis. Il y avait aussi un sachet de pastilles pour la toux parfum cerise, quelques livres de poche et des factures éparpillées ici et là.

Au centre du bureau, face à la vitre, trônait une photo légèrement ternie de six hommes, tous souriants. Deux d'entre eux étaient au premier plan, se tenant par les épaules, les quatre autres derrière, bras croisés. La photo avait été prise devant la boutique... le jour de l'ouverture, à en juger par les rubans et l'énorme paire de ciseaux factices. Les habits, les poses, la pilosité faciale faisaient penser à la pochette d'un album des Doobie Brothers.

Elena prit la photo pour la montrer à Nap. Il hocha la tête en désignant l'un des deux gars au premier plan, celui de droite.

— C'est lui, la victime. Damien Gorse.

Il fit glisser son doigt vers l'homme à côté de lui, un type massif en tenue de motard avec une moustache poivre et sel en guidon de vélo.

— Et son associé, Neil Raff.

Elena s'assit dans le fauteuil pivotant face à l'écran. La souris de l'ordinateur était rouge et avait la forme d'un cœur. Elle la contempla un instant. Un cœur. La souris de l'ordinateur de Damien Gorse était en forme de cœur. En tant qu'enquêteur, on garde la tête froide et on raisonne de manière analytique, car c'est souvent la meilleure. On se concentre sur son objectif – en l'occurrence retrouver Henry Thorpe –, mais Joel

228

lui avait toujours recommandé de ne pas oublier les malheurs, les vies perdues ou détruites, les déchirements irrévocables. Damien Gorse s'était assis dans ce fauteuil et avait utilisé cette souris en forme de cœur. C'était forcément un cadeau, et la personne qui le lui avait offert voulait faire comprendre à Damien qu'il était aimé.

« Ne laisse pas les émotions obscurcir ton jugement, lui disait Joel. Nourris-t'en. »

Elena toucha la souris, et l'écran s'alluma. Une photo apparut, Damien Gorse et Neil Raff, avec une femme plus âgée entre les deux. Ils étaient quelque part sur une plage, tout sourire.

Une fenêtre s'afficha au milieu, demandant le mot de passe. Elena regarda Nap, qui se borna à hausser les épaules. Il y avait plein de Post-it sur l'ordinateur, mais aucun ne semblait contenir un mot de passe. Elle ouvrit le tiroir du haut. Rien.

— Vous avez quelqu'un qui pourrait cracker ça ? demanda-t-elle.

— Oui, mais il n'est pas arrivé.

La porte d'entrée s'ouvrit à la volée, et un homme qu'elle reconnut d'après la photo fit irruption dans la boutique. Il avait troqué le cuir contre un ensemble en jean – presque plus démodé que sur la photographie –, et la moustache en guidon de vélo avait entièrement viré au sel. Mais c'était bien Neil Raff, aucun doute là-dessus. Hébété, il regarda autour de lui, comme s'il voyait son propre salon pour la première fois. Ses yeux étaient rouges et gonflés.

Nap se précipita vers lui. Elena les observait. Il posa la main sur l'épaule du nouvel arrivant, baissa la tête, lui parla tout bas. Trop fort, ce Nap. Une fois de plus, quelque chose dans son attitude éveilla en elle un écho de Joel. Dieu qu'il lui manquait. Leurs discussions, sa compagnie, sa chaleur, mais, en cet instant, elle ne put s'empêcher de penser au sexe. Bizarrement, faire l'amour avec Joel était ce qu'elle avait connu de meilleur dans son existence. Son poids sur elle. Sa façon de la regarder, comme si elle était la seule femme sur terre. Sa haute taille… Ce n'était pas très féministe d'en parler comme ça, mais, avec lui, elle se sentait en sécurité.

En regardant les photos de Gorse et Raff, en se rappelant ce que Nap avait dit à propos de *leur* coffre, en voyant la mine décomposée de Neil Raff, elle avait reconnu la douleur, le déchirement indicible, le désespoir absolu qu'on éprouve lorsqu'on perd son compagnon, plutôt qu'un ami ou un associé.

C'était peut-être de la projection de sa part, mais elle ne le pensait pas.

Nap fit asseoir Raff sur un canapé en cuir dans la salle d'attente. Rapprochant une chaise à roulettes, il s'assit face à l'endeuillé. Il avait un calepin à la main, mais résolu à ne rien manifester d'autre que la sympathie et la compassion, il ne prit pas de notes. N'ayant pas d'autre choix, Elena attendit.

Une demi-heure plus tard, après avoir présenté ses condoléances, elle toucha à nouveau la souris en forme de cœur, rallumant l'écran. La photo apparut.

— Oh, mon Dieu, fit Raff en se tournant vers Nap. Quelqu'un a prévenu Carrie ?

— Carrie ?

— La maman de Damien. Mon Dieu, ça va l'anéantir.

— Comment peut-on la joindre ?

— Laissez-moi faire.

Nap ne répondit pas.

— Elle vit à Scottsdale maintenant, ajouta Raff. Damien est sa seule famille.

Sans surprise, Elena nota l'emploi du présent.

— Il n'avait pas de frères ni de sœurs ? demanda Nap.

— Non. Carrie ne pouvait pas avoir d'enfants. Damien a été adopté.

— Et son père ?

— Aux abonnés absents. Ses parents ont divorcé quand il avait trois ans. Son père adoptif n'a pas fait partie de sa vie.

Elena désigna la fenêtre vide sur l'écran.

— Connaissez-vous le mot de passe de Damien ?

Raff cilla.

— Bien sûr que je le connais.

— Vous voulez bien me le donner ?

Il cilla à nouveau, les larmes aux yeux.

— Guanacaste.

Il l'épela.

— C'est une province du Costa Rica.

— Ah..., fit Elena, faute de mieux.

— Nous... Nous y avons passé notre lune de miel. C'est notre endroit préféré.

Elena pressa la touche retour et attendit que les icones s'affichent à l'écran.

— Qu'est-ce que vous cherchez ? questionna Raff.

— C'était l'ordinateur de Damien ?

— C'est notre ordinateur, oui.

Toujours au présent.

— Y a-t-il d'autres ordinateurs sur votre réseau ?

— Non.

— Et vos clients ? Avaient-ils accès à votre réseau ?

— Non. Il est protégé par un mot de passe.

— Donc, c'est le seul.

— Oui. On le partageait, Damien et moi, même si je ne suis pas très doué en nouvelles technologies. Il m'arrivait de m'installer ici pour l'utiliser, mais, normalement, c'était la place de Damien.

Elena non plus n'était pas très forte en nouvelles technologies – pas besoin, elle avait Lou –, mais elle connaissait les fondamentaux. Elle ouvrit le moteur de recherche et entreprit de consulter l'historique. Neil Raff ayant été absent ces cinq derniers jours, Damien Gorse était le seul à avoir utilisé Internet.

— Je ne comprends toujours pas ce que vous cherchez, dit Raff.

Elle parcourut l'historique de navigation. Il y avait beaucoup de recherches d'images. Elena en ouvrit quelques-unes au hasard. Comme il fallait s'y attendre, c'étaient des tatouages, un vaste éventail de modèles. Roses avec barbelés, squelettes, cœurs de toutes les formes et couleurs. Il y avait un tatouage du clown Pennywise, le personnage de Stephen King, et plusieurs autres représentant l'acte sexuel, y compris la levrette (qui voudrait se faire tatouer ça ?). Il y avait aussi le mot « MAMAN », des pierres tombales en hommage à des amis disparus, des manches intégrales et toute une gamme d'ailes pour le bas du dos, emplacement considéré (encore maintenant peut-être) comme vulgaire.

— Ça nous donne des idées, expliqua Raff. On montre les modèles aux clients pour pouvoir les peaufiner ensuite.

Le reste de l'historique était tout aussi banal. Damien Gorse avait visité un site dédié aux critiques de films et acheté des tickets de cinéma. Il avait commandé des chaussettes et des dosettes pour machine à café sur Amazon. Il avait consulté un de ces sites ADN qui vous informent sur votre bagage ancestral. Elena avait souvent songé à effectuer ce genre de test. Sa mère était mexicaine et jurait que son père biologique l'était également, mais il était mort avant sa naissance, et maman réagissait bizarrement aux questions d'Elena, alors, allez savoir.

— Je peux vous aider ? demanda Raff à nouveau.

C'était plus une supplique qu'une proposition. Elena gardait les yeux sur l'écran.

— Connaissez-vous… ou plutôt Damien connaissait-il quelqu'un du nom de Henry Thorpe ?

Il réfléchit.

— Ça ne me dit rien.

— Il a vingt-quatre ans. Il vit à Chicago.

— Chicago ?

Raff sembla fouiller sa mémoire.

— Non, je ne vois pas. Damien n'a jamais mentionné ce nom, que je sache. Pourquoi ?

Elena ignora sa question.

— Êtes-vous récemment allés à Chicago tous les deux ?

— J'y suis allé quand j'étais en terminale. À ma connaissance, Damien n'y a jamais été.

— Et le nom d'Aaron Corval ? Ça vous évoque quelque chose ?

Raff caressa sa moustache.

— Non, je ne crois pas. Lui aussi est de Chicago ?

— Il est originaire du Connecticut, mais il vit dans le Bronx.

— Désolé, non. Puis-je savoir pourquoi vous me demandez ça ?

— Il serait préférable que vous vous contentiez de répondre à mes questions.

— Non, vraiment, je ne vois pas. Si vous voulez, je peux consulter notre fichier clients.

— Ce serait parfait.

Se penchant par-dessus son épaule, Raff se mit à taper.

— Pourriez-vous nous sortir la liste complète de vos clients ? fit Nap.

— Vous pensez que l'un d'eux… ?

— Il ne faut exclure aucune hypothèse.

— Comment vous épelez Thorpe ? demanda Raff à Elena.

Elle lui suggéra d'essayer les deux versions, avec ou sans « e ». Aucun résultat. Pareil pour Aaron Corval.

— Qui sont ces hommes ? interrogea Raff.

Sa voix était devenue cassante.

— Et qu'ont-ils à voir avec Damien ?

— Vous dites que seuls vous et M. Gorse utilisiez cette adresse ISP ?

— Oui, eh bien ?

— Ne me demandez pas d'explication technique, mais Henry Thorpe était en contact avec l'utilisateur de cette adresse ISP.

Nap se bornait à écouter.

— Ce qui veut dire ? questionna Raff sèchement.

— Rien de plus que ce que j'ai dit. Quelqu'un s'est servi de cet ordinateur pour communiquer avec Henry Thorpe.

— Et alors ? Si ça se trouve, ce Thorpe est un marchand d'encre.

— Ce n'est pas le cas.

Elena le regarda fixement.

— Damien n'avait pas de secrets pour moi, déclara Raff.

N'avait pas. Enfin au passé.

— Notre ordinateur a peut-être été piraté.

— Non, Neil.

— Qu'insinuez-vous ?

— Je n'insinue rien.

— Damien ne m'aurait pas trompé.

Elle n'avait pas vraiment l'intention de s'engager dans cette voie, mais c'était peut-être un tort. Y aurait-il une histoire sentimentale là-dessous ? Henry Thorpe était-il gay ? Elle n'avait pas pensé à poser la question. En même temps, qui s'en souciait aujourd'hui ?

Et si c'était le cas, si Damien et Henry avaient été amants, que venait faire Aaron Corval là-dedans ? N'était-il pas avec Paige Greene ? Était-ce là l'explication ? Une sorte d'embrouillamini amoureux qu'elle n'aurait pas envisagé ?

Elle ne voyait pas comment.

Nap lui tapota l'épaule.

— Puis-je vous dire deux mots en privé ?

Se levant, Elena posa la main sur l'épaule de Neil Raff.

— Monsieur Raff ?

Il la regarda.

— Je n'insinue rien du tout, croyez-moi. J'essaie juste d'aider à retrouver celui qui a fait ça.

Il hocha la tête, les yeux baissés.

Nap sortit par la porte de derrière. Elle lui emboîta le pas.

— Que se passe-t-il ?

— Aaron Corval.

— Oui ?

— Tout le monde peut aller sur Google, répondit-il. Il a été assassiné il y a quelques jours.

— C'est exact.

— Alors voulez-vous m'expliquer de quoi il s'agit ?

18

Pour regagner Manhattan, Simon devait repasser devant la ferme-auberge des Corval.

Il faillit ne pas s'arrêter – pour quoi faire, et puis il était pressé de retourner à l'hôpital –, mais qui ne tente rien…

Il bifurqua sur le parking et se gara à la place qu'il avait libérée une heure plus tôt.

Tout était calme à l'auberge. S'il y avait eu une réception après la cérémonie, elle était terminée. Il chercha des yeux un visage familier, quelqu'un qui aurait assisté aux funérailles dans la clairière au bord du ruisseau, mais la seule personne connue était la réceptionniste en chemisier taillé dans une nappe à carreaux. Elle avait déplié une autre carte sur son bureau pour montrer à un jeune couple en tenue assortie et que Simon aurait qualifié du terme démodé de yuppies « le sentier de randonnée le plus ardu dans les limites de la propriété ».

La femme l'avait clairement repéré du coin de l'œil et elle en avait clairement été contrariée. Se balançant sur ses talons, Simon regarda autour de lui. Il y avait un escalier sur la droite. Il pouvait toujours monter, mais après ? Derrière lui se trouvaient des portes vitrées avec des rideaux en dentelle.

C'était peut-être là que la réception avait eu lieu.

Simon fit un pas dans cette direction.

— Excusez-moi, dit la réceptionniste, cette partie du bâtiment est privée.

Simon fit la sourde oreille. Il poussa la porte et s'engouffra dans la pièce.

Effectivement, il y avait eu un genre de réception ici. Des restes de canapés et de crudités jonchaient une nappe blanche tachée. Un ancien bureau à cylindre avec compartiments pour le courrier et tiroirs minuscules se dressait à droite de Simon. Pivotant sur sa chaise, Wiley Corval se leva.

— Qu'est-ce que vous faites ici ?

La réceptionniste accourut derrière Simon.

— Je suis vraiment désolée, Wiley.

— C'est bon, Bernadette. Je m'en charge.

— Vous êtes sûr ? Je peux appeler...

— Ça va aller. Fermez la porte, s'il vous plaît, et occupez-vous de nos clients.

Elle retourna dans le hall d'entrée en fusillant Simon du regard et referma la porte plus vigoureusement que nécessaire, faisant trembler les vitres.

— Qu'est-ce que vous voulez ? siffla Wiley Corval.

Il portait maintenant sur ses épaules une veste à chevrons en tweed avec des boutons en étain. Une chaîne en or était accrochée au bouton du milieu, attachée sans doute à une montre de poche. Sa chemise blanche avait des manches bouffantes resserrées aux poignets.

Habillé en aubergiste, pensa Simon.

— Ma fille a disparu.

— Vous me l'avez déjà dit. Je ne sais absolument pas où elle est. Partez, je vous prie.

— J'ai quelques questions à vous poser.

— Et moi, je n'ai aucune envie d'y répondre.

Il se redressa, l'épaule en arrière pour accentuer l'effet.

— Je pleure la mort de mon fils.

L'heure n'était pas à la délicatesse.

— Vous en êtes sûr ? riposta Simon.

La surprise se peignit sur le visage de Wiley – Simon s'y attendait –, mais il y avait autre chose aussi.

La peur.

— Sûr de quoi ?

— D'être le père d'Aaron.

— Qu'est-ce que vous me chantez ?

— Vous ne lui ressemblez pas du tout.

Wiley le dévisagea, bouche bée.

— Vous êtes sérieux ?

— Parlez-moi de la mère d'Aaron.

Sur le point de répondre, Wiley se ravisa, et un sourire joua sur ses lèvres. Un sourire à vous donner froid dans le dos. Simon manqua faire un pas en arrière.

— Vous avez parlé à ma femme.

Quelque chose lui vint alors à l'esprit, une impression née de sa conversation avec Enid ou peut-être le fait de voir Wiley habillé comme pour jouer un rôle. Ou était-ce la tête de Wiley quand Simon était tombé sur lui dans la clairière ?

Bref, Wiley Corval n'avait rien d'un homme douloureusement frappé par la perte d'un enfant.

Bien sûr, tout le monde ne manifeste pas sa

peine de la même façon, et certains vont jusqu'à masquer leurs émotions... mais ces arguments ne valaient pas pour Wiley. Enid avait traité son mari de comédien. Il était clair à présent que tout chez lui était factice, y compris l'expression de ses sentiments.

Ce petit garçon. Vivant seul avec un homme qui prétendait être son père.

Simon s'efforça de freiner son imagination, mais elle s'emballait déjà tel un cheval sauvage galopant librement vers les pires suppositions, les scénarios les plus sordides.

Ce n'est pas possible, pensa-t-il.

Et pourtant.

— Je demanderai une décision de justice.

— Pour quoi faire ?

Wiley écarta les bras, image même de l'innocence.

— Une recherche en paternité.

— Ah oui ?

Toujours ce sourire répugnant.

— Aaron a été incinéré.

— Il existe d'autres moyens de se procurer son ADN.

— Ça m'étonnerait. Et même si vous arrivez à obtenir son ADN et le mien, cela prouvera seulement que je suis son père.

— Vous mentez.

— Vous croyez ?

Ça l'amuse, pensa Simon.

— Et en admettant même – on peut tout imaginer – que, d'après les analyses, je ne sois pas son père biologique, ça vous avance à quoi ?

Simon ne répondit pas.

— Sa mère aurait pu me tromper. Ça change quoi, après toutes ces années ? Évidemment, c'est de la spéculation pure, je suis bien le père d'Aaron... mais où ça va vous mener, hein ?

Wiley fit deux pas vers Simon.

— Mon fils était un dealer qui vivait dans le Bronx avec votre junkie de fille. C'est là qu'il a été assassiné. Peu importe ce qu'Enid a pu vous raconter, il faut vous mettre dans la tête que sa mort n'a rien à voir avec son enfance ici.

À première vue, cela paraissait logique. Simon n'avait pas le moindre début de preuve pour rattacher les horreurs qu'un petit garçon aurait pu subir dans cette auberge à sa mort violente dans un immeuble délabré du Bronx.

Et pourtant.

Il changea de tactique.

— À quel moment Aaron a-t-il commencé à se droguer ?

Le sourire cauteleux était de retour.

— Vous devriez poser la question à Enid.

— Quand a-t-il déménagé ?

— Qui a déménagé ?

— De qui parle-t-on ? Aaron.

Toujours le même sourire. Bon sang, il y prenait vraiment plaisir.

— Enid ne vous l'a pas dit ?

— Quoi ?

— Aaron n'a pas déménagé.

— Comment ça ?

— Enid dirige un établissement. Une sorte de club.

— Oui, et ?

241

— Avec un logement, ajouta Wiley. Aaron a vécu là-bas.

— Jusqu'à quand ?

— Je n'en sais rien. Aaron et moi... on ne se parlait pas beaucoup.

Simon s'efforçait de suivre.

— Et quand est-il parti s'installer près de Lanford College ?

— Comment ?

— Je crois qu'il travaillait dans un club quand il a rencontré Paige.

Wiley rit tout haut.

— Qui vous a raconté ça ?

Encore cette sensation d'air froid dans le dos.

— Vous pensez qu'ils se sont connus à Lanford ?

— Ce n'est pas le cas ?

— Non.

— Où alors ?

— Ici.

Il hocha la tête devant l'air surpris de Simon.

— Paige est venue ici.

— À l'auberge ?

— Oui.

— Vous l'avez vue ?

— Oui.

Il ne riait plus, ne souriait plus. Sa voix était devenue grave.

— Et je l'ai revue... après.

— Après quoi ?

— Après qu'elle a passé plusieurs mois avec Aaron. Le changement...

Wiley Corval s'interrompit, secoua la tête.

— Si vous vous en êtes pris à mon fils, je ne

242

peux pas vous en vouloir. Je peux juste vous dire que je regrette.

Foutaises. Il ne regrettait rien du tout. C'était de la comédie.

— Qu'est-ce que Paige est venue faire ici ? demanda Simon.

— À votre avis ?

— Franchement, je ne vois pas.

— Elle voulait rencontrer Aaron.

Cela ne tenait pas debout.

Pourquoi Paige, jeune étudiante en apparence bien dans sa peau, serait-elle allée chercher une racaille comme Aaron Corval ? Comment sa fille pouvait-elle même le connaître ? S'étaient-ils déjà rencontrés ? Non, à en croire Wiley Corval. Paige était venue exprès à l'auberge pour voir Aaron. Était-ce pour lui acheter de la drogue ? Non, là ça devenait carrément ridicule. Faire des heures de route pour s'approvisionner en drogue, ça n'avait aucun sens.

Paige et Aaron s'étaient-ils connus sur Internet ?

Cela semblait plus vraisemblable. Ils s'étaient rencontrés sur le Net, et Paige était venue ici pour le voir en chair et en os.

Mais comment ? Pourquoi ? Comment leurs chemins s'étaient-ils croisés ? Paige n'était pas du genre à fréquenter les sites de rencontres et autres Tinder, mais même si elle l'était, même si Simon se faisait des idées sur sa propre fille, n'aurait-elle pas pu trouver quelqu'un de plus proche du point de vue géographique ?

Non, décidément, ça ne tenait pas debout.

Wiley lui aurait-il menti pour brouiller les pistes, détourner son attention de ce qu'Enid lui avait révélé sur la naissance d'Aaron ?

Simon ne le pensait pas.

Wiley Corval était un sale type, un type peu fiable… voire pire, mais quand il avait parlé de la visite de Paige, ses propos, bizarrement, avaient un indéniable accent de vérité.

Simon retourna au club d'Enid, mais elle n'y était plus. Alors il appela Yvonne.

Elle répondit dès la première sonnerie.

— S'il y a du nouveau, je te préviendrai aussitôt.

— Aucun changement ?

— Aucun.

— Et les médecins ?

— Toujours pareil.

Simon ferma les yeux.

— J'ai passé la journée à téléphoner, annonça Yvonne.

— À qui ?

— À des amis bien placés. Je voulais m'assurer que nous avions affaire aux meilleurs spécialistes dans leur domaine.

— Et ?

— Apparemment oui. Raconte-moi ta matinée à l'auberge.

Quand Simon eut terminé son récit, elle commenta simplement :

— Nom de Dieu.

— Tu l'as dit.

— Tu vas où maintenant ?

— Je ne sais pas trop.

— Bien sûr que tu sais.

Elle le connaissait par cœur.

— Il s'est passé quelque chose sur le campus qui a provoqué un changement chez Paige.

— Je suis du même avis. Simon ?

— Oui.

— Rappelle dans trois heures. Pour me dire que tu es bien arrivé à Lanford.

19

— Ce week-end-là, dit Eileen Vaughan à Simon, j'ai prêté ma voiture à Paige.

Ils s'étaient installés dans la pièce commune de son logement pour quatre dans la résidence universitaire. Une pièce avec plafond cathédrale et d'immenses baies vitrées donnant sur la cour centrale de Lanford College, tellement dégoulinante de verdure qu'on aurait dit un tableau à la peinture pas tout à fait sèche. Le jour où toute la famille avait accompagné Paige sur le campus, Eileen avait été la première à les accueillir. Intelligente, chaleureuse, elle avait tout, en apparence du moins, de la colocataire idéale. Simon avait noté son numéro de téléphone, « juste au cas où », et il l'avait gardé depuis.

Ce jour-là, Ingrid et lui étaient repartis de Lanford sur un petit nuage. Ils avaient traversé le campus baigné de soleil main dans la main, malgré les récriminations de Sam contre leur comportement « nunuche » en public et Anya qui avait lâché un « Non, mais sérieux, quoi ! ». Une fois dans la voiture, Simon s'était remémoré sa propre vie d'étudiant, dans un logement comme celui-ci… enfin presque. Car celui de Simon, décoré dans le style tournée des pubs, avait été jonché de boîtes de pizza et de canettes de bière vides, alors que l'appartement d'Eileen Vaughan sortait tout droit d'un catalogue Ikea avec ses meubles en bois clair et ses tapis fraîchement aspirés. Aux murs non plus, rien qui puisse évoquer un logement d'étudiants, pas de pipes à eau décoratives, pas de posters du Che ni de posters tout court, mais des tapisseries artisanales avec des motifs vaguement zen ou des dessins géométriques. L'ensemble faisait l'effet d'un appartement témoin à l'intention de futurs étudiants (et de leurs parents surtout) qui viendraient visiter le campus.

— Ça vous était déjà arrivé ? demanda Simon à Eileen.

— De prêter ma voiture à Paige ? Non, jamais. Elle disait qu'elle n'aimait pas conduire.

Mieux que ça, pensa Simon. Paige ne savait pas conduire. Elle avait réussi à décrocher son permis dans une auto-école de Fort Lee, mais comme ils habitaient Manhattan, elle ne conduisait jamais.

— Vous savez comment elle était, poursuivait Eileen sans se rendre compte que cet « était » l'avait frappé en plein cœur.

Certes, du point de vue des études et sans doute aux yeux d'Eileen, Paige appartenait au passé, mais en regardant cette jolie fille pleine d'allant, il songea, meurtri, que la place de sa propre fille aurait dû être ici, dans l'une de ces quatre chambres, avec un sommier par terre et une lampe à col de cygne.

— Même pour aller faire une course, Paige faisait appel à moi.

— Vous avez dû être surprise alors, quand elle a demandé à emprunter votre voiture.

248

Eileen était vêtue d'un jean et d'un pull gris foncé à grosses côtes avec un col roulé. Ses longs cheveux aux reflets roux, séparés par une raie au milieu, lui tombaient dans le dos. Elle avait de grands yeux bleu indigo ; tout chez elle respirait la jeunesse, la vie estudiantine, les promesses d'avenir, et ça le tuait.

— C'est vrai, dit-elle d'un ton hésitant.

— Vous n'avez pas l'air très sûre de vous.

— Je peux vous poser une question, monsieur Greene ?

Il allait la prier de l'appeler Simon, mais une certaine distance semblait être de mise ici. Eileen était une amie de sa fille. Et il était venu lui parler d'elle.

— Bien sûr.

— Pourquoi maintenant ?

— Pardon ?

— C'est arrivé il y a longtemps. L'histoire avec Paige. Je sais, j'ai accepté de vous voir, mais pour moi non plus, ça n'a pas été facile.

— Qu'est-ce qui n'a pas été facile ?

— Ce qui s'est passé avec Paige. Ici. À Lanford. On partageait la même chambre, et entre nous, ça a collé tout de suite. Elle est devenue ma meilleure amie. Je suis enfant unique. Sans vouloir dramatiser, Paige était comme une sœur pour moi. Jusqu'à ce que…

Eileen avait été blessée et s'en était remise. Simon avait rouvert la plaie. C'était malheureux, mais Eileen était jeune et, une demi-heure après son départ, elle irait en cours, ou une de ses colocataires l'emmènerait dîner à la cafétéria, après quoi elles iraient étudier à la bibliothèque pour finir dans une soirée entre étudiants… et la « blessure » aurait vite fait de se refermer.

— Et que s'est-il passé ? s'enquit Simon.

— Paige a changé.

Sans hésitation cette fois.

— Pourquoi ?

— Aucune idée.

Il chercha la meilleure façon d'aborder le sujet.

— À quel moment ? Vous vous en souvenez ?

— Vers la fin du premier semestre.

— Après ce voyage avec votre voiture ?

— Oui. Enfin, non. Ça n'allait déjà pas avant.

Simon se pencha, prenant garde à ne pas entrer dans son espace personnel.

— Combien de temps avant ?

— Je ne sais pas. Je ne me rappelle plus. C'est juste que…

Il hocha la tête pour l'encourager à continuer.

— Quand Paige m'a demandé de lui prêter ma voiture, j'ai trouvé ça bizarre. Pas seulement parce que ça ne lui ressemblait pas. Mais surtout parce qu'elle avait pris ses distances depuis quelque temps.

— Pourquoi, à votre avis ?

— Je n'en sais rien. Ça m'a blessée. J'étais peut-être un peu en colère contre elle.

Eileen leva les yeux.

— J'aurais mieux fait de me rapprocher d'elle. Au lieu de lui en vouloir. De ne penser qu'à ma petite personne. Si j'avais été une véritable amie…

— Vous n'y êtes pour rien, Eileen.

Elle ne semblait pas convaincue.

— Est-ce qu'elle se droguait ? demanda Simon.

— Vous voulez dire avant sa rencontre avec Aaron ?

— L'une des explications serait que Paige se droguait déjà... et Aaron lui fournissait ses doses.

Eileen réfléchit un instant.

— Je ne crois pas. D'accord, la drogue est censée circuler librement sur un campus. Sauf qu'ici, c'est différent. Je ne saurais même pas où acheter autre chose que de l'herbe.

— Justement, dit Simon.

— Quoi ?

— Paige voulait peut-être quelque chose de plus fort.

— Et elle serait allée voir Aaron ?

— C'est une explication.

Mais Eileen était catégorique.

— Paige n'a jamais fumé ne serait-ce qu'un joint. Ce n'était pas une sainte-nitouche, elle buvait et tout, mais à aucun moment je ne l'ai vue défoncée ou stone, appelez ça comme vous voulez. La première fois, c'était après sa rencontre avec Aaron.

— On en revient toujours au même point, fit Simon. Pourquoi a-t-elle emprunté votre voiture ? Pourquoi s'est-elle rendue dans ce coin perdu du Connecticut ?

— Je ne sais pas. Je regrette.

— Vous dites qu'elle a changé.

— Oui.

— Et avec ses autres amis ?

— Je crois...

Elle fixa un point invisible au-dessus de sa tête sur la gauche.

— Oui, en y repensant, je crois que Paige s'est repliée sur elle-même. Une amie à nous... Judy Zyskind, vous connaissez ?

— Non.

— C'est l'une de mes colocataires maintenant. Elle est à un match de lacrosse à Bowdoin, sinon je lui aurais demandé. Bref, Judy pense qu'il lui est arrivé quelque chose dans une soirée d'étudiants.

Le sang de Simon ne fit qu'un tour.

— Comment ça, il lui est arrivé quelque chose ?

— On parle beaucoup de harcèlement sexuel ici, sur le campus. Beaucoup. Ça ne veut pas dire trop. On en a besoin. Mais Judy, ça lui est monté à la tête. Du coup, dès que quelqu'un se renferme sur lui-même, c'est la première chose à laquelle on pense. Un soir, je me souviens, Judy a mis les pieds dans le plat. À propos d'un gars qui, selon elle, était en train d'importuner Paige.

— Quel gars ?

— Je ne sais pas. Personne n'a prononcé son nom.

— C'était avant Aaron ?

— Oui.

— Et Paige, comment a-t-elle réagi ?

— Elle a dit que ça n'avait rien à voir.

— Elle vous a donné une explication ?

Eileen hésita, détourna les yeux.

— Eileen ? Elle vous a dit quelque chose ?

— Oui.

— Quoi ?

— À mon avis, elle essayait juste de faire diversion. Pour qu'on lui lâche la grappe.

— Qu'a-t-elle dit ?

— Elle a dit...

Eileen fit face à Simon.

— ... qu'il y avait des problèmes à la maison.

Il cilla et se redressa, encaissant le coup. Il s'était attendu à tout, sauf à ça.

— Quel genre de problèmes ?

— Elle n'a pas précisé.

— Vous n'avez pas une petite idée ?

— J'ai cru, quand j'ai su plus tard pour Aaron, la drogue et tout le reste, qu'il y avait de l'eau dans le gaz entre votre femme et vous.

— Mais pas du tout.

— Ah...

L'esprit de Simon était en ébullition.

Des problèmes à la maison ?

Il passa en revue leur vie de famille. Ce n'était pas leur couple : Ingrid et lui n'avaient jamais été aussi soudés. Pas l'argent non plus ; ils étaient tous deux au sommet de leur carrière et de leur pouvoir d'achat. Leurs autres enfants ? Non plus. Il y avait eu un conflit mineur avec la prof de sciences de Sam, mais c'était l'année précédente, et, de toute façon, cela ne méritait pas le qualificatif de problème domestique.

À moins qu'il ne sache pas tout.

Mais même si c'était vrai, même si Paige avait ressenti ou imaginé un quelconque conflit familial, comment cela l'avait-il conduite à entreprendre ce voyage dans le Connecticut pour rencontrer Aaron ?

Il posa la question à Eileen.

— Désolée, monsieur Greene. Je ne sais pas quoi vous répondre.

Elle jeta un œil sur son téléphone portable comme on consultait sa montre dans le temps. Puis elle changea de position sur le canapé ; toute son attitude trahissait un certain malaise, et Simon sentit qu'il était en train de la perdre.

— Il faut que j'aille en cours, dit-elle.

— Eileen ?

— Oui ?

— Aaron a été assassiné.

Ses yeux s'agrandirent.

— Paige a pris la fuite.

— La fuite ?

— Elle a disparu. Et j'ai peur que l'assassin d'Aaron ne s'en prenne à elle.

— Mais pourquoi ?

— Je ne sais pas. Je pense à l'élément déclencheur, à ce qui les a rapprochés, la raison pour laquelle Paige est partie à la recherche d'Aaron. C'est pour ça que j'ai besoin de votre aide. Je cherche à comprendre ce qu'elle a vécu ici, sur ce campus, et qui l'a incitée à emprunter votre voiture pour aller chez Aaron.

— Je ne sais pas.

— Je m'en doute. Je me doute aussi que vous êtes pressée de me voir partir. Mais je vous demande de m'aider.

— Comment ?

— Commençons par le commencement. Racontez-moi tout ce qui s'est passé, même les détails les plus insignifiants. Quelque chose l'a changée. Quelque chose l'a poussée à emprunter votre voiture et à aller trouver Aaron.

— Paige était devenue une *workaholic*, lui confia Eileen Vaughan.

— C'est-à-dire ?

— Vous savez bien, pendant la semaine de l'orientation, on nous explique que tout est possible, que c'est le moment de prendre un nouveau départ, de saisir toutes les opportunités.

Simon hocha la tête.

— Paige a pris ça au pied de la lettre.

— C'est plutôt une bonne chose, non ?

— Je pense qu'elle en faisait trop. Elle a voulu jouer dans une pièce de théâtre. Elle a postulé pour deux chorales. Il y a un club sur le campus, des accros aux nouvelles technologies qui construisent des robots. Elle s'y est inscrite. Elle s'est présentée au conseil des étudiants et a été élue. Elle s'est passionnée pour le cercle généalogique, rattaché au cours de génétique. Elle voulait également écrire une pièce de théâtre. Avec le recul, c'était beaucoup trop. Elle se mettait trop de pression.

— A-t-elle eu des histoires avec des garçons ?

— Rien de sérieux.

— Le gars dont votre camarade de lacrosse a parlé...

— Je ne sais rien à ce sujet. Je peux envoyer un texto à Judy, si vous voulez.

— S'il vous plaît.

Eileen sortit son téléphone. Ses doigts se mirent

255

à danser sur l'écran. Une fois qu'elle eut terminé, elle hocha la tête.

— Et ses études ? demanda Simon. Quelles matières a-t-elle choisies ?

Normalement, un père devrait savoir ces choses-là, mais il s'était toujours targué de ne pas être ce qu'on appelle un « parent hélicoptère ». Même au lycée, il n'était pas au courant de son programme scolaire. Certains parents consultaient quotidiennement ce programme appelé Skyward en ligne pour s'assurer que leurs enfants faisaient leurs devoirs ou continuaient d'accumuler de bonnes notes. Simon ne savait même pas comment y accéder. Et il n'en était pas peu fier.

Reste à l'écart. Fais confiance à ton enfant.

Cela avait été facile avec Paige. Elle était autonome. Elle excellait dans toutes les matières. La satisfaction qu'il en avait tirée à l'époque, le sentiment de supériorité par rapport à ces parents trop présents, trop envahissants, se vantant de ne pas connaître ses identifiants Skyward comme ce crétin qui se vante dans une soirée de ne pas posséder un téléviseur.

Quelle arrogance avant la chute !

Eileen nota les cours que Paige avait suivis, ainsi que le nom de chaque enseignant. Elle lui tendit le bout de papier en disant :

— Je dois y aller maintenant.

— Ça vous ennuie si je fais un bout de chemin avec vous ?

Elle répondit que non, mais à contrecœur.

Pendant qu'ils se dirigeaient vers la sortie, Simon consulta la liste des cours.

— Il n'y a rien qui vous saute aux yeux ?

— Pas vraiment. On était nombreux en amphi. Ça m'étonnerait que les profs se souviennent d'elle. À l'exception du Pr Van de Beek.

Ils traversaient la cour centrale noyée dans la végétation.

— Il enseigne quoi ?

— La génétique. Je vous en ai parlé.

— Et où puis-je le trouver ?

Tout en marchant, Eileen pianota sur son téléphone.

— Tenez, le voici.

Le Pr Louis Van de Beek était jeune, moins de trente ans probablement, avec le genre de physique à faire tourner les têtes dans les amphis. Ses cheveux aile de corbeau étaient un brin trop longs, sa peau un brin trop lisse. Il avait de belles dents, un joli sourire. Sur la photo, il portait un T-shirt noir moulant. Ses bras musclés étaient croisés sur sa poitrine.

Qu'étaient devenus les profs en veste en tweed ?

Sous le portrait, on lisait « Professeur de sciences biologiques ». Mais aussi l'adresse de son bureau sur le campus, celle de sa boîte mail, son site web et, pour finir, la liste des matières qu'il enseignait, dont l'introduction à la génétique et la généalogie.

— Vous dites qu'il était une exception. Pourquoi ? demanda Simon.

— Déjà, il y avait peu de monde à son cours. Donc, on le connaissait bien. Mais pour Paige, il était plus que ça.

— Dans quel sens ?

— Le Pr Van de Beek animait l'atelier de

généalogie qui était devenu sa grande passion. Je sais qu'elle allait souvent le voir pendant ses heures de permanence. Très souvent.

Simon fronça les sourcils. Eileen s'en aperçut.

— Oh non, ce n'est pas ce que vous pensez.

— OK.

— En arrivant ici, Paige ne savait pas quelle orientation choisir. Comme nous tous. Vous étiez au courant, non ?

Il hocha la tête. Ingrid et lui l'avaient encouragée à explorer le champ des possibles, à essayer de nouvelles choses. Persuadés qu'elle avait le temps de trouver sa voie.

— Paige parlait beaucoup de sa mère, de son métier. De vous aussi, bien sûr, monsieur Greene, ajouta Eileen précipitamment. Enfin… je crois que votre travail l'intéressait tout autant.

— C'est bon, Eileen.

— Bref, elle avait une sorte de vénération pour sa mère. Or le Pr Van de Beek est aussi le référent pour les étudiants de première année qui veulent faire médecine.

Simon déglutit.

— Paige voulait être médecin ?

— Oui, je crois.

Médecin comme sa mère. Cette révélation le bouleversa.

— Je pense que ça n'a rien à voir avec l'histoire d'Aaron, ajouta Eileen, mais le Pr Van de Beek a joué un grand rôle dans sa vie ici.

Ils dépassèrent la résidence Ratner où Paige et Eileen avaient vécu pendant leur première année à l'université, pile à l'endroit où Simon avait dit au revoir à sa fille, il y a une éternité.

Chaque minute passée ici lui était un véritable supplice.

Repérant des amis un peu plus loin, Eileen déclara que c'était l'heure de son cours et prit rapidement congé de Simon. Il lui adressa un dernier signe de la main et prit la direction de Clark House où se trouvait le bureau de Van de Beek. Une vieille femme, qui devait déjà travailler ici lors de l'entrée en fonction du président Eisenhower, l'accueillit à la réception d'un air revêche.

Sur son badge on lisait juste son nom : Mme DINSMORE.

— Puis-je vous aider ? fit-elle du ton de quelqu'un qui ne promettait aucune assistance de sa part.

— Je cherche le Pr Van de Beek.

— Vous ne risquez pas de le trouver.

— Pardon ?

— Le Pr Van de Beek a pris un congé sabbatique.

— Depuis quand ?

— Je ne suis pas autorisée à fournir des informations à ce sujet.

— Il est dans le coin ou est-il parti en voyage ?

Mme Dinsmore chaussa les lunettes qu'elle portait sur une chaîne autour du cou et se renfrogna de plus belle.

— Qu'est-ce que vous ne comprenez pas dans : « Je ne suis pas autorisée » ?

Simon jugea plus prudent de contacter Van de Beek par mail.

— Ça a été un plaisir de vous parler. Je vous remercie.

— À votre service, répondit Mme Dinsmore sans lever le nez de ses papiers.

Simon retourna à la voiture et appela Yvonne pour entendre une fois de plus qu'il n'y avait aucun changement. Il avait mille questions à lui poser, mais un curieux souvenir lui revint en mémoire. Au début de sa relation avec Ingrid, il avait été obsédé par les marchés étrangers, les bouleversements politiques et les prévisions de bénéfices pouvant affecter le portefeuille de ses clients. Quelque part, c'était normal, mais, à force de se disperser, il devenait moins efficace dans sa fonction d'analyste financier.

— La prière de la sérénité, lui avait dit Ingrid un soir.

Vêtue d'une chemise de Simon, elle était assise devant l'ordinateur et lui tournait le dos.

— Quoi ?

Il s'était approché, avait posé les mains sur les épaules de sa femme. L'imprimante avait ron-ronné. Elle avait pris la feuille et la lui avait donnée.

— Mets ça sur ton bureau.

Cette prière, il ne la connaissait pas. Il l'avait lue et, aussi bizarre que cela puisse paraître, sa vie en avait été transformée.

Mon Dieu, donnez-moi la SÉRÉNITÉ d'accepter les choses que je ne peux pas changer,

Le COURAGE de changer les choses que je peux changer,
La SAGESSE de reconnaître la différence.

Simon n'était pas croyant, et cette courte prière sonnait comme une évidence. Pourtant, elle lui parlait. Notamment en ce qui concernait Ingrid. Il ne pouvait pas changer son état. Elle était dans le coma à l'hôpital, et c'était une souffrance de chaque instant, mais il devait lâcher prise car il ne pouvait rien y changer.

Accepte. Laisse aller. Change ce que tu peux changer.

Comme retrouver sa fille.

Une fois dans la voiture, il téléphona à Elena Ramirez.

— Du nouveau ? demanda-t-il.

— Vous d'abord.

— C'est Paige qui est allée trouver Aaron, et pas l'inverse. J'ai toujours cru qu'ils s'étaient rencontrés du côté de Lanford College. Mais c'est elle qui l'a contacté la première.

— Elle le connaissait donc ?

— On dirait.

— Ils ont pu se croiser sur le Net. Sur un site de rencontres.

— Que serait-elle allée faire sur ce genre de site ?

— Qu'est-ce qu'on y fait d'habitude ?

— Une étudiante de première année, accaparée par ses études et ses nouveaux amis. Et je n'ai pas mis mes lunettes de papa.

— Vos lunettes de papa ?

— Vous savez, les lunettes déformantes. La vision parentale.

— Ah oui, d'accord.

— Ce n'est pas moi qui parle, c'est la colocataire de Paige. Avez-vous vu Damien Gorse ?

— Un peu de patience, Simon. Y a-t-il autre chose que je devrais savoir, d'après vous ?

— Juste quelque chose de bizarre à propos de l'enfance d'Aaron. En tout cas, de ses origines.

— Racontez-moi.

Il lui rapporta sa conversation avec Enid et l'histoire de la mère italienne d'Aaron. Lorsqu'il eut terminé, il y eut un moment de silence. Puis il entendit Elena taper sur un clavier.

— Elena ?

— J'essaie de googler des photos d'Aaron et de son père.

— Pour quoi faire ?

Il y eut une pause.

— Je ne vois rien. Si, le père dans son auberge. Wiley.

— Pourquoi, que se passe-t-il ?

— Ça va vous paraître étrange, commença-t-elle.

— Mais ?

— Vous les avez vus tous les deux, Aaron et Wiley, en personne.

— Oui.

— Croyez-vous qu'ils soient père et fils ? Biologiquement parlant.

— Non, répondit Simon spontanément, sans réfléchir. Enfin... je ne sais pas. Il y a quelque chose de pas net là-dessous. Pourquoi ?

— Ça ne veut peut-être rien dire.

— Mais ?

— Mais Henry Thorpe a été adopté, fit Elena. Ainsi que Damien Gorse.

Simon frissonna, ce qui ne l'empêcha pas d'objecter :

— C'est un peu tiré par les cheveux, votre histoire.

— Je sais.

— Paige n'a pas été adoptée.

— Je le sais également.

— Que vous a dit Damien Gorse, Elena ?

— Rien, Simon. Gorse est mort. Assassiné, lui aussi.

20

Ash s'efforçait systématiquement de parer à toute éventualité.

Il y avait des vêtements propres dans la voiture, pour Dee Dee et pour lui. Ils réussirent à se changer en roulant et jetèrent les habits qu'ils avaient utilisés dans un container derrière un Whole Foods près de la frontière de l'État de New York. Dans un drugstore, Dee Dee, coiffée d'une casquette de baseball, acheta une dizaine d'articles dont les principaux : de la teinture pour cheveux et une paire de ciseaux.

Il ne l'avait pas accompagnée.

Il y avait des caméras partout. Qu'ils cherchent donc un homme seul ou une femme seule. Il fallait brouiller les pistes. Ne pas rester trop longtemps au même endroit.

Dee Dee avait cru qu'il lui suffirait de se teindre les cheveux dans les toilettes du drugstore. Ash n'était pas d'accord.

Ils devaient bouger. Ne laisser aucune trace derrière eux.

Une quinzaine de kilomètres plus loin, ils trouvèrent une station-service à l'ancienne… Moins bien équipée côté vidéosurveillance, pensa Ash. Dee Dee se rendit aux toilettes avec sa casquette de baseball. Là, elle coupa sa longue natte blonde et la jeta dans la cuvette avant de tirer la chasse d'eau. Elle teignit ses boucles courtes dans une discrète couleur auburn et remit la casquette.

Ash lui avait dit de toujours marcher tête baissée. Les caméras de surveillance filmaient d'en haut. Toutes sans exception. Alors, il fallait porter une casquette à visière et regarder par terre. Quelquefois, selon le temps qu'il faisait, on pouvait opter pour des lunettes de soleil. À d'autres moments, leur port injustifié risquait d'éveiller des soupçons. « Tu vas chercher loin, là, lui disait Dee Dee. – Possible. » Mais elle ne protestait pas... Or, si prendre toutes ces précautions avait contrarié Dee Dee, elle aurait rué dans les brancards.

Lorsqu'ils eurent repris la route, elle ôta la casquette et ébouriffa ses cheveux avec les doigts.

— Comment tu me trouves ?

Il risqua un coup d'œil dans sa direction, et son cœur manqua un battement.

Dee Dee s'endormit sur son siège. Ash n'arrêtait pas de la regarder. À un feu rouge, il roula la chemise qu'il gardait sur la banquette arrière et la plaça entre la tête de Dee Dee et la portière, pour plus de confort et pour éviter qu'elle se fasse mal.

Trois heures plus tard, elle se réveilla en disant :

— J'ai envie de faire pipi.

Ash s'arrêta sur l'aire de repos la plus proche. Ils mirent leurs casquettes de baseball. Il acheta des nuggets de poulet et des frites pour la route. Une fois qu'ils eurent repris l'autoroute, Dee Dee demanda :

— Où est-ce qu'on va ?

— On ne sait pas ce que les flics ont sur toi.

— Ce n'est pas une réponse à ma question, Ash.

— Tu sais très bien où on va, dit-il.

Elle garda le silence.

— C'est près de la frontière avec le Vermont, reprit-il, mais je n'ai pas l'adresse exacte. Il va falloir que tu me guides.

— Ils ne te laisseront pas entrer. Pas d'étrangers.

— Je vois.

— Les hommes encore moins.

Ash leva les yeux au ciel.

— Tu m'étonnes.

— C'est la règle. Pas de visiteurs extérieurs au Havre de la Vérité.

— Je n'ai pas besoin d'entrer, Dee Dee. Je veux juste te déposer.

— Pourquoi ?

— Tu sais bien pourquoi.

— Tu penses à ma sécurité.

— Bingo.

— Mais ce n'est pas à toi de décider, répliqua-t-elle. Ni à moi, d'ailleurs.

— Laisse-moi deviner, fit Ash. C'est entre les mains de Dieu.

Elle lui sourit. C'était toujours, malgré la couleur étrange et la nouvelle coupe de cheveux, le même sourire angélique. Ash sentit une nouvelle fois son cœur s'emballer.

— Ce n'est pas seulement Dieu. C'est la Vérité.

— Et qui te dit la vérité ?

— Pour ceux qui ne comprendront jamais, c'est plus facile de l'appeler Dieu.

— Il te parle ?

267

— Par l'intermédiaire de son représentant sur terre.

Ash connaissait la doctrine abracadabrante de sa secte.

— Serait-ce Casper Vartage ?

— Dieu a fait son choix.

— Vartage est un escroc.

— Le diable ne veut pas que la Vérité se propage. Il meurt devant son rayonnement.

— Et son séjour en prison ?

— C'est là que la Vérité lui a été révélée. Dans l'isolement. Après qu'ils l'ont battu et torturé. Aujourd'hui, quand les médias et les gens de l'extérieur parlent mal de lui, c'est pour faire taire la Vérité.

Ash secoua la tête. C'était peine perdue.

— C'est la deuxième sortie après la frontière du Vermont, dit-elle.

Il mit la radio. Elle diffusait un classique des années soixante-dix, « Hey, St. Peter » de Flash and the Pan. Ash ne put s'empêcher de sourire. Dans ce morceau, un homme arrivé aux portes du paradis supplie saint Pierre de le laisser entrer car avoir vécu à New York, c'est avoir déjà connu l'enfer.

— Il y a de la musique dans votre couvent ? s'enquit Ash.

— Ça s'appelle le Havre de la Vérité.

— Dee Dee.

— Oui, il y a de la musique. On a des musiciens de talent parmi nous. Ils écrivent leurs propres chansons.

— Aucune musique venant du dehors ?

— Elle n'aiderait pas à répandre la vérité, Ash.

— Encore une règle de Vartage ?

— S'il te plaît, évite d'employer son nom d'avant.

— Son nom d'avant ?

— Oui. C'est interdit.

— Son nom d'avant, répéta-t-il. C'est comme toi qui t'appelles Holly maintenant ?

— Oui.

— C'est lui qui t'a rebaptisée ?

— C'est le Conseil de la Vérité.

— Et qui fait partie du Conseil de la Vérité ?

— La Vérité, le Volontaire et le Visiteur.

— Trois personnes ?

— Oui.

— Tous des hommes ?

— Oui.

— Comme la Trinité.

Elle se tourna vers lui.

— Rien à voir avec la Trinité.

Inutile de polémiquer, se dit-il.

— J'imagine que la Vérité, c'est Casper Vartage.

— Oui, c'est lui.

— Et les deux autres ?

— Ce sont les rejetons de la Vérité. Nés et élevés au Havre.

— Tu veux dire ses fils ?

— Ça ne se passe pas comme ça, mais, de ton point de vue, oui.

— De mon point de vue ?

— Tu ne peux pas comprendre, Ash.

— Encore un leitmotiv propre à toutes les sectes.

Il leva la main pour couper court à un nouveau sermon.

— Et qu'arrive-t-il si tu remets en cause la Vérité ?

— La Vérité, c'est la vérité. Tout le reste est mensonge.

— Ouh là. Donc, tout ce que dit ton gourou est parole d'évangile.

— Un lion peut-il être autre chose qu'un lion ? Il est la Vérité. Forcément, tout ce qu'il dit est vrai.

Ash haussa les sourcils tandis qu'ils traversaient la frontière du Vermont. Il jeta un nouveau regard dans sa direction.

— Dee Dee ?

Elle ferma les yeux.

— Tu tiens vraiment à ce que je t'appelle Holly ?

— Non, répondit-elle, c'est bon. En dehors du Havre de la Vérité, je ne suis pas Holly.

— Hmm.

— Dee Dee peut faire des choses qui sont interdites à Holly.

— Jolie moralité.

— N'est-ce pas ?

Il ravala un sourire.

— Je crois que je préfère Dee Dee.

— Je m'en doute. Mais Holly est plus complète. Holly est heureuse et elle comprend la Vérité.

— Dee Dee ?

Il marqua une pause, soupira et demanda encore une fois :

— Ou devrais-je dire Holly ?

— Cette sortie.

Il la prit.

— Quoi, Ash ?

— Comment peux-tu croire à toutes ces conneries ?

Il la regarda. Elle avait replié ses jambes et était assise en tailleur sur le siège.

— Je t'aime vraiment, Ash.

— Moi aussi, je t'aime.

— Tu as fait des recherches sur Google, Ash ? Au sujet de la Vérité ?

En effet. Leur chef, Casper Vartage, était né dans des conditions mystérieuses en 1944. Sa mère prétendait s'être réveillée un beau matin enceinte de sept mois… au moment même où son mari mourait en conduisant l'offensive lors du débarquement en Normandie. Il n'y a aucune preuve à cela, mais c'est ce qu'on raconte. À ses débuts dans le Nebraska, le jeune Casper était considéré comme un « guérisseur des récoltes », et les fermiers venaient le trouver en période de sécheresse, par exemple. Une fois de plus, il n'y a personne pour le confirmer. Vartage se révolta contre ses pouvoirs – il était question de la Vérité, si puissante qu'il avait essayé de la combattre – et finit en prison vers 1970 pour fraude. Sur ce dernier point au moins les preuves ne manquaient pas.

Après avoir perdu un œil au cours d'une bagarre entre détenus et avoir été jeté dans un cachot que les détenus appelaient « l'étuve », ce brave Casper reçut la visite d'un ange. Difficile de dire si Vartage avait inventé cette histoire de toutes pièces ou si le soleil avait provoqué des hallucinations. En tout cas, dans le folklore de la secte, cet ange était connu sous le nom de Visiteur. Le Visiteur lui parla de la Vérité et du symbole qu'il devait trouver derrière un rocher dans le désert de l'Arizona, une fois qu'il serait libéré. Ce qu'il fit supposément.

S'ensuivait tout un charabia mystico-ésotérique ; depuis, « la Vérité » avait acheté une propriété où les disciples, essentiellement des femmes, subissaient un lavage de cerveau, quand elles n'étaient pas battues, droguées ou violées.

— Je n'attends pas de toi que tu voies la Vérité, déclara Dee Dee.

— Moi, je ne comprends pas comment tu fais pour ne pas voir que ta secte est juste un ramassis de cinglés.

Elle pivota vers lui.

— Tu te souviens de Mme Kensington ?

Mme Kensington, chez qui ils avaient séjourné ensemble, emmenait tous les enfants qu'on lui confiait à l'église deux fois par semaine : le mardi après-midi pour étudier la Bible et le dimanche matin à la messe. Jamais elle ne ratait un seul de ces rendez-vous.

— Bien sûr que tu t'en souviens.

— Elle était gentille avec nous, acquiesça-t-il.

— C'est vrai. Est-ce que tu vas encore à l'église, Ash ?

— Rarement.

— Pourtant, tu aimais bien ça. Quand on était gamins.

— C'était calme. J'aimais bien le calme.

— Tu te souviens des histoires qu'on nous racontait à l'époque ?

— Évidemment.

— Mme Kensington y croyait dur comme fer.

— Je sais.

— Rappelle-moi, quel âge avait Noé quand il a construit l'arche ?

— Dee Dee.

— Dans les cinq cents ans, si mes souvenirs sont bons. Tu crois vraiment qu'il a mis deux spécimens de chaque espèce sur cette arche ? Rien que les insectes, il y en a un million de variétés. Tu penses qu'il les a tous embarqués ? Ça ne te choque pas, toi et toutes les Mme Kensington du monde... mais la Vérité, si ?

— Ce n'est pas pareil.

— Bien sûr que si. On allait à l'église, et Mme Kensington hochait la tête, des larmes plein les yeux, quand on nous parlait de salut. Tu ne te souviens pas ?

Ash fronça les sourcils.

— Je récapitule : un petit garçon céleste, qui est son propre père, naît d'une vierge mariée. Puis le père du garçon – qui n'est autre que lui-même – le torture et le tue. Sauf qu'il revient d'entre les morts genre zombie, et si tu manges sa chair qui est comme une gaufrette et bois le vin qui est son sang, et si tu promets de lui baiser le cul, il fera sortir tout le mal de toi...

— Dee Dee...

— Attends, le meilleur reste à venir. La cause de tout le mal sur la terre... tu te souviens de ça, Ash ?

Il préféra ne pas répondre.

— Non ? Alors tu vas adorer. Le mal existe parce qu'une pétasse écervelée, qui a commencé sa vie

273

sous forme de côtelette, s'est laissé convaincre de mordre dans un fruit blet par un reptile qui parle.

Dee Dee frappa dans ses mains et se laissa retomber sur son siège en riant.

— Tu veux que je continue ? La mer qui recule, les prophètes qui montent au ciel sur le dos d'un animal, Abraham qui refile sa femme au pharaon. Et ceux d'aujourd'hui, tous ces « saints » hommes qui vivent dans des palais à Rome au milieu de peintures érotiques et portent des tenues à faire rougir une drag-queen ?

Il conduisait, le regard fixé sur la route.

— Ash ?

— Quoi ?

— On peut penser que je me moque de ces croyances, dit-elle, ou de Mme Kensington.

— C'est clair.

— En fait, pas du tout. Je veux juste t'inviter, avant que tu ne mettes toutes les autres convictions dans le même sac, à regarder de près les histoires que les gens dits normaux trouvent crédibles. Nous pensons que toutes les religions sont débiles… sauf la nôtre.

Il ne voulait pas l'admettre, mais elle n'avait pas tort. Et pourtant, quelque chose dans sa voix…

— La Vérité est plus qu'une religion. C'est une entité vivante, qui respire. La Vérité a toujours existé. Elle existera toujours. Le Dieu de la plupart des gens vit dans le passé, enfermé dans de vieux bouquins. Pourquoi ? Croient-ils que Dieu les a abandonnés ? Le mien est ici. Aujourd'hui. Dans le monde réel. Quand cette Vérité mourra, sa progéniture prendra le relais. Parce que la Vérité vit. La Vérité, si tu étais objectif, Ash, et si les grandes religions ne t'avaient pas lobotomisé depuis ta naissance, a plus de sens que les serpents qui parlent ou les dieux éléphants, non ?

Il ne répondit pas.

— Ash ?

— Quoi ?

— Dis quelque chose.

— Je ne sais pas quoi te dire.

— Peut-être parce que tu as entendu la Vérité.

— Euh… non, pas vraiment.

— C'est la prochaine à droite, fit-elle. On est presque arrivés.

Ils roulaient sur une petite route maintenant, en pleine forêt.

— Tu n'es pas obligée d'y retourner.

Dee Dee tourna la tête pour regarder par la vitre.

— J'ai mis un peu d'argent de côté, poursuivit Ash. On pourrait partir tous les deux. Rien que toi et moi. Acheter une maison quelque part. Tu peux être Holly avec moi.

Elle garda le silence.

— Dee ?

— Oui.

— Tu m'as entendu ?

— Oui.

— Tu n'es pas obligée d'y retourner.

— Chut. On arrive.

21

Simon composa le numéro figurant sur la page de bio du Pr Van de Beek. Il tomba sur sa boîte vocale. Il laissa un message lui demandant de le rappeler au sujet de sa fille, Paige Greene. Puis, pour plus de sécurité, il lui envoya un mail en réitérant sa requête.

Il appela ensuite Sam et Anya, mais, là aussi, il eut droit à la messagerie. Rien d'étonnant, les jeunes ne communiquaient plus que par SMS. Il aurait dû s'en douter. Il envoya donc le même texto à tous les deux :

Ça va ? Tu veux m'appeler ?

Sam répondit aussitôt :

Tout va bien. Non, pas la peine.

Rien d'étonnant, une fois de plus.

Simon reprit la route de New York. Lui et Ingrid partageaient un *stream* ou un *cloud*, quel que soit le terme exact, si bien que toutes leurs photos et tous leurs documents étaient stockés au même endroit. Même chose pour la musique. Il demanda donc à Siri de jouer la dernière playlist d'Ingrid. Puis il se cala dans son siège et écouta.

La première chanson sur la playlist d'Ingrid le fit sourire : « The Girl from Ipanema », version 1964, par Astrud Gilberto.

Sublime.

Simon secoua la tête : il n'en revenait toujours pas que, de toutes les options qui s'offraient à elle, cette femme l'ait choisi. Lui. Quels que soient les coups que la vie lui ait assenés, les tournants et embranchements insolites rencontrés en chemin, ce simple fait lui permettait de conserver son équilibre, alimentait sa gratitude, le guidait jusque chez lui.

Le téléphone sonna. Le nom de l'appelant apparut sur l'écran de navigation de la voiture.

Yvonne.

— Ce n'est pas à propos d'Ingrid, déclara-t-elle tout de go. Rien de nouveau à son sujet.

— Quoi alors ?

— Tout va bien, rassure-toi.

— OK.

— On est le deuxième mardi du mois, dit-elle.

Il avait oublié Sadie Lowenstein.

— Pas grave, ajouta Yvonne. Je peux appeler Sadie pour reporter le rendez-vous ou je peux y aller moi-même...

— Non, j'y vais.

— Simon...

— Non, j'y tiens. De toute façon, c'est sur ma route.

— Tu es sûr ?

— Oui. S'il y a le moindre changement pour Ingrid...

— On t'appelle. Moi ou Robert. Il va venir me relayer bientôt.

— Les enfants, ça va ?

— Anya est chez ta voisine. Sam passe son

temps sur son téléphone. Il sort avec une fille depuis quinze jours. Tu es au courant ?

Nouveau pincement au cœur, mais moins cruel cette fois.

— Non.

— Sa copine voulait venir pour le soutenir moralement. Ça l'a fait sourire malgré lui, mais Sam lui a dit que, pour l'instant, ce n'était pas nécessaire.

— Je ne vais pas tarder à rentrer.

— Tu leur manques, mais ils n'ont pas besoin de toi. Ils ont bien compris pourquoi tu t'étais absenté.

Sadie Lowenstein habitait une maison en brique rouge à Yonkers, au nord du Bronx. C'était un quartier ouvrier, sans chichi. Sadie y avait passé cinquante-sept années sur les quatre-vingt-trois qu'elle avait vécu jusqu'aujourd'hui. Elle pouvait s'offrir mieux. Simon était bien placé pour le savoir. Elle pouvait s'acheter un appartement en Floride où les hivers étaient plus doux, mais elle n'en voyait pas l'intérêt. Deux fois par an, elle se rendait à Vegas. Et c'était tout. Elle était très attachée à son foyer.

Sadie fumait toujours, comme on le devinait facilement à sa voix rauque. Elle portait une robe d'hôtesse à l'ancienne, une sorte de boubou. Ils s'installèrent dans sa cuisine, à la table ronde en Formica où elle s'asseyait jadis avec son mari Frank et leurs jumeaux Barry et Greg. Ils étaient tous partis maintenant. Barry était mort du sida en

1992. Frank avait été emporté par un cancer en 2004. Greg, le seul survivant, avait déménagé à Phoenix et rendait rarement visite à sa mère.

Le sol était recouvert de lino transparent. Une pendule avec des dés rouges à la place des chiffres, souvenir d'un de ses premiers voyages à Las Vegas avec Frank, il y a une vingtaine d'années, était accrochée au-dessus de l'évier.

— Asseyez-vous, dit Sadie. Je vais vous faire du thé, ce thé que vous aimez tant.

Ce qu'elle appelait « thé » était en fait de la camomille avec du miel et du citron. Simon ne buvait pas de thé. Il trouvait ça insipide, un « ersatz de café ». Il avait beau y chercher autre chose, pour lui le thé n'était que de l'eau teintée.

Mais il y a dix ans – ou davantage, il ne savait plus –, Sadie lui avait servi cette fameuse préparation qu'il avait beaucoup appréciée. Depuis, il y avait droit à chacune de ses visites.

— Faites attention, c'est chaud.

Un calendrier mensuel, le calendrier banal avec des photos de montagnes et de rivières, était fixé au réfrigérateur jauni. Dans le temps, les banques distribuaient ces calendriers gratuitement. C'était peut-être toujours le cas. Sadie l'avait bien eu quelque part.

Simon contempla le calendrier, ce simple planning à l'ancienne où on pouvait inscrire la liste de choses à faire.

Il faisait ça chaque fois qu'il venait. La plupart des trente ou trente et une cases (oui, vingt-huit ou vingt-neuf en février pour les pinailleurs) étaient vides. Un stylo à bille bleu avait tracé les mots « Dentiste 14 h » pour le 6 du mois. Un lundi sur deux était entouré pour l'enlèvement des recyclables. Et le deuxième mardi, écrit en gras avec un marqueur violet, il y avait un seul mot : **SIMON !** avec un point d'exclamation. Or les points d'exclamation n'étaient pas vraiment le genre de la maison.

Il l'avait vu pour la première fois – son nom en violet avec un point d'exclamation – sur ce même frigo huit ans plus tôt, alors qu'il envisageait de réduire ses visites ; l'argent de Sadie étant placé, Simon n'avait aucune raison de revenir tous les mois. Il pouvait gérer cela par téléphone ou le confier à un assistant, et se limiter à une visite par trimestre.

Mais il avait jeté un œil sur le frigo et vu son nom sur le calendrier.

Il en avait parlé à Ingrid. À Yvonne également. Sadie n'avait plus de famille à proximité. Ses amis avaient déménagé ou étaient morts. Ce n'était donc pas rien pour elle, ces rencontres mensuelles autour de la vieille table de cuisine, à boire du thé et à parler de ses placements.

Pour lui non plus, ce n'était pas rien.

Jamais Simon n'avait raté un rendez-vous avec Sadie. Pas une seule fois.

Ingrid lui en aurait voulu, s'il l'avait annulé aujourd'hui.

Il pouvait accéder au portefeuille de Sadie depuis son ordinateur portable. Il passa en revue certains de ses placements, même si, en réalité, il s'agissait de tout autre chose.

— Simon, vous vous souvenez de notre magasin ?

Sadie et Frank avaient tenu un petit magasin de matériel de bureau en ville, de ceux où l'on vend stylos et papier, où l'on fait des photocopies et des cartes de visite.

— Bien sûr, opina-t-il.

— Vous êtes passé devant récemment ?

— Non. C'est une boutique de prêt-à-porter maintenant, n'est-ce pas ?

— C'était. Des vêtements super-moulants pour les jeunes. J'appelais ça « Pute & Cie », vous vous rappelez ?

— Je me rappelle.

— Je sais, ce n'est pas très gentil. Mais vous auriez dû me voir dans le temps. J'étais une beauté, Simon.

— Vous l'êtes toujours.

Elle balaya le compliment d'un revers de la main.

— Arrêtez avec vos flagorneries. Voyez-vous, à l'époque, je savais mettre mes courbes en valeur. Papa piquait des crises quand il m'apercevait, habillée comme je l'étais.

Un sourire nostalgique se dessina sur ses lèvres.

— En tout cas, Frank, je lui ai tapé dans l'œil, c'est sûr. Pauvre garçon. Il m'a vue sur la plage de Rockaway en maillot deux pièces... et il ne s'en est jamais remis.

Elle adressa un sourire à Simon. Qui lui sourit en retour.

— Bref, reprit Sadie, délaissant son sourire et ses souvenirs, la boutique d'habits putassiers a fermé ses portes. Maintenant, c'est un restaurant. Et devinez comment il s'appelle ?

— Je n'en ai aucune idée.

Elle tira sur sa cigarette et grimaça comme si un chien venait de déposer une crotte sur son lino.

— Fusion asiatique, cracha-t-elle.

— Oh !

— Ça veut dire quoi, d'ailleurs ? C'est un pays, fusion ?

— Aucune idée.

— Fusion asiatique. Et ça s'appelle Meshugas.

— Ça m'étonnerait.

— Enfin, ça y ressemble. Pour attirer les membres de la tribu, hein ?

Elle secoua la tête.

— Fusion asiatique. Non mais, vous imaginez, Simon !

Elle soupira en tripotant sa cigarette.

— Alors, qu'est-ce qui ne va pas ?

— Pardon ?

— Chez vous. Qu'est-ce qui ne va pas ?

— Rien.

— Vous croyez que je suis *meshuga* ?

— Vous me parlez en fusion maintenant ?

— Très drôle. Je l'ai senti au moment où vous êtes entré. Qu'est-ce qui ne va pas ?

— C'est une longue histoire.

Se laissant aller en arrière, Sadie regarda autour d'elle.

— Vous trouvez que je suis débordée, là ?

Il faillit tout lui raconter. Elle le regardait avec douceur et sympathie et elle était visiblement contente, si on pouvait employer ce mot, de lui offrir une oreille compatissante et tout au moins un soutien moral.

Mais il ne le fit pas.

Pas par discrétion, non. Mais pour une question d'éthique. Simon était son conseiller financier. Il pouvait échanger des banalités sur sa famille, ça oui. Mais sans plus. Ses problèmes étaient ses problèmes, pas ceux de ses clients.

— Ça doit être l'un des enfants, dit Sadie.

— Qu'est-ce qui vous fait croire ça ?

— Quand on perd un enfant...

Elle haussa les épaules.

— L'un des effets secondaires, c'est comme une sorte de sixième sens. Et puis, que voulez-vous que ce soit d'autre ? OK, lequel est-ce ?

C'était plus simple de répondre :

— Mon aînée.

— Paige. Je ne serai pas indiscrète.

— Vous ne l'êtes pas.

— Puis-je vous donner un petit conseil, Simon ?

— Bien sûr.

— Quelque part, c'est votre boulot, hein ? de conseiller les gens. Vous venez ici pour me donner des conseils financiers. Parce que vous êtes un spécialiste de l'argent. Moi, ma spécialité... en tout cas, j'ai toujours su que Barry était gay. C'est étrange. De vrais jumeaux. Élevés sous le même toit. Vous êtes assis à la place de Barry. À côté, c'était la place de Greg. Mais aussi loin que je m'en souvienne, ils ont toujours été différents. Les gens, ça les énerve quand j'explique que, dès le début, Barry a été plus... disons, plus flamboyant. Ça ne signifie pas forcément qu'on est gay, me rétorque-t-on. Mais je sais de quoi je parle. Mes garçons étaient identiques... et différents. Même tout petits, on pouvait deviner lequel des deux était gay. Barry adorait la mode et le théâtre. Greg, c'était le baseball et les voitures. On peut dire que j'ai pratiquement élevé deux clichés.

Elle s'efforça de sourire. Joignant les mains, Simon les posa sur la table. Il l'avait déjà entendue parler de ses fils, mais ce n'était pas un sujet qu'elle abordait souvent.

Soudain, il eut comme une illumination.

Les jumeaux, la génétique.

L'histoire de Barry et Greg l'avait toujours fasciné. Il s'était demandé comment de vrais jumeaux, qui possédaient le même ADN et avaient reçu la même éducation, avaient pu hériter de deux orientations sexuelles différentes.

— Quand Barry est tombé malade, poursuivait Sadie, nous ne nous sommes pas rendu compte de l'effet que ça a eu sur Greg. Nous l'avons négligé car nous devions faire face à l'horreur au quotidien. Et pendant ce temps, Greg voyait son jumeau dépérir. Inutile d'entrer dans les détails, mais il ne s'est jamais remis de la maladie de Barry. Il a eu peur, alors il s'est... enfui. Je ne l'ai pas compris sur le moment.

Greg était le seul bénéficiaire du patrimoine de sa mère, si bien que Simon restait plus ou moins en contact avec lui. Divorcé pour la troisième fois, il était maintenant fiancé à une danseuse de vingt-huit ans qu'il avait rencontrée à Reno.

— Je l'ai perdu. Par manque d'attention. Et aussi...

Elle se tut.

— Aussi quoi ?

— Parce que je n'ai pas pu sauver Barry. C'est ça, la réalité, Simon. Malgré tous les problèmes, malgré les angoisses de Greg qui craignait d'être gay lui aussi, si j'avais réussi à sauver Barry, tout irait bien aujourd'hui.

Elle inclina la tête.

— Pouvez-vous encore sauver Paige ?

— Je ne sais pas.

— Mais il vous reste une chance ?

— Je pense que oui.

La génétique. Paige avait étudié la génétique.

— Alors allez-y, sauvez-la, Simon.

22

Aucun panneau n'indiquait l'endroit où se trouvait le Havre de la Vérité, ce qui n'était pas une surprise.

— Tourne à gauche, lui dit Dee Dee. Là, devant la vieille boîte aux lettres.

Vieille était un euphémisme. On aurait dit que tous les ados qui passaient la frappaient quotidiennement avec une batte de baseball, et ce, depuis l'élection de Jimmy Carter.

Dee Dee scruta le visage de son compagnon.

— Qu'est-ce qu'il y a ?

— J'ai lu autre chose aussi, dit Ash.

— Quoi ?

— Est-ce qu'on te force à coucher avec eux ?

— Avec... ?

— Tu sais de quoi je parle. Ta Vérité, ton Visiteur... bref, les gourous de votre secte.

Elle ne répondit pas.

— J'ai lu qu'on vous force à avoir des rapports.

— On ne peut pas forcer la Vérité, fit-elle doucement.

— Ça ressemble à un oui.

— Genèse 19, verset 32.

— Hein ?

— Tu te souviens de l'histoire de Loth dans la Bible ?

— Sérieux ?

— Tu t'en souviens, oui ou non ?

Il eut la nette impression qu'elle cherchait à noyer le poisson.

— Vaguement, dit-il.

— Dans le chapitre dix-neuf, Dieu permet à Loth et à sa femme, ainsi qu'à leurs deux filles, d'échapper à la destruction de Sodome et Gomorrhe.

Il hocha la tête.

— Mais la femme de Loth se retourne alors qu'elle n'est pas censée le faire.

— C'est ça, et Dieu la transforme en statue de sel. La poisse, quoi. Mais ce qui m'intéresse là-dedans, ce sont les filles de Loth.

— Ah bon, pourquoi ?

— Quand elles arrivent à Zoar, les filles se plaignent du manque d'hommes. Du coup, elles échafaudent un plan. Tu te rappelles lequel ?

— Non.

— L'aînée dit à sa cadette – je cite la Genèse : « Viens, faisons boire du vin à notre père, et couchons avec lui, afin que nous conservions la race de notre père. »

Ash se taisait.

— Et c'est ce qu'elles font. Eh oui, un inceste. C'est écrit dans la Genèse. Les deux filles enivrent leur père, couchent avec lui et tombent enceintes.

— Je croyais que la Vérité n'avait rien à voir avec l'Ancien ou le Nouveau Testament.

— Tout à fait.

— Alors pourquoi te sers-tu de Loth comme excuse ?

— Je n'ai pas besoin d'une excuse, Ash. Et je n'ai pas besoin de ta permission. J'ai besoin de la Vérité, c'est tout.

Il avait les yeux fixés sur la route.

— Ça sonne toujours comme un « Oui, j'ai des rapports avec eux » !

— Tu aimes le sexe, Ash ?

— Oui.

— Donc, si tu étais dans un groupe où il fallait coucher avec des tas de femmes, ça te poserait un problème ?

Il ne répondit pas.

La boue giclait sous les roues de la voiture tandis qu'ils s'enfonçaient dans le bois. Des panneaux d'interdiction de toutes les tailles, couleurs et même injonctions étaient accrochés aux arbres. À l'approche du portail, Dee Dee baissa la vitre et esquissa un geste compliqué de la main, comme un coach de troisième base faisant signe à un coureur de voler la deuxième.

La voiture s'arrêta en douceur devant le portail. Dee Dee ouvrit sa portière. Ash fit de même, mais elle posa la main sur son épaule en secouant la tête.

— Reste ici. Garde les deux mains sur le volant. Ne les enlève pas, même pour te gratter le nez.

Deux hommes en uniforme gris faisant penser à deux soldats confédérés de la guerre de Sécession surgirent d'une guérite. Tous deux étaient armés d'un fusil d'assaut AR-15. Ils avaient d'énormes barbes et regardaient Ash d'un œil torve. Il s'efforça de prendre un air inoffensif. Il avait ses propres armes de poing à portée de main et tirait probablement mieux que ces deux guignols, mais même le meilleur tireur du monde ne faisait pas le poids face à deux AR-15.

Dee Dee s'approcha des gardes et, de sa main droite, esquissa ce qui ressemblait à un signe de croix, mais en forme de triangle. Les deux hommes l'imitèrent.

Un rituel, pensa Ash. Comme dans n'importe quelle religion.

Dee Dee s'entretint un moment avec eux. Pendant tout ce temps, ils ne quittèrent pas Ash des yeux, ce qui devait exiger une certaine discipline, vu le physique de Dee Dee. Ash, lui, n'aurait pas pu s'empêcher de la regarder.

C'est peut-être pour ça que la vie religieuse ne l'avait jamais attiré.

La Vérité. Quelle foutaise.

Elle retourna à la voiture.

— Gare-toi là, sur la droite.

— Je ne peux pas faire demi-tour et repartir ?

— Tu ne voulais pas que je quitte cet endroit pour te suivre ?

À ces mots, son cœur bondit dans sa poitrine, mais le sourire taquin de Dee Dee eut tôt fait de le ramener sur terre. Ash fit de son mieux pour cacher sa déception.

— Te voici rendue, dit-il. Tu es en sécurité. Moi, je n'ai rien à faire ici.

— Attends un peu, OK ? Il faut que je voie avec le Conseil.

— Que tu voies quoi ?

— S'il te plaît, Ash. Je te demande juste d'attendre.

L'un des gardes lui tendit ses habits pliés. Gris comme les leurs. Elle les enfila par-dessus ses vêtements de ville. L'autre lui remit un couvre-chef, gris également, qui n'était pas sans rappeler une cornette de bonne sœur. Elle le mit sur sa tête et l'attacha sous son menton.

Dee Dee avec son port altier et sa démarche assurée était maintenant courbée, les yeux baissés, image même de la soumission. Cette métamorphose surprit Ash. Et l'agaça.

Dee Dee a disparu, se dit-il. Holly a pris sa place.

Il la regarda franchir le portail, se décalant vers la droite pour la voir remonter l'allée. Il y avait d'autres femmes là-dedans, toutes vêtues du même uniforme gris terne. Mais pas d'hommes. Peut-être qu'ils se trouvaient dans un autre secteur.

Les gardes le surprirent en train de suivre Dee Dee des yeux. Manifestement, cela leur déplut. Ils se plantèrent donc devant sa voiture pour lui masquer la vue. Il fut tenté d'enclencher la vitesse, appuyer sur l'accélérateur et faucher ces deux bouffons. Au lieu de quoi, il coupa le moteur et descendit. Là encore, les gardes semblèrent apprécier modérément, mais, de toute façon, rien de ce qu'il pouvait faire ne trouverait grâce à leurs yeux.

La première chose qui le frappa dehors, ce fut le silence. Un silence total, lourd, suffocant presque, mais dans le bon sens. Normalement, il y avait des bruits partout, y compris au fond des bois, mais ici, rien. Pendant un moment, Ash resta immobile ; il n'osait même pas fermer sa portière de peur de troubler la quiétude du lieu. Une seconde ou deux lui suffirent pour se dire qu'il pourrait s'abandonner à ce calme, à ce silence paisible. Il serait tellement facile de lâcher prise, de renoncer à penser, à raisonner. De se contenter d'être.

De s'abandonner.

Oui, c'était le mot qui convenait. Laisser les rênes à quelqu'un d'autre. Travailler ou vivre dans l'instant présent. Se dissoudre dans le silence. Entendre son cœur battre dans sa poitrine.

Sauf que ce n'était pas une vie.

C'était une pause, un break, un cocon. C'était la Matrice, la Réalité virtuelle. Et peut-être, lorsqu'on avait eu une enfance comme la sienne – et surtout comme celle de Dee Dee –, une illusion réconfortante valait mieux que la dure réalité.

Mais pas à long terme.

Il sortit une cigarette.

— Il est interdit de fumer, dit l'un des gardes.

Ash l'alluma.

— J'ai dit…

— Chut. Ne perturbez pas le silence.

Garde A fit un pas vers lui, mais Garde B leva la main pour le retenir. S'adossant à la voiture, Ash inhala profondément et se fit un plaisir de souffler la fumée. Garde A n'était pas content. Ash entendit le grésillement d'un talkie-walkie. Garde B se pencha pour chuchoter dans l'émetteur.

Ash fit la moue. Qui utilise les talkies-walkies de nos jours ? Ils n'avaient pas de téléphones portables ici ?

Quelques secondes plus tard, Garde B murmura quelque chose à l'oreille de Garde A qui sourit.

— Dis donc, le cador…

Ash exhala un nouveau panache de fumée.

— On te demande là-haut, au sanctuaire.

Ash se dirigea vers eux.

— On ne fume pas dans l'enceinte du Havre de la Vérité.

Il allait protester, mais à quoi bon ? Il jeta sa cigarette sur le chemin et l'écrasa du pied. Garde B ouvrit le portail à l'aide d'une télécommande. Ash scruta le décor : la clôture, les caméras de surveillance, la télécommande. Ils étaient drôlement bien équipés là-dedans.

Il s'apprêtait à entrer quand Garde A lui barra le passage avec son AR-15.

— Tu es armé, le cador ?

— Oui.

— Dans ce cas, je veux bien récupérer ton arme.

— Sûr ? Je ne peux pas la garder ?

Les deux fusils se braquèrent sur lui.

— Le holster est du côté droit, dit Ash.

Garde A tendit la main et rencontra le vide.

Ash soupira.

— Mon côté droit, pas le vôtre.

L'homme le palpa de l'autre côté et retira son .38.

— Sympa, le joujou.

— Mettez-le dans ma boîte à gants.

— Pardon ?

— Je n'entrerai pas avec, mais je ne repartirai pas sans. Mettez-le dans ma voiture. C'est ouvert.

Garde A n'était pas ravi, mais Garde B lui fit signe d'obtempérer. Ce qu'il fit en prenant soin de claquer violemment la portière.

— D'autres armes ?

— Non.

Néanmoins, Garde B le soumit à une fouille

superficielle. Puis Garde A hocha la tête en direction du portail. Ash entra, flanqué des deux hommes, l'un à sa gauche et l'autre à sa droite.

Il n'était pas inquiet outre mesure. Dee Dee avait dû parler à la Vérité ou au Volontaire, peu importe, et il voulait le voir. Même si Dee Dee ne l'avait pas exprimé clairement, quelqu'un ici le payait pour ses services. L'argent ne venait pas d'elle et ce n'était pas elle qui avait choisi les gars qu'il avait éliminés.

Quelqu'un dans la secte voulait liquider tous ces gens.

Ils gravirent le talus. Ash ignorait ce qu'il allait trouver au Havre de la Vérité, mais s'il devait associer un adjectif à ce refuge, ce serait « impersonnel ». Il aperçut un bâtiment de deux étages, du même gris morne que les uniformes. De forme rectangulaire, il était aussi accueillant qu'un motel sur une aire d'autoroute. Ou un baraquement militaire. Surtout, il ressemblait à une prison.

Il n'y avait pas moyen d'échapper à la grisaille… aucune tache de couleur, aucune texture, aucune chaleur.

Au fond, c'était peut-être le but. Pas de distractions.

La nature environnante était belle, bien sûr. Et puis, il y avait le silence, le calme, la solitude. Pour quelqu'un qui avait des problèmes, qui se sentait exclu de la société, qui voulait fuir le bruit et l'agitation de la vie moderne, c'était l'endroit idéal. N'était-ce pas le mode opératoire de toutes les sectes ? Offrir des réponses faciles à des laissés-pour-compte. Les isoler. Créer la dépendance. Exercer le contrôle. Une seule voix a le droit de s'exprimer, une voix qu'on ne peut braver ni remettre en question.

Se soumettre.

Les bâtiments gris à deux étages formaient une cour carrée. Toutes les portes et fenêtres donnaient sur cette cour, de sorte qu'on ne voyait pas les arbres de sa chambre. Il y avait une pelouse et des bancs en bois, peints dans le même gris, et tous faisaient face à une statue monumentale, avec le mot « VÉRITÉ » inscrit sur les quatre côtés du piédestal. La statue, haute de plus de quatre mètres, était celle d'un Casper Vartage béat, mains levées comme pour bénir ses ouailles. C'était aussi la vue qu'on avait de chaque fenêtre.

Il y avait d'autres femmes dans la cour, toutes en uniforme, les cheveux cachés sous la même sorte de cornette que Dee Dee. Personne ne parlait. Personne ne faisait de bruit. Personne ne jetait un coup d'œil au nouvel arrivant.

Ash commençait à se sentir mal à l'aise.

Garde A déverrouilla une porte et lui fit signe d'entrer. Dans la pièce, il y avait un plancher en bois ciré et trois portraits au mur, formant un triangle. La Vérité, alias Casper Vartage, trônait tout en haut. Ses deux fils – la ressemblance était flagrante – se trouvaient au-dessous. Le Volontaire et le Visiteur, sûrement. Des chaises pliantes étaient empilées dans un coin. Et c'était tout. S'il y avait eu des miroirs au mur, on aurait pu se croire dans un studio de danse.

Gardes A et B se postèrent près de la porte.

Voilà qui ne présageait rien de bon.

— Qu'est-ce qui se passe ?

Ils ne pipèrent pas. Garde B sortit, le laissant seul avec son camarade lourdement armé.

La sensation de malaise grandit.

Ash se prépara mentalement. Admettons, comme il le supposait déjà, que cette secte l'ait engagé. Les hommes qu'il avait tués étaient peut-être d'anciens adeptes, même si, à première vue, cela semblait peu plausible. Gorse, par exemple, était un tatoueur gay vivant dans le New Jersey. Gano était marié et père de famille du côté de Boston. Mais ils avaient pu être véritolâtres dans leur jeunesse, et, pour une raison ou pour une autre, ils avaient été réduits au silence.

Ou alors, il y avait un autre mobile, mais ce n'était pas son problème à lui.

L'important, c'est qu'il avait exécuté ses contrats. Il avait touché sa rémunération. Ash connaissait les filières pour planquer l'argent. Il avait été payé intégralement : la moitié à la commande, l'autre moitié après exécution.

Mais peut-être que la secte en avait fini avec lui. C'est ce que Dee Dee ne savait pas encore… voilà pourquoi elle lui avait demandé d'attendre. Elle servait d'intermédiaire entre le commanditaire et Ash. Et peut-être que la Vérité ou l'un de ses conseillers lui avait dit qu'ils n'avaient plus besoin de lui.

Du coup, ils avaient décidé d'effacer toutes les traces.

Ash était un professionnel. Il ne parlerait pas. Cela faisait partie du contrat.

Sauf que les dirigeants de la secte n'étaient peut-être pas au fait des usages du métier.

Dans d'autres circonstances, ils se seraient moins méfiés, mais vu que Dee Dee et Ash se connaissaient – qu'il existait ce lien privilégié entre eux – les Vartage se sentaient peut-être plus vulnérables.

La solution la plus simple ? Le coup gagnant pour Vartage et Fils ?

Tuer Ash. L'enterrer dans les bois. Se débarrasser de sa voiture.

C'est ce qu'il aurait fait à leur place.

La porte au fond de la pièce s'ouvrit. Garde A baissa les yeux à l'arrivée d'une femme âgée d'une cinquantaine d'années. Grande, imposante, elle avait, contrairement aux autres, la tête haute, le torse bombé, les épaules en arrière. Son uniforme gris s'ornait de bandes rouges aux manches, genre galons militaires. Dans la grisaille ambiante, elles ressortaient comme des néons dans la nuit.

— Que faites-vous ici ? demanda-t-elle.

— Je suis juste venu déposer une amie.

Elle jeta un coup d'œil par-dessus son épaule. Comme s'il avait senti son regard, le garde se redressa avec raideur. Cette femme-là n'était pas la Vérité ni un membre de leur trinité, mais à l'évidence, c'était quelqu'un de haut placé.

— Comme je vous en ai informée, mère Adéona.

— Adéona ?

Elle se tourna vers Ash.

— Vous connaissez ?

Il hocha la tête.

— C'était une déesse romaine.

— Parfaitement.

Petit, il avait adoré la mythologie. Il s'efforça de se rappeler les détails qui concernaient cette divinité antique.

— Je crois qu'Adéona avait pour mission de ramener les enfants sains et saufs à la maison. Et elle était associée à une autre déesse.

— Abéona, dit-elle. C'est étonnant que vous sachiez cela.

— Je suis plein de surprises. Vous portez donc le nom d'un mythe ?

— Tout à fait, répondit-elle avec un grand sourire. Et vous savez pourquoi ?

— Je suis sûr que vous allez me le dire.

— Tous les dieux sont des mythes. Nordiques, romains, grecs, hindous, judéo-chrétiens, païens, à vous de choisir. Des siècles durant, les hommes les ont vénérés, se sont sacrifiés pour eux, ont voué leur vie entière à leur service. Or tout cela n'était qu'un mensonge. Quelle tristesse, n'est-ce pas, que de vivre dans l'illusion ?

— Peut-être, fit Ash.

— Peut-être ?

— Ma foi, quand on ne connaît pas autre chose…

— Vous ne pensez pas vraiment ce que vous dites.

Il garda le silence.

— Les dieux sont des mensonges. Seule la Vérité prévaut. Savez-vous pourquoi toutes les religions finissent par s'effondrer et tomber dans l'oubli ? Parce qu'elles ne sont pas la Vérité. Contrairement aux mythes, la Vérité a toujours été là.

Ash se retint de lever les yeux au ciel.

— Comment vous appelez-vous ? s'enquit-elle.

— Ash.

— Ash comment ?

— Ash tout court.

— D'où connaissez-vous Holly ?

Il ne répondit pas.

— Vous devez la connaître sous le nom de Dee Dee.

Il continuait à se taire.

— Vous êtes venu avec elle, Ash. Vous l'avez déposée à l'entrée.

— Oui.

— Où étiez-vous, tous les deux ?

— Pourquoi ne pas lui demander, à elle ?

— Je l'ai déjà fait. Mais il faut que je sache si elle dit la vérité.

Mère Adéona se rapprocha d'Ash, un sourire malicieux aux lèvres.

— Savez-vous où est votre Dee Dee en ce moment même ?

— Non.

— Elle est nue. À quatre pattes. Un homme devant elle, un autre derrière.

Elle souriait toujours, cherchant à le faire réagir. Il ne broncha pas.

— Alors ? Qu'en pensez-vous, Ash ?

— Je me demande où est le troisième.

— Pardon ?

— Vous savez bien. La Vérité, le Volontaire, le Visiteur. Si l'un la prend par-derrière et l'autre est devant, où est le troisième ?

Son sourire s'élargit.

— On vous a berné, Ash.

— Ce ne serait pas la première fois.

— Elle accorde ses faveurs à de nombreux hommes. Sauf à vous.

— Vous appelez ça des « faveurs » ? rétorqua-t-il avec une moue.

— Vous en souffrez énormément, je le sais. Vous l'aimez.

— Quelle perspicacité. Puis-je retourner à ma voiture ?

— Où étiez-vous, tous les deux ?

— Je ne vous le dirai pas.

Elle eut un signe de tête à peine perceptible. Mais cela suffit. Le garde s'avança, un bâton à la main. Et deux choses se produisirent simultanément. Un, Ash reconnut un aiguillon à bétail ou une sorte de matraque électrique. Deux, l'aiguillon lui toucha le dos.

Et tout fut balayé par un tsunami de douleur.

Il s'écroula sur le plancher en bois dur, se tortillant comme un poisson sur un ponton. La décharge électrique le traversa tout entier, paralysant ses circuits cérébraux, enflammant ses terminaisons nerveuses, convulsant ses muscles.

Sa bouche écumait.

Il ne pouvait plus bouger. Il ne pouvait même plus réfléchir.

La femme avait l'air de paniquer.

— Je... Vous avez réglé ça à quel niveau ?

— Au maximum.

— Vous êtes sérieux ? Ça va le tuer.

— Alors autant en finir.

Ash vit arriver l'extrémité de la matraque. Il voulut bouger, il devait bouger, mais l'intensité de la décharge avait court-circuité toutes les commandes liées au contrôle musculaire.

Lorsque la matraque le toucha à nouveau, à la poitrine cette fois, il sentit son cœur exploser. Puis ce fut le néant.

23

Aucun changement.

Simon était fatigué d'entendre cette rengaine. Assis tout contre le lit d'Ingrid, il lui tenait la main, scrutait son visage, la regardait respirer. Ingrid dormait toujours ainsi, sur le dos. Du coup, le coma ressemblait étrangement au sommeil. Bien sûr, il y avait les tuyaux et toutes sortes de bruits, et puis Ingrid aimait les nuisettes à bretelles. Lui aussi aimait ça. Il aimait les courbes de son corps, ses larges épaules, ses pommettes saillantes.

Aucun changement.

C'était le purgatoire, entre le ciel et l'enfer. Le pire, pour certains... le suspense, l'inconnu, l'usure d'une attente interminable. Simon comprenait ce sentiment, mais il préférait encore le purgatoire car, si l'état d'Ingrid empirait, il risquerait de sombrer définitivement. Il était suffisamment lucide pour savoir qu'il ne tenait plus que par la peinture. Alors si jamais ça s'aggravait...

Aucun changement.

Ne plus y penser.

Faire comme si elle dormait. Il contemplait ses traits, ses lèvres qu'il avait embrassées avant de s'asseoir dans l'espoir d'une réaction, car, même dans son sommeil, elle réagissait instinctivement à ses baisers.

Mais pas aujourd'hui.

Il repensa à la dernière fois qu'il l'avait regardée dormir... C'était pendant leur voyage de noces à Antigua, quelques jours après lui avoir passé la bague au doigt. Simon s'était réveillé avant le lever du jour. Ingrid était étendue sur le dos, comme maintenant, les yeux clos, le souffle régulier. Et il l'avait contemplée, émerveillé à l'idée que, désormais, il se réveillerait tous les matins à ses côtés.

Au bout de dix ou quinze secondes, sans bouger ni rouvrir les yeux, Ingrid avait lâché : « Arrête, c'est flippant. »

Il sourit à ce souvenir, sa main encore tiède dans la sienne. Oui, tiède. Vivante. Avec du sang qui coulait dans ses veines. Ingrid n'avait pas l'air malade ni mourante. Elle dormait et n'allait pas tarder à se réveiller.

Et la première chose qu'elle ferait serait de demander des nouvelles de Paige.

Simon aussi s'interrogeait à son sujet.

En sortant de chez Sadie Lowenstein, il avait appelé Elena pour l'informer de l'intérêt de Paige pour la génétique et la généalogie. D'ordinaire réservée, elle l'avait bombardé de questions auxquelles il n'avait fourni que très peu de réponses.

Après quoi, elle lui avait demandé le numéro de téléphone d'Eileen Vaughan. Simon le lui donna.

— Pourquoi, que se passe-t-il ?

— Ce n'est peut-être rien, mais, peu avant sa mort, Damien Gorse avait lui aussi visité un site de tests ADN.

— Ce qui signifie ?

304

— Laissez-moi un peu de temps, j'ai deux ou trois choses à vérifier. Vous serez à l'hôpital ?

— Oui.

Elle promit de le retrouver là-bas.

Du côté des enfants, il n'y avait pas de problème majeur. Anya était chez Suzy Fiske, ce qui était sans doute la meilleure solution. Sam s'était lié d'amitié avec quelques internes du service – il avait ce don de se faire des amis partout – et, en ce moment, il était dans leur salle de garde en train de potasser son prochain examen de physique. Intelligent et travailleur par-dessus le marché. Simon, qui, pendant ses études, s'en était tenu au strict minimum, admirait la discipline de son fils : levé de bonne heure, de l'exercice physique avant le petit déjeuner, les devoirs bouclés avec plusieurs jours d'avance. Contrairement à la majorité des parents, Simon était souvent tenté de lui demander de lever le pied et de profiter un peu de la vie. Sam se mettait presque trop de pression.

Sauf maintenant. C'était une parenthèse qui tombait à pic.

Aucun changement.

Donc ne plus y penser... et pas seulement à l'état physique d'Ingrid.

Simon ne se considérait pas comme quelqu'un d'imaginatif, mais, en entendant parler de tests ADN, il se laissa entraîner sur une piste périlleuse et obscure, truffée de mines et de barbelés, une piste qu'il n'aurait jamais empruntée en temps normal, sauf qu'il n'avait pas trop le choix.

Les paroles d'Eileen Vaughan résonnaient à ses oreilles : « Des problèmes à la maison. »

Yvonne se glissa dans la chambre.

— Ça va ? fit-elle.

— Y a-t-il une chance que Paige ne soit pas ma fille ?

Comme ça, de but en blanc.

— Quoi ?

— Tu m'as entendu.

Simon pivota sur sa chaise. Yvonne était pâle, tremblante.

— Y a-t-il une chance que je ne sois pas son père biologique ?

— Seigneur, non.

— Il faut que je sache la vérité.

— Qu'est-ce qui te prend, Simon ?

— Aurait-elle pu coucher avec quelqu'un d'autre ?

— Ingrid ?

— De qui parle-t-on ?

— Je ne sais pas. C'est une conversation absurde.

— Donc, il y a zéro chance.

— Zéro.

Il se tourna vers sa femme.

— Simon, que se passe-t-il ?

— Mais tu n'en es pas sûre.

— Simon...

— Personne ne peut en être sûr.

— Évidemment que personne ne peut en être sûr.

Une note d'impatience perçait dans la voix d'Yvonne.

— Comme je ne suis pas sûre que tu n'aies pas eu d'autres enfants.

— Tu sais combien je l'aime.

— Je sais, oui. Et elle t'aime tout autant.

— Mais je ne connais pas tout, hein ?

— Je ne vois pas de quoi tu parles.

— Oh que si. Elle cache quelque chose. Même à moi.

— Tout le monde a quelque chose à cacher.

— Il ne s'agit pas de ça.

— Je ne comprends pas.

— Mais si, Yvonne, tu comprends très bien.

— D'où tu tiens ça ?

— De mes recherches sur Paige.

— Et tu en conclus quoi, que tu n'es pas son père ?

À nouveau, il lui fit face.

— Je connais tout de toi, Yvonne.

— Tu le crois vraiment ?

— Oui.

Elle ne dit rien. Simon jeta un coup d'œil en direction du lit.

— Je l'aime. Je l'aime de tout mon cœur. Mais il y a des pans de sa vie dont je ne sais rien.

Yvonne continuait à se taire.

— Yvonne ?

— Que veux-tu que je te dise ? Ingrid a une aura de mystère, je te l'accorde. Les mecs, ça les rendait fous. Et, soyons honnêtes, c'est aussi ce qui t'a séduit chez elle.

Il hocha la tête.

— Au début.

— Tu l'aimes profondément. Et pourtant, tu te demandes si elle ne t'a pas trahi de la pire façon qui soit.

— Serait-ce le cas ?

— Non.

— Mais il y a quelque chose.

— Ça n'a rien à voir avec Paige...

— Alors quoi ?

— ... ni avec la balle qu'elle a reçue.

— Mais il y a des secrets ?

— Elle a un passé, c'est sûr.

Yvonne leva les mains, plus frustrée que désemparée.

— Tout le monde a un passé.

— Pas moi. Ni toi.

— Arrête ça.

— Tu parles de quel genre de passé ?

— Un passé, Simon, s'impatienta-t-elle. C'est tout. Elle a eu une vie avant toi... les études, les voyages, les relations amoureuses, les petits boulots.

— Mais tu parles d'autre chose. Quelque chose qui sort de l'ordinaire.

Elle fronça les sourcils.

— Ce n'est pas à moi de te le dire.

— Trop tard, Yvonne.

— Pas du tout. Tu dois me faire confiance.

— Mais je te fais confiance.

— Parfait. C'est de l'histoire ancienne, tu sais.

Simon secoua la tête.

— Quoi qu'il soit arrivé – le changement survenu chez Paige, tout ce gâchis –, je pense que ça remonte à un passé lointain.

— Comment est-ce possible ?

— Je n'en sais rien.

Yvonne se rapprocha du lit.

— Je peux te poser une question, Simon ?

— Je t'écoute.

— Dans le meilleur des cas, Ingrid s'en sort. Tu retrouves Paige. Elle va bien. Elle est clean. Totalement clean. Elle a tourné la page sur cet épisode lamentable de sa vie.

— Admettons.

— Puis Paige décide de partir. Recommencer à zéro. Elle rencontre un garçon. Un garçon formidable. Qui la place sur un piédestal, qui l'aime au-delà de tout ce qu'elle pouvait imaginer. Ils fondent une famille, et Paige ne voudrait surtout pas que ce garçon formidable apprenne son passé de junkie, voire pire... une junkie qui a vécu dans un trou à rats, faisant n'importe quoi avec n'importe qui pour avoir sa dose.

— Tu es sérieuse ?

— Parfaitement. Paige aime ce garçon. Elle ne veut pas voir s'éteindre la lumière dans son regard.

La voix de Simon, lorsqu'il l'eut recouvrée, fut à peine un murmure :

— Mon Dieu, qu'est-ce qu'elle me cache ?

— Ça n'a pas d'importance...

— Tu rigoles ou quoi ?

— ... tout comme le passé de Paige n'en aurait pas.

— Yvonne ?

— Quoi ?

— Tu crois que ça changerait quelque chose à mes sentiments pour Ingrid ?

Elle ne répondit pas.

— Parce que si c'est le cas, notre amour ne vaut pas un clou.

— Ce n'est pas le cas.

— Mais ?

— Ça changerait ton regard sur elle.

— Tu veux dire la lumière dans mon regard ?

— Oui.

— Tu te trompes. Je l'aimerais tout autant.

Yvonne acquiesça lentement.

— Je le crois aussi.

— Alors ?

— Alors, son passé lointain n'a rien à voir avec ceci.

D'un geste, Yvonne coupa court à ses protestations.

— Et de toute façon, j'ai promis. C'est un secret qui ne m'appartient pas. Laisse tomber, OK ?

Simon n'avait aucune intention de laisser tomber, mais, au même instant, il sentit la main d'Ingrid se resserrer sur la sienne comme un étau. Son cœur fit un bond. Il pivota vers sa femme dans l'espoir de la voir ouvrir les yeux ou sourire peut-être. Au lieu de quoi, tout son corps se raidit et fut pris de convulsions. Ses yeux papillotaient de façon incontrôlable, de sorte qu'on n'en distinguait que le blanc.

Les appareils se mirent à biper. Une alarme retentit.

Quelqu'un se précipita dans la chambre. Suivi d'une autre personne. La troisième repoussa Simon sur le côté. Très vite, la chambre s'emplit de monde, et ce fut un va-et-vient incessant : les membres du personnel soignant criaient des instructions dans un jargon médical incompréhensible, sur un ton proche de la panique. Finalement, un nouvel arrivant, le sixième, poussa doucement mais sûrement Simon et Yvonne dans le couloir.

Ingrid fut transportée en urgence au bloc.

Personne n'était capable de renseigner clairement Simon. Ingrid avait fait une « rechute », déclara une infirmière avant de lui assener la formule d'usage :

— Le médecin viendra vous voir dès que possible.

Il fit donc les cent pas dans la salle d'attente bondée. Il se mit à ronger l'ongle de son index, une habitude qu'il avait définitivement abandonnée en dernière année de fac. Il arpentait la salle d'un coin à l'autre, s'arrêtant pour s'adosser au mur une seconde ou deux avec une seule envie : se rouler en boule et rester blotti là, sans bouger.

Il chercha des yeux sa belle-sœur pour essayer de lui extorquer le fameux secret concernant le passé d'Ingrid, mais, curieusement, elle semblait s'être volatilisée. Pourquoi ? Était-ce pour l'éviter ou avait-elle soudain – surtout en l'absence de son associé – une affaire pressante à régler au bureau ? Elle l'avait déjà mentionné… le fait de se relayer au cabinet, de prendre des dispositions « à long terme », de n'être pas obligés de rester là en même temps.

Simon oscillait entre l'agacement et la colère, et pourtant force lui était de reconnaître que la loyauté d'Yvonne vis-à-vis de sa sœur n'était pas dénuée de mérite, voire de noblesse. Sa rencontre avec Ingrid remontait à vingt-quatre ans... trois ans avant la naissance de Paige. Comment un événement antérieur à leur relation, aussi sordide, aussi dramatique fût-il, pouvait-il affecter le présent ?

Cela n'avait aucun sens.

— Simon ?

Elena Ramirez s'était soudain matérialisée à côté de lui. Elle demanda s'il y avait du nouveau pour Ingrid. Il secoua la tête :

— Racontez-moi plutôt ce que vous avez trouvé.

Ils se retirèrent le plus loin possible de l'entrée et de la foule.

— Je n'ai pas encore rassemblé toutes les pièces, fit Elena à voix basse.

— Mais ?

Elle hésita.

— Vous avez découvert quelque chose, n'est-ce pas ?

— Oui. Mais je ne vois toujours pas le rapport avec vous. Ou avec votre fille.

— Je vous écoute.

— Commençons par Paige et son atelier de généalogie.

— OK.

— Nous savons que Damien Gorse a visité un site de recherches généalogiques appelé MonHeritageADN.com.

Elena regarda autour d'elle comme si elle craignait qu'on ne puisse les entendre.

— J'ai donc demandé à mon client de vérifier les relevés de carte bancaire de son fils.

— Et ?

— Il y avait un paiement en faveur de MonHéritageADN. En fait, Henry Thorpe s'était inscrit sur plusieurs sites de recherches généalogiques.

— Nom d'un chien !

— Comme vous dites.

— J'imagine, fit Simon, que je dois consulter les relevés bancaires de Paige pour voir si elle n'a pas fait la même démarche, elle aussi.

— C'est ça.

— Et Aaron ? Est-il allé sur ce site également ?

— On n'a aucun moyen de le savoir, à moins de tomber sur un prélèvement sur son compte en banque. Croyez-vous que vous pourriez demander à sa mère ?

— Je peux toujours demander, mais je doute que ça marche.

— Ça vaut le coup d'essayer, répondit Elena. Admettons, si on poursuit notre raisonnement, qu'ils se soient tous adressés au même site pour réaliser un test ADN. Vous savez comment ça fonctionne ?

— Pas vraiment.

— Vous crachez dans un tube à essai, et on analyse votre ADN. Chaque labo procède différemment. Certains prétendent effectuer un dépistage génétique, au cas où vous auriez des anomalies prédisposant à la maladie d'Alzheimer, de Parkinson et tutti quanti.

— Et c'est fiable ?

— La méthode est discutable, mais notre problème n'est pas là. Enfin, je crois. L'offre de base, c'est de vous aider à retrouver vos origines : vous êtes à quinze pour cent italien et à vingt-deux pour cent espagnol. On peut aussi retracer l'histoire de la migration de ses ancêtres, d'où ils sont partis et où ils se sont fixés avec le temps. C'est assez fou, quand on y pense.

— Ça peut être intéressant, oui, mais quel rapport avec nous ?

— À mon avis, aucun.

— Ces tests, dit Simon, ils vous fournissent aussi des informations sur vos parents, non ?

— Et sur les autres membres de la famille. C'est ce qui a dû motiver mon client, Henry Thorpe, ainsi que Damien Gorse.

— Parce qu'ils ont été adoptés.

— Et qu'ils ignoraient tout de leurs parents biologiques. Tout vient de là. Les enfants adoptés ont souvent recours à ces services pour tenter de retrouver leurs parents, leurs frères et sœurs ou quelqu'un qui a le même sang qu'eux.

Simon se frotta le visage.

— Aaron Corval aurait pu faire la même chose. Il cherchait peut-être à retrouver sa mère.

— Ou alors il voulait prouver que son père n'était pas son père.

— Vous voulez dire qu'il a été adopté, lui aussi ?

— C'est possible. Pour le moment, je n'ai aucune info là-dessus. L'ennui avec ces sites ADN, c'est qu'ils prêtent largement à controverse. Ils sont sollicités par des millions d'individus, voire des dizaines de millions. Plus de douze millions rien que l'année dernière.

Simon hocha la tête.

— Je connais plein de gens qui ont envoyé des échantillons de leur ADN.

— Moi aussi. En même temps, personne n'a envie d'avouer qu'il a fourni son ADN à une société en ligne. Du coup, ces sites généalogiques sont très à cheval sur la sécurité et la confidentialité. Et je les comprends. J'ai fait jouer tous mes contacts. MonHéritageADN ne me communiquera rien sans un mandat... et même avec un mandat, ils ont promis d'aller jusqu'à la Cour suprême.

— Mais les liens que vous avez établis...

— ... sont pour l'instant très ténus. Deux autres meurtres distincts – deux États différents, deux méthodes différentes, deux armes différentes –, on ne peut les rattacher que très approximativement à quelqu'un à Chicago par le biais de quelques messages sur le Net. Ce qui ne vaudra rien aux yeux de la loi.

Simon s'efforçait d'intégrer ce qu'il venait d'entendre.

— D'après vous, il y aurait un lien de parenté entre Aaron, votre client et ce troisième type, Gorse ?

— Je ne sais pas. Peut-être.

— Deux d'entre eux ont été assassinés. Et le troisième – votre client – a disparu.

— Exact.

— Ce qui nous amène à la question inévitable.

Elena acquiesça.

— Paige.

— Quel serait le rôle de ma fille dans votre scénario ?

— J'y ai longuement réfléchi, répondit Elena.

— Et ?

— Il arrive que la police recoure aux tests ADN

pour résoudre un crime. Alors il se peut, ne me demandez pas comment, que Paige ait eu connaissance d'un crime.

— Quel genre de crime ?

Elena haussa les épaules.

— Aucune idée.

— Et pourquoi aurait-elle contacté Aaron Corval ?

— Rien ne prouve qu'elle l'a contacté. On sait seulement qu'elle est allée le voir dans le Connecticut.

— C'est donc lui qui a pu prendre contact avec elle.

— Possible. C'est difficile d'établir un rapport. Mon technicien, Lou, est en train de bosser là-dessus. Il pense que Henry utilisait une messagerie cryptée genre WhatsApp ou Viber. Mais il a tout aussi bien pu passer par le site de généalogie, qui a sa propre messagerie.

Simon la regarda d'un air ahuri.

— Moi non plus, je n'ai pas tout compris, fit Elena avec un geste de la main. Le principal, c'est que Lou est en train de chercher des noms. Et au bureau, ils recherchent les origines d'Aaron Corval : son certificat de naissance, tout. Ce sera déjà un début. Ce qui m'amène au plus important…

Elle marqua une pause et exhala longuement son souffle.

— Quoi ? dit Simon.

— J'ai découvert un autre lien.

Sa voix avait pris une intonation bizarre.

— Entre les trois ?

— Non. Entre Henry Thorpe et Damien Gorse.

— Lequel ?

— Ils ont tous deux été adoptés.

— Ça, on le sait déjà.

— Adoptés par le biais d'une même agence. Et vlan.

— Une agence qui a pour nom Foi Espoir.

— Et où est-ce ?

— Dans le Maine. Une petite ville qui s'appelle Windham.

— Je ne comprends pas. Votre client habite Chicago. Damien Gorse habitait dans le New Jersey. Et ils ont tous les deux été adoptés dans le Maine ?

— Oui.

Abasourdi, Simon secoua la tête.

— Alors, on fait quoi maintenant ?

— Vous restez ici avec votre femme, répondit-elle. Moi, je prends l'avion pour le Maine.

24

La dernière fois qu'Elena avait atterri à l'aéroport international de Portland, elle voyageait avec Joel. La nièce-filleule de Joel avait organisé un week-end « mariage à thème » dans une colonie de vacances rustique avec un nom amérindien – Camp Manu-quelque chose –, et Elena n'avait pas une folle envie d'y participer.

Pour commencer, l'ex-femme de Joel, Marlene, une ravissante créature, serait présente, et elle devrait affronter les regards obliques du reste de la famille qui ne comprenait pas ce qu'un séduisant et charismatique Joel d'un mètre quatre-vingt-cinq pouvait trouver à son mètre cinquante, sa silhouette trapue et son physique dénué de charme.

À vrai dire, elle aussi avait du mal à comprendre.

— On va bien s'amuser, lui avait assuré Joel.

— Tu parles.

— On aura notre bungalow privé au bord de l'eau.

— Ah bon ?

— OK, ce ne sera pas privé, reconnut-il. Ni au bord de l'eau. On dormira dans des lits superposés.

— Chouette.

Même dans les meilleures conditions, le week-end s'annonçait cauchemardesque. Elena n'aimait ni le camping, ni la nature, ni les insectes, ni le tir à l'arc, ni le canoë-kayak… aucune des activités inscrites sur la liste du « Voyage de noces de Jack et Nancy ». On était début juin. Les colonies de vacances du Maine louaient leur site pour des retraites et autres événements afin de booster leurs finances avant le début des vacances scolaires et l'arrivée des hordes de gamins.

Finalement, à sa grande surprise, le week-end avait été une réussite. L'équipe d'Elena avait remporté la Guerre des couleurs, et son expérience dans la police avait été décisive durant la longue bataille pour s'emparer du drapeau. La nuit – un souvenir qui la hanterait toujours –, Joel se procurait une bouteille de vin et deux verres sur la table des festivités, les enveloppait dans un sac de couchage surdimensionné et, après l'extinction des feux quand, comme dans un vrai camp, quelqu'un sonnait la trompette, se laissait glisser du lit du haut, prenait Elena par la main pour l'emmener dans une clairière sur le terrain de foot et lui faisait l'amour sous le ciel étoilé du Maine.

Pourquoi l'amour était-il aussi fantastique avec Joel ?

Pourquoi arrivait-il à atteindre cet endroit secret de son corps et de son âme dont aucun autre homme n'avait ne serait-ce que soupçonné l'existence ? Elle y avait beaucoup réfléchi avant de parvenir à la conclusion que tout était une question de confiance et de vulnérabilité. Elle avait une confiance absolue en Joel. Elle acceptait d'être vulnérable en s'abandonnant totalement à lui. Sans jugement, sans hésitation, sans le moindre doute. Elle voulait lui faire plaisir, et inversement.

Elle savait se montrer égoïste, et lui pareil. Rien d'autre n'avait d'importance.

Cela ne vous arrive qu'une fois dans la vie. Peut-être deux. Le plus souvent, jamais.

Elena savait, malgré tout ce que pouvaient lui dire ses amies bien intentionnées, que cela ne lui arriverait plus. Ce n'était même pas la peine d'essayer. Elle n'avait aucune envie d'avoir un autre homme dans sa vie... De toute façon, ça ne se bousculait pas au portillon. Elle ne pleurait pas sur son sort, non. Elle sentait seulement qu'une partie d'elle-même était morte avec Joel. Plus jamais elle ne connaîtrait cette confiance, cette vulnérabilité. C'était un fait, triste certes, mais comme elle ne cessait de l'entendre dans ce déplorable climat politique, les faits ne se préoccupent pas des sentiments. Elle avait vécu une relation magnifique, et maintenant c'était terminé.

Sa chambre à l'hôtel Howard Johnson donnait non pas sur une, mais deux stations-service, ainsi que sur une supérette. Elle avait préféré le Howard Johnson aux relativement plus chics – à mettre entre guillemets – Embassy Suites et Comfort Inn pour une question purement sentimentale. Lorsqu'elle était petite, la grande sortie familiale, c'était d'aller dîner et manger une glace dans un Howard Johnson avec son toit orange et son dôme surmonté d'une girouette.

Lorsqu'elle demanda à la réception où était le restaurant, la réceptionniste la regarda comme si elle lui parlait en swahili.

— Nous n'avons pas de restaurant.

— Vous êtes un Howard Johnson sans restaurant ?

— C'est ça. Le Portland Pie Company n'est pas très loin. Et Dock's Seafood est à deux kilomètres.

Elena s'éloigna et, dans ce hall d'hôtel anonyme, fit une rapide recherche sur Google. Comment ne s'était-elle pas rendu compte que les restaurants Howard Johnson étaient en train de péricliter depuis un moment déjà ? En 2005, il n'en restait plus que huit, et, depuis, un seul avait survécu, à Lake George, État de New York. Elle alla jusqu'à consulter le trajet d'ici à Lake George : presque cinq heures.

Trop loin. Et les avis étaient tout sauf enthousiastes.

Elle opta donc pour un bar-brasserie, regarda le match, but trop d'alcool. Elle songea aux deux hommes qui avaient le plus compté dans sa vie, son père et Joel, tous deux disparus prématurément. Profitant d'un covoiturage, elle rentra à l'hôtel – l'absence du toit orange ou ne serait-ce que de la girouette aurait dû lui faire comprendre que les temps avaient changé – et s'endormit d'un sommeil de plomb.

Le lendemain matin, elle enfila un jean et un blazer bleu et vérifia le trajet jusqu'à Windham. Une demi-heure, circulation fluide. Au bureau, ils lui avaient déjà obtenu des procurations pour représenter à la fois son client Henry Thorpe et la famille du récemment assassiné Damien Gorse.

Tout ceci était terriblement hasardeux.

L'agence Foi Espoir était située dans un petit immeuble de bureaux derrière un restaurant de grillades sur Roosevelt Trail. L'homme qui l'accueillit se nommait Maish Isaacson : lunettes à monture en écaille de tortue, tignasse grise et barbe en broussaille, il la gratifia d'un sourire nerveux et d'une poignée de main molle comme un poisson mort.

— Je ne vois pas ce que je peux faire pour vous, dit-il pour la troisième fois.

Des gouttes de sueur perlaient sur son front. Elle lui remit les procurations, et ils s'assirent. Isaacson les lut attentivement avant de demander :

— À quand remontent ces adoptions ?

— Pour Henry Thorpe, ça doit faire vingt-quatre ans. Pour Damien Gorse, pas loin de trente.

— Je vous le répète : je ne vois pas ce que je peux faire pour vous être utile.

— J'aimerais voir tout ce que vous avez sur ces adoptions.

Isaacson joignit les mains.

— Madame Ramirez, vous savez, n'est-ce pas, que c'étaient des adoptions plénières ?

— Parfaitement.

— Donc, même si j'avais ces informations en ma possession, légalement je n'aurais pas le droit de vous les communiquer.

Il humecta un doigt manucuré, sortit une feuille de papier de la crédence derrière lui et la fit glisser en direction d'Elena.

— Aujourd'hui, les lois sont beaucoup moins strictes que dans le temps dans ce domaine, mais il y a quand même une procédure à respecter.

Elena regarda le papier.

— Première étape : aller chez l'officier d'état

civil – je peux vous donner l'adresse – pour remplir une requête auprès du tribunal. Une fois que ce sera fait, on vous fixera une date de rendez-vous chez le juge...

— Je n'ai pas le temps pour tout ça.

— J'ai les mains liées, madame Ramirez.

— Les familles fichées ici, dans ce bureau, ont fait appel à vous et elles veulent que je consulte les dossiers de leurs enfants.

Les yeux baissés, il se gratta la tête.

— Sauf le respect que je leur dois, les familles n'ont pas vraiment leur mot à dire. Les deux adoptés étant majeurs, ce serait à eux de formuler la demande. M. Gorse vient de décéder, c'est bien ça ?

— Il a été assassiné, oui.

— Mon Dieu, c'est affreux.

— C'est pour ça que je suis ici, soit dit en passant.

— Ainsi que vous m'en avez déjà informé. Je suis navré de l'apprendre, mais légalement parlant... Je n'ai jamais été confronté à la mort d'un adopté...

— À l'assassinat d'un adopté.

— ... ni à un parent... une mère, en l'occurrence... qui réclame des informations sur les parents biologiques. Je ne suis pas sûr qu'elle soit en position de le faire. Quant à Henry Thorpe, il est en vie, n'est-ce pas ?

— Il a disparu dans des circonstances suspectes.

— Néanmoins, répondit Isaacson, je ne vois pas comment quelqu'un – parent, tuteur, ce que vous voulez – pourrait présenter une requête en son nom.

— Ils ont tous les deux été adoptés ici, monsieur Isaacson.

— J'en suis bien conscient.

— Les deux hommes – des enfants adoptés par le biais de votre agence – ont récemment été en contact l'un avec l'autre. Ça, vous en êtes conscient ?

Il garda le silence.

— Aujourd'hui, l'un est mort, et l'autre a disparu dans des circonstances suspectes.

— Je vais devoir vous demander de partir.

— Demandez toujours, dit Elena.

Elle croisa les bras et le regarda sans ciller.

— J'ai les mains liées, hasarda-t-il. J'aimerais bien vous aider.

— Vous êtes-vous occupé personnellement de ces adoptions ?

— On s'est occupés d'un grand nombre d'adoptions pendant des années.

— Aaron Corval, ce nom vous dit quelque chose ? Vous vous souvenez peut-être de son père, Wiley Corval. La famille possède une ferme-auberge dans le Connecticut.

Il ne répondit pas. Mais il connaissait.

— M. Corval était un de vos clients ?

— Je ne saurais vous le dire.

— Aaron Corval est mort.

Le visage d'Isaacson perdit ce qui lui restait de couleur.

— A-t-il été adopté ici ?

— Je ne saurais vous le dire, répéta-t-il.

— Consultez les archives.

— Je vais devoir vous demander de partir.

— Mais moi, je ne partirai pas. Vous travailliez ici à l'époque… au moment de ces adoptions.

— C'est moi qui ai créé cette agence.

— Oui, je sais. C'est une jolie histoire : vous vouliez sauver des enfants et leur offrir des familles aimantes en raison de vos propres problèmes de paternité. Je sais tout là-dessus. Je sais tout de vous. Vous avez l'air d'un type bien, quelqu'un qui a fait de son mieux, mais s'il y a la moindre irrégularité dans l'un de vos dossiers d'adoption…

— Il n'y en a pas.

— Mais s'il y en a une, je la trouverai. Je passerai toutes vos activités au peigne fin, et si je découvre une seule erreur, volontaire ou non, je m'en servirai comme levier. Regardez-moi, monsieur Isaacson.

Il leva la tête, s'efforçant de soutenir son regard.

— Vous savez quelque chose.

— Non.

— Si.

— Chaque adoption a été effectuée dans les règles. Si l'un de mes collaborateurs a fraudé à mon insu…

Enfin, les choses commençaient à bouger. Elena se pencha en avant.

— Si c'est le cas, monsieur Isaacson, je suis votre meilleure amie. Je suis ici pour aider. Montrez-moi les archives. Vos archives. Pas les documents officiels. Laissez-moi rechercher la fraude et rétablir l'ordre.

Il se taisait.

— Monsieur Isaacson ?

— Je ne peux pas vous montrer les archives.

— Pourquoi ?

— Elles ont disparu.

Elena attendit.

— Il y a cinq ans, on a eu un incendie. Toutes nos archives ont brûlé. Ce n'est pas vraiment un problème : tous les documents importants sont conservés au bureau d'état civil. Donc, même si je voulais vous montrer les archives – ce qui est interdit par la loi, je vous le répète –, elles sont au bureau de l'état civil. C'est là que vous devez vous adresser.

Elle le dévisagea fixement.

— Vous ne me dites pas tout, monsieur Isaacson.

— Nous avons toujours agi dans le cadre de la législation en vigueur.

— Très bien.

— Et de toute façon, c'était dans l'intérêt des enfants. C'était ma seule préoccupation. Les enfants.

— Je n'en doute pas une seconde. Sauf que, maintenant, ces enfants sont traqués et liquidés.

— Je ne vois pas en quoi ça nous concerne.

— Ça ne vous concerne peut-être pas.

Elena se retint de lui rappeler que, jusqu'ici, le seul lien connu entre eux était l'agence Foi Espoir.

— Je pourrais éventuellement réussir à lever le doute. Vous souvenez-vous au moins de ces dossiers-là ?

— Oui et non.

— Comment ça ?

— Ces cas particuliers étaient d'un ordre plus confidentiel que les autres.

— Dans quel sens ?

— Il s'agissait de mères célibataires.

— Il devait y avoir beaucoup de mères célibataires chez vous. Même à l'époque.

— Oui, fit-il avec lenteur en caressant sa barbe. Mais ces filles-là venaient d'une branche assez stricte du christianisme.

— Quel courant ?

— Je ne l'ai jamais su. Je crois seulement... qu'elles n'aimaient pas les hommes.

— Ça veut dire quoi ?

— Je ne sais pas. Je vous assure. Je ne connaissais même pas leurs noms.

— Vous êtes le directeur de cette agence. Il leur fallait bien votre signature, non ?

— En effet. C'était la seule fois où j'avais accès à leurs noms. Mais je ne les ai pas retenus.

À d'autres.

— Et le nom des pères ?

— Tous les enfants étaient de père inconnu.

Il caressait sa barbe si vigoureusement que des poils lui restaient dans la main.

— Vous avez parlé d'un collaborateur tout à l'heure, dit Elena.

— Comment ?

— Vous avez dit : « Si l'un de mes collaborateurs a fraudé à mon insu... »

Il évitait soigneusement d'affronter son regard.

— Quelqu'un d'autre que vous s'est-il occupé de ces adoptions ?

Il remua vaguement la tête, et elle décida que ça voulait dire oui.

— Qui ?

— Son nom est Alison Mayflower.

— Elle était assistante sociale ?

— Oui.

Puis, après réflexion :

— En quelque sorte.

— Et c'est elle, cette Alison Mayflower, qui vous a apporté ces dossiers ?

La voix de son interlocuteur était sourde, lointaine.

— Alison est venue me trouver pour me dire qu'elle connaissait des enfants dans le besoin. J'ai proposé mon aide, et elle a été acceptée sous certaines conditions.

— Lesquelles ?

— Je ne devais pas poser de questions à propos de ces enfants.

Elena prit son temps pour réfléchir. À l'époque où elle avait travaillé au FBI, son équipe avait démantelé plusieurs mouvements religieux en apparence irréprochables et des structures procédant à des adoptions illégales. Dans certains cas, les bébés blancs étaient tellement recherchés que, dans une société régie par la loi de l'offre et de la demande, ils valaient beaucoup plus cher que les autres. Dans d'autres cas, le passé de l'un des adoptants l'empêchait de recourir à la filière classique. Là encore, la transaction se faisait de gré à gré.

Et les sommes étaient considérables.

Elena savait qu'elle marchait sur des œufs. Elle n'était pas là pour accuser Isaacson d'avoir vendu des bébés. Elle était venue chercher des informations.

Comme s'il lisait dans ses pensées, il déclara :

— Franchement, je ne sais rien qui puisse vous être utile.

— Mais cette Alison Mayflower, elle sait peut-être des choses ?

Il hocha lentement la tête.

— Vous savez où elle est maintenant ?

— Ça fait vingt ans qu'elle ne travaille plus avec moi. Elle a déménagé.

— Où ça ?

Il haussa les épaules.

— Je ne l'avais pas vue depuis des années. J'ai perdu le contact.

— Vous ne l'aviez pas vue ?

— Hein ?

— Vous avez dit « Je ne l'avais pas vue » et non : « Je ne l'ai pas vue depuis des années. »

— Oui, c'est vrai.

Il se passa la main dans les cheveux en laissant échapper un profond soupir.

— Elle a dû revenir par ici, j'imagine. Je suis tombé sur elle l'an dernier ; elle travaillait dans un café à Portland, une espèce d'endroit farfelu pour végans. Mais quand elle m'a vu...

Il s'interrompit.

— Quand elle vous a vu ? lui souffla Elena.

— Elle s'est éclipsée par la porte de derrière. Je l'ai suivie, juste pour dire bonjour, mais le temps de sortir...

Il haussa les épaules.

— Si ça se trouve, ce n'était même pas Alison. Elle paraissait différente : Alison avait les cheveux longs et noirs comme du charbon. Cette femme-là avait les cheveux très courts et entièrement blancs, alors...

Il réfléchit encore.

— Non, c'était bien Alison. J'en suis sûr.

— Monsieur Isaacson ?

Il leva les yeux.

— Donnez-moi l'adresse de ce café.

25

La première chose qu'Ash vit lorsqu'il ouvrit les yeux, ce fut le beau visage de Dee Dee.

Il aurait pu croire qu'il était mort ou qu'il hallucinait, sauf que, dans ce cas-là, Dee Dee aurait eu sa natte blonde au lieu des courtes boucles auburn qu'elle avait dû adopter la veille.

Ou peut-être que non. Peut-être que, lorsqu'on mourait, on revoyait la personne aimée telle qu'elle était, et non telle qu'on la préférait.

— Ça va aller, fit Dee Dee d'une voix apaisante, propre à une créature céleste. Il faut juste que tu restes tranquille.

Reprenant tout à fait connaissance, il jeta un coup d'œil par-dessus son épaule. Il était toujours dans la propriété de la secte. Le décor de la chambre était plus inexistant qu'austère. Rien aux murs, pas de meubles. Et toujours ce même gris partout.

Il y avait d'autres personnes dans la pièce. Dee Dee voulut l'empêcher de se rasseoir, mais il n'avait pas l'intention de se laisser faire. Dans un coin, Ash aperçut mère Adéona, yeux baissés et mains jointes. Plus près de lui, de part et d'autre du lit, se tenaient deux hommes qu'il reconnut d'après leurs portraits : le Volontaire et le Visiteur.

L'un des deux fils Vartage – était-ce le Visiteur ? – pivota et sortit sans mot dire. L'autre se tourna vers mère Adéona et siffla :

— Tu as de la chance.

— Je suis désolée.

— Qu'est-ce qui t'a pris, hein ?

— C'est un étranger et un intrus, répondit mère Adéona sans lever les yeux. J'ai voulu défendre la Vérité.

— C'est faux, s'exclama Dee Dee.

L'homme la réduisit au silence d'un geste de la main, sans quitter du regard la femme plus âgée.

— Ce n'est pas à toi de décider, mère.

Elle continuait à fixer le plancher.

— Si tu avais un souci, tu aurais dû t'adresser au Conseil.

Mère Adéona acquiesça faiblement.

— Tu as raison, bien sûr.

Le fils Vartage fit volte-face.

— Tu peux y aller.

— Avant de partir...

La femme s'approcha d'Ash.

— ... j'aimerais présenter mes excuses.

Elle prit la main gauche d'Ash, plongeant ses yeux dans les siens.

— Je ne puis exprimer ma tristesse de vous avoir fait du mal. Que la Vérité rayonne maintenant et à jamais.

Les deux autres marmonnèrent :

— Que la Vérité rayonne maintenant et à jamais.

Mère Adéona resserra ses doigts sur la main d'Ash.

Ce faisant, elle glissa un bout de papier dans sa paume.

Ash la regarda. Elle eut un hochement de tête imperceptible, lui replia les doigts sur le papier et quitta la pièce.

— Comment te sens-tu ? lui demanda Dee Dee.

— Ça va.

— Alors habille-toi, trésor. La Vérité veut te rencontrer.

Le Crudivert Café, nota Elena, affichait sa carte griffonnée avec des craies de toutes les couleurs sur un tableau noir. En dehors de l'inévitable « végan », c'était truffé de termes à la mode comme « bio », « commerce équitable », « zéro pesticide », « tempeh », « falafel », « tofu », « cru », « 100 % naturel », « écologique », « frais », « sans gluten », « produit local », « de la ferme à l'assiette ». Sur un écriteau on lisait : OH KALE YEAH ! Sur un autre, en mosaïque composée de légumes verts, PLUTÔT QUE DES BÊTES, MANGEZ DES BLETTES. À droite, un tableau en liège avec des punaises faisait de la pub pour toutes sortes de marchés bio (était-ce normal de gaspiller du papier pour cela ?), ainsi que des cours de yoga et des ateliers de cuisine végane. Tout l'établissement aurait dû être revêtu de chanvre et porter des bracelets en caoutchouc en soutien à une cause.

Alison Mayflower était derrière le comptoir.

Elle sortait tout droit d'une publicité pour seniors végans au top de leur forme : grande, svelte, un brin trop mince peut-être, pommettes saillantes, teint éclatant et, conformément à la description d'Isaacson, des cheveux en brosse d'une blancheur si immaculée qu'on se demandait si c'était naturel. Ses dents aussi étaient très blanches, mais son sourire était hésitant, mal assuré. Elle cilla en voyant Elena, comme si elle s'attendait à une mauvaise nouvelle, voire pire.

— Puis-je vous aider ?

Sur le pot à pourboires, on lisait : SI VOUS PRÉFÉREZ LES ÉPINARDS À L'OSEILLE, LAISSEZ-LA ICI. La formule plut à Elena. Elle tendit à la femme sa carte professionnelle avec ses numéros de téléphone privés.

— Alison Mayflower, dit Elena.

La femme – elle devait avoir une soixantaine d'années, même si elle faisait plus jeune – cligna de nouveau des yeux et recula d'un pas.

— Ce nom ne me dit rien.

— Ce nom est le vôtre. Vous l'avez changé.

— Je crois que vous vous trompez de…

— De deux choses l'une, Alison. Ou bien on va discuter quelque part dans un endroit tranquille et vous ne me revoyez plus.

— Ou bien ?

— Je fiche votre vie en l'air.

Cinq minutes plus tard, Elena et Alison se retiraient dans un coin tout au fond de la salle. Un type barbu coiffé d'un véritable chignon, et qu'Alison avait appelé Raoul, la remplaça au comptoir. Tout en essuyant des mugs avec un torchon, il fusillait Elena du regard. Elle se retint de lever les yeux au ciel.

Sitôt assise, elle prit le taureau par les cornes.

Les meurtres, la disparition, les adoptions, le grand jeu.

Tout d'abord vint le déni :

— Je ne sais rien de tout ça.

— Mais bien sûr que si. Vous vous êtes occupée d'adoptions à Foi Espoir. Vous avez demandé à Maish Isaacson de garder le secret. Je pourrais le traîner ici pour une confrontation...

— C'est inutile.

— Alors sautons le chapitre où vous feignez l'ignorance. Que vous vendiez des bébés ou pas, ce n'est pas ça qui m'intéresse.

Ce n'était pas tout à fait vrai. Une fois son enquête terminée, s'il y avait d'autres infractions, elle les signalerait à qui de droit et veillerait à ce que Mayflower et Isaacson soient dûment punis. Le plus urgent, c'était de retrouver Henry Thorpe ; or le fait d'invoquer la loi lui fermerait toutes les portes.

Cela pouvait attendre.

— Je vous ai cité des noms, poursuivit Elena. Ils ne vous évoquent rien ?

— J'ai traité beaucoup de dossiers d'adoption.

Tassée sur sa chaise, menton sur la poitrine et bras croisés, Alison s'était remise à ciller. Au FBI, Elena avait étudié le langage non verbal. À un moment de sa vie, Alison Mayflower avait subi des violences, physiques probablement. De la part d'une figure parentale, d'un conjoint ou des deux. Le battement des paupières était le signe avant-coureur de l'agression. La posture recroquevillée signifiait le consentement, une demande de grâce.

Raoul persistait à fixer Elena d'un œil torve.

Il devait avoir vingt-cinq ans, trente tout au plus... trop jeune pour être l'agresseur d'Alison. Il connaissait peut-être son histoire et ne voulait pas qu'elle souffre davantage. Ou peut-être qu'il sentait les choses. Nul besoin d'être un expert en langage du corps pour déchiffrer les indices de la maltraitance.

Elena fit une nouvelle tentative.

— Vous vouliez aider ces enfants, n'est-ce pas ?

Alison releva la tête. Ses yeux papillotaient toujours, mais il y avait comme une lueur d'espoir dans son regard.

— Évidemment.

— Vous cherchiez à les sauver de quelque chose ?

— Oui.

— De quoi ?

Elena se rapprocha.

— De quoi vouliez-vous les sauver, Alison ?

— J'essayais simplement de leur trouver un bon foyer. C'est tout.

— Mais ces adoptions avaient un caractère particulier, non ?

Elena fit monter la pression d'un cran.

— Vous deviez agir en toute discrétion. Du coup, vous êtes passée par une petite agence dans le Maine. Il a dû y avoir de l'argent en jeu, mais peu importe.

— Ce que j'ai fait, répondit Alison entre deux cillements, je l'ai fait pour aider ces garçons.

Elena hocha la tête pour l'encourager à poursuivre, mais un mot retint son attention.

Les *garçons*.

Alison Mayflower n'avait parlé ni d'enfants, ni de bébés, mais de garçons.

— C'étaient tous des garçons ? demanda Elena.

Alison ne répondit pas.

— Est-ce que le nom de Paige... ?

— Rien que des garçons, chuchota Alison en secouant la tête. Vous comprenez ? Je l'ai fait pour ces garçons.

— Sauf qu'ils sont en train de mourir l'un après l'autre.

Une larme solitaire roula sur la joue d'Alison. Elena en rajouta une couche :

— Allez-vous rester là sans réagir ?

— Mon Dieu, qu'est-ce que j'ai fait ?

— Parlez-moi, Alison.

— Je ne peux pas. Il faut que j'y aille.

Elle voulut se lever. Elena posa la main sur son avant-bras. Une main ferme.

— Je veux vous aider.

Alison Mayflower ferma les yeux.

— C'est une coïncidence.

— Certainement pas.

— Je vous assure que si. Parmi le grand nombre d'enfants adoptés, il y en a forcément qui connaissent une fin tragique.

— D'où venaient-ils, ces garçons ? Qui étaient leurs pères, leurs mères ?

— Vous ne comprenez pas, dit Alison.

— Alors expliquez-moi.

Alison libéra son bras et le frotta à l'endroit où Elena l'avait touché. Son expression avait changé. Elle cillait toujours, elle avait toujours aussi peur, mais il y avait maintenant comme une pointe de défi.

— Je les ai sauvés, répéta-t-elle.

— C'est faux. Quoi que vous ayez fait, ce secret que vous avez gardé toutes ces années... ils sont en train d'en payer les frais.

— C'est impossible.

— Vous croyiez peut-être avoir tout enterré...

— Mieux qu'enterré. Tout a brûlé. J'ai détruit toutes les preuves. Je ne me souviens même plus des noms.

Elle se pencha par-dessus la table. Ses yeux lançaient des éclairs.

— Écoutez-moi. Personne ne peut nuire à ces enfants. J'ai fait ce qu'il fallait pour ça.

— Qu'est-ce que vous voulez dire, Alison ?

Elle ne répondit pas.

— Alison ?

— Cette dame t'importune, Allie ?

Elena regarda Raoul en ravalant un soupir. Les mains sur les hanches tel un Superman version hipster, il la toisait d'un air renfrogné.

— Ceci est une conversation privée, rétorqua-t-elle sèchement. Si vous et votre chignon pouviez retourner fissa au comptoir...

Soudain, Alison Mayflower détala sans crier gare.

Elena fut prise au dépourvu. La seconde d'avant, Alison était assise mollement en face d'elle... et tout à coup, la voilà qui filait comme projetée par une catapulte.

Zut.

Elena avait beaucoup de cordes à son arc, mais

l'agilité, surtout avec sa jambe boiteuse, n'en faisait pas partie. Elle se releva en grognant, mais la rapide végane avait trop d'avance sur elle.

Elena lui emboîta le pas quand Raoul et son chignon lui barrèrent le passage. Elle ne ralentit pas. Il tendit les mains pour l'arrêter. Au moment où il la toucha, elle l'empoigna par les épaules, prit son élan et lui assena un grand coup de genou dans l'entrejambe.

Raoul tomba à genoux. Son chignon suivit. Puis il s'écroula sur le sol comme un arbre foudroyé.

Elena dépassa les toilettes dont l'entrée était masquée par un rideau de perles multicolores et pesa de tout son poids sur la porte de derrière. Celle-ci s'ouvrit sur une ruelle. Elle regarda autour d'elle.

Mais Alison Mayflower avait disparu.

26

Pendant qu'il arpentait la salle d'attente tout en guettant l'arrivée du médecin, Simon avança dans son enquête suite à la discussion avec Elena Ramirez. Comme il n'avait pas le numéro de la belle-mère d'Aaron, il téléphona à l'auberge et laissa un message à quelqu'un qui ressemblait fort à la réceptionniste à laquelle il avait eu affaire.

Rien à attendre de ce côté-là.

Ensuite, il consulta les relevés bancaires de Paige. Simon lui avait ouvert un compte à son départ pour Lanford College, et même s'il avait dû le supprimer après que Paige s'était mise à retirer de l'argent pour se procurer de la drogue, il pouvait toujours accéder aux anciennes archives.

Ce fut un exercice douloureux. Les premières dépenses de sa fille étaient typiques d'une gentille petite étudiante : des collations dans les cafés du coin, la boutique du campus pour acheter des fournitures scolaires et des sweat-shirts marqués d'un logo, des articles de toilette. Il y avait deux paiements en faveur de Rita's Italian Ice à Poughkeepsie et un montant de soixante-cinq dollars, probablement le prix d'une robe d'été, dans une boutique appelée Elizabeth's.

Mais aucune trace de MonHéritageADN.

Simon trouva cependant un prélèvement de

soixante-dix-neuf dollars au nom d'Ance-Être. Vérification faite, il s'agissait bien d'un site de généalogie qui se donnait pour mission de « garnir les branches de votre arbre généalogique » au moyen de tests ADN. Il était en train de lire la présentation quand une voix féminine l'interpella avec lassitude :

— Simon Greene ?

Le Dr Heather Grewe portait encore sa tenue bleue de bloc opératoire. La tenue classique de la chirurgienne. Sobre et réconfortante à la fois. Aujourd'hui, le personnel hospitalier avait tendance à choisir des accoutrements fantaisistes : des rose bonbon, des motifs floraux, des blouses avec Bob l'éponge ou Macaron le glouton. Simon pouvait les comprendre : quand on travaillait ici tous les jours, on avait envie de changer, d'égayer cet environnement sinistre, mais bon, le service de pédiatrie mis à part, il préférait les tenues sombres, sérieuses, et la vue de la chirurgienne d'Ingrid le rassura.

— Votre femme est sortie du bloc. Son état s'est stabilisé.

— Elle est toujours dans le coma ?

— Malheureusement, oui, mais nous avons corrigé le problème le plus urgent.

Le Dr Grewe se lança dans des explications détaillées, mais Simon avait du mal à se concentrer sur la terminologie médicale. Tout se résumait à deux mots, toujours les mêmes : aucun changement.

Après avoir remercié le Dr Grewe, il lui demanda :

— Je peux voir ma femme ?

— Bien sûr.

Elle le conduisit en salle de réveil. Il n'imaginait pas qu'un corps dans le coma puisse paraître plus délabré encore, mais la bataille qu'Ingrid avait livrée contre ce qui l'avait ramenée au bloc l'avait clairement épuisée. Elle était totalement immobile comme avant, sauf que cette immobilité avait quelque chose de flétri, de fragile. Il osa à peine lui prendre la main, de peur de la casser.

Simon tenta de se la représenter debout, belle, rayonnante, éclatante de vie. Il repensa à d'autres moments, plus heureux, dans ce même hôpital, à Ingrid avec l'un de leurs nouveau-nés dans les bras, mais les images se dérobaient. Tout ce qu'il voyait, c'était cette Ingrid-là, faible, pâle, amaigrie, et qui lui échappait plus que jamais. En la contemplant, il songea à la conversation qu'il avait eue avec Yvonne sur les secrets de son passé.

— Je m'en fiche.

Il le dit tout haut à sa femme inconsciente.

Quoi qu'elle ait vécu dans sa jeunesse – il essaya d'imaginer le pire : crime, drogue, prostitution, voire meurtre –, il pardonnerait tout. Sans poser de questions.

Se relevant, il colla ses lèvres à son oreille.

— Je voudrais juste que tu reviennes, chérie.

Il était sincère, mais jusqu'à un certain point. Si son passé lui importait peu, il restait encore des zones d'ombre à éclaircir. À six heures du matin, il alla trouver l'infirmière de garde, s'assura qu'ils avaient son numéro de portable et quitta l'atmosphère confinée de l'hôpital. Normalement, il prenait le métro pour rentrer, mais il préférait rester à la surface, au cas où il aurait un appel. À cette heure-ci, il en aurait pour un quart d'heure à tout casser. Et, s'il y avait du nouveau, il pourrait faire demi-tour sur-le-champ.

Simon appela une voiture grâce à son appli de covoiturage et demanda au conducteur de l'arrêter devant la pharmacie Duane Reade dans Columbus Avenue, ouverte vingt-quatre heures sur vingt-quatre. Il se précipita à l'intérieur, acheta un paquet de six brosses à dents et retourna en courant à la voiture. Une fois à la maison – mon Dieu, depuis combien de temps il n'avait pas remis les pieds chez lui ? –, il trouva l'appartement plongé dans le silence. Longeant le couloir sur la pointe des pieds, il jeta un œil dans la première chambre à droite.

Sam dormait en position fœtale, les genoux sous le menton. Comme toujours. Ne voulant pas le réveiller, Simon alla dans la cuisine et ouvrit le tiroir qui contenait les sacs de congélation. Il en prit plusieurs et se dirigea sans bruit vers la « salle de bains des filles » que Paige avait partagée avec sa petite sœur Anya.

On disait dans la famille en plaisantant que les enfants ne changeaient jamais leurs brosses à dents, ou alors quand elles avaient perdu presque tous leurs poils. Simon avait donc pris l'habitude d'acheter un nouveau paquet de brosses tous les deux mois et de les remplacer lui-même. S'il le faisait aujourd'hui, personne ne le remarquerait... et d'ailleurs, qui pourrait s'en soucier ?

La brosse de Paige était toujours là depuis sa dernière visite... il y a combien de temps déjà ?

Il la prit avec soin par le manche et la rangea dans le sachet transparent. En espérant qu'il y aurait assez d'ADN pour un échantillon. Mais au moment de sortir de la salle de bains, il s'arrêta net.

Il avait confiance en Ingrid. Une confiance pleine et entière.

Mais en vertu du principe de précaution, il mit la brosse à dents d'Anya dans un deuxième sachet. Puis il alla chercher celle de Sam.

Tout ceci avait un relent nauséabond de trahison.

Lorsqu'il eut terminé, Simon gagna sa propre chambre et mit les sachets transparents dans le sac à dos qu'il emportait au bureau. Il consulta son téléphone. Rien. Malgré l'heure matinale, il envoya un texto à Suzy Fiske :

Hello, je suis à la maison. Si vous êtes debout, pourriez-vous réveiller Anya et me l'envoyer pour le petit déjeuner ?

Il ignorait dans combien de temps elle lui répondrait, mais les points clignotants lui indiquèrent que Suzy était en train de taper :

Je vais la réveiller de ce pas. Du nouveau pour Ingrid ?

Il écrivit que non et la remercia profusément de s'être occupée d'Anya. Elle lui répondit que c'était un plaisir, que la présence d'Anya lui facilitait la vie, et même si c'était gentil de sa part, il savait que ce n'était pas entièrement faux. Suzy avait deux filles qui, comme la plupart des sœurs à cet âge-là, passaient leur temps à se chamailler.

L'introduction d'un troisième élément dans l'équation changeait suffisamment la donne pour rétablir un semblant d'harmonie.

Il lui renvoya :

N'empêche, je vous suis super-reconnaissant.

Il retourna dans la cuisine. Tous ses amis hommes s'étaient soudainement pris de passion pour la gastronomie. Du moins, c'est ce qu'ils prétendaient. Ils discouraient sans fin sur le plat compliqué de risotto qu'ils avaient concocté dernièrement ou sur la recette hebdomadaire du *New York Times*. Depuis quand, se demandait Simon, cuisiner était devenu tendance, supplantant tous ces apprentis sommeliers ? N'était-ce pas plutôt une corvée ? Dans les vieux films ou les livres d'histoire, travailler en cuisine était l'une des tâches les plus ingrates de la maisonnée. Et quelle serait la prochaine besogne élevée au rang d'art de vivre ? Passer l'aspirateur peut-être ? Ses amis débattraient-ils des mérites respectifs de Dyson et Hoover ?

L'esprit aime à vagabonder en état de stress.

À vrai dire, Simon aussi avait sa spécialité, un plat qu'il préparait avec beaucoup de panache le week-end pour le petit déjeuner, quand toute la famille était réunie et qu'il se sentait d'aplomb : les pancakes aux pépites de chocolat.

Le secret de sa recette familiale préférée ?

On n'a jamais assez de pépites de chocolat.

— C'est plutôt du chocolat aux pépites de pancake, plaisantait Ingrid.

Les pépites de chocolat se trouvaient dans le placard du haut. Ingrid en avait toujours en stock, juste au cas où, même si cela faisait longtemps qu'il n'avait pas mis la main à la pâte. Cette pensée le déprima. Ses enfants lui manquaient. Même sans tenir compte de la dégringolade tragique de Paige (comme si c'était possible), le départ de sa fille aînée l'avait traumatisé plus qu'il ne l'aurait cru. Quand Sam était parti, le traumatisme n'avait fait que croître. Ses enfants étaient en train de quitter le nid. Ils ne grandissaient plus... ils étaient grands. Et ils l'abandonnaient. C'était naturel, certes ; le contraire aurait été bien pire. N'empêche, cela le perturbait. L'appartement était trop silencieux. Simon avait horreur de ça.

Lorsque Sam avait terminé le lycée, son délégué de classe avait posté une image sur les réseaux sociaux, le sempiternel coucher de soleil sur la plage avec la légende :

AIME TES PARENTS.
NOUS SOMMES TELLEMENT OCCUPÉS
À GRANDIR QUE NOUS OUBLIONS
QU'ILS SONT EN TRAIN DE VIEILLIR.

Ingrid et lui l'avaient lue ensemble dans cette même cuisine, et elle avait dit :

— On va l'imprimer, le rouler en cylindre et le lui enfoncer dans son cul de donneur de leçons.

Dieu qu'il l'aimait.

Il était assis pendant qu'il lisait, et elle était debout, penchée par-dessus son épaule. Elle avait noué les bras autour de son cou et, se baissant de sorte qu'il sentît son souffle dans son oreille, avait chuchoté :

— Une fois que les enfants seront partis, on pourra voyager davantage.

— Et courir tout nus dans la maison, avait ajouté Simon.

— Euh… OK.

— Et s'envoyer plus souvent en l'air.

— L'espoir fait vivre.

Il avait fait mine de bouder.

— Tu crois que ça te rendrait plus heureux ? avait-elle demandé.

— Moi ? Non. C'est à toi que je pense.

— Toujours prêt à te sacrifier pour les autres, hein ?

Simon souriait encore à ce souvenir quand Sam s'exclama :

— Waouh, les pancakes de papa !

— Eh oui.

Son visage s'illumina.

— Ça veut dire que maman va mieux ?

— Pas vraiment.

Zut. Il aurait dû s'en douter… que la vue des pancakes l'induirait en erreur.

— Ça veut dire, reprit Simon, qu'elle aimerait nous voir vivre normalement au lieu de nous morfondre.

Sa voix « paternelle » sonnait faux même à ses propres oreilles.

— Ce n'est pas normal quand tu fais des pancakes, fit remarquer Sam. C'est même plutôt exceptionnel.

Il avait tort et raison à la fois. Le petit déjeuner se révéla donc normal… et exceptionnel. Anya descendit de chez les Fiske et se cramponna à son père comme à une planche de salut. Il ferma les yeux, la serrant dans ses bras, profitant de l'instant.

Ils s'installèrent tous les trois autour de la table ronde – Ingrid avait tenu à ce qu'elle soit ronde, même si une table rectangulaire aurait mieux convenu, parce que ça « favorise la communication » –, et malgré le spectacle désolant de deux chaises vides, ce fut un moment, ma foi, normal et exceptionnel. Anya eut bientôt le visage barbouillé de chocolat et Sam la taquina... avant de craquer et de fondre en larmes, mais ça aussi, c'était normal et exceptionnel. Anya se leva pour le prendre dans ses bras, et il se laissa faire ; visiblement, cela le réconfortait. Le cœur serré, Simon regretta qu'Ingrid ne puisse pas voir ça. Dès qu'elle se réveillerait, il lui parlerait de ce matin où Sam avait cherché du réconfort auprès de sa petite sœur – sa petite sœur, qui l'aurait imaginé ! – et de sa certitude que le jour où Ingrid et lui seraient vieux ou ne seraient plus, leurs enfants pourraient toujours compter l'un sur l'autre.

Elle en serait si heureuse.

Pendant que Sam et Anya faisaient la vaisselle – une règle familiale : celui qui fait à manger ne range pas –, Simon retourna dans sa chambre. Il ferma la porte, tira le verrou... le genre de verrou branlant qu'on installe pour que les gosses ne fassent pas irruption dans la pièce au mauvais moment. Puis il ouvrit le placard d'Ingrid. Tout au fond, il y avait six housses avec différentes robes. Il défit la fermeture Éclair de la quatrième housse, celle avec une robe bleue de facture classique, et plongea la main à l'intérieur.

Il en sortit dix mille dollars en liasse et les fourra dans son sac à dos avec les brosses à dents. Après avoir jeté un œil sur son téléphone pour s'assurer qu'il n'avait pas de messages, il revint dans la cuisine. Anya s'était changée pour aller en classe. Elle embrassa son père pour lui dire au revoir et partit avec Suzy Fiske. En refermant la porte, Simon eut une autre conversation imagi-naire avec Ingrid pour savoir quoi offrir à Suzy : un bon-cadeau pour une sortie au restaurant, une journée spa au Mandarin oriental ou quelque chose de plus personnel comme un bijou ?

Ingrid saurait quoi choisir.

Il se rendait compte maintenant qu'il lui parlait en permanence : pour faire le point sur ce qu'il avait appris sur elle et voir sa réaction, ravalant la question qui lui brûlait les lèvres, celle que lui et Elena évitaient d'aborder directement et qui le taraudait depuis que toute cette infâme affaire de généalogie était remontée à la surface.

Il jeta le sac à dos par-dessus son épaule.

— Sam ? Tu es prêt ?

En sortant dans la rue, ils hélèrent le premier taxi qui passait par là. Le chauffeur, comme presque tous les chauffeurs de taxi new-yorkais, parlait doucement dans l'oreillette dans une langue étrangère que Simon avait du mal à définir. C'était un spectacle coutumier, certes, et plus personne ne s'en étonnait, mais Simon songea à la force des liens familiaux de ces gens-là. Malgré tout son amour pour Ingrid (et même ses conversations imaginaires avec elle), il ne se voyait pas lui parler des heures au téléphone. Qui étaient ces chauffeurs qui racontaient leur vie à longueur de journée ? Combien fallait-il qu'on les aime pour vouloir partager tous ces petits détails quotidiens avec eux ?

— Maman a fait une rechute, dit Simon à son fils, mais ça va mieux maintenant.

Sam écouta ses explications en se mordillant la lèvre. Une fois à l'hôpital, Simon lui dit :

— Monte voir maman. Je te rejoindrai tout à l'heure.

— Où tu vas ?

— J'ai une course à faire.

Sam le dévisagea.

— Quoi ?

— Tu as laissé maman se faire tirer dessus.

Simon ouvrit la bouche pour se défendre, mais n'alla pas plus loin.

— Tu aurais dû la protéger.

— Je sais, répondit-il. Je suis désolé.

Et il s'éloigna, laissant son fils seul sur le trottoir. Il revoyait la scène : Luther levant son pistolet, lui-même plongeant pour éviter la balle qui atteignit Ingrid à sa place.

Vous parlez d'une poule mouillée.

Mais était-ce vraiment ce qui s'était passé ?

Avait-il effectivement plongé à terre ? Il ne savait plus. Il doutait que ce « souvenir » soit réel, mais... Avec le recul, et en essayant d'être objectif, il comprit que, en fait, il n'avait rien vu, que le temps et le remords lui fabriquaient des souvenirs qui le hanteraient jusqu'à la fin de ses jours.

Aurait-il pu faire plus ? Peut-être.

D'un côté, il trouvait ça injuste. Tout s'était passé si vite, il n'avait pas eu le temps de réagir. Mais cela ne changeait rien à l'affaire. Il aurait dû écarter Ingrid. Il aurait dû se placer entre le tireur et elle.

« Tu aurais dû la protéger… »

Il se rendit au pavillon Shovlin et prit l'ascenseur jusqu'au dixième étage. La réceptionniste l'escorta au labo. Un technicien du nom de Randy Spratt retira son gant en latex pour lui serrer la main.

— Je ne vois pas pourquoi on ne peut pas suivre la procédure habituelle, bougonna-t-il.

Simon ouvrit son sac à dos et lui remit les trois sachets transparents avec les brosses à dents. Au départ, il avait eu l'intention de n'apporter que la brosse de Paige, mais tant qu'à s'engager sur ce chemin semé d'embûches, autant aller jusqu'au bout.

— Je veux savoir si je suis leur père.

Il désigna la brosse jaune qui avait appartenu à Paige.

— Celle-ci en priorité.

Il n'aimait pas ça, bien sûr. Ce n'était pas une question de confiance, se disait-il. Il avait juste besoin d'être rassuré.

Sauf que, en vérité, il se cherchait des excuses.

Mais peu importait.

— Vous avez dit que vous pourriez accélérer le processus.

Spratt hocha la tête.

— Donnez-moi trois jours.

— Ça ne va pas le faire.

— Pardon ?

Simon fouilla dans le sac à dos et en sortit la liasse de billets.

— Je ne comprends pas.

— Voici dix mille dollars cash. Communiquez-moi les résultats d'ici la fin de la journée, et vous aurez dix mille de plus.

27

La Vérité était en train de mourir.

Du moins, c'est l'impression qu'il donnait à Ash qui se tenait au pied de son lit.

Les fils de Casper Vartage étaient à ses côtés, deux sentinelles désemparées veillant sur les derniers instants de leur père. On les sentait tristes, voire accablés de douleur. Ash ignorait leurs vrais noms – qui les connaissait, d'ailleurs ? – ni ne se rappelait qui était le Visiteur et qui était le Volontaire. Du reste, il s'en moquait.

Près de lui, Dee Dee, les yeux baissés, avait joint les mains comme en prière. Les deux frères firent de même. Dans un coin, deux femmes en uniforme gris sanglotaient à l'unisson, comme si on leur avait ordonné de réaliser une bande-son pour la scène.

Seul la Vérité avait les yeux grands ouverts. Il était couché au milieu du lit, revêtu d'une sorte de tunique blanche. Avec sa longue barbe grise et ses cheveux tout aussi longs, il ressemblait à Dieu tel qu'on le représentait à l'époque de la Renaissance, comme sur le panneau de la création du monde dans la chapelle Sixtine qu'Ash avait vu dans un livre à la bibliothèque scolaire. Cette image l'avait fasciné, Dieu touchant Adam comme s'il mettait l'humanité en position « marche ».

Le Dieu de la fresque était fort et musclé. La Vérité à l'inverse semblait décliner à vue d'œil. Seul son sourire demeurait lumineux, et son regard, lorsqu'il croisa celui d'Ash, n'était clairement pas de ce monde. En cet instant, Ash comprit ce qui se passait ici. La Vérité l'avait subjugué rien qu'en le regardant. Le charisme du vieillard, même malade et grabataire, était quasi surnaturel.

Levant une main, la Vérité lui fit signe d'approcher. Ash se tourna vers Dee Dee qui hocha la tête. La Vérité ne bougea pas, mais ses yeux suivirent Ash, toujours comme dans un tableau de la Renaissance. Il lui prit la main. Sa poigne était étonnamment vigoureuse.

— Merci, Ash.

Ash sentait le magnétisme qui émanait de lui. Même s'il ne s'imaginait pas y succomber corps et âme, il n'y était pas insensible pour autant. Chacun a ses dons. Il y en a qui courent plus vite ou qui sont plus forts en maths que d'autres. On admire les sportifs pour leurs performances avec un ballon ou un palet. Cet homme, Casper Vartage, avait un don qui lui était propre. Un don insensé. Capable de vous ensorceler, surtout si on était décentré et influençable.

Or Ash n'était pas de ceux-là.

Il était parfaitement centré, et, en ce moment même, il était mi-curieux mi-contrarié. Il travaillait dans l'anonymat. En utilisant des mots de passe et des messageries sécurisées. Jamais il ne se trouvait face à face avec un commanditaire. Jamais.

Dee Dee le savait. Et elle connaissait les risques.

Lâchant la main du vieil homme, Ash lui lança

un regard noir, comme pour demander pourquoi elle l'avait amené ici. Sa réponse, un sourire serein, sembla l'inviter à la patience.

Les deux pleureuses sortirent pour laisser la place aux deux gardes, dont le salopard qui l'avait électrocuté. Ash n'aimait pas ça. Et il aimait encore moins l'air satisfait du bonhomme.

Le vieil homme articula avec effort :

— Que la Vérité rayonne maintenant et à jamais.

Et tout le monde de reprendre en chœur :

— Que la Vérité rayonne maintenant et à jamais.

Ash détestait les rituels vides de sens.

— Allez, lui dit le vieillard. La Vérité prévaudra toujours.

Et les autres d'entonner :

— La Vérité prévaudra toujours.

Le garde ricana dans sa barbe, promena son regard sur Dee Dee et remua les sourcils à l'intention d'Ash. Il ne broncha pas. Un coup d'œil sur Dee Dee lui fit comprendre qu'elle savait.

Le tableau commençait à s'éclaircir.

L'un des deux frères lui tendit un porte-clés.

— Une voiture neuve vous attend. Intraçable.

Ash prit les clés. À la première occasion, il s'arrêterait en route pour échanger les plaques avec une voiture similaire, pour plus de sécurité. Et il le referait sans doute après avoir franchi la frontière de l'État.

— On vous fait confiance, dit l'autre frère.

Sans un mot, Ash se dirigea vers la porte. Le garde ricanait toujours quand, arrivé à sa hauteur, il pivota pour lui faire face. Il ricanait encore quand Ash, le couteau caché dans sa paume, lui trancha la gorge d'un coup de lame.

Ash ne recula pas, laissant le sang de la carotide lui gicler au visage. Immobile, il attendit les exclamations de surprise. Il n'eut pas à attendre longtemps.

S'approchant de l'autre garde, qui semblait pétrifié, il lui arracha son arme.

Le premier garde, celui auquel il avait tranché la gorge, s'affaissa sur le sol, essayant vainement d'endiguer le flot de sang. On aurait dit qu'il cherchait à s'étrangler. Les sons qui lui échappaient étaient primitifs, gutturaux.

Personne ne bougea. Personne ne parla. Tous regardaient l'homme se tordre et se débattre jusqu'à ce que ses convulsions aient cessé.

Les deux frères Vartage avaient l'air sidérés. Tout comme le garde survivant. Dee Dee avait gardé le sourire. Ça n'étonnait pas Ash. Ce qui le déconcerta, en revanche, ce fut l'expression du visage de la Vérité.

Avait-il pressenti ce qui allait se passer ?

La Vérité hocha légèrement la tête comme pour lui signifier qu'il avait reçu le message.

Pour Ash, la chose était simple. Le garde l'avait agressé et il en avait payé le prix. Œil pour œil, et tout le dentier pour une dent.

La menace s'étendait au reste de l'assistance : « Qui me cherche me trouve. » Il ferait le travail pour lequel il était payé, point. Personne n'avait intérêt à lui mettre des bâtons dans les roues.

Ce serait une grossière erreur.

Ash regarda les deux frères.

— J'imagine que vous avez quelqu'un pour nettoyer ça ?

Ils acquiescèrent de concert.

Dee Dee lui tendit une serviette pour qu'il s'essuie le visage.

— Inutile de nous raccompagner, lança-t-il.

Dee Dee et lui suivirent l'allée jusqu'au portail. Une Acura RDX les y attendait. Il ouvrit la portière à Dee Dee. Levant les yeux, il aperçut mère Adéona à distance, sur la colline.

Elle secoua la tête d'un air lugubre.

Ash ne réagit pas.

Il prit le volant, et ils longèrent la route bordée d'arbres en regardant les portes du Havre de la Vérité rapetisser dans le rétroviseur. Une fois sur la grande route, au feu rouge, il sortit le papier que mère Adéona lui avait glissé dans la main et le lut :

NE LE TUEZ PAS. S'IL VOUS PLAÎT.

Le tout en majuscules. Et dessous, en cursives :

Ne montrez ce message à personne, même pas à elle. Vous n'avez pas la moindre idée de ce qui se passe réellement.

— Qu'est-ce que c'est ? demanda Dee Dee.

Ash lui tendit le billet.

— C'est mère Adéona qui m'a donné ça en douce.

Dee Dee parcourut la feuille.

— Ça veut dire quoi : « Vous n'avez pas la moindre idée de ce qui se passe réellement » ? s'enquit Ash.

— Je n'en sais rien, fit Dee Dee. Mais je suis contente que tu m'aies fait confiance.

— J'ai plus confiance en toi qu'en elle.

— Le couteau que je t'ai donné a dû aider.

— Ce n'était pas plus mal, opina-t-il. Tu savais que j'allais le buter ?

— Œil pour œil.

— Tu n'avais pas peur de la réaction de tes supérieurs ?

— La Vérité triomphe toujours.

— Et tuer ce garde, c'est la vérité ?

Elle regarda par la vitre.

— Il est mourant. Tu t'en es aperçu, non ?

— La Vérité ?

Dee Dee sourit.

— La Vérité ne meurt pas. Mais oui, je parle de son incarnation actuelle.

— Sa mort est-elle en lien avec ce pour quoi j'ai été engagé ?

— Est-ce important ?

Ash réfléchit un instant.

— En fait, non.

Se calant dans le siège, Dee Dee replia les jambes et noua les bras autour de ses genoux.

— Que penses-tu du petit mot de mère Adéona ? demanda-t-il.

Elle se mit à jouer avec une mèche rebelle qui avait échappé au massacre dans les toilettes.

— Je ne sais pas trop.

— Tu vas parler à la Vérité ?

Cette phrase sonna bizarrement à ses propres oreilles.

— Je veux dire, tu vas en parler...

— Oui, je sais ce que tu veux dire.

— Alors ? Tu vas en parler ?

Dee Dee hésita.

— Pas maintenant. Pour le moment, concentrons-nous sur notre boulot.

28

De retour aux soins intensifs, Simon eut la surprise de tomber sur l'inspecteur Isaac Fagbenle. Pendant une seconde ou deux, son cœur se gonfla d'espoir – avait-il retrouvé Paige ? –, mais l'expression de Fagbenle ne présageait rien de bon. L'espoir s'évanouit aussitôt, remplacé par son contraire.

Au fait, quel était le contraire de l'espoir ? L'angoisse ? Le désespoir ?

— Ce n'est pas au sujet de Paige, dit Fagbenle.

— De quoi s'agit-il alors ?

Simon jeta un coup d'œil par-dessus son épaule. Sam était assis au chevet d'Ingrid. Il se retourna vers le policier.

— C'est à propos de Luther Ritz.

L'homme qui avait tiré sur sa femme.

— Oui, eh bien ?

— Il est sorti.

— Quoi ?

— Liberté conditionnelle. C'est Rocco qui a payé la caution.

— Il ne devait pas être jugé ?

— Présomption d'innocence, huitième amendement. Ça se fait toujours en Amérique, vous savez.

— Il est libre ?

Simon exhala un long souffle.

— Vous croyez qu'il représente un danger pour Ingrid ?

— Pas vraiment. L'hôpital a un bon système de sécurité.

Une infirmière se fraya un passage entre eux, l'air agacé parce qu'ils bloquaient l'entrée. Les deux hommes se poussèrent sur le côté.

— Le problème, dit Fagbenle, c'est que le procès contre Luther n'est pas gagné d'avance.

— Comment ça ?

— Il prétend que vous avez tiré le premier.

— Moi ?

— Vous, votre femme... l'un de vous deux.

— Vous n'avez pas relevé de résidu sur lui ?

— Si. Il affirme deux choses. Premièrement, il s'exerçait au tir, rien à voir avec vous. Et deuxièmement, si on n'est pas convaincus par cette explication, il a riposté parce que vous aviez tiré le premier.

— Qui va croire ça ? s'esclaffa Simon.

— Écoutez, je n'ai pas les détails, mais Luther Ritz invoque la légitime défense. Ce qui soulève un certain nombre de questions épineuses.

— Lesquelles ?

— Pour commencer, que faisiez-vous là-bas ?

— On cherchait notre fille.

— Soit. Vous étiez nerveux et inquiets, n'est-ce pas ? Vous vous êtes rendus dans un repaire de drogués où votre fille avait ses habitudes. On n'a pas voulu vous dire où elle était. Vous étiez plus que nerveux peut-être. En désespoir de cause, vous ou votre femme avez sorti une arme...

— Vous ne parlez pas sérieusement.

— ... et Luther s'est pris une balle. Du coup, il a riposté.

Simon grimaça.

— Luther est chez lui maintenant, en train de se remettre d'une grave blessure...

— Et ma femme...

Simon sentit son visage s'empourprer.

— ... est dans le coma à dix mètres d'ici.

— Je le sais bien. Seulement, voyez-vous, quelqu'un a tiré sur Luther.

Fagbenle se rapprocha. Simon voyait enfin où il voulait en venir.

— Et tant que nous ignorons qui est cette personne, sa version des faits peut susciter un doute justifié. Les témoins, si jamais ils se manifestent, vont abonder dans son sens.

Fagbenle sourit.

— Vous n'aviez pas d'amis sur place, Simon ?

— Bien sûr que non, mentit Simon sans une seconde d'hésitation.

Cornelius leur avait sauvé la vie, et il était hors de question de le mêler à tout ceci.

— Voilà. Il n'y a donc pas d'autres suspects. Par conséquent, son avocat plaidera que vous avez tiré sur Luther Ritz. Après que tout le monde s'est volatilisé, vous avez eu le temps de cacher l'arme et, si vous portiez des gants, de vous en débarrasser. Par exemple.

— Vous allez m'arrêter ?

— Non.

— Dans ce cas, tout ceci peut attendre, n'est-ce pas ?

— Je pense que oui. Soyons clairs, je ne crois

pas à l'histoire de Luther. Il y a juste une chose que je trouve bizarre.

— Laquelle ?

— Luther… Disons qu'il a été bercé trop près du mur quand il était petit. Il a été assez bête pour avouer qu'on lui avait tiré dessus sur place.

— OK.

— Il n'a donc pas inventé la poudre.

— Admettons.

— Quand j'ai voulu savoir pourquoi il avait fait ça, il a pointé le doigt vers vous, en disant : « Demandez-le-lui. »

Simon s'en souvenait. Il se souvenait de la colère qui l'avait submergé à la vue de Luther, ce déchet de l'humanité qui avait attenté à la vie d'Ingrid. La moutarde lui était montée au nez à l'idée qu'un être aussi vil puisse disposer d'un tel pouvoir.

— Il se raccrochait aux branches, inspecteur.

— Vous croyez ?

— Oui.

— Je doute qu'il soit aussi futé, Simon. À mon avis, Luther nous cache quelque chose.

Simon réfléchit brièvement.

— Quel genre de chose ?

— À vous de me le dire, répliqua Fagbenle.

Puis :

— Qui a tiré sur Luther, Simon ? Qui est venu à votre rescousse ?

— Je ne sais pas.

— Vous mentez.

Simon ne répondit pas.

— C'est ça, le hic, mon ami, poursuivit Fagbenle. Lâchez un mensonge dans l'arène, même avec les meilleures intentions du monde, et vous en aurez toute une kyrielle qui lui emboîtera le pas. Après quoi, tous ces mensonges se ligueront pour étouffer la vérité. Alors je vous le demande encore une fois : qui a tiré sur Luther ?

— Je vous l'ai déjà dit, fit Simon entre ses dents. Je n'en sais rien. Autre chose ?

— Non, je ne crois pas.

— Dans ce cas, je vais rejoindre ma femme.

Fagbenle lui tapa sur l'épaule d'un geste qui se voulait à la fois amical et intimidant.

— Je vous tiens au courant.

Pendant qu'il s'éloignait dans le couloir, le portable de Simon sonna. Le numéro lui était inconnu. Il hésita à répondre – on était trop sollicité de nos jours, même sur les lignes mobiles.

— Allô ?

— Monsieur Greene ?

— Lui-même.

— J'ai eu votre mail et votre message. Je suis Louis Van de Beek, professeur à Lanford College.

Simon avait déjà oublié qu'il l'avait contacté.

— Merci de me rappeler.

— Je vous en prie.

— C'est à propos de ma fille, Paige.

Il y eut un silence à l'autre bout.

— Vous souvenez-vous d'elle ? Paige Greene.

— Oui, bien sûr.

La voix semblait venir de loin.

— Savez-vous ce qui lui est arrivé ?

— Elle a décroché, c'est ça ?

— Elle a disparu, professeur.

— Je suis navré de l'apprendre.

— Je crois qu'il s'est passé quelque chose sur le campus. Que tout a commencé à Lanford.

— Monsieur Greene ?

— Oui ?

— Si mes souvenirs sont bons, vous et votre famille habitez Manhattan.

— Exact.

— Vous y êtes en ce moment ?

— Oui.

— J'enseigne tout ce semestre à Columbia.

L'université où Simon avait fait ses études.

— Peut-être devrions-nous poursuivre cette discussion de vive voix, continua Van de Beek.

— Je peux vous rejoindre d'ici vingt minutes.

— Il me faut un peu plus de temps. Vous connaissez le campus ?

— Oui.

— Il y a une grande statue sur les marches devant le bâtiment central.

Le bâtiment central se nommait la Low Memorial Library, et la statue de bronze, curieusement surnommée « Alma Mater », représentait la déesse Athéna.

— Je connais.

— On se retrouve là-bas dans une heure ?

La police débarqua au Crudivert Café car quelqu'un avait composé le 911 après que, d'un coup de genou, Elena eut expédié Raoul et son chignon au tapis. Dans un premier temps, Raoul, les mains sur ses génitoires meurtries, voulut porter plainte.

— Elle a écrasé mes bijoux de famille ! glapissait-il.

Les flics eurent beau lever les yeux au ciel, ils furent obligés de dresser un procès-verbal. Elena entraîna Raoul et son chignon dans un coin et lui dit simplement :

— Si tu portes plainte, je porte plainte.

— Mais vous…

— … Je t'ai eu, je sais.

Raoul berçait son entrejambe comme s'il avait trouvé un oiseau blessé.

— Mais c'est toi qui m'as agressée le premier.

— Quoi ? Comment ça ?

— Raoul, tu es un novice là-dedans. Pas moi. La vidéo de surveillance montrera que tu as mis les mains sur moi.

— Vous étiez en train de poursuivre mon amie !

— Et tu m'as agressée pour m'en empêcher, du coup je me suis défendue. C'est ça, l'histoire. Mieux que ça… voyons, regarde-moi, Raoul.

Elena écarta les bras.

— Je suis petite, je suis ronde, et même si je ne doute pas que tu cultives à fond ton côté féminin et que tu sois féministe dans l'âme, la vidéo d'une petite bonne femme entre deux âges te mettant un coup de genou dans les valseuses a toutes les chances de devenir virale.

Raoul écarquilla les yeux. Il n'y avait pas songé, mais peut-être que son chignon, si.

— Veux-tu jouer à ça, Raoul ?

Il croisa les bras.

— Raoul ?

— Très bien, répondit-il avec toute la mauvaise

humeur dont il était capable. Je ne porterai pas plainte.

— Maintenant que j'y pense, je le ferai peut-être, moi.

— Quoi ?

Elena conclut un marché. Le « vrai » nom d'Alison Mayflower – Allie Mason – et son adresse actuelle, et on tourne la page. Alison habitait une ferme à la sortie de Buxton. Elena prit la voiture pour s'y rendre. Il n'y avait personne. Elle hésita à attendre devant la maison, mais, apparemment, celle-ci était inhabitée depuis un bon moment.

De retour à l'hôtel, elle monta dans sa chambre impersonnelle et essaya d'échafauder un plan d'action. Lou, son assistant informaticien, avait découvert qu'Allie Mason vivait dans cette ferme avec une autre femme du nom de Stephanie Mars.

Cette Stephanie Mars était-elle une amie ? Une parente ? Une compagne ? Était-ce important ?

Devrait-elle retourner à Buxton pour tenter à nouveau sa chance ?

Il n'y avait aucune raison pour qu'Alison Mayflower se montre plus coopérative cette fois-ci, mais si Elena gagnait beaucoup d'argent, c'était bien grâce à sa ténacité. Du reste, leur première entrevue n'avait pas été infructueuse. Il y avait clairement quelque chose de louche dans cette affaire d'adoptions. Elena l'avait déjà subodoré, mais depuis sa rencontre avec Alison Mayflower, elle en était convaincue. Elle savait aussi que, du moins dans l'esprit d'Alison, ces enfants devaient être sauvés. Et la pièce maîtresse de ce casse-tête chinois, même si elle ignorait dans quel sens elle s'emboîtait : tous les enfants adoptés étaient des garçons.

Pourquoi ? Pourquoi pas des filles ?

Elena sortit un calepin et traça la courbe des âges. Damien Gorse était le plus âgé, et Henry Thorpe le plus jeune. Ils avaient presque dix ans d'écart. Dix ans. Donc Alison Mayflower avait œuvré pendant tout ce temps.

Elle était mouillée jusqu'au cou dans cette histoire.

Son portable sonna. C'était Lou : il l'appelait par le biais d'une appli qu'il avait installée sur son téléphone. Une appli intraçable. « C'est ce qu'utilisent les taupes à la Maison Blanche, lui avait-il expliqué. C'est pour ça qu'elles ne se font jamais prendre. »

Lui-même ne s'en servait pas très souvent.

— Tu es seule ? demanda-t-il quand elle eut décroché.

— Tu ne m'appelles pas pour du sexe par téléphone, si ?

— Euh... oui... non. Allume ton ordi, drôle de dame.

Sa voix trahissait son excitation.

— OK.

— Je t'ai envoyé un lien. Clique dessus.

Elena ouvrit son navigateur et se connecta à sa messagerie.

— Ça y est, tu as cliqué ?

— Minute, je suis en train de taper mon mot de passe.

— Sérieux ? Tu ne l'as pas sauvegardé ?

— Comment on fait pour le sauvegarder ?

— Mmm... peu importe. Dis-moi quand tu y seras.

Elena trouva le mail de Lou et cliqua sur le lien. Elle tomba sur un site appelé Ance-Être.

— Bingo, déclara-t-elle.

— Hein ? Pourquoi ?

— Laisse-moi vérifier un truc.

Elle ouvrit ses SMS et relut celui de Simon Greene, l'informant que sa fille Paige n'était pas passée par MonHéritageADN, mais qu'il avait découvert un prélèvement de soixante-dix-neuf dollars au nom d'Ance-Être.

Elena en parla à Lou.

— OK, répliqua-t-il, c'est donc encore plus énorme que je ne le pensais.

Elle parcourut la page d'accueil. Pas de doute, c'était bien un site de généalogie. Il y avait des tas de photos de gens en train de s'embrasser et des accroches racoleuses du style : « Découvrez qui vous êtes vraiment » ou : « Vous êtes unique... dévoilez vos origines ethniques. » Il y avait des offres pour aider le client potentiel, comme ces personnes exaltées sur les photos, à « retrouver de nouveaux membres de la famille ».

Venaient ensuite les différentes formules. La première, à soixante-dix-neuf dollars, vous permettait d'avoir une vue générale de votre ascendance et d'entrer en contact avec des individus qui partageaient le même ADN que vous. La deuxième option s'intitulait « Capital santé ». Pour quatre-vingts dollars de plus, vous receviez un « bilan médical complet pour améliorer votre santé ».

Cette autre formule s'accompagnait du mot

« RECOMMANDÉ » en lettres clignotantes. Quelle surprise. La société vous suggérait de dépenser plus d'argent pour ses produits. Incroyable.

— Tu es sur la page d'accueil ? demanda Lou.

— Oui.

— Clique sur « Je m'inscris ».

— OK.

— Tu verras deux champs. Nom d'utilisateur et mot de passe.

— J'y suis.

— OK, maintenant parlons légalité. Je t'appelle sur l'appli sécurisée parce que j'ai trouvé le moyen d'accéder au compte de Henry Thorpe.

— Comment tu as fait ?

— Tu tiens vraiment à le savoir ?

— Non.

— Je sais, on aurait pu demander l'autorisation au père...

— Mais il n'a aucun droit. J'ai déjà entendu ça aujourd'hui.

— Donc, si on se connecte, ce n'est pas franchement légal. Normalement, c'est considéré comme du piratage. Je voulais juste te prévenir.

— Lou, file-moi le nom d'utilisateur et le mot de passe.

Elena les tapa. Une page s'afficha : « Bienvenue, Henry. Voici votre composition ethnique. »

Henry était à quatre-vingt-dix-huit pour cent européen. Dont cinquante-huit pour cent britannique, vingt pour cent irlandais, quatorze pour cent juif ashkénaze, cinq pour cent scandinave, le reste étant négligeable.

— Descends jusqu'en bas de la page, dit Lou.

Elle dépassa la rubrique « Vos chromosomes ».

— Tu vois le lien intitulé « Votre parentèle ADN » ?

Elena acquiesça.

— Clique dessus.

Elle ouvrit une nouvelle page. Tout en haut, on lisait : « Par ordre décroissant de proximité. » Et, dessous : « Votre famille compte 898 membres. »

— Huit cent quatre-vingt-dix-huit ? fit Elena.

— Henry Thorpe devrait racheter une plus grande table pour Noël, hein ? Ça n'a rien d'extraordinaire, c'est même plutôt modeste. La plupart sont des cousins éloignés qui partagent moins d'un pour cent de son ADN. Mais clique sur la première page.

Son excitation était palpable.

Cette fois, le téléchargement prit du temps.

— Tu as vu ?

— Du calme, je suis branchée sur le wi-fi de l'hôtel.

Puis elle le vit, oui. Et toute l'affaire commença à s'éclaircir. Comme si une bonne partie des pièces de ce puzzle géant s'étaient emboîtées d'un seul coup.

Il y avait quatre noms, tous des demi-frères de Henry.

— Nom d'un chien, lâcha-t-elle.

— Tu l'as dit.

Damien Gorse de Maplewood, New Jersey, venait en premier. Son nom était cité en entier. Tel quel. Le propriétaire assassiné du salon de tatouage était un demi-frère du client d'Elena.

Le demi-frère suivant n'était cité que par ses initiales.

— A. C. du Nord-Est, lut Elena.

Ce n'était pas difficile à déchiffrer.

— Aaron Corval.

— Probablement.

— Il y a moyen de le confirmer ?

— J'y travaille. En fait, le site offre deux options aux gens. Soit ils donnent leur nom complet, soit leurs initiales. Mais il faut qu'elles soient authentiques. Je dirais qu'un sur deux donne son nom, et les autres leurs initiales.

Le troisième sur la liste était également désigné par ses initiales : N. B. de Tallahassee, Floride.

— Un moyen de retrouver N. B. ?

— Légalement non.

— Et illégalement ?

— Pas vraiment. Je peux lui envoyer un message en tant que Henry Thorpe. Des fois qu'il accepterait de me donner son nom.

— Fais-le.

— Ça enfreint…

— Est-ce qu'on risque de se faire gauler ?

— Là, tu me vexes.

— Alors vas-y.

— Ça m'émoustille quand tu contournes les règles.

— Tant mieux. Il faut aussi qu'on contacte les autorités. Elles pourraient peut-être nous obtenir un mandat à partir des infos qu'on a recueillies, qui sait.

— Je te rappelle qu'on ne peut pas leur communiquer ces infos.

— OK. Mais N. B., si nous arrivons à l'identifier, doit être prévenu. Il pourrait être le prochain.

— Si ça se trouve, il y en a d'autres.

— Comment ça ? D'autres quoi ?

— Des demi-frères.

— Qu'est-ce qui te fait dire ça ?

— Henry Thorpe a envoyé son ADN à trois sites au moins.

— Pourquoi aurait-il fait ça ?

— Beaucoup de gens le font. Plus il y a de bases de données, plus on a de chances de retrouver des parents génétiques. Il en a déjà trouvé quatre sur Ance-Être. Il aurait pu en dénicher d'autres ailleurs.

— Ils sont tous demi-frères, c'est ça ?

— Oui, du côté paternel.

Elena jeta un coup d'œil sur la page.

— Et le quatrième ?

— Quoi, le quatrième ?

— C'est écrit Kevin Gano de Boston. Tu as vérifié ?

— Oui. Et tiens-toi bien... roulement de tambour... tu es prête ?

— Lou.

— Gano est mort.

Elle avait beau s'y attendre, ça lui fit tout de même un choc.

— Assassiné ?

— Suicide. J'ai parlé à la police municipale. Rien de suspect, il a perdu son boulot, il avait l'air déprimé. Il s'est tiré une balle dans la tête dans son garage.

— Mais ils n'avaient aucune raison d'avoir des soupçons. Il a peut-être…

Elle s'interrompit, le moral dans les chaussettes.

— Elena ?

Elle ne le dit pas tout haut, mais la réponse lui parut soudain évidente. Un suicide. Deux meurtres.

Et une disparition.

Henry Thorpe devait probablement être mort. Si l'assassin ne voulait pas qu'on établisse un lien entre tous ces meurtres – notamment en allant fouiller sur un site de généalogie –, il ferait croire que l'une des victimes avait pris la poudre d'escampette.

Zut.

Était-elle en train de rechercher un macchabée ?

— Elena ?

— Oui, je suis là. Je pense à autre chose.

— À quoi ?

— On sait que Paige Greene s'est aussi inscrite sur Ance-Être.

— Elle n'est pas leur demi-sœur. On a la liste complète ici. Rien que des hommes.

— Il y a peut-être une autre explication.

— Sers-toi de leur moteur de recherche.

Elena tapa le nom de Paige Greene. Rien. Elle essaya Greene, puis les initiales et quelques autres variantes suggérées par Lou. Toujours rien. Elle consulta la liste des parents proches. Il y avait un cousin germain et plusieurs cousins éloignés.

Mais pas de Paige. Pas de P. G.

— Paige Greene n'est pas une parente, dit Lou.

— Alors que vient-elle faire là-dedans ?

29

D'après une appli de son smartphone, le trajet en métro pour se rendre à Columbia prendrait onze minutes au total, donc beaucoup moins qu'en voiture ou en taxi. Tandis qu'il attendait l'ascenseur pour plonger dans les profondeurs de la station Washington Heights, le portable de Simon sonna.

Le numéro était masqué.

— Allô ?

— J'aurai vos résultats de recherche en paternité dans deux heures.

C'était Randy Spratt du labo de génétique.

— Super.

— Je vous retrouve dans la cour derrière le service de pédiatrie.

— OK.

— Monsieur Greene, vous connaissez l'expression « paiement à la livraison » ?

Dieu que les gens succombaient facilement à toutes les formes de corruption !

— Je vous apporte l'argent.

Spratt raccrocha. Simon recula et appela Yvonne sur son portable.

Elle répondit d'une voix hésitante :

— Oui, Simon ?

— Ne t'inquiète pas, je n'appelle pas pour

t'extorquer le secret inavouable d'Ingrid. J'ai besoin d'un service.

— Dis-moi.

— Il faut que je retire neuf mille neuf cents dollars dans notre agence à côté de l'hôpital.

Le montant devait être inférieur à dix mille dollars, autrement il fallait remplir une déclaration de transaction en espèces. Laquelle serait envoyée à l'administration fiscale, voire à la police financière, or Simon n'avait pas très envie d'avoir affaire à l'une ni à l'autre.

— Tu peux m'arranger ça ?

— Je m'en occupe.

Puis :

— C'est pour quoi faire ?

— Disons qu'Ingrid et toi n'êtes pas les seules à avoir des secrets.

Cette réplique était immature, certes, mais c'était la seule qui lui était venue à l'esprit.

Dès qu'il eut raccroché, les portes de l'ascenseur s'ouvrirent sur une cabine crasseuse et mal éclairée. Les voyageurs s'y entassèrent jusqu'à ce qu'un signal sonore retentisse. Un ascenseur du métro plongeant dans les entrailles de la terre est probablement ce qui rapproche le plus le citadin d'un mineur de fond, même si la comparaison s'arrête là.

La rame était pleine, mais pas bondée. Simon resta debout en se tenant à la barre. Autrefois, il consultait son téléphone ou lisait le journal pour échapper à la sensation de claustrophobie d'être enfermé avec des inconnus, mais depuis quelque temps il avait pris goût à observer ses compagnons de voyage. Une rame de métro est un microcosme de la population globale. On y rencontre toutes sortes de nationalités, de genres, de professions de foi. On assiste à des disputes et à des marques d'affection. On entend de la musique, des voix, des rires et des larmes. Il y a des gens riches en costume trois pièces (comme souvent Simon lui-même) et des mendiants. Tous sont égaux dans le métro. Tous ont payé le même prix. Tous ont droit à un siège.

Curieusement, depuis un an ou deux, le métro n'était plus le lieu à éviter. Il était devenu, sauf retards et fermetures pour travaux, une espèce de refuge.

Simon pénétra sur le campus de Columbia par l'entrée principale sur Broadway et la 116ᵉ Rue. Une entrée qu'il avait franchie pour la première fois en classe de première, lorsqu'il était venu faire un tour de reconnaissance avec son père. Son père, électricien, était l'homme le plus formidable que Simon ait jamais connu. L'idée que son rejeton puisse un jour fréquenter une université aussi prestigieuse le sidérait et l'intimidait.

Avec son père, Simon s'était toujours senti en sécurité.

C'était ça, le problème. Quinze jours avant la remise des diplômes, son père avait été terrassé par un infarctus alors qu'il se rendait à son travail à Millburn, New Jersey. Ce fut un coup dévastateur pour la famille... le début de la fin, à bien des égards. Plus tard, avec ses propres enfants, Simon s'était souvent demandé ce que son père aurait fait à sa place, comme un apprenti cherchant à imiter son maître, sauf qu'il ne se sentait pas à la hauteur.

Ses enfants l'aimaient-ils seulement comme il avait aimé son père ?

Le respectaient-ils tout autant ?

Leur procurait-il ce même sentiment de sécurité ?

Et par-dessus tout, son père aurait-il manqué de vigilance au point de laisser sa fille tomber dans la drogue ? Serait-il resté là, les bras ballants, pendant que sa femme se faisait tirer dessus ?

Voilà les pensées qui se bousculaient dans la tête de Simon alors qu'il entrait dans le campus où il avait passé quatre années de sa vie. Tout autour de lui, des étudiants pressaient le pas, la tête baissée pour la plupart. On pouvait toujours se plaindre de cette jeunesse scotchée à ses écrans, les écouteurs dans les oreilles, pour se couper du monde extérieur, mais, au fond, sa génération à lui ne valait guère mieux, alors à quoi bon ?

Simon repéra Athéna, la déesse grecque de la sagesse, assise sur son trône. En y regardant de près, on apercevait une minuscule chouette cachée dans les plis de son manteau près de sa jambe gauche. D'après la légende, le premier étudiant qui découvrait cette chouette terminait major de promotion. Le bras gauche d'Athéna était tendu, théoriquement en signe de bienvenue, mais Simon y voyait le geste désabusé de sa grand-mère quand elle disait : « Eh, que voulez-vous y faire ? »

Son portable sonna à nouveau. Cette fois, c'était Elena Ramirez.

— Vous avez du nouveau ? demanda-t-il.

— Oui, plein.

Elena n'évoqua que brièvement la raison de son séjour dans le Maine, informant seulement Simon qu'il y avait quelque chose de louche concernant ces adoptions. Elle lui parla surtout de ce qu'elle avait découvert grâce à son technicien. Simon gravit les marches de la Low Library et se laissa tomber sur le marbre frais en écoutant ses explications sur les adoptions, le site de généalogie, les demi-frères, les morts soudaines.

— Quelqu'un est en train de les éliminer, dit-il à un moment.

— Ça y ressemble.

Il ne sut trop que penser lorsqu'elle lui apprit que Paige, qui s'était inscrite sur le même site, n'avait aucun lien de parenté avec les quatre autres. Il aurait dû se sentir soulagé – cela voulait dire qu'il était bien son père –, mais une idée lui traversa l'esprit.

— Je n'en suis pas si sûr, fit-il.

— De quoi parlez-vous, Simon ?

— Que Paige ne soit pas leur demi-sœur.

— Comment ça ?

— Elle n'a peut-être pas donné son vrai nom. J'ai lu quelque part que des gens envoyaient parfois l'ADN de quelqu'un d'autre ou alors s'inscrivaient sous un faux nom. Ça pourrait être elle, la quatrième sur la liste, avec les initiales N. B.

— C'est impossible, Simon.

— Pourquoi ?

— Déjà, parce qu'il s'agit d'un homme. Si Paige leur avait envoyé son ADN, même sous un faux nom, ils auraient su que cet échantillon venait d'une femme. L'ADN analysé est masculin. Donc Paige ne peut pas être N. B.

— Elle a pu utiliser un autre pseudo.

— Peut-être. Mais là nous sommes sur la page de Henry Thorpe. Sa plus proche parente est une cousine éloignée.

— Je ne vois toujours pas comment Paige s'est retrouvée mêlée à tout ça.

— Par l'intermédiaire d'Aaron sûrement, mais je n'en sais pas plus. Si ça se trouve, on n'a pas pris les choses par le bon bout.

— Que voulez-vous dire ?

— Votre fille aurait pu envoyer l'ADN de quelqu'un d'autre au lieu du sien.

— J'y ai pensé, mais pourquoi ?

— Aucune idée. Il faut qu'on reconstitue ses faits et gestes. Elle a peut-être découvert quelque chose. Un crime ou quelque chose qui n'avait pas de sens. Quelque chose qui l'a conduite jusqu'à Aaron.

Simon réfléchit un instant.

— OK, récapitulons ce que nous savons déjà.

— Allons-y.

— Pour commencer, tous ces hommes sont nés d'un même père biologique.

— Exact.

— Tous ont sans doute été adoptés via une petite agence dans le Maine.

— Exact.

— Et ça s'est fait sous le manteau. Le nom du père ne figure pas dans le dossier d'adoption.

— Pour autant qu'on le sache, non, répondit Elena.

Simon changea son portable de main.

— Avez-vous entendu parler de ce médecin qui utilisait son propre sperme pour féconder ses patientes infertiles ? Le scandale a été révélé par une femme de l'Indiana, je crois, qui s'était découvert huit frères et sœurs sur un site de généalogie comme celui-ci. Ils se sont tous réunis, et il en est ressorti que leurs parents avaient tous le même médecin et que celui-ci avait voulu leur faire croire que le sperme qui avait servi aux fécondations *in vitro* provenait d'une banque ou d'un établissement de ce genre.

— Oui, je m'en souviens, dit Elena. Il y a eu plusieurs affaires du même genre. Un gros scandale dans l'Utah, et au Canada aussi.

— Vous n'avez pas l'air d'y croire.

— Je ne vois pas trop le rapport avec ce qui nous intéresse. Ces femmes-là ne s'étaient pas débarrassées de leurs nouveau-nés. Elles les désiraient plus que tout au monde.

Là-dessus, elle n'avait pas tort.

— On n'a pas tous les éléments, dit Simon.

— Je suis bien de votre avis. Je vais refaire une tentative auprès d'Alison Mayflower puisque c'est elle qui s'est occupée de ces adoptions. Je la menacerai de prison, s'il le faut. J'aimerais aussi faire intervenir le FBI, mais, pour cela, il me faudra passer par la petite porte.

— Pourquoi ?

— Ces infos, je me les suis procurées d'une manière qui ne serait pas recevable par un tribunal... De toute façon, même si on alerte les agents fédéraux, notre affaire ne sera pas une priorité pour eux. Il faudra des jours, voire des semaines, pour lancer les investigations. Nous n'avons pas...

Il y eut une pause.

— Ne quittez pas, Simon, j'ai un autre appel.

Il promena son regard autour de lui. Une chose avait impressionné son père lors de leur visite de découverte du campus. La cour centrale, où il était assis maintenant sur les marches, était bordée d'un côté par la Low Library et de l'autre par la Butler Library.

« Deux bibliothèques, Simon, avait-il dit en hochant la tête. Y a-t-il meilleur endroit pour étudier ? »

Ce souvenir l'empêcha de se poser une question plus brûlante et plus douloureuse : même s'ils découvraient la vérité sur ces demi-frères et ces adoptions, en quoi cela l'aiderait-il à retrouver Paige ?

La voix d'Elena se fit de nouveau entendre :

— Simon ?

Un homme descendait les marches à la hâte, se dirigeant vers la statue d'Alma Mater. Simon le reconnut d'après son profil en ligne : c'était le Pr Van de Beek. Le téléphone collé à l'oreille, il se leva pour le suivre.

— Oui, qu'y a-t-il ?

— Il faut que je vous laisse. C'est Alison Mayflower. Elle veut me voir.

30

Ash gara la voiture derrière la maison. On ne la voyait pas depuis la route, mais Dee Dee resta dedans pour faire le guet, juste au cas où quelqu'un s'engagerait dans l'allée. Les sacs étaient sur la banquette arrière. Ash les défit et sortit les armes.

Elles étaient toutes là, au grand complet.

Il prit le nécessaire, rangea le reste et siffla avec deux doigts. Lorsque Dee Dee reparut, il lui tendit un FN Five-seveN.

— Tu as eu le temps de réfléchir, lui dit-il.

— À propos de quoi ?

— Du petit mot de mère Adéona. Au fait, qui est-elle ?

— Elle fait partie du Conseil. C'est la plus haute fonction pour une femme.

— Tu la crois loyale vis-à-vis de la secte ?

— Ce n'est pas une secte, rétorqua Dee Dee. Et la réponse est oui. Il n'y a qu'une autre mère, mère Abéona. Toutes les deux sont tellement proches de la Vérité pure qu'il les a choisies pour créer le Visiteur et le Volontaire.

— Comme ça, les enfants Vartage ne sont que demi-frères ?

— Oui.

— Et lequel est le fils de mère Adéona ?

— Le Volontaire.

— Donc, mère Adéona est la mère du Volontaire. Et mère Abéona, la mère du Visiteur.

— C'est ça.

Ils se dirigèrent vers l'arrière de la maison.

— En quoi ça peut t'intéresser, Ash ?

— Ça ne m'intéresse pas. Mais je n'aime pas me faire manipuler, pas toi ?

— Je n'ai pas vu les choses de cette façon-là.

— Mère Adéona m'a fait torturer pour savoir ce qu'on fabriquait. Puis elle m'a glissé un mot me demandant de ne pas me venger. Ça ne t'inquiète pas ?

— Oh si, ça m'inquiète.

Ash jeta un coup d'œil alentour.

— Dee Dee ?

— Oui.

— Pourquoi ai-je l'impression que tu ne me dis pas tout ?

Elle sourit et lui fit face. Ash sentit son pouls s'accélérer.

— Tu l'as ressenti, n'est-ce pas ? Quand tu étais en sa présence.

— Vartage est un type charismatique. Ça, je te l'accorde.

— Et le Havre de la Vérité ?

— C'est calme et paisible, acquiesça-t-il.

— Plus que ça. C'est serein.

— Et alors ?

— Tu te rappelles comment j'étais avant ?

Complètement paumée, oui. Mais ce n'était pas sa faute. Trop d'hommes dans les familles d'accueil et à l'école, conseillers d'orientation ou guides spirituels, les plus intégristes surtout, n'arrivaient pas à garder leurs mains et leurs pensées impures à bonne distance.

— Je me rappelle, dit-il.

— Ne suis-je pas mieux maintenant, Ash ?

— Si.

Il avait le soleil dans les yeux. Pour continuer à la regarder, il mit sa main en visière ; on aurait dit qu'il la saluait.

— Mais ce n'est pas forcément l'un ou l'autre.

— Pour moi, si.

— On pourrait partir ensemble.

Sa voix avait pris un ton inhabituel. Désespéré. Suppliant.

— Je peux nous trouver un lieu quelque part. Paisible comme ton havre. Tranquille. Serein.

— On pourrait, fit-elle. Mais ça ne durerait pas.

Il ouvrit la bouche pour parler, mais elle posa un doigt sur ses lèvres.

— Il y a trop de tentations pour moi dans le monde réel, Ash. Même ici, avec toi, je suis obligée de me concentrer pour ne pas décrocher à nouveau. Sinon c'est la dégringolade. Et puis, il m'en faut plus.

— Plus ?

— Oui.

— Et croire aveuglément à ces histoires de vérité à la noix, ça t'apporte plus ?

— Ah, mais je n'y crois pas.

— Hein... quoi ?

— La plupart des gens religieux ne croient pas au dogme de l'Église à laquelle ils appartiennent, Ash. Nous prenons ce qui nous convient ; le reste, on jette. Nous choisissons la version qui nous plaît : un Dieu bon, un Dieu vengeur, un Dieu actif, un Dieu relax, comme ça nous arrange. L'essentiel, c'est d'y gagner quelque chose. Peut-être qu'on aura la vie éternelle pendant que les autres, ceux que nous n'aimons pas, brûleront en enfer. Peut-être que ce sera plus concret : de l'argent, un boulot, des amis. Il n'y a qu'à changer le pitch.

— Tu me surprends, dit Ash.

— C'est vrai ?

Il posa les deux mains sur la vitre pour regarder à l'intérieur : la cuisine était vide. Il n'y avait pas de lumière. Et surtout, la table était recouverte d'une longue nappe blanche, le genre de nappe qu'on met quand on ferme la maison.

— Quand la Vérité a trouvé le symbole caché dans le désert en Arizona, reprit Dee Dee, le symbole qui est le fondement même de notre croyance en une seule Vérité, sais-tu ce que celui-ci a prédit ?

Ash se détourna de la fenêtre.

— Quand l'incarnation actuelle de la Vérité mourra et passera dans la dimension supérieure, elle sera remplacée non pas par un seul homme, mais renforcée et unifiée par deux représentants de l'humanité tout entière. Un homme et une femme. Une femme d'exception.

Dee Dee eut un grand sourire.

Ash la regarda.

— Toi.

Elle écarta les bras en signe d'assentiment.

— Le symbole a vraiment prédit ça ?

— Bien sûr que non, Ash.

Il grimaça pour mimer l'incompréhension.

— Ceci est une...

Dee Dee esquissa des guillemets dans l'air.

— ... « interprétation » récente.

— Donc tu sais, dit Ash.

— Je sais quoi ?

— Que ce sont des foutaises.

— Non, Ash, tu ne comprends pas. Comme tout le monde, j'en retire ce dont j'ai besoin. Ça me nourrit. Ne pas tout prendre au pied de la lettre n'affaiblit pas mes convictions. Au contraire, ça les renforce. Ça m'aide à garder le contrôle.

— Autrement dit, tu as trouvé le moyen d'accéder au sommet.

— C'est ton point de vue. Tu as le droit de penser ce que tu veux.

Dee Dee consulta sa montre.

— Allez, viens. C'est presque l'heure.

Elle commença à gravir le talus. Ash la suivit.

— Ces contrats qu'on nous a confiés ont incité la Vérité à formuler une nouvelle... interprétation en ta faveur, c'est ça ? dit Ash.

Dee Dee ne se retourna pas.

— Les voies du Seigneur sont impénétrables, mais pas que...

— Professeur Van de Beek ?

— Appelez-moi Louis.

Louis Van de Beek ressemblait à sa photo : jeune, séduisant, musclé, la peau lisse. Comme sur la photo, il était moulé dans un T-shirt noir. Son regard vacilla lorsqu'ils se serrèrent la main, mais il sourit tout de même... Un sourire, pensa Simon sans indulgence, à faire pâmer les jeunes étudiantes. Comme sa fille, par exemple. Ou était-ce un simple préjugé de sa part ?

— Je suis vraiment désolé pour Paige, dit Van de Beek.

— Dans quel sens ?

— Pardon ?

— Désolé pour quoi ?

— Ne m'avez-vous pas dit au téléphone qu'elle avait disparu ?

— Et c'est ça qui vous désole, Louis ?

L'homme cilla, et Simon s'en voulut d'être aussi agressif.

— Toutes mes excuses, fit-il d'une voix beaucoup plus urbaine. C'est que... ma femme a été blessée par balle. La mère de Paige.

— Quoi ? Mais c'est affreux. Est-elle... ?

— Dans le coma.

La couleur déserta son visage.

— Salut, Louis !

Deux étudiants – de sexe masculin, soit dit en passant – l'avaient aperçu tandis qu'ils gravissaient les marches de la Low Library. Ils s'arrêtèrent, mais il ne répondit pas à leur salut.

— Louis ?

Simon détestait cette manière d'appeler les professeurs par leur prénom.

Van de Beek sortit de la transe dans laquelle ses paroles l'avaient plongé.

— Oh... bonjour, Jeremy, bonjour, Darryl.

Il leur sourit, mais le cœur n'y était pas. Les deux étudiants repartirent, penauds.

— Vous vouliez me dire quelque chose ? lui souffla Simon.

— Comment ? Non, c'est vous qui m'avez contacté.

— Oui, mais quand vous m'avez rappelé, vous aviez clairement des choses à me dire.

Van de Beek se mordilla la lèvre.

— Vous étiez le professeur préféré de Paige, ajouta Simon. Elle avait confiance en vous.

C'était, au mieux, une information de troisième main, mais elle était justifiée et pour le moins flatteuse.

— Paige était une étudiante exceptionnelle, déclara Van de Beek. Le genre dont on rêve quand on veut devenir prof.

Cette phrase, il avait dû la prononcer des dizaines de fois, mais, en même temps, il avait l'air sincère.

— Alors, que lui est-il arrivé ? demanda Simon.

— Je ne sais pas.

— Je vous ai confié une jeune fille intelligente et curieuse. C'est la première fois qu'elle se retrouvait seule, loin de son foyer et de sa famille.

Simon n'aurait su définir ce qu'il éprouvait... un mélange de rage, de tristesse, de regret, d'amour paternel.

— Je comptais sur vous pour veiller sur elle.

— On essaie, monsieur Greene.

— Et vous avez échoué.

— Vous n'en savez rien. Mais si vous êtes venu ici à la recherche d'un coupable...

— Non, je suis ici parce que je veux la retrouver. S'il vous plaît.

— J'ignore où elle est.

— Dites-moi ce que vous savez.

Van de Beek regarda ses chaussures.

— Allons faire un tour, suggéra-t-il. On ne va pas rester sur ces marches, ça fait trop bizarre.

Il commença à descendre, Simon à ses côtés.

— Comme je vous l'ai dit, Paige était une bonne étudiante. Très investie. Beaucoup de jeunes le sont au début. Tout feu tout flamme. Ils veulent profiter de toutes les opportunités et ils brûlent la chandelle par les deux bouts. Vous souvenez-vous de vos premières années de fac ?

Simon hocha la tête.

— Où avez-vous étudié, si je puis me permettre ?

— Ici.

— À Columbia ?

Ils traversèrent College Walk, se dirigeant vers la Butler Library.

— Saviez-vous ce que vous vouliez faire en arrivant ?

— Absolument pas. J'ai commencé par l'ingénierie.

— On dit que l'université est une ouverture sur le monde. En un sens, c'est vrai. Mais la plupart du temps, c'est l'inverse. Quand on arrive, on croit que tout est possible. Les options sont infinies. En fait, elles se réduisent de jour en jour. Et au moment de la remise des diplômes, l'atterrissage est brutal.

— Quel rapport avec Paige ?

Van de Beek sourit, le regard perdu au loin.

— Elle a vécu ce processus en accéléré. Mais elle s'en est bien sortie. Elle a trouvé sa vocation, la génétique. Elle voulait être médecin. Soigner les gens comme sa mère. Elle l'a su au bout de quelques semaines. Elle venait dans mon bureau dès qu'elle en avait l'occasion. Elle souhaitait connaître la marche à suivre pour devenir mon assistante pédagogique. À mes yeux, c'était la réussite assurée. Puis quelque chose a changé.

— Quoi ?

Ils continuaient à marcher.

— Il y a des règles, monsieur Greene. Comprenez-le. Au sujet de ce que nous pouvons dire aux parents. Si un étudiant fait appel à notre discrétion, nous la lui garantissons… jusqu'à une certaine limite. Vous connaissez le règlement du campus relatif à l'amendement du titre IX ?

Le sang de Simon se glaça dans ses veines. Quand il lui avait rendu visite à Lanford, Eileen Vaughan lui avait parlé d'une amie commune, Judy Zyskind, qui semblait persuadée que Paige avait été agressée sexuellement dans une soirée. Simon avait occulté cette information – elle était trop horrible à envisager –, mais, pire encore, Paige elle-même avait tout nié. C'était la partie qu'il avait retenue. Et, quand Judy avait persisté, à en croire Eileen, Paige avait mis fin à la discussion en invoquant des « problèmes à la maison ».

Ils quittèrent l'allée à la hauteur d'un édifice tout en vitres appelé Lerner Hall. Il y avait un café au rez-de-chaussée. Van de Beek posa la main sur la porte, mais Simon l'empoigna par le coude.

— Ma fille a-t-elle été victime d'une agression sexuelle ?

— Je le pense, oui.

— Vous le pensez ?

— Paige est venue me voir à titre confidentiel. Elle était bouleversée. Il y avait eu un incident dans une soirée sur le campus.

Simon serra les poings.

— Elle vous en a parlé ?

— Elle a commencé, oui.

— Comment ça, « commencé » ?

— J'ai dû l'avertir, avant qu'elle n'entre dans les détails, que j'étais tenu de suivre les directives du titre IX du règlement du campus.

— C'est quoi, ces directives ?

— Le signalement obligatoire.

— C'est-à-dire ?

— Si un étudiant me fait part d'une agression sexuelle, je suis obligé de le signaler au médiateur.

— Même si la victime est contre ?

— Exactement. À vrai dire, je n'aime pas cette règle. Je comprends, bien sûr, mais je pense qu'elle dissuade certains étudiants à se confier à un professeur. Du coup, ils se taisent. Et c'est ce qui s'est passé dans le cas de votre fille.

— Paige n'a pas voulu vous parler ?

— Elle est plus ou moins partie en trombe. J'ai tenté de la rattraper, mais elle s'est sauvée. J'ai appelé. Envoyé des textos. Des mails. Je suis même allé frapper à la porte de sa chambre. Elle a refusé de me voir.

Simon sentit ses mains se crisper de plus belle.

— Et il ne vous est pas venu à l'idée de prévenir ses parents ?

— J'y ai pensé, évidemment. Mais nous sommes

tenus par le règlement. J'ai également consulté notre médiateur.

— Un homme ?

— Oui.

— Et qu'a-t-il dit ?

— Il a convoqué Paige. Elle a tout nié en bloc.

— Et vous n'avez toujours pas songé à appeler les parents à ce moment-là ?

— Toujours pas, monsieur Greene.

— Donc ma fille, qui a peut-être été violée, a dû supporter cette souffrance sans pouvoir se confier à qui que ce soit ?

— Nous devons respecter le règlement.

Foutaises. Lorsque tout serait terminé, Simon ne manquerait pas de leur régler leur compte, mais pour l'instant, il avait d'autres chats à fouetter. Même s'il n'avait qu'une seule envie : s'écrouler en larmes en pensant à ce qu'avait subi sa fille.

— C'est à ce moment-là que Paige a amorcé sa dégringolade ?

La réponse de Van de Beek le surprit.

— Pas vraiment. Ça va vous paraître étrange, mais quand je l'ai revue…

— Quand était-ce ?

— Quelques jours plus tard. Paige a refait son apparition en cours. Elle semblait aller mieux. Je me souviens, j'étais derrière le pupitre et je la regardais, un peu étonné de la voir. Elle a hoché la tête, l'air de dire : « Ne vous inquiétez pas, je vais bien. » Puis elle a recommencé à venir me rendre visite dans mon bureau. Vous n'imaginez pas à quel point j'étais content de la retrouver. J'ai essayé de remettre le sujet sur le tapis, mais elle a répondu que ce n'était rien, qu'elle avait surréagi. Je ne dis pas qu'elle était au mieux de sa forme. Je voyais bien qu'elle bloquait. J'ai insisté pour qu'elle aille voir quelqu'un. Le plus dur pour les filles, c'est que leurs agresseurs présumés se trouvent toujours sur le campus.

— Violeurs.

— Quoi ?

— Ne les appelez pas agresseurs présumés. Appelez-les violeurs.

— J'ignore ce qui s'est passé pour votre fille.

— Mais vous savez qui c'est, n'est-ce pas ?

Van de Beek ne pipa pas.

— Vous le savez.

— Elle ne me l'a pas dit.

— Mais vous connaissez son nom.

Il détourna les yeux.

— J'ai ma petite idée. Maintenant, en tout cas.

— Qu'entendez-vous par là ?

Van de Beek se passa la main dans la chevelure en exhalant un long souffle.

— C'est là que l'affaire prend une tournure bizarre, monsieur Greene.

Comme si elle ne l'était pas déjà, pensa Simon.

— Je ne sais pas ce qui s'est produit en premier, poursuivit Van de Beek, le naufrage de Paige ou…

Il s'interrompit.

— Ou quoi ?

— Il y a eu un autre…

Il leva les yeux comme s'il cherchait le mot juste.

— … incident sur le campus.

— Incident, répéta Simon.

— Oui.

— Vous voulez dire viol ?

Van de Beek grimaça.

— Pour que les choses soient claires, Paige n'a jamais employé le mot « viol ».

Ce n'était pas le moment de pinailler sur le vocabulaire.

— Encore une agression ?

— Oui.

— Perpétrée par le même garçon ?

Il secoua la tête.

— Non, justement. Le contraire.

— C'est-à-dire ?

— Le garçon que je soupçonne d'avoir agressé Paige, fit Van de Beek sur un ton plus mesuré, c'est lui qui a été la victime de ce second incident.

Simon soutint son regard sans ciller.

— Son nom est Doug Mulzer. Un étudiant en deuxième année d'économie, originaire de Pittsburgh. Il a été tabassé avec une batte de base-ball après une soirée sur le campus. Les deux jambes cassées. Et le manche de la batte…

Il se mit à bégayer.

— Bref, cette partie de l'affaire n'a pas été rendue publique. La famille ne voulait pas que ça se sache, mais il y a eu des rumeurs. Il est toujours en convalescence chez lui.

Simon sentit un frisson glacé lui parcourir l'échine.

— Et vous pensez que Paige y est pour quelque chose ?

Visiblement, Van de Beek luttait pour choisir ses mots.

— Je ne puis l'affirmer avec certitude.

401

— Mais ?

— Le lendemain, en cours, elle était tout sourire. Alors que ses camarades étaient consternés par ce qui s'était passé, elle n'arrêtait pas de me fixer avec son drôle de sourire, et c'est là que j'ai remarqué son regard vitreux. Comme si elle avait pris quelque chose. Comme si elle planait.

— Et ce sont là vos preuves ? demanda Simon. Elle souriait et elle planait ? Peut-être qu'elle planait pour masquer la douleur.

Van de Beek ne répondit pas.

— Peu m'importe ce qu'elle prenait, déclara Simon en imaginant l'abominable scène. Paige serait incapable de faire une chose pareille.

— Je suis bien de votre avis.

Un autre étudiant lança en passant :

— Salut, Louis !

Van de Beek hocha distraitement la tête.

— Elle serait incapable de faire ça. Toute seule, du moins.

Simon se figea.

— Mais ce jour-là, quand elle est sortie de l'amphi, j'ai vu un homme qui l'attendait. Pas un garçon. Pas un étudiant. Un homme qui devait avoir dix ans de plus qu'elle.

Aaron, pensa Simon. C'était Aaron.

31

— Ces infos, je me les suis procurées d'une manière qui ne serait pas recevable par un tribunal… De toute façon, même si on alerte les agents fédéraux, notre affaire ne sera pas une priorité pour eux. Il faudra des jours, voire des semaines, pour lancer les investigations. Nous n'avons pas…

Elena entendit un clic sur sa ligne. Un appel entrant. Le numéro était masqué. La plupart du temps, il s'agissait de spams, mais Lou avait bidouillé son téléphone pour lui éviter ce genre de désagrément. Aujourd'hui, si on l'appelait, c'est qu'il y avait une raison.

Et la dernière personne à qui elle avait donné sa carte était Alison Mayflower.

— Ne quittez pas, Simon, j'ai un autre appel.

Elle appuya sur la touche.

— Allô ?

— Euh… bonjour, murmura une voix féminine.

Ce n'était pas Alison Mayflower. La voix était jeune, entre vingt et trente ans.

— Madame Ramirez ?

— C'est moi. Et vous êtes ?

— Oh, mon nom n'a pas d'importance.

— Vous ne pouvez pas parler plus fort ?

— Désolée, j'ai un peu le trac. J'appelle…

J'appelle de la part d'une amie. Vous l'avez rencontrée aujourd'hui dans un certain café.

— Je vous écoute.

— Elle veut vous voir – Dieu sait qu'elle veut vous voir –, mais elle a peur.

Alison Mayflower, se rappela Elena, vivait avec une dénommée Stephanie Mars. C'était peut-être elle qui lui parlait en ce moment.

— Je comprends, dit-elle de sa voix la plus apaisante. On pourrait se retrouver quelque part où elle se sentirait à l'aise.

— Oui, Alison ne demande que ça.

— Vous ne quittez pas une seconde ?

— OK.

Elena ne perdit pas de temps.

— Simon ?

— Oui, qu'y a-t-il ?

— Il faut que je vous laisse. C'est Alison Mayflower. Elle veut me voir.

Elle reprit l'appel en attente.

— Je sais où vous habitez. Je peux passer...

— Non ! fit la jeune femme, paniquée, d'une voix étouffée. Ils vont vous suivre ! Vous ne vous rendez pas compte.

Elena leva la main d'un geste rassurant, ce qui au téléphone était évidemment peine perdue.

— Oui, bien sûr, je vois.

— On est surveillées. Vous aussi, d'ailleurs.

Son interlocutrice lui semblait quelque peu paranoïaque, mais, d'un autre côté, ils avaient déjà trois morts sur les bras.

— Pas de problème, répondit Elena posément,

d'un ton léger. On va trouver une solution. Quelque chose qui vous arrange toutes les deux.

Il leur fallut dix bonnes minutes pour parvenir à un accord qui eut l'air de satisfaire la jeune femme. Elena prendrait un Uber pour aller au Cracker Barrel Old Country Store, un restaurant à thème sur la route 95. Elle attendrait dehors. Stephanie – elle finit par lui donner son nom – se signalerait à elle par un double appel de phares.

— Vous avez quoi comme voiture ? demanda Elena.

— Je préfère ne pas le dire. Juste au cas où.

Elena monterait dans la voiture, et Stephanie l'emmènerait voir Alison dans « un lieu secret ». Ce furent ses propres termes. « Un lieu secret. »

— Venez seule, dit Stephanie.

— Promis.

— Si on voit que quelqu'un vous suit, on annule tout.

Elles convinrent que Stephanie « appellerait en laissant sonner une fois » pour prévenir qu'elle était « en position » au Cracker Barrel. Lorsqu'elles eurent raccroché, Elena, assise sur le lit, chercha Stephanie Mars sur Google. Il n'y avait pas grand-chose. Elle enfila son autre blazer bleu, un peu plus ample pour cacher son holster. Elle songea à rappeler Simon, puis décida de lui envoyer un texto pour dire qu'elle espérait bientôt rencontrer Alison Mayflower. Son portable était en charge. Elle avertit Lou qu'elle partait en rendez-vous. Il avait mis un traqueur haut de gamme sur son téléphone pour pouvoir la localiser vingt-quatre heures sur vingt-quatre, sept jours sur sept.

Une heure passa avant que le numéro masqué n'appelle à nouveau. Elena attendit. Une sonnerie et on raccrocha. C'était le signal. Elle n'arrêtait pas de consulter ses applications de covoiturage. L'une d'elles montra une voiture à huit minutes de l'hôtel. Celle-ci arriva au bout d'un quart d'heure.

Le Cracker Barrel à South Portland avait la même façade pseudo-rustique que tous les autres restaurants de la chaîne. Des fauteuils à bascule s'alignaient sur la terrasse, tous vides. Elena se posta à l'entrée. Ce ne fut pas long ; un Toyota Highlander lui adressa un appel de phares. Discrètement, elle prit la voiture en photo, surtout la plaque d'immatriculation, et envoya la photo à Lou.

On n'est jamais trop prudent.

Lorsque le Toyota s'arrêta, elle ouvrit la portière côté passager et jeta un œil à l'intérieur. La conductrice était une jolie jeune femme, coiffée d'une casquette de baseball avec le logo des Red Sox.

— Stephanie ?

— Montez, s'il vous plaît. Vite.

Elena étant tout sauf agile, cela lui prit un peu de temps. À peine s'était-elle assise, et alors même que la portière n'était pas complètement fermée, que Stephanie Mars appuya sur le champignon.

— Vous avez un portable ? s'enquit-elle.

— Oui.

— Mettez-le dans la boîte à gants.

— Pourquoi ?

— Ceci est strictement entre vous et Alison. Pas d'enregistrement, pas d'appels, pas de textos.

— Je n'aime pas trop l'idée de me séparer de mon téléphone.

Stephanie écrasa la pédale de frein.

— Dans ce cas, on arrête tout. Vous avez une arme, n'est-ce pas ?

Elena ne répondit pas.

— Rangez aussi votre arme dans la boîte à gants. Je ne sais pas si vous travaillez pour eux ou quoi.

— Qui ça, eux ?

— Allons bon.

— L'un des garçons adoptés a disparu. Je travaille pour son père.

— Et on est censées vous croire sur parole ?

La jeune femme secoua la tête d'un air incrédule.

— S'il vous plaît, mettez votre arme et votre téléphone dans la boîte à gants. Vous les récupérerez après avoir parlé à Alison.

Elena n'avait guère le choix. Elle sortit son portable et son pistolet, ouvrit la boîte à gants en face d'elle et les laissa tomber à l'intérieur. En cas de besoin, ils seraient à portée de main.

Elle scruta le profil de Stephanie Mars. La jeune femme avait les cheveux roux auburn, probablement coupés court – difficile de dire avec cette casquette de baseball –, et était véritablement belle. Des pommettes saillantes. Une peau satinée. Les deux mains sur le volant à dix heures dix, elle fixait la route comme si elle n'avait pas l'habitude de conduire.

— Avant de vous laisser voir Alison, j'aurais quelques questions à vous poser.

— Je vous écoute, fit Elena.

— Qui vous a engagée au juste ?

Elle allait répondre qu'elle était tenue par le

secret professionnel, mais son client lui avait dit qu'elle pouvait en parler librement, que ça ne le dérangeait pas.

— Sebastian Thorpe. Il avait adopté un garçon qu'il a prénommé Henry.

— Et Henry a disparu ?

— C'est ça.

— Vous n'avez aucune idée de ce qu'il est devenu ?

— Justement, j'y travaille.

— Je ne comprends pas.

— Quoi donc ?

— Quel âge a Henry Thorpe ?

— Vingt-quatre ans.

— Quel rapport y a-t-il entre son adoption et sa vie actuelle ?

— Peut-être aucun.

— C'est quelqu'un de bien, vous savez, Alison. Elle ne ferait pas de mal à une mouche.

— Moi non plus, je ne lui veux pas de mal, répliqua Elena. Je tiens juste à retrouver mon client. Le problème, c'est que si Alison a enfreint la loi...

— Jamais de la vie.

— Je sais. Mais si ces adoptions présentent une quelconque irrégularité, et si elle refuse de coopérer, eh bien, c'est elle qui portera le chapeau. Tout lui retombera dessus.

— Ça ressemble à une menace.

— Ce n'est pas le but recherché. Le but, c'est qu'elle comprenne la gravité de la situation. Je suis sa meilleure chance de se rattraper... et d'éviter des démêlés avec la justice.

Stephanie Mars agrippa le volant, les mains tremblantes.

— Je ne sais pas ce qui est le mieux.

— Je ne vous veux aucun mal, ni à elle ni à vous.

— Vous promettez de n'en parler à personne ?

Elena n'était pas sûre de tenir une telle promesse. Tout dépendait de ce qu'Alison lui révélerait. Mais à ce stade, mentir ne lui posait aucun problème.

— Je vous le promets.

La voiture bifurqua à droite.

— Où est-elle ? demanda Elena.

— Ma tante Sally possède un cabanon.

La jeune femme esquissa un sourire.

— C'est là qu'on s'est rencontrées, Alison et moi. Tante Sally est amie avec Alison. Chaque année, elle organise un barbecue en début de saison, et, il y a six ans, elle nous a invitées toutes les deux. Je sais qu'elle est plus âgée que moi, mais bon, vous l'avez vue. Elle fait très jeune, Alison. On s'est retrouvées devant le gril, on a discuté et…

Elle haussa les épaules, sourit, coula un regard en direction d'Elena.

— Et voilà.

— Joli, dit Elena.

— Et vous, vous avez quelqu'un ?

Toujours le même coup au cœur.

— Non. J'ai eu : il est mort.

Elle ignorait pourquoi elle lui racontait ça. Peut-être pour gagner sa confiance. Ou parce qu'elle avait besoin de le dire, tout simplement.

— Il s'appelait Joel.

— Je suis désolée.

— Merci.

— On y est presque.

La voiture s'engagea dans une allée. Au bout, il y avait une cabane en rondins, une vraie, pas un kit d'assemblage ni une imitation genre Cracker Barrel. Elena ne put s'empêcher de sourire.

— Tante Sally a bon goût.

— Je trouve aussi.

— Elle est là ?

— Sally ? Non. Elle est toujours à Philadelphie, au moins pour un mois encore. Je viens ici une fois par semaine, histoire de surveiller. Personne ne connaît cet endroit, et on voit les voitures arriver de loin. Du coup, Alison a pensé qu'on y serait en sécurité.

Elle gara la voiture et contempla Elena avec ses grands yeux.

— On vous fait confiance. Venez.

Tandis qu'elle mettait pied à terre, deux mots lui vinrent à l'esprit : calme et verdure. Elle aspira une goulée d'air frais. Sa jambe lui faisait mal. La vieille blessure, son éternelle compagne. Stephanie Mars lui avait parlé de sa rencontre avec Alison ici même. Hasard ou destinée, deux âmes s'étaient rapprochées. Joel disait en plaisantant que la scène de leur rencontre était la plus romantique de toute l'histoire, et même si elle l'avait envoyé promener, il avait peut-être raison.

Au cours d'un raid contre un fief de la milice suprémaciste blanche du côté de Billings, Montana, Elena s'était pris une balle dans la « partie supérieure de la jambe »... un doux euphémisme pour « fesse ». C'était plus embarrassant que douloureux, et Elena, l'une des rares femmes hispaniques dans le métier, avait l'impression d'avoir perdu sa dignité et trahi son peuple.

C'était à l'hôpital le plus proche, pendant sa convalescence, le postérieur rehaussé par un coussin gonflable du style pneu pour alléger la pression sur sa blessure, que l'agent spécial Joel Marcus était entré dans sa chambre et... *bim*, dans sa vie.

« Je ne me doutais pas, plaisantait-il souvent, à quel point je serais ravi de voir ces fesses à l'air dans le futur. »

Elle sourit à ce souvenir tandis que Stephanie poussait la porte et appelait :

— Alison ? Chérie ?

Pas de réponse.

Machinalement, Elena tendit la main vers son arme, sauf que celle-ci était restée dans la voiture. Stephanie Mars se précipita dans la cabane. Elena la suivit. Stephanie tourna à gauche et, soudain, s'arrêta. Lentement, elle pivota vers Elena.

Un sourire éclaira son beau visage tandis qu'Elena sentait le contact d'un objet froid à l'arrière de son crâne.

Leurs regards se croisèrent : le regard brun triste d'Elena et le regard vert et pétulant de la jeune femme.

Et Elena comprit.

En entendant le déclic, elle pensa à Joel et, juste avant la déflagration, espéra qu'ils seraient enfin réunis.

32

Ash se tenait au-dessus du cadavre d'Elena.

Elle était tombée face contre terre, les yeux ouverts, le cou bizarrement tordu. Le sang coulait de la plaie à l'arrière de la tête, mais Ash avait déjà disposé une bâche pour pouvoir nettoyer plus facilement. Dee Dee lui pressa le bras. Levant les yeux, il vit qu'elle souriait. Un homme, paraît-il, sait lire dans les sourires de la femme qu'il aime. Son sourire quand elle est heureuse, quand elle rit de bon cœur, quand elle regarde son amour dans les yeux.

Ash connaissait ce sourire – réservé aux moments d'extrême violence – et ne l'appréciait guère.

— Ça change quelque chose ? demanda Dee Dee. De tuer une femme ?

Il n'était pas d'humeur.

— Où est son portable ?

— Dans la boîte à gants.

Ash avait installé un appareil de brouillage fonctionnant sur piles dans la boîte à gants. Ainsi, si quelqu'un tentait de la localiser – comme on pouvait s'y attendre –, l'écran afficherait « *No signal* ».

— Gare-toi derrière la maison et rapporte-moi le téléphone.

Dee Dee prit son visage dans ses mains.

— Ça ne va pas, Ash ?

— Si, ça va, mais on doit faire vite.

Elle déposa un rapide baiser sur sa joue et se dépêcha de sortir. Ash entreprit d'envelopper le corps dans la bâche. Ils avaient déjà creusé le trou. Une fois que Dee Dee lui aurait remis le téléphone d'Elena, il enverrait des « Je vais bien » par SMS à toutes les personnes susceptibles de la rechercher. Il leur faudrait plusieurs jours, voire davantage, pour commencer à s'inquiéter sérieusement de la disparition d'Elena Ramirez.

D'ici là, Ash et Dee Dee auraient terminé le boulot. Sans laisser de traces.

« C'est ironique », avait dit Dee Dee lorsqu'il lui avait exposé son plan.

Et même si le sens de sa remarque lui avait échappé – on disait, se souvint-il, qu'Alanis Morissette avait utilisé ce mot à mauvais escient dans sa chanson –, aujourd'hui il lui semblait approprié. Elena Ramirez avait été engagée pour enquêter sur la « disparition » de Henry Thorpe. Lequel était mort depuis tout ce temps-là. Et voilà qu'elle « disparaissait » à son tour.

Dee Dee revint avec le téléphone portable et le brouilleur.

— Tiens.

— Finis de l'envelopper.

Elle lui adressa un salut moqueur.

— Tu es dans un état !

Se baissant, Ash prit la main d'Elena. Il devait rester suffisamment d'impulsion électrique dans son corps pour qu'il puisse déverrouiller le téléphone avec son pouce. Il pressa l'écran contre la partie charnue.

Bingo.

L'écran d'accueil était une photo d'Elena, radieuse, les bras autour d'un homme beaucoup plus grand qu'elle, mais tout aussi souriant.

Dee Dee jeta un œil par-dessus son épaule.

— Tu crois que c'est son Joel ?

— Sûrement.

Ash avait entendu toute la conversation car Dee Dee avait laissé son téléphone allumé.

— Est-ce que tu as une tante Sally au moins ? s'enquit-il.

— Non.

Il secoua la tête, ébahi.

— Tu es trop forte.

— Tu te rappelles quand on avait monté *West Side Story* au collège ?

Ash avait aidé à construire les décors. Elle avait interprété l'une des filles des Sharks.

— J'aurais dû jouer Maria – j'avais fait un tabac à l'audition –, mais M. Orloff a donné le rôle à Julia Ford parce que son père possédait une concession Lexus.

Sa voix ne trahissait ni regret ni colère. C'était une simple constatation. Ash était amoureux, certes, mais Dee Dee avait l'étoffe d'une vraie star. Cela se voyait. Elle avait beau n'être qu'une figurante, toute la salle n'avait eu d'yeux que pour elle.

Elle aurait pu devenir actrice, une icône du cinéma, mais comment s'y prendre quand on est

415

une fille de l'Assistance publique qui passe son temps à repousser les avances des hommes ?

Ash dit tendrement :

— Tu étais géniale dans ce spectacle, Dee Dee.

Elle était en train d'enrouler le corps dans la bâche.

— Je suis sérieux.

— Merci, Ash.

Il cliqua sur « Réglages », puis sur « Confidentialité ». Dans « Service de localisation », il déroula la page jusqu'à l'intitulé « Services système ». Là, il cliqua sur « Lieux fréquents », mais l'écran lui redemanda le pouce. Il se servit à nouveau de la main d'Elena, puis changea le mot de passe pour pouvoir y accéder directement la fois suivante.

Les gens ne se rendent pas compte de tout ce qu'ils révèlent involontairement de leur vie privée. Sur n'importe quel iPhone, on peut connaître l'historique de leurs derniers déplacements... comme ceux d'Elena Ramirez.

— Zut, lâcha Ash.

— Quoi ?

— Elle a été au salon de tatouage.

— C'était à prévoir, Ash. Et c'est pour ça qu'il fallait agir vite.

En consultant la liste, il releva plusieurs adresses dans la ville de New York, la plus récente étant le centre hospitalier Columbia dans la 168ᵉ Rue. Ash se demanda ce qu'elle était allée faire là-bas. Soudain il aperçut quelque chose de plus troublant.

— Elle est allée dans le Bronx.

Dee Dee achevait de nouer la corde autour de la bâche.

— Même endroit ?

Il cliqua et hocha la tête.

— Oh, ce n'est pas bon, ça, fit Dee Dee.

— Dépêchons-nous.

Il parcourut l'historique de ses appels et ses SMS. Le dernier en date, reçu il y a huit minutes, disait :

Vous avez vu Alison ? S'il vous plaît, tenez-moi au courant quand vous aurez un moment.

Dee Dee remarqua son expression.

— Qu'est-ce qu'il y a ?

— Quelqu'un d'autre qui brûle.

— Qui ?

Ash tourna le téléphone vers elle.

— Il faut qu'on s'occupe de ce Simon Greene.

33

Une fois dans la rame du métro, Simon s'affala sur un siège. Le regard rivé sur la vitre d'en face, contemplant sans le voir le tunnel qui défilait en un tourbillon sombre et indistinct, il repensait à ce qu'il venait d'apprendre. Cela ne tenait pas debout. Il avait découvert d'autres pièces du puzzle, des pièces importantes, peut-être même la raison pour laquelle sa fille était tombée dans la drogue. Mais plus il réunissait de pièces, plus le tableau d'ensemble devenait brouillon.

Une fois à la surface, il reçut un texto d'Yvonne : *L'argent est prêt. Il faut ta signature. Demande Todd Raisch.*

La banque était située entre un fast-food et une boulangerie huppée. Il n'y avait qu'un guichet, mais pas de file d'attente. Simon donna son nom et demanda à parler à Todd Raisch. Très professionnel, ce dernier l'escorta dans un bureau.

— Des billets de cent, ça vous va ?

Simon acquiesça. Raisch compta l'argent.

— Vous voulez un sac ?

Simon en avait un, un sac en plastique qu'Ingrid avait gardé après une incursion chez le traiteur. Il y rangea les liasses de billets, puis fourra le tout dans son sac à dos. Sur ce, il remercia Raisch et reprit le chemin de l'hôpital.

Tout en remontant Broadway, il appela Randy Spratt, le technicien du labo.

— J'ai l'argent.

— Dans dix minutes.

Après avoir raccroché, Simon vérifia s'il n'avait pas un message d'Elena Ramirez. Il était probablement encore trop tôt ; néanmoins, il tapa :

Vous avez vu Alison ? S'il vous plaît, tenez-moi au courant quand vous aurez un moment.

Pas de réponse. Ni de points dansants indiquant qu'elle était en train d'écrire.

Tout en marchant, il gardait un œil sur son téléphone pour éviter de penser au rendez-vous qui l'attendait. Il avait agi dans la précipitation, la panique même, sans vraiment réfléchir aux conséquences de ce test de paternité. Maintenant qu'il avait un peu de temps devant lui – et que ça lui pendait au nez –, il se demandait ce qu'il ferait s'il apprenait le pire.

S'il n'était pas le père biologique de Paige ?

Ni de Sam ni d'Anya ?

Vas-y mollo, s'enjoignit-il.

Sauf qu'il était déjà trop tard. La vérité, d'une façon ou d'une autre, fonçait sur lui comme un train de marchandises lancé à pleine vitesse. Il était en train de perdre pied. D'un côté, Sam lui ressemblait, tout le monde s'accordait à le dire, et même s'il n'en avait pas conscience, comme tous les parents du reste, il savait...

Il savait quoi ?

Ce n'était simplement pas possible. Ingrid ne lui aurait pas fait ça. Mais la petite voix obsédante ne se taisait pas. Il avait lu quelque part que dix pour cent des hommes élevaient un enfant qui n'était pas le leur. Ou étaient-ce deux pour cent ? Ou était-ce simplement n'importe quoi ?

Quand il arriva dans la cour derrière l'aile pédiatrique, Randy Spratt l'attendait déjà sur un banc. Raide comme un piquet, les mains dans les poches de son trench, les yeux bougeant dans tous les sens comme un rongeur affolé.

Simon s'assit à côté de lui. L'un et l'autre regardaient droit devant eux.

— Vous avez l'argent ? chuchota Spratt.

— Ce n'est pas une remise de rançon, vous savez.

— L'avez-vous, oui ou non ?

Simon plongea la main dans son sac à dos. Il eut un instant d'hésitation. Au fond, il n'était pas obligé d'ouvrir cette boîte de Pandore. Quelquefois, l'ignorance était une bénédiction. N'avait-il pas vécu heureux sans connaître le « passé secret » d'Ingrid ?

Oui, et voyez où cela les avait conduits.

Simon lui tendit le sac. Une seconde, il craignit que Spratt ne se mette à les compter sur place, mais le sac en plastique disparut rapidement dans le trench-coat.

— Alors ? dit Simon.

— Celui que vous vouliez en priorité. La brosse à dents jaune.

Simon avait la bouche sèche.

— Oui ?

— J'ai fait au plus vite ; c'est donc le seul résultat scientifiquement définitif.

Intéressant que Spratt ne l'ait pas mentionné

avant de toucher l'argent, mais peut-être que c'était sans importance.

— Et alors ? demanda Simon.

— C'est positif.

— Ça veut dire que... ?

— Vous êtes le père biologique de cet enfant.

Un soulagement indicible l'envahit, se répandit dans ses veines.

— Et d'après les premières analyses, même s'il ne s'agit que de résultats provisoires, tout laisse à penser que vous êtes le père biologique des deux autres.

Randy Spratt se leva et s'éloigna sans ajouter un mot. Simon resta assis sur le banc sans bouger. Il regarda une vieille femme vêtue d'une blouse d'hôpital pousser son déambulateur jusqu'à un massif de fleurs. Elle se baissa pour le humer. Simon se borna à l'observer. De jeunes internes assis dans l'herbe mangeaient des sandwichs grecs achetés à un food-truck. Ils avaient l'air épuisés et heureux, comme Ingrid du temps de son internat lorsqu'elle travaillait jusqu'à pas d'heure, mais se savait chanceuse car elle avait trouvé sa voie.

Et dire que Paige voulait suivre les traces de sa mère. Dans d'autres circonstances, Simon s'en serait réjoui. Quelque part, c'était encore le cas.

Mais il fallait qu'il la retrouve d'abord.

Il consulta son portable. Toujours pas de nouvelles d'Elena Ramirez. Il tapa :

Le test ADN prouve que je suis le père de Paige. Je ne vois pas comment elle est tombée sur Aaron, mais à mon sens c'est lié à cette affaire d'adoptions illégales. Appelez-moi quand vous en aurez fini avec Alison Mayflower.

Il était temps de retourner auprès d'Ingrid. En se levant, il offrit son visage au soleil, ferma les yeux. Encore une minute ou deux. Ingrid et lui avaient pris des cours de yoga, histoire de faire des activités en couple, et le prof avait insisté sur l'importance de la respiration. Il inhala profondément, retint son souffle, expira.

Sans succès.

Son portable se mit à vibrer. Elena était en train de lui répondre :

Je dois traverser la frontière canadienne pour ce rendez-vous. Je ne serai peut-être pas joignable pendant quelques jours. Où serez-vous ?

La frontière canadienne ? Il ne savait pas trop quoi en penser.

Il tapa :

À l'hôpital pour le moment, mais ça pourrait changer.

Il envoya le texto et attendit. Les points clignotèrent ; Elena était en train d'écrire.

Tenez-moi au courant s'il y a du nouveau. Il est vital qu'on reste connectés, même si je ne peux pas vous répondre.

Simon promit. Il passa le contrôle de sécurité et prit l'ascenseur jusqu'à l'étage des soins intensifs. Il était tenté de demander à Elena pourquoi le Canada et pourquoi elle ne pourrait pas répondre, puis il se dit qu'elle lui fournirait en temps utile toutes les informations qu'elle aurait récoltées. Les portes de l'ascenseur s'ouvrirent tandis qu'il repensait à sa conversation avec Van de Beek, et son cœur se serra douloureusement.

Qu'était-il arrivé à Paige sur ce campus ?

Laisse tomber, s'ordonna-t-il. Ou tu ne seras plus bon à rien.

Les infirmières étaient en train de faire la toilette d'Ingrid, c'est pourquoi Sam était en train d'arpenter le couloir. En apercevant Simon, il le serra brièvement dans ses bras.

— Excuse-moi, lui glissa son fils.

— Ce n'est rien.

— Je ne le pensais pas. Quand j'ai dit que maman s'était fait tirer dessus par ta faute.

— Je sais.

Sam sourit avec lassitude.

— Tu imagines la réaction de maman si elle m'avait entendu ?

— Non, pourquoi ?

— Elle m'aurait traité de sexiste. Genre, jamais je ne l'aurais accusée, elle, si c'est toi qui avais été blessé.

Sa réflexion plut à Simon.

— Je crois que tu as raison.

— Où étais-tu ? demanda Sam.

Malgré le désir légitime de protéger son fils, Simon n'avait pas envie de l'infantiliser.

— Je viens de parler à un ancien professeur de Paige.

Sam le regarda.

Dans des termes vagues, Simon lui fit part de l'agression sexuelle : d'accord, il ne voulait pas l'infantiliser, mais ce n'était pas la peine de le traumatiser non plus. Sam écouta sans interrompre. Il fit de son mieux pour rester stoïque, mais le tremblement de sa lèvre inférieure n'échappa pas à Simon.

— C'est arrivé quand ? questionna-t-il lorsque son père eut terminé.

— Je ne sais pas exactement. Vers la fin du premier semestre.

— Paige m'a appelé un soir, alors qu'elle ne le faisait jamais.

— Et que t'a-t-elle dit ?

— Qu'elle voulait me parler.

— De quoi ?

— Je n'en sais rien.

Sam haussa exagérément les épaules.

— C'était un vendredi soir tard. Il y avait une fête au Martin's. Je n'ai pas vraiment écouté. Je n'avais qu'une hâte, qu'elle raccroche. Et voilà.

Simon posa la main sur le bras de son fils.

— Ce n'était peut-être pas le même soir.

— Peut-être, répondit Sam sans conviction.

Simon allait poursuivre quand il entendit quelqu'un se racler la gorge. Se retournant, il fut surpris de voir l'homme qui avait sauvé la vie d'Ingrid.

— Cornelius ?

Il avait toujours son jean déchiré et sa barbe blanche et hirsute.

— Comment va Ingrid ?

— Difficile à dire.

Simon se tourna vers son fils.

— Sam, je te présente Cornelius. Il...

Impossible de lui expliquer que Cornelius avait tiré sur Luther pour sauver non seulement sa mère, mais également son père.

— Il possède l'immeuble où Paige a habité dans le Bronx. Il nous a été d'un grand secours.

Sam lui tendit la main.

— Enchanté.

— Pareillement, jeune homme.

Cornelius regarda Simon.

— Je peux vous parler un instant ?

— Bien sûr.

— Je dois aller aux toilettes de toute façon, lança Sam en s'éloignant dans le couloir.

Simon fit face à Cornelius.

— Qu'est-ce que vous faites ici ?

— Il faut que vous veniez avec moi.

— Où ça ?

— Chez moi. Rocco nous y rejoindra. Avec Luther. Ils ont des choses à vous dire.

34

Ash et Dee Dee avaient tout préparé. Ce fut donc rapide.

Après avoir enroulé le corps d'Elena dans la bâche, ils le jetèrent dans la brouette devant la porte côté jardin. Ash poussa la brouette dans le bois tandis que Dee Dee nettoyait la cabane.

Creuser un trou demande du temps. Le combler, beaucoup moins.

Pendant qu'ils roulaient vers le sud, Dee Dee inspectait le contenu du portable d'Elena.

— Il n'y a pas grand-chose là-dedans, dit-elle à Ash. Elena Ramirez est une grosse légume de VMB Investigations. Ça, on le savait déjà. Son client est le père de Henry Thorpe. Ça aussi, on le sait.

Elle leva les yeux.

— Au fait, c'est accordé.

— Qu'est-ce qui est accordé ?

— Simon Greene. Au même tarif que les autres.

— Google-le, répondit Ash. Je veux savoir qui c'est.

Ce ne fut pas long. La page de PPG Gestion de patrimoine s'afficha à l'écran, avec la biographie de Simon. Il y avait deux photos de lui : un portrait et une photo de groupe avec tout le personnel de PPG.

Ils venaient de franchir la frontière de l'État.

— La batterie est à douze pour cent, dit Dee Dee. On a un chargeur pour ce genre de téléphone ?

— Regarde dans la poche arrière de mon siège.

Dee Dee se contorsionna pour tendre la main quand le portable d'Elena vibra. Un nouveau message de Simon Greene. Elle le lut tout haut.

Le test ADN prouve que je suis le père de Paige. Je ne vois pas comment elle est tombée sur Aaron, mais à mon sens c'est lié à cette affaire d'adoptions illégales. Appelez-moi quand vous en aurez fini avec Alison Mayflower.

Ash lui demanda de relire le texto. Puis :

— Si on ne répond pas, il risque de s'inquiéter et de commencer à téléphoner.

— Voyons…

Elle tapa :

Je dois traverser la frontière canadienne pour ce rendez-vous. Je ne serai peut-être pas joignable pendant quelques jours. Où serez-vous ?

Ash hocha la tête.

Dee Dee fixa l'écran tandis qu'il appuyait sur l'accélérateur.

— Il est en train de répondre, fit-elle.

— On devrait fermer cette messagerie quand tu auras terminé avec ça.

— Pourquoi ?

— Des fois qu'il y aurait moyen de la localiser.

Le téléphone vibra à nouveau.

À l'hôpital pour le moment, mais ça pourrait changer.

— Que penses-tu de… ?

Elle rédigea le message avant de le lire à haute voix :

428

Tenez-moi au courant s'il y a du nouveau. Il est vital qu'on reste connectés, même si je ne peux pas vous répondre.

Ash acquiesça et lui dit de l'envoyer.

— Maintenant, ferme ça.

Ils roulèrent quelques minutes sans mot dire, puis Dee Dee rompit le silence :

— Qu'est-ce qu'il y a ?

— Tu sais bien.

— Franchement, non.

— Le texto de Simon Greene, fit Ash.

— Eh bien ?

— Je suppose qu'Aaron est Aaron Corval.

— On suppose la même chose.

— Alors qui est Paige ?

— La copine d'Aaron, non ?

— Et que vient faire son père là-dedans ?

— Aucune idée.

Dee Dee se tourna vers lui, repliant ses jambes sous ses fesses.

— Je croyais que les pourquoi, tu t'en fichais, Ash.

— D'habitude, oui.

— Ça t'a perturbé de tuer cette femme. Les hommes, pas de problème, mais une femme ?

— Arrête, tu veux bien ? Il ne s'agit pas de ça.

— C'est quoi, alors ?

— Quelqu'un a fait les rapprochements. Du coup, les mobiles et les détails, ça me concerne aussi.

Dee Dee regarda par la vitre.

— Sauf si tu n'as pas confiance en moi, ajouta-t-il.

— S'il y a une personne au monde en qui j'ai confiance, c'est bien toi.

Son cœur manqua un battement.

— D'après le message contenu dans les symboles, commença-t-elle, le Visiteur et le Volontaire devaient être les deux premiers-nés de la Vérité. Des fils, obligatoirement. Les filles – la Vérité en a une bonne vingtaine – ne comptent pas en termes de succession. Le sang masculin représente le lien le plus fort car il est le seul à avoir une composante physique. Une épouse n'a pas le même sang que toi. Ni ton meilleur ami. Donc, les preuves scientifiques font que...

— Dee ?

— Oui.

— Arrête ton char. J'ai compris. Les deux fils Vartage héritent de son poste de chef.

— Ils héritent de tout. Justement. C'est écrit dans les symboles : « Les deux fils s'élèveront. »

— Et qu'est-ce que ceci a à voir avec cela ?

— Il est aussi écrit, répliqua-t-elle, que le Havre de la Vérité et tous ses biens seront divisés à parts égales entre ses héritiers de sexe mâle.

— Oui, et alors ?

— Il n'est pas précisé « les deux fils aînés ». Tu comprends maintenant ?

Ash commençait à y voir plus clair.

— Vartage a eu d'autres fils en dehors de ces deux-là ?

— Oui.

— Et ces fils-là...

— ... ont été mis à l'adoption, oui, fit Dee Dee. Vendus, plus exactement. Les filles sont restées.

Elles pouvaient être utiles. Mais les fils risquaient d'hériter et de saborder la prophétie. C'était il y a des lustres... avant mon arrivée.

— Donc Vartage a tout simplement vendu ses autres fils ?

— C'était gagnant-gagnant, Ash. On a conservé les deux fils de la prophétie... et amassé plein d'argent pour le Havre.

— Ben, mon cochon.

— Oui.

— Et les mères étaient toutes d'accord ?

— Certaines oui, répondit Dee Dee, et d'autres non.

— Alors comment ont-ils fait ?

— La Vérité a couché avec beaucoup de femmes. Évidemment, certaines sont tombées enceintes. On leur a dit que si elles accouchaient d'un garçon, un sort meilleur l'attendait. Il irait au Grand Havre dans l'Arkansas. C'était ce qu'il pouvait lui arriver de mieux.

— Il y a un autre havre dans... ?

— Non, Ash.

Il secoua la tête.

— Et les mères gobaient ça ?

— Quelques-unes, pas toutes. C'était un vrai cas de conscience : choisir entre la Vérité et leur instinct maternel. Généralement, c'est la Vérité qui gagnait.

— Et si c'était l'instinct maternel ?

— On leur disait que l'enfant était mort à la naissance.

Ash était rarement frappé de stupeur, mais alors là...

— Sérieux ?

— Oui. Il y avait un enterrement en grande pompe et tout le tralala. Certaines mères croyaient que c'était leur faute. Si elles avaient accepté d'envoyer leur fils au Grand Havre...

— Mon Dieu.

Dee Dee hocha la tête.

— Les bébés étaient vendus. Tu sais combien ça vaut, un garçon blanc en bonne santé ? Une petite fortune. Alison Mayflower, qui est restée fidèle à la Vérité, servait d'intermédiaire.

— Et combien de bébés la Vérité a-t-il vendus comme ça ?

— Rien que des garçons.

— J'ai bien compris. Combien ?

— Quatorze.

Il garda la main sur le volant.

— Et aujourd'hui, la Vérité est à l'article de la mort.

— Oui.

— Alors les frères Vartage – le Visiteur et le Volontaire, ou quels que soient les noms qu'on leur donne – craignent que ces enfants naturels ne viennent réclamer leur part d'héritage.

— Pendant des années, la Vérité, le Volontaire et le Visiteur – comme le reste d'entre nous – n'ont rien eu à craindre. Il était impossible de faire le rapprochement entre ces enfants adoptés et le Havre de la Vérité. Ils étaient éparpillés à travers tout le pays et, par mesure de sécurité, Alison Mayflower avait détruit les archives. La Vérité ne pouvait donc pas retrouver ses fils, et le plus important, bien sûr, c'est que les fils ne pouvaient pas retrouver la Vérité.

— Et pourquoi ça a capoté ? s'enquit Ash.

— Tu as entendu parler de ces nouveaux sites ADN comme 23etMoi ou Ance-Être ?

— Oui.

— Des tas de gens envoient des échantillons de leur ADN dans ces banques de données en espérant trouver quelque chose.

— Je suppose donc que certains de ces garçons...

— ... ont découvert l'existence des autres, oui.

— Et ça les a conduits jusqu'à Vartage ?

— Oui.

— Admettons que deux de ses fils aillent sur le même site. Ils se rendent compte qu'ils sont demi-frères.

— C'est ça. Puis un troisième. Et un quatrième. Le tout dans un très court laps de temps.

— Alors quelqu'un dans la secte décide que le meilleur moyen de se débarrasser du problème est... de se débarrasser du problème.

Ash regarda Dee Dee. Elle lui sourit.

— En échange d'une place de chef ?

— Quelque chose comme ça.

Il secoua à nouveau la tête, médusé.

— Combien vaut le Havre de la Vérité, Dee ?

— C'est difficile à estimer, répondit-elle. Dans les quarante millions, probablement.

Il en resta bouche bée.

— Waouh !

— Ce n'est pas juste une question d'argent.

— Mais oui, bien sûr.

— Cesse d'être cynique une seconde. Imagine

ce qu'il adviendrait du Havre de la Vérité si quatorze autres fils débarquaient pour réclamer leur dû. Ça détruirait la Vérité, voilà tout.

— Allons bon, Dee.

— Quoi ?

— Arrête avec la Vérité, veux-tu ? Tu sais bien que c'est du pipeau. Tu l'as reconnu toi-même.

Dee Dee haussa les épaules.

— Ce que tu peux être aveugle, Ash. J'aime la Vérité.

— Et tu l'utilises pour parvenir à tes fins.

— Bien sûr. L'un n'empêche pas l'autre. Personne ne croit à tous les passages des Écritures ; chacun choisit ce qui lui convient. N'importe quel prêtre qui gagne de l'argent grâce à son ministère – qu'il croie à ce qu'il prêche ou non – en tire un avantage personnel. C'est la vie, mon amour.

Son raisonnement était certes aberrant, mais pas dénué de bon sens.

Il commençait à faire chaud dans la voiture. Ash mit la climatisation.

— Il nous reste donc encore deux fils à éliminer.

— Oui. Un dans le Bronx, l'autre à Tallahassee. Oh, et puis, ajouta Dee Dee, il faut aussi qu'on se débarrasse de Simon Greene.

35

Simon et Cornelius attendaient devant l'agence bancaire où, un peu plus tôt, Simon était venu retirer du liquide pour le test ADN. Rocco avait dépêché Cornelius pour bien faire comprendre à Simon que ses informations avaient un prix. Il était donc de retour à la banque pour effectuer un nouveau retrait.

Comme il avait déjà encaissé une grosse somme, et afin de ne pas éveiller de soupçons, il fit appel à Yvonne qu'il voyait maintenant arriver dans leur direction.

— Un problème ? questionna-t-il.

— Non.

Yvonne regarda Cornelius, un Noir avec un T-shirt râpé et une épaisse barbe blanche.

— Qui est-ce ? demanda-t-elle à Simon.

— Cornelius.

Elle se tourna vers Cornelius.

— Et qui êtes-vous, Cornelius ?

— Juste un ami, répondit-il.

Elle le toisa de haut en bas.

— Et pourquoi avez-vous besoin de cet argent ?

— Ce n'est pas pour lui, répondit Simon. Il est là pour m'aider.

— T'aider pour quoi ?

Simon lui expliqua rapidement que Rocco et

Luther avaient des révélations à lui faire. Sans préciser que Cornelius leur avait sauvé la vie, à Ingrid et lui. Il s'attendait à des objections, mais Yvonne se borna à rétorquer :

— Reste à l'écart. Je vais retirer l'argent sur mon compte.

Il aurait voulu lui dire qu'il la rembourserait, mais Yvonne était la sœur d'Ingrid et elle l'enverrait sûrement paître. Il se contenta donc de hocher la tête. Pendant qu'elle entrait dans l'agence, Cornelius et lui firent quelques pas dans la rue.

— C'est le moment de me mettre au parfum, fit Cornelius.

Simon s'exécuta.

— Sacré foutoir, commenta Cornelius quand il eut terminé.

— Eh oui.

Puis :

— Pourquoi nous avez-vous aidés, Cornelius ?

— Et pourquoi pas ?

— Je suis sérieux.

— Moi aussi. On n'a pas souvent l'occasion de jouer les héros. Alors quand la chance se présente, on saute dessus.

Il haussa les épaules pour signifier qu'il n'y avait pas de quoi se prendre la tête, que c'était tout simple, et Simon le crut.

— Merci.

— Et puis Ingrid a été gentille avec moi.

— Quand elle se réveillera, je lui raconterai ce que vous avez fait, si ça ne vous dérange pas.

— Pas de problème. Vous avez gardé l'arme que je vous ai donnée ?

— Oui. Vous pensez qu'on en aura besoin ?

— On ne sait jamais. Je doute que vous en ayez besoin. Mais il vaut mieux prendre ses précautions.

— À savoir ?

— On ne se promène pas avec plusieurs milliers de dollars sur soi sans être armé.

— Je vois.

— Autre chose, dit Cornelius.

— Quoi ?

— Je ne tiens pas à endosser le rôle de l'ami noir qui se fait tuer. J'ai horreur de ça au cinéma.

Simon rit, pour la première fois, semblait-il, depuis des mois.

Le téléphone de Cornelius bourdonna, et il s'écarta pour répondre. Yvonne sortit de la banque et remit l'argent à Simon.

— J'ai demandé neuf mille six cent cinq dollars.

— Pourquoi ce montant ?

— Pour qu'il soit différent du tien et qu'un ordinateur ne bute pas dessus. Six cent cinq, six cinq. Tu reconnais la date ?

C'était la date de naissance de Drew, son aîné, le filleul de Simon.

— J'ai pensé que ça pourrait te porter chance, dit Yvonne.

Cornelius revint.

— C'était Rocco.

— Alors ? demanda Simon.

— Il sera chez moi d'ici deux heures. Il doit d'abord localiser Luther.

Cornelius resta à l'entrée de l'hôpital pendant que Simon et Yvonne rejoignaient Sam dans la chambre d'Ingrid. Ils veillèrent plus d'une heure à son chevet en attendant des nouvelles de Rocco. Au moment du changement d'équipe, la nouvelle infirmière, à cheval sur le règlement, vint leur rappeler qu'il ne pouvait pas y avoir plus de deux personnes dans la chambre et demanda que l'un d'eux veuille bien aller attendre son tour dans la zone prévue à cet effet, à gauche dans le couloir.

Sam se leva.

— J'ai du boulot, de toute façon.

— Tu ferais mieux de retourner à Amherst, lui dit Simon. C'est ce qu'aurait voulu ta mère.

— Peut-être, répliqua Sam, mais pas moi. Je veux rester ici.

Et il tourna les talons.

— Il est particulier, fit Yvonne.

— Oui.

Puis :

— J'ai parlé à l'un des profs de Paige aujourd'hui.

— Ah ?

— Il pense qu'elle s'est peut-être fait violer sur le campus.

Les yeux rivés sur le lit de sa sœur, Yvonne garda le silence.

— Tu m'as entendu ?

— Oui, Simon. Je t'ai entendu.

Il scruta son visage, guettant une réaction.

— Attends… tu étais au courant ?

— Je suis sa marraine. Elle se confiait souvent à moi.

Le sang de Simon ne fit qu'un tour.

— Et tu ne m'as rien dit ?

— Elle m'a fait promettre de ne pas en parler.

— Alors, si Drew avait un énorme problème

et qu'il vienne me voir en me demandant de ne rien dire...

— Je trouverais normal que tu tiennes ta promesse. C'est pour ça que je t'ai choisi comme parrain. Pour qu'il ait quelqu'un à qui parler, en dehors de Robert et moi.

Ce n'était pas le moment de polémiquer.

— Et ensuite, que s'est-il passé ?

— J'ai aidé Paige à trouver un thérapeute.

— Je veux dire, qu'est-il arrivé au violeur ?

— C'est une longue histoire.

— Tu es sérieuse, Yvonne ?

— Paige avait du mal à se rappeler les détails. Il lui a peut-être filé quelque chose. Comme elle a attendu longtemps avant de le signaler, le kit de viol n'a pas servi à grand-chose. La thérapie lui a fait du bien, en revanche. Elle a essayé de se souvenir, d'avancer pas à pas.

— Et porter plainte contre ce salopard ?

— Je l'ai encouragée à le faire. Mais elle n'était pas prête. Elle n'avait aucun souvenir. Elle n'était même pas sûre de n'avoir pas été consentante.

Yvonne leva la main pour endiguer le flot de questions.

— C'était très flou, Simon.

Il secoua la tête.

— Tu aurais dû m'avertir.

— J'ai insisté auprès de Paige. Je l'ai suppliée. Même après qu'elle a coupé les ponts avec moi. À un moment donné, elle a cessé de me parler. Elle m'a dit qu'elle allait bien, que son problème avait été réglé. Je ne sais pas ce qui s'est passé.

439

Elle ne répondait plus à mes coups de fil. Elle s'est mise à fréquenter ce type, Aaron...

— Et tu nous l'as caché ? Elle était en pleine débâcle, et tu n'as pas dit un mot.

— À toi, non.

Il n'en croyait pas ses oreilles.

— Ingrid ?

On frappa à la porte. Simon fit volte-face. Cornelius passa la tête dans la chambre.

— Venez, dit-il. Rocco nous attend.

36

— Tu dois tenir compte du fait, dit Ash à Dee Dee, que d'autres fils sur les quatorze vont faire analyser leur ADN grâce à ces sites de généalogie.

Dee Dee hocha la tête, rallumant le téléphone pour consulter les messages.

— Comment tu vas faire ?

— La Vérité ne passera pas la semaine. Je ne connais pas grand-chose au droit patrimonial, mais une fois que le jugement d'homologation sera prononcé, ce sera difficile de revenir dessus.

— N'empêche, répondit Ash. Quelqu'un finira bien par faire le rapprochement.

— Comment ça ?

— Un autre fils de la Vérité fait faire un test ADN.

— Admettons.

— Il découvre qu'il a trois ou quatre demi-frères... tous morts.

— OK. L'un a été tué au cours d'un cambriolage. Un autre s'est suicidé. Un troisième a disparu... parti sans laisser d'adresse. Un autre encore a été poignardé, je ne sais pas, par un drogué en pleine crise de délire. Une série de coïncidences dramatiques. À condition qu'il arrive à les localiser. Ce qui ne sera pas facile. Leurs comptes resteront actifs après leur mort. Le nouveau fils commencera donc par écrire à ses demi-frères. Ils ne répondront pas. Il laissera certainement tomber, mais même s'il les identifie tous, qu'il fasse le lien et persuade les polices des différents États de collaborer sur ces vieux crimes, que trouveront-ils ?

Dee Dee avait pensé à tout.

— Ash ?

— Rien, répliqua-t-il. Ils ne trouveront rien.

— Exactement… Oh, attends une minute.

— Quoi ?

— Un texto de Simon Greene.

Elle le lut tout haut :

Je vais chez Cornelius, là où nous nous sommes rencontrés. On a peut-être une piste. Et de votre côté ?

— Qui est Cornelius ? demanda Ash. Tu as une idée ?

— Aucune.

— Ça ne sent pas bon.

— Mais si, ça va aller.

— Et cette histoire avec mère Adéona ? s'enquit-il.

— Je ne suis pas au courant.

— Elle m'a dit de me méfier de toi.

— Mais toi, tu as confiance en moi, hein, Ash ?

— Oui, Dee Dee.

Elle lui sourit.

— On s'inquiétera de ça plus tard.

Ils trouvèrent une place devant les barrières en béton du secteur de Mott Haven dans le Bronx. Tous deux étaient armés. D'un pistolet et d'un couteau chacun. Une attaque au couteau, pensait Ash, ça devait être monnaie courante entre les trafiquants de drogue du quartier.

Il allait ouvrir sa portière quand il entendit Dee Dee souffler :

— Ash ?

Le ton de sa voix l'alerta. Il se tourna vers elle. Dee Dee pointa le menton, sortit son portable et le brandit pour lui montrer la photo récupérée sur le site de PPG Gestion de patrimoine.

— C'est bien lui, non ?

Il suivit son regard. Pas de doute. Simon Greene était en train de s'engouffrer dans l'immeuble.

— Et qui c'est, le type qui est avec lui ?

— Je pense que c'est Cornelius.

Dee Dee hocha la tête.

— On oublie les couteaux, Ash.

Elle se retourna vers le sac d'armes sur le siège arrière.

— Ça aura plutôt l'air d'une fusillade.

Rocco était tellement immense que chaque fois qu'on le voyait, on était à nouveau frappé par sa stature de géant. Tandis qu'il arpentait l'appartement de Cornelius, Simon crut presque entendre *fee-fi-fo-fum*, comme dans *Jack et le Haricot magique*.

Plissant les yeux, Rocco scruta les livres sur les étagères.

— Tu as lu tout ça, Cornelius ?

— Oui. Tu devrais essayer. La lecture, ça rend empathique.

— Tu m'en diras tant.

Rocco saisit un livre, le feuilleta.

— Vous avez les cinquante mille dollars, monsieur Greene ?

— Vous avez ma fille ? répartit Simon.

— Non.

— Alors je n'ai pas les cinquante mille dollars.

— Où est Luther ? demanda Cornelius.

— Cool, Cornelius. Il n'est pas loin.

Rocco leva son téléphone portable.

— Luther ?

Une voix grêle résonna dans le haut-parleur :

— Je suis là, Rocco.

— Reste où tu es. Notre ami n'a pas l'argent.

— J'ai l'argent, fit Simon. Pas les cinquante mille, mais si ce que vous avez à me dire m'aide à retrouver ma fille, je vous donnerai le reste. Vous avez ma parole.

— Votre parole ?

Le rire de Rocco était aussi énorme que sa personne.

— Et je suis censé vous croire juste parce que vous autres, Blancs, êtes dignes de confiance ?

— Absolument pas.

— Pourquoi alors ?

— Parce que je suis père.

— Oooh !

Rocco remua les doigts.

— Vous pensez que ça m'impressionne ?

Simon ne dit rien.

— La seule chose qui m'impressionne, c'est le cash.

Simon fit tomber l'argent sur la table basse.

— Presque dix mille.

— Ce n'est pas assez.

— C'est tout ce que j'ai pu réunir en si peu de temps.

444

— Dans ce cas, bye.

Cornelius dit :

— Allons, Rocco.

— Je veux plus.

— Vous aurez plus, répondit Simon.

Rocco semblait se tâter, mais les liasses de billets sur la table basse lui faisaient de l'œil.

— Bon, alors voilà : j'ai quelque chose à vous dire d'abord. C'est du lourd. Puis mon gars, Luther... Luther, tu es toujours là ?

Venant du téléphone :

— Ouais.

— OK, ne bouge pas. Au cas où ils tenteraient quelque chose. Par sécurité.

Il montra ses dents étincelantes.

— Puis je demanderai à Luther de venir car ce qu'il a à dire est encore plus gros.

— On t'écoute, fit Cornelius.

Rocco prit l'argent.

— Quelqu'un a vu Paige.

Simon sentit son pouls s'accélérer.

— Quand ?

Rocco se mit à compter les billets.

— Deux jours après que son mec s'est fait buter. Votre fille a dû rester dans le coin. Elle se cachait peut-être. Puis elle a pris la ligne 6.

Le métro le plus proche.

— Il est sûr que c'était elle, dit Rocco sans cesser de compter. Pas catégorique, mais assez sûr. Ce gars, qui travaille pour moi, est convaincu de l'avoir vue. Aucun doute là-dessus.

— Où ? demanda Simon.

Rocco fronça les sourcils.

— Il n'y a pas dix mille là-dedans.

— Je vous donnerai dix mille de plus demain. Où a-t-il vu Paige ?

Rocco regarda Cornelius, qui hocha la tête.

— À la gare routière.

— Et par hasard, il ne sait pas où elle allait ?

Rocco toussota dans son poing.

— Vous savez quoi, monsieur Greene ? Je vais répondre à votre question. Puis Luther... Luther, tu es prêt ?... vous racontera le reste. Moyennant cinquante mille dollars. Je ne négocierai pas. Vous savez pourquoi ?

— Allons, Rocco, dit Cornelius.

Rocco écarta ses mains géantes.

— Parce que quand vous aurez entendu Luther, vous nous filerez le pognon juste pour qu'on se taise.

Simon affronta son regard sans ciller. Il était clair que Rocco ne plaisantait pas. Les révélations que Luther avait à leur faire devaient être de taille.

— Mais je réponds d'abord à votre question : Buffalo. Votre fille – je tiens ça de source sûre – a pris un car pour Buffalo.

Simon chercha en vain quelqu'un que lui ou sa fille pouvaient connaître dans la région de Buffalo. Certes, elle aurait pu descendre avant, n'importe où dans le nord-ouest de l'État de New York, mais il ne voyait toujours rien.

— Luther ?

— Oui, Rocco.

— Tu peux venir ?

Rocco coupa son portable et sourit à Cornelius.

— C'était toi, hein, Cornelius ?

446

Ce dernier garda le silence.

— C'est toi qui as tiré sur Luther.

Cornelius se borna à le dévisager. Rocco rit et leva les mains.

— Ouh là, t'inquiète, je ne lui dirai pas. Mais tu vas vite comprendre qu'il avait ses raisons.

— Quelles raisons ? demanda Simon.

Rocco se dirigea vers la porte.

— Légitime défense.

— De quoi parlez-vous ? Je n'allais pas...

— Pas vous, vieux.

Simon le regarda.

— Réfléchissez un peu. Luther ne vous visait pas, vous. Il visait votre femme.

Rocco sourit, la main sur le bouton de porte.

Tout se passa en même temps.

Luther hurla du couloir :

— Rocco, attention !

Instinctivement, Rocco ouvrit grand la porte.

Et les balles se mirent à siffler.

37

Cinq minutes plus tôt, Ash poussait la porte recouverte de tags.

Il pénétra le premier dans l'entrée mal éclairée, Dee Dee sur ses talons. Ils n'avaient pas sorti leurs armes. Pas encore. Mais ils avaient la main dessus, juste au cas où.

— Qu'est-ce qu'il vient faire ici, Simon Greene ? chuchota Ash.

— Rendre visite à sa fille, je suppose.

— Alors pourquoi il ne l'a pas dit dans son texto ? Pourquoi a-t-il parlé d'un Cornelius ?

Dee Dee posa le pied sur la marche branlante.

— Je ne sais pas.

— On devrait faire demi-tour, dit Ash. Pour essayer d'en savoir plus.

— Vas-y, toi.

— Dee.

— Non, Ash, écoute-moi. Elena Ramirez et Simon Greene sont des tumeurs cancéreuses. On doit les éradiquer, sans quoi elles se propageront. Tu veux prendre plus de précautions ? Parfait. Retourne à la voiture. J'ai la puissance de feu nécessaire pour régler ça toute seule.

— Il n'en est pas question, riposta Ash. Et tu le sais bien.

Un petit sourire joua sur ses lèvres.

— Serais-tu sexiste, par hasard ?

— Toi non plus, tu ne m'aurais pas laissé.

— C'est vrai.

— Cet endroit, dit-il. Tu sais ce que ça me rappelle ?

Dee Dee hocha la tête.

— La brasserie de M. Marshall. L'odeur de bière éventée.

Il était stupéfait qu'elle s'en souvienne. Jojo Marshall avait été l'une des familles d'accueil d'Ash, pas la sienne. Ash était chargé de s'occuper des fermenteurs. Dee Dee était venue le voir là-bas et, comme lui, manifestement, ne s'était jamais remise de cette puanteur.

Elle commença à gravir l'escalier. Ash sauta quelques marches pour la devancer, mais elle lui barra le passage, l'air réprobateur. Il resta donc un pas en arrière. Ils ne croisèrent personne dans l'escalier. Au loin, on entendait vaguement une télé dont on avait monté le son au maximum.

En dehors de cela, pas un bruit.

En passant, Ash jeta un œil dans le couloir du premier étage.

Personne. Tant mieux.

Arrivée au deuxième, Dee Dee se tourna vers lui. Il hocha la tête. Tous les deux sortirent leurs armes. En les gardant près du corps. Comme ça, même si quelqu'un ouvrait sa porte, avec cet éclairage merdique il ne verrait peut-être pas qu'ils portaient des FN Five-seveN avec un chargeur de vingt cartouches chacun.

Ash frappa à la lourde porte métallique de l'appartement B.

Ils étaient prêts.

Pas de réponse.

Il frappa à nouveau. Toujours rien.

— Il y a forcément quelqu'un, chuchota Dee Dee. Puisqu'on a vu Greene entrer.

Ash contempla la porte blindée, conçue pour empêcher les effractions, mais clairement à l'encontre du bon sens. La porte même était en acier, mais l'encadrement était en bois.

Du bois pas très solide, compte tenu de l'état de l'immeuble.

Il leva son pistolet et fit signe à Dee Dee. Puis il donna un coup de pied à la hauteur du verrou.

Le bois céda comme si c'était un cageot.

La porte s'ouvrit. Ash et Dee Dee se ruèrent dans l'appartement.

Personne.

Juste deux matelas par terre, de part et d'autre de la pièce. Et des traces de sang séché sur le plancher. Très vite, Ash comprit qu'il s'était passé quelque chose de grave. Il regarda le sol. Se pencha.

— Quoi ? souffla Dee Dee.

— Du ruban jaune.

— Hein ?

— C'était une scène de crime.

— Ça n'a aucun sens.

Ils entendirent une porte s'ouvrir à côté.

Laissant tomber son arme sur le matelas, Dee Dee sortit précipitamment et referma ce qui restait de porte derrière elle. Un homme venait de sortir dans le couloir, un casque sur les oreilles, et de la musique si fort qu'on l'entendait à quatre mètres de distance.

Arrivé sur le palier, il s'apprêta à descendre. Il ne l'avait toujours pas vue, et elle se figea, priant pour qu'il ne tourne pas la tête.

L'homme se retourna, l'aperçut, enleva ses écouteurs.

Dee Dee le gratifia de son sourire le plus éblouissant.

— Bonjour, fit-elle.

Dans sa bouche, ce simple mot sonnait presque comme une invite.

— Je cherche Cornelius.

— Vous vous trompez d'étage.

— Ah bon ?

— Cornelius, c'est au premier. Appartement B.

— Suis-je bête.

— Ouais.

Il eut l'air de vouloir l'accompagner. Ce n'était pas une bonne idée. Dee Dee glissa la main dans sa poche arrière. Ses doigts trouvèrent le couteau à cran d'arrêt. Elle n'avait pas d'autre solution que de lui trancher la gorge. Vite et discrètement.

Dee Dee lui adressa un petit signe de la main.

— Merci pour votre aide. Bonne fin de journée.

L'homme hésita, mais son instinct sembla lui souffler qu'il ferait mieux de passer son chemin.

— Pareillement, dit-il en s'arrêtant.

Ils se regardèrent longuement, puis il tourna les talons et dévala les marches quatre à quatre. Dee Dee dressa l'oreille, au cas où il ferait halte au premier pour prévenir Cornelius. Mais il descendit jusqu'au rez-de-chaussée et poussa la porte couverte de tags.

Lorsqu'il fut parti, Ash sortit de l'appartement et

tendit son arme à Dee Dee. Il avait tout entendu. Sans bruit, ils redescendirent au premier. Ash colla l'oreille à la porte de l'appartement B.

Des voix. Ils étaient plusieurs.

Ash donna le signal. Son plan était simple. Faire irruption en tirant à tout-va. Tuer tous les occupants de l'appartement.

Il braqua son arme sur la serrure pour la faire sauter – la discrétion n'étant plus de mise – quand deux choses se passèrent simultanément.

Le bouton de porte tourna.

Et plus loin, dans le couloir, un homme hurla :
— Rocco, attention !

— Rocco, attention !

Tandis que Rocco ouvrait la porte, Simon entendit la première rafale.

On dit que le temps ralentit en cas de danger, un peu comme Neo capable de voir et d'esquiver les balles dans *Matrix*. Ceci est une illusion, bien sûr. Le temps est constant. Mais Simon avait lu quelque part que cette distorsion temporelle était due à notre capacité de stocker les souvenirs. Plus le souvenir est riche et étoffé – dans un moment de peur intense, par exemple –, plus l'événement lui-même s'étale dans la durée.

Ce phénomène explique également pourquoi, avec l'âge, le temps semble passer plus vite. Quand on est enfant, chaque nouvelle expérience laisse un souvenir marquant. En vieillissant, surtout quand on est confronté au train-train quotidien, les nouveautés sont rares, et le temps file à toute vitesse. Ainsi, pour un enfant, un été dure une éternité. Pour un adulte, il passe en un clin d'œil.

Le secret pour faire ralentir le temps ?

Les nouvelles expériences cassent la routine. Votre semaine de vacances a passé trop vite, mais seulement parce que vous en avez bien profité. En fait, ces journées ont été bien plus longues et plus agréables que l'habituelle semaine de travail.

En cet instant donc, lorsque Simon entendit Luther hurler entre les déflagrations, le temps parut patauger dans de la mélasse.

Rocco ouvrit la porte en grand.

Simon se trouvait à quelques pas de lui, si bien que son dos et ses larges épaules lui bouchaient la vue. Il ne voyait rien.

Mais il entendit les coups de feu.

Rocco eut un soubresaut. Il fut agité de convulsions comme s'il exécutait quelque danse macabre. Ses jambes l'entraînèrent en arrière.

Les balles continuaient à siffler.

Quand le géant finit par s'effondrer, l'immeuble trembla. Ses yeux grands ouverts fixaient le plafond. Sa poitrine était maculée de sang.

Simon vit alors l'embrasure de la porte.

Ils étaient deux.

Un homme d'une trentaine d'années s'était tourné vers sa gauche et tirait dans le couloir, sans doute en direction de Luther à présent silencieux. Une femme aux cheveux roux, plus jeune de quelques années, visa et tira deux autres balles dans la tête de Rocco.

Puis elle pointa son arme sur Cornelius.

Simon cria :

— Non !

Cornelius avait déjà réagi, mais la partie était perdue d'avance. La femme était trop près ; il lui offrait une cible facile.

Elle ne le raterait pas.

Simon se précipita vers elle en hurlant, dans l'espoir de détourner son attention, de faire gagner à Cornelius quelques dixièmes de seconde.

Juste avant qu'elle ne presse la détente, il poussa la porte de toutes ses forces, la cognant à l'avant-bras, juste assez pour fausser la trajectoire du tir.

Passant la main par l'ouverture, il voulut lui saisir le poignet. Il sentit sa peau sous ses doigts – une partie du bras probablement – et l'empoigna. Il la tenait, la tenait bien même quand quelqu'un, l'homme sans doute, se jeta contre la porte depuis le couloir.

Simon prit le battant en pleine figure.

Il perdit l'équilibre et trébucha sur le cadavre de Rocco.

La jeune femme pénétra dans l'appartement et braqua le canon de son arme sur Cornelius qui, tout en cherchant à dégainer son pistolet, se ruait vers la fenêtre donnant sur l'escalier de secours.

Mais il était trop tard.

Il n'avait aucune chance.

Simon n'aurait su dire si le temps avait ralenti ou si son cerveau fonctionnait en accéléré.

Une chose était claire. Ils ne s'en sortiraient pas tous les deux.

Il n'avait donc pas le choix.

Toujours à terre, il poussa la porte du pied pour la refermer sur la femme. Elle l'arrêta

nonchalamment de la pointe de sa chaussure.
C'était une piètre tentative de la part de Simon.

Sauf qu'elle lui fit gagner du temps.

Pas suffisamment pour stopper le carnage.

Mais assez pour s'élancer en titubant vers Cornelius.

Sa réaction surprit la femme. Elle s'attendait à ce que Simon fonce sur elle. Or il était parti dans l'autre sens. Sa manœuvre n'allait pas le sauver. Bien au contraire. Elle l'avait placé dans sa ligne de mire.

Son corps, c'était tout ce qu'il y avait maintenant entre Cornelius et les balles.

Elle tira.

Simon ressentit une douleur fulgurante au bas du dos.

Il ne s'arrêta pas.

Une autre balle l'atteignit à l'épaule droite.

Il se jeta sur Cornelius tel un ailier défensif du côté non protégé, l'enlaçant par la taille.

Puis il le propulsa vers la fenêtre.

Pour Cornelius aussi, le temps avait dû ralentir. Il ne résista pas à son instinct naturel. Tout en se laissant tomber, il dégaina son arme.

Les deux hommes basculèrent en arrière. La vitre vola en éclats.

Mais juste avant la chute, il visa par-dessus l'épaule de Simon et tira.

Au milieu du vacarme, Simon entendit un homme pousser un grognement et une femme s'écrier :

— Ash !

Cornelius et Simon, toujours enlacés, atterrirent

lourdement sur la grille métallique de l'escalier de secours, Cornelius sur le dos et Simon, desserrant son étreinte, au-dessus de lui.

Dans sa chute, Cornelius lâcha son pistolet, et Simon le vit tomber tout en bas, sur le bitume.

Un nouveau cri de femme, désespéré :

— Ash... non !

Les yeux de Simon se mirent à papilloter. Il sentit un goût cuivré dans sa bouche et comprit que c'était du sang. Il parvint à se dégager. Il voulut parler. Il voulut crier à Cornelius de se sauver. La rouquine n'avait pas été touchée et ne tarderait pas à rappliquer.

Mais les mots ne sortaient pas.

Il regarda Cornelius. Qui secoua la tête.

Il ne partirait pas.

Le tout – depuis que Rocco avait ouvert la porte pour faire entrer Luther – n'avait pas duré plus de cinq secondes.

La femme, dans la pièce, laissa échapper un hurlement guttural.

Et même dans son état, même s'il sentait la vie l'abandonner, Simon se rendit compte qu'elle se dirigeait vers eux.

Sauvez-vous, essaya-t-il de dire à Cornelius.

Rien à faire.

Il aperçut la rouquine à la fenêtre, le semi-automatique à la main.

Encore une fois, il n'avait pas le choix.

Profitant de ce qu'il lui restait de force – et peut-être de l'effet de surprise – il poussa Cornelius dans l'escalier métallique.

Son ami dégringola les marches en mode roulé-boulé.

Il aurait quelques bleus. Peut-être quelques côtes cassées.

Mais il ne mourrait pas.

Il n'y avait plus rien à faire maintenant. Simon entendit les sirènes qui se rapprochaient, mais elles arriveraient trop tard. Il s'affaissa sur le dos, croisant le regard vert de la jeune femme. S'il espérait y surprendre une lueur de doute, une étincelle d'humanité, lorsqu'il vit ses yeux, tout espoir l'abandonna.

Elle allait le tuer. Et elle y prendrait plaisir.

Se penchant par la fenêtre, elle pointa son arme sur lui.

Et tout à coup, elle disparut.

Quelqu'un, par-derrière, l'avait poussée par la fenêtre. Simon entendit un cri, puis le bruit sourd d'un corps percutant le sol.

Levant les yeux, il aperçut alors une autre femme... une femme âgée vêtue d'un étrange uniforme gris avec des bandes rouges. L'air inquiet, elle le rejoignit sur l'escalier de secours et tenta d'arrêter l'hémorragie.

— C'est fini, lui dit-elle.

Il voulut lui demander qui elle était et si elle connaissait Paige, mais sa bouche était pleine de sang. Il se sentait partir. Ses yeux se révulsèrent, mais il entendait toujours les sirènes.

— Nos enfants n'ont plus rien à craindre.

Puis tout devint noir.

38

Un mois passa.

Simon dut subir trois opérations, dix-huit jours dans le même hôpital qu'Ingrid, plusieurs perfusions de morphine et deux semaines (jusqu'ici) de rééducation. Il avait souffert et peut-être – curieux hommage à Elena Ramirez – boiterait-il toute sa vie, voire marcherait-il avec une canne, mais ses jours n'étaient pas en danger.

Cornelius s'en tira avec quelques hématomes et une entorse à la cheville. Rocco et Luther avaient été tués par balle. Ainsi que le tueur à gages nommé Ashley « Ash » Davis. Sa complice, une jeune femme du nom de Diane « Dee Dee » Lahoy, avait atterri sur la tête, se fracassant le crâne. Elle était toujours dans le coma, et tout portait à croire qu'elle allait y rester.

L'inspecteur Isaac Fagbenle s'efforça de tout lui expliquer, même si les différents services de police mettaient du temps à démêler l'écheveau. Il y était question d'une secte appelée le « Havre de la Vérité », d'adoptions clandestines et d'assassinats sur commande.

Mais les détails étaient plus que fumeux.

Pour ne rien arranger, Casper Vartage, le fondateur du Havre de la Vérité, était décédé de mort naturelle. Ses deux fils clamaient leur innocence et s'étaient entourés de meilleurs avocats pour les défendre. Il se pouvait, disaient les avocats, que Casper Vartage ait fait quelque chose, mais il était mort, et ses fils n'étaient au courant de rien.

— On les aura, promit Fagbenle à Simon.

Mais Simon n'en était pas si sûr. Les deux tueurs susceptibles de témoigner du rôle des fils Vartage étaient hors service. La police mettait tous ses espoirs dans la femme qui avait sauvé la vie de Simon et qui s'était présentée comme sous le nom de mère Adéona. Ils n'avaient pas réussi à trouver sa véritable identité. Et ils ne pouvaient pas l'inculper : son seul crime était de s'être portée au secours de Simon.

Ce n'était pas tout, évidemment. Quand Elena Ramirez avait exhumé l'affaire des adoptions illégales, Ash et Dee Dee, conclut la police, l'avaient supprimée. La caméra de surveillance d'un Cracker Barrel Old Country Store l'avait filmée en train de monter dans une voiture conduite par Dee Dee Lahoy. On supposait qu'ils l'avaient emmenée dans une cabane pour l'assassiner, mais son corps n'avait toujours pas été retrouvé. En découvrant les textos sur le portable d'Elena, les tueurs avaient décidé d'éliminer Simon. Autre chose, les demi-frères dont Aaron Corval avait appris l'existence s'étaient juré le secret tant qu'ils n'auraient pas identifié leur père. L'un d'eux, un certain Henry Thorpe, avait également localisé sa mère, une ancienne adepte de la secte, ce qui eut comme conséquence d'alerter les Vartage.

Mais ils étaient toujours sans nouvelles de Paige.

Le cinquième soir à l'hôpital quand, abruti de

douleur, Simon fit marcher à fond la pompe à morphine, il se réveilla, hébété, pour découvrir mère Adéona assise à son chevet.

— Ils étaient en train de massacrer tous les fils, lui dit-elle.

Simon le savait déjà, même si le mobile demeurait obscur. Peut-être que la secte cherchait à dissimuler son passé criminel de trafic de nouveau-nés. Ou peut-être que ces meurtres relevaient d'un quelconque rituel ou d'une prophétie abracadabrante. Personne ne semblait connaître la réponse.

— Je crois en la Vérité, monsieur Greene. C'est ma raison d'exister. Je l'ai servi presque toute ma vie. Je lui ai donné un fils, et la Vérité m'a promis qu'il serait l'un de nos prochains maîtres. Je l'ai élevé comme tel. J'ai eu un autre fils, et quand la Vérité m'a annoncé qu'il ne pourrait pas rester chez nous, je l'ai laissé partir tout en sachant que je ne reverrais jamais plus mon enfant.

Simon la contemplait à travers le halo brumeux des analgésiques.

— L'année dernière, je suis allée sur un site ADN pour essayer de le retrouver. Il n'y avait pas de mal à ça. C'était juste pour savoir. Je voulais…

Elle sourit presque.

— … savoir la vérité. Et j'ai découvert que mon fils s'appelle Nathan Brannon. Il a été élevé par Hugh et Maria Brannon, deux instituteurs, à Tallahassee en Floride. Il est sorti avec les honneurs de l'université d'État de Floride, a épousé son amour de jeunesse et a eu trois garçons : l'aîné a dix ans, puis des jumeaux qui ont six ans. Lui

461

aussi est devenu instituteur et, d'après ce que j'ai pu voir, quelqu'un de bien.

Simon tenta de se redresser, mais les médicaments l'avaient laissé sans force.

— Mon fils voulait me rencontrer, mais j'ai refusé. Vous pouvez imaginer à quel point cela a été dur ?

Simon secoua la tête et parvint à articuler :

— Non, je n'imagine pas.

— Voyez-vous, il me suffisait de savoir qu'il était heureux. C'était comme ça. C'est ce que voulait la Vérité.

Simon approcha sa main de la sienne. La femme la prit. Ils restèrent quelques minutes ainsi, dans la pénombre, parmi les bruits étouffés de l'hôpital.

— Puis j'ai appris qu'ils cherchaient à assassiner mon fils.

Elle chercha son regard.

— J'ai passé ma vie à courber le dos au nom de mes croyances. Mais... à force de se courber, on finit par casser. Vous comprenez ?

— Bien sûr.

— Je devais les en empêcher. Je ne voulais de mal à personne. Mais je n'ai pas eu le choix.

— Merci, dit Simon.

— Il faut que j'y retourne.

— Où ça ?

— Au Havre de la Vérité. C'est toujours ma maison.

Mère Adéona se leva.

— S'il vous plaît...

Simon déglutit.

— Ma fille sortait avec l'un de ces fils.

— J'ai appris ça.

— Elle a disparu.

— Je sais.

— S'il vous plaît, aidez-moi, fit-il. Vous avez des enfants. Vous pouvez me comprendre.

— Tout à fait.

Mère Adéona ouvrit la porte.

— Mais je ne sais rien de plus.

Et elle sortit de la chambre.

Une semaine plus tard, Simon supplia Fagbenle de le laisser consulter le dossier. L'inspecteur, par compassion sûrement, accepta.

Ingrid semblait aller mieux. De ce côté-là, ils entre-voyaient donc le bout du tunnel. Contrairement à ce qu'on voit à la télévision, on ne se réveille pas du coma d'un seul coup. C'est plutôt deux pas en avant, un pas en arrière. Ingrid avait repris connaissance et lui avait parlé brièvement à deux reprises. Dans les deux cas, elle avait fait preuve d'une lucidité rassurante. Mais c'était il y a plus d'une semaine. Depuis, rien n'avait bougé.

Simon continuait à potasser le dossier car la question principale restait sans réponse.

Où était Paige ?

Il chercha en vain pendant des jours, puis des semaines.

En fait, cela lui prit un mois.

Deux mois après la fusillade, lorsqu'il fut suffisamment rétabli, Simon prit l'autocar pour se rendre à Buffalo. Pendant les sept heures que dura le trajet, il regarda par la vitre avec l'espoir insensé d'apercevoir un quelconque indice.

Mais il ne vit rien de ce genre.

Une fois sur place, il tourna deux bonnes heures autour de la gare routière. Persuadé qu'il finirait par trouver quelque chose.

Il ne trouva rien.

Perclus de douleur – ce voyage était sans doute prématuré –, il remonta dans le car et, engoncé dans son siège, refit les sept heures de trajet dans l'autre sens.

Toujours en regardant par la vitre.

Et toujours sans résultat.

Il était presque deux heures du matin quand il arriva à Manhattan. Il reprit la ligne A jusqu'à l'hôpital. Bien que sortie des soins intensifs et placée dans une chambre particulière, Ingrid demeurait inconsciente. Il y avait une banquette dans sa chambre pour qu'il puisse passer la nuit à ses côtés. Certains jours, il se disait que Sam et Anya avaient besoin de lui. Mais la plupart du temps, il remontait jusqu'à Washington Heights, embrassait sa femme sur le front et s'endormait sur la banquette près de son lit.

Cette nuit-là cependant, deux mois après les événements, il y avait quelqu'un d'autre dans la chambre d'Ingrid.

Les lumières étaient éteintes ; il ne distingua donc que sa silhouette assise à côté du lit.

Les yeux agrandis, Simon se figea dans l'encadrement de la porte. Il plaqua sa main sur sa

bouche sans parvenir à étouffer ses cris. Ses genoux commençaient à flageoler.

Et Paige se retourna.

— Papa ?

Et il fondit en larmes.

39

Paige soutint son père et l'aida à s'asseoir sur une chaise.

— Je ne reste pas, dit-elle, mais ça fait deux mois.

Simon en était encore à essayer de reprendre ses esprits.

— Deux mois ?

— Que j'ai décroché.

Et ça se voyait. Son cœur fit un bond. Sa petite fille avait le teint pâle et les traits tirés, mais son regard était limpide et... Il sentit ses yeux déborder à nouveau, de joie cette fois, mais il réussit à contenir ses larmes.

— Je n'y suis pas encore, l'avertit-elle. Je n'y serai peut-être jamais. Mais ça va mieux.

— Donc depuis tout ce temps...

— Je n'étais au courant de rien. On n'a pas accès au téléphone ni à Internet. Pas de contacts avec la famille, les amis et le monde extérieur en général. Rien pendant deux mois complets. C'était ma seule chance, papa.

Simon était sans voix.

— Je dois retourner au centre. Je ne suis pas prête à affronter la société. On m'a donné vingt-quatre heures, et encore, parce que c'était un cas d'urgence. Il faut que j'y retourne. Même le peu de temps que j'ai passé ici a suffi pour que je commence à ressentir le manque...

— Tu vas y retourner, répondit Simon. Je t'emmènerai.

Paige regarda le lit de sa mère.

— Tout ça, c'est à cause de moi.

— Absolument pas, dit-il. Ôte-toi cette idée de la tête.

Simon se rapprocha de sa fille. Elle paraissait si fragile, si effroyablement fragile, qu'il craignait qu'un sentiment de culpabilité ne la fasse replonger.

— Ce n'est pas ta faute. Personne ne t'en veut, surtout pas ta mère et moi. OK ?

Elle hocha la tête d'un air mal assuré.

— Paige ?

— Oui, papa.

— Tu veux me raconter ce qui s'est passé ?

— Quand je suis revenue à l'appartement et que j'ai trouvé Aaron mort... je me suis cachée. Je pensais... Je pensais que la police m'accuserait de l'avoir tué. C'était affreux de le voir comme ça, mais quelque part, je me suis sentie libérée. Tu comprends ?

Simon acquiesça.

— Du coup, je suis allée dans ce centre.

— Et qui t'en avait parlé ?

Elle cilla, détourna les yeux.

— Paige ?

— J'y avais déjà séjourné.

— Quand ça ?

— Tu te rappelles le jour où tu m'as vue à Central Park ?

— Bien sûr.

468

— Avant ce jour-là.

— À quel moment ?

— Juste avant. Pour décrocher. Et ça marchait bien. C'est ce que je croyais. Mais Aaron m'a retrouvée. Il s'est glissé dans ma chambre une nuit pendant que je dormais et m'a shootée. Le lendemain, je me suis enfuie avec lui.

Simon était pris de vertige.

— Minute, tu étais en cure de désintoxication juste avant notre rencontre dans le parc ?

— Oui.

— Je ne comprends pas. Comment connaissais-tu ce centre ?

Paige se tourna vers le lit.

Il n'en croyait pas ses yeux.

— Ta mère ?

— C'est elle qui m'a emmenée là-bas.

Simon regarda Ingrid, comme si elle allait se réveiller subitement pour lui fournir des explications.

— Elle y avait été soignée, quand elle était jeune. Elle m'a dit qu'ils avaient une approche différente. Alors j'ai essayé. Et ça a marché. Ou pas. C'est facile de rejeter la responsabilité sur quelqu'un d'autre, mais peut-être que…

Simon encaissait ces révélations en s'efforçant de se concentrer sur l'essentiel : sa fille était revenue et elle était clean.

Il posa la question avec toute la douceur dont il était capable :

— Pourquoi maman ne m'a-t-elle pas dit qu'elle t'avait aidée ?

— C'est moi qui ai insisté pour qu'elle te le cache. Ça faisait partie de notre contrat.

469

— Mais pourquoi ne voulais-tu pas que je l'apprenne ?

Paige se tourna vers lui. Bouleversé par l'air malheureux de sa petite fille, il se demanda depuis combien de temps il ne l'avait pas regardée, vraiment regardée, comme il le faisait en cet instant.

— Ton expression, répondit-elle.

— Quoi ?

— Quand j'échouais avant, que je n'étais pas à la hauteur, ton expression, cet air déçu...

Elle s'interrompit, secoua la tête comme pour s'éclaircir les idées.

— Si j'échouais à nouveau et si je voyais la même expression dans tes yeux, j'avais décidé que je me tuerais.

Simon porta la main à sa bouche.

— Oh, ma chérie.

— Je suis désolée.

— Ne sois pas désolée. S'il te plaît. Je regrette de t'avoir donné l'impression que tu pouvais me décevoir.

Paige se grattait nerveusement les bras. On distinguait encore les traces de piqûres, même si elles commençaient à s'estomper.

— Papa ?

— Oui ?

— Il faut que j'y aille.

— Je vais te conduire.

En chemin, ils firent un saut à l'appartement. Paige réveilla son frère et sa sœur. Avec son iPhone, Simon filma les larmes de bonheur de

470

ses enfants lors de ces brèves mais intenses retrouvailles. Il montrerait cette vidéo à Ingrid. Qu'elle l'entende ou non dans son coma. Il la passerait en boucle pour elle et pour lui-même.

Le trajet en voiture fut long, mais cela ne le dérangea pas. Paige dormit durant les premières heures.

Laissant Simon seul avec ses pensées.

Et en proie à un tourbillon d'émotions contradictoires. Il était heureux et soulagé de retrouver Paige... une Paige clean par-dessus le marché ! Ce sentiment l'emportait sur tous les autres. Il s'y raccrocha et tenta d'ignorer le reste : l'angoisse de l'avenir, la tristesse d'avoir induit cette réaction chez sa fille, le désarroi face au silence d'Ingrid.

Comment avait-elle pu lui cacher une chose pareille ?

Comment avait-elle pu ne pas lui dire qu'elle avait emmené leur fille en cure de désintoxication ? Comment avait-elle pu continuer à se taire après leur rencontre dans le parc et son altercation avec Aaron ? Une chose était de tenir la promesse faite à son enfant. Cela pouvait se comprendre. Mais ce n'était pas ainsi que leur couple fonctionnait habituellement.

Ils se disaient tout.

Du moins, il le croyait.

Simon était en train de songer aux propos de Rocco, à la raison pour laquelle Luther avait tiré sur Ingrid, quand Paige se réveilla et chercha sa bouteille d'eau.

— Comment te sens-tu ? lui demanda-t-il.

— Ça va. Ça te fait loin, papa. J'aurais pu prendre le car.

— Certainement pas.

Simon la gratifia d'un sourire las que Paige ne lui renvoya pas.

— Tu ne peux pas venir me voir au centre. Pas de visites pendant encore un mois.

— OK.

Ils roulèrent quelques minutes en silence. Puis :

— Alors, comment ça s'est passé ?

— Quoi ?

— À la fin de ton deuxième mois, on t'a permis de nous recontacter ?

— Oui.

— Tu as su ce qui était arrivé ?

Paige hocha la tête.

— Ma psy l'avait vu aux actualités. C'est elle qui m'en a parlé.

— Quand ?

— Hier soir.

— Donc, ta psy était au courant et elle ne t'a rien dit ?

— C'était ma seule chance, papa. L'isolement complet. S'il te plaît, il faut que tu comprennes.

— Je comprends.

Simon changea de file.

— Tu sais qu'on est devenus amis avec ton ancien propriétaire, Cornelius ?

Paige se tourna vers lui.

— Il a sauvé la vie de ta mère.

— Comment ?

Il lui décrivit leur visite dans le Bronx, depuis

l'incursion dans son appartement jusqu'à la rencontre avec Rocco dans son sous-sol.

— Cornelius a été très gentil avec moi, dit Paige.

— Il nous a aussi dit qu'il t'avait croisée, le visage en sang, deux jours avant l'assassinat d'Aaron.

Paige se détourna pour regarder par la vitre.

— Aaron t'a battue ?

— Juste cette fois-là.

— Violemment ?

— Oui.

— Tu t'es donc enfuie. Et ensuite, d'après la police, ce tueur à gages lui a réglé son compte.

D'un ton faussement détaché, Paige répliqua :

— Sans doute.

À sa voix, il sentit qu'elle lui mentait.

Simon savait que l'hypothèse de la police concernant le meurtre d'Aaron Corval ne tenait pas la route. D'un côté, tout semblait s'emboîter à merveille. La secte cherchait à éliminer les garçons illégalement adoptés. Aaron Corval faisait partie de ces enfants ; il était donc l'une des cibles. Ash et Dee Dee étaient retournés sur place pour le tuer, lui, Simon.

Mais comment savaient-ils qu'ils le trouveraient là-bas ?

Il avait passé toutes les informations au peigne fin. À en croire les relevés de péage, la voiture d'Ash et Dee Dee ne s'était jamais trouvée à proximité de l'hôpital. Ils n'avaient donc pas pu le suivre.

Un autre détail l'avait chiffonné.

Un témoin, un locataire de Cornelius nommé

Enrique Boaz, affirmait avoir vu Dee Dee au deuxième étage juste avant la fusillade du premier.

Pourquoi ? Que faisait-elle au deuxième ?

Aux yeux de la police, ça ne voulait rien dire de particulier. Chaque dossier a ses incohérences. Mais ça obnubilait Simon. Alors il était retourné dans le Bronx et, accompagné de Cornelius, il avait interrogé Enrique jusqu'à ce qu'il découvre un indice potentiel.

Dee Dee se tenait devant la porte de l'appartement de Paige et d'Aaron.

Pourquoi ? Si vous aviez déjà tué Aaron, pourquoi retourner chez lui ? Pourquoi, comme Cornelius l'avait constaté après le départ des flics, avoir défoncé sa porte pour pouvoir entrer ?

Ça ne collait pas.

Sauf si c'était votre première visite.

— Paige ?

— Oui.

— Où es-tu allée après qu'Aaron t'a battue ?

— J'ai filé.

— Où ça ?

— Je... J'avais besoin d'un shoot.

Simon mit alors les pieds dans le plat.

— Tu n'as pas appelé maman ?

Silence.

— Paige ?

— Laisse tomber, s'il te plaît.

— Tu as appelé maman ?

— Oui.

— Et comment a-t-elle réagi ?

— Je...

Elle ferma les yeux.

— Je lui ai tout raconté. J'ai dit que je devais me cacher.

— Et quoi d'autre ?

— S'il te plaît, papa. Parlons d'autre chose.

— Pas tant que je ne saurai pas toute la vérité. Paige, la vérité ne sortira jamais de cette voiture. Jamais. Aaron était une racaille. Sa mort, c'est de la légitime défense. Il était en train de te tuer à petit feu. De t'empoisonner. Et quand tu as tenté de t'échapper, il est revenu pour t'empoisonner à nouveau. Tu comprends ?

Paige hocha la tête.

— Alors, que s'est-il passé ?

— Ce jour-là, Aaron m'a battue à coups de poing.

Simon sentit la rage monter en lui.

— Je n'en pouvais plus. Je me disais que le seul moyen de m'en sortir – d'être libre – serait que lui...

— ... ne soit plus là, acheva Simon à sa place.

— Il fallait que je rompe son emprise sur moi.

Elle avait les yeux rivés sur le pare-brise.

— Alors oui, papa, je l'ai tué. Un vrai carnage. Puis je me suis enfuie.

Simon serrait le volant si fort qu'il se sentait capable de l'arracher du tableau de bord.

— Papa ?

— Tu es ma fille. Je te protégerai toujours. Quoi qu'il arrive. Et je suis fier de toi. Tu cherches toujours à faire de ton mieux.

Paige se rapprocha de lui. Il l'enlaça tout en conduisant de l'autre main.

— Mais tu n'as pas tué Aaron.

Il la sentit se raidir sous son bras.

— On l'a assassiné deux jours après qu'il t'avait battue.

— Papa, s'il te plaît, laisse tomber.

Il aurait bien voulu, mais c'était trop tard.

— Tu as appelé ta mère, oui. Pour demander de l'aide.

Paige se blottit plus fort. Elle grelottait. Simon s'inquiétait pour elle, mais il ne pouvait plus faire machine arrière.

— Maman t'a dit de retourner au centre ce soir-là, n'est-ce pas ?

Sa voix était faible :

— Papa, s'il te plaît.

— Vois-tu, je connais ta mère, et j'aurais réagi de la même façon. Je serais venu te chercher pour te ramener dans ce centre de désintoxication, mais tant qu'Aaron était en vie – quel que soit le lien tordu qui vous unissait –, il t'aurait retrouvée. Aaron était un parasite qu'il fallait éliminer.

— Et c'est ce que j'ai fait.

Paige avait essayé de prendre un ton bravache et assuré, sans grand succès.

— Non, mon cœur, pas toi. C'est pour ça que Luther a tiré sur ta mère. Il l'a surprise cette nuit-là. C'est ce qu'il m'aurait révélé s'il n'avait pas été abattu. Luther l'a vue sortir de chez vous ; peut-être même qu'il a assisté à son exécution, je ne sais pas. Du coup, en revoyant ta mère chez Rocco, il a dû croire qu'elle était venue le tuer, lui aussi. Aaron travaillait pour Rocco, non ? C'est pour ça que Luther a tiré sur ta mère. C'est pour ça qu'il n'arrêtait pas d'invoquer la légitime défense.

Fagbenle avait eu raison sur toute la ligne :

« Le rasoir d'Occam. Vous connaissez ?

— Je ne suis pas d'humeur, inspecteur.

— Ça signifie...

— Je sais ce que ça signifie.

— ... que l'explication la plus simple est généralement la bonne.

— Et quelle est l'explication la plus simple, inspecteur ?

— Vous avez tué Aaron Corval. Vous ou votre femme. Je ne saurais vous le reprocher. Cet homme-là était un monstre. Il était en train d'empoisonner votre fille, de la tuer à petit feu. »

Il avait même remarqué qu'Ingrid aurait pu faire un saut dans le Bronx durant l'une de ses pauses. La caméra de surveillance l'avait filmée en train de sortir. Ingrid avait su choisir son moment. Un moment où elle était sûre de trouver Aaron seul.

— Paige ?

— Je ne pensais pas que maman allait le tuer. Elle se détacha de lui et se rassit, très droite.

— Je suis revenue à l'appartement et j'ai vu... Maman portait une blouse d'hôpital. Couverte de sang. Quand je l'ai aperçue, j'ai flippé et je me suis enfuie.

— Pour aller où ?

— Dans un sous-sol du même genre que celui de Rocco. J'ai pris deux shoots. J'y suis restée des heures. Je ne sais même pas combien. Et quand j'ai émergé, j'ai enfin compris.

— Compris quoi ?

— Que ma mère avait tué quelqu'un pour me sauver. On dit qu'il faut toucher le fond pour commencer à remonter. Je crois qu'on ne peut pas tomber plus bas que lorsque votre mère est obligée de tuer un homme à cause de vous.

Ils roulèrent en silence pendant quelques minutes.

— Comment se fait-il, demanda Simon, que ta mère n'ait pas appelé ton centre pour vérifier que tu y étais retournée ?

— Peut-être qu'elle l'a fait. Mais il m'a fallu plusieurs jours pour me décider à rentrer là-bas.

À ce moment-là, Ingrid était déjà dans le coma.

— Papa ?

— Oui, chérie ?

— On peut arrêter d'en parler maintenant ?

Simon marqua une pause.

— Si tu veux.

— Et ça ne sortira jamais de cette voiture ?

— Jamais.

— Ça concerne maman aussi.

— Comment ?

— Ne lui dis pas que tu sais, OK ? Laisse tomber, tout simplement.

40

Dans les semaines qui suivirent, alors qu'Ingrid commençait à se rétablir et que la vie reprenait son cours, Simon repensa à la promesse faite à sa fille.

Devait-il cacher à sa femme qu'il savait qu'elle avait commis un meurtre ?

Valait-il mieux continuer à vivre avec ce secret ?

De prime abord, la réponse était oui.

Et puis Ingrid fut suffisamment remise pour rentrer chez elle.

Les semaines devinrent des mois.

Des mois où il fit bon vivre.

Paige aussi semblait aller mieux. À tel point qu'on l'autorisa à retourner dans sa famille.

Sam regagna Amherst pour attaquer le nouveau semestre. Anya se débrouillait bien en classe. Simon avait repris le travail. Et bientôt, Ingrid retrouva ses patients.

La vie était en train de redevenir normale.

Mieux que ça, la vie était redevenue belle. Et lorsque la vie est belle, autant ne pas réveiller le chat qui dort.

Il y avait des rires et de la joie dans leur quotidien. Des promenades magnifiques dans Central Park. Des dîners avec des amis et des soirées au théâtre. Il y avait l'amour, la lumière, la famille.

Ingrid et Simon se réjouissaient tous deux du retour de Paige. Ils lui apportèrent tout le soutien nécessaire, tout en sachant que le démon qu'Aaron avait introduit dans son corps, aussi affaibli ou endormi fût-il, ce démon tapi dans l'ombre pouvait se réveiller à tout moment.

Car les démons ne meurent pas.

Et les secrets non plus.

C'était tout le problème. Il y avait plein de bonnes choses dans leur vie. Mais il y avait aussi le secret.

Un soir, pendant qu'ils se promenaient dans Central Park, Ingrid et Simon firent une halte à Strawberry Fields. D'ordinaire, Simon évitait cet endroit, où il avait vu Paige massacrer une chanson des Beatles. Laquelle, déjà ? Il ne s'en souvenait plus. Il n'avait pas envie de s'en souvenir.

Mais Ingrid voulut s'asseoir sur un banc. Par habitude, il lut l'inscription :

Ceci est pour Jersey, une gentille chienne qui serait heureuse de partager ce banc avec vous.

Ingrid lui prit la main et, regardant au loin, déclara :

— Tu es au courant.

— Oui.

— Tu comprends pourquoi j'ai fait ça.

Il hocha la tête.

— C'est comme si elle était en train de se noyer. Et chaque fois qu'elle refaisait surface, il l'entraînait à nouveau sous l'eau.

480

— Tu n'as pas à te justifier.

Il pressa sa main et la garda dans la sienne.

— Tu l'as prémédité, dit-il.

— À l'instant même où elle m'a appelée.

— Et les mutilations...

— ... c'était pour faire croire à un règlement de comptes entre dealers.

Le regard de Simon balaya les alentours avant de revenir vers elle.

— Pourquoi ne m'as-tu pas demandé mon aide ?

— Pour trois raisons.

— Je t'écoute.

— Primo, mon rôle est de te protéger. Parce que je t'aime.

— Moi aussi, je t'aime.

— Secundo, si je me faisais prendre, il fallait bien que tu restes libre pour t'occuper des enfants.

Simon ne put s'empêcher de sourire.

— Ça, c'est de l'organisation. Et tertio ?

— Je pensais que tu essaierais de m'en dissuader.

Il ne dit rien. Aurait-il pu, lui, échafauder un plan pour assassiner Aaron Corval ?

Il n'avait pas la réponse.

— Tu parles d'une aventure, observa-t-il.

Il contempla sa femme et se sentit submergé à nouveau.

— J'aime notre famille, dit Ingrid.

— Moi aussi.

Elle posa la tête sur son épaule comme elle l'avait déjà fait un million de fois.

Les moments de pur bonheur sont rares ici-bas. La plupart du temps, on en prend conscience après coup. Mais en cet instant, assis à côté de la femme qu'il aimait, Simon le sentit.

Et elle le sentit aussi.

C'était ça, le bonheur.

Et ça ne durerait pas.

Épilogue

La police d'État retrouva le corps d'Elena Ramirez presque un an après son assassinat.

Les obsèques eurent lieu à Chicago. Simon et Cornelius décidèrent d'y assister. Ils y allèrent en voiture.

Elena fut enterrée à côté d'un homme nommé Joel Marcus.

Ils passèrent la nuit dans un hôtel à la sortie de Chicago. Sur le chemin du retour, Simon demanda :

— Ça ne vous ennuie pas qu'on s'arrête à Pittsburgh ?

— Pas du tout, répondit Cornelius.

Puis, remarquant l'expression de Simon :

— Que se passe-t-il ?

— J'ai quelqu'un à voir, c'est tout.

Lorsqu'il frappa à la porte, un jeune homme lui ouvrit, risquant un coup d'œil à l'extérieur.

— Doug Mulzer ?

— Oui.

L'état physique et psychologique de Mulzer ne lui avait pas permis de retourner à Lanford College. Simon s'en moquait. Ou peut-être pas. Peut-être qu'il fallait en finir avec la vengeance une bonne fois pour toutes.

— Je suis Simon Greene. Le père de Paige.

De retour à New York, Simon déposa Cornelius et regagna les bureaux de PPG Gestion de patrimoine. La journée tirait à sa fin, mais Yvonne était encore là. Il la prit à part :

— Je crois que je connais le secret d'Ingrid.

Ce soir-là, quand il entra dans son immeuble, Suzy Fiske l'attendait en retenant la porte de l'ascenseur. Elle l'accueillit d'un grand sourire et d'un baiser sur la joue.

— Je vois que Sam est rentré d'Amherst, lui dit-elle.

— Oui, il est en vacances à partir de ce soir.

— Vous les avez donc tous les trois à la maison ?

— Oui.

— Ça doit faire chaud au cœur.

Simon sourit.

— C'est vrai.

— Et j'ai appris que Paige s'était inscrite à l'université de New York.

— Oui. Mais elle va habiter ici.

— Je suis vraiment heureuse pour vous tous.

— Merci, Suzy. Je sais, je vous ai déjà remerciée un million de fois...

— Et vous m'avez offert un bon-cadeau pour RedFarm. C'était trop généreux de votre part. On y a déjà mangé quatre fois au moins.

L'ascenseur s'arrêta à l'étage de Simon. En entrant, il entendit « Zombie » dans la version des Bad Wolves diffusée par l'enceinte Bluetooth de la cuisine. Ingrid était en train de chanter le refrain :

— *What's in your head, in your head, zombie...*

Simon s'adossa au chambranle de la porte. Se retournant, elle lui sourit.

— Ton voyage s'est bien passé ?

— Oui. C'était triste.

— Ton fils est là.

— Il paraît. Qu'est-ce que tu nous mitonnes ?

— Ma fameuse recette de saumon à l'asiatique. Son plat préféré.

— Je t'aime, dit-il.

— Je t'aime aussi.

— Où est Paige ?

— Dans sa chambre. On dîne dans cinq minutes, OK ?

— OK.

Il alla frapper à la porte de sa fille.

— Entre, fit-elle.

Elle avait toujours le teint pâle et les traits tirés, et il se demandait si elle irait mieux un jour. Il y avait eu des nuits difficiles, des suées, des cauchemars et des larmes. C'était un combat permanent, et il n'était pas certain que Paige le remporterait. Simon connaissait les risques. Il s'était souvent interrogé sur l'influence qu'Aaron avait eue sur elle, sur le lien étrange qui les unissait. Mais, comme le disait Fagbenle, l'explication la plus simple était souvent la bonne.

— Je n'ai jamais compris comment tu étais entrée en contact avec Aaron, lui dit-il. Elena Ramirez a vu le test ADN de Henry Thorpe. Avec la liste de ses demi-frères, dont faisait partie Aaron. Toi aussi, tu as fait un test ADN, n'est-ce pas ?

— Oui.

— Je ne comprenais pas comment tu avais pu

t'attacher à un personnage aussi peu fréquentable qu'Aaron.

Paige, qui était en train de sortir un sweat à capuche de son tiroir, suspendit son geste.

— Tu sais quel détail m'a frappé dans ton appartement de Bronx ? poursuivit-il. Les deux matelas d'une personne... un de chaque côté de la pièce.

Il écarta les mains.

— C'est quoi, ce jeune couple qui ne partage pas un lit ?

— Papa...

— Laisse-moi terminer, OK ? Aujourd'hui, je suis passé voir Doug Mulzer à Pittsburgh. Il faudra qu'on en parle un jour, de ce qu'il t'a fait, ou peut-être que tu l'as déjà abordé en thérapie.

— Oui.

— OK, seulement, vois-tu, il a été agressé. Sauvagement. Doug m'a parlé d'un homme cagoulé. C'était Aaron, n'est-ce pas ?

— Oui. Je n'aurais pas dû lui raconter ce qui s'était passé.

— Alors pourquoi l'avoir fait ?

Paige ne répondit pas à cette question.

— Les choses sont devenues beaucoup plus claires pour moi quand Mulzer m'a répété ce qu'Aaron lui avait crié pendant qu'il le tabassait.

Paige avait les larmes aux yeux. Tout comme Simon.

— « Personne ne touche à ma sœur. »

Les épaules de Paige s'affaissèrent.

— Quand tu as fait ce test ADN, tu as découvert qu'Aaron était ton demi-frère, mais pas du côté de ton père.

Simon s'était mis à trembler.

— Vous aviez tous les deux la même mère.

Il fallut à Paige quelques secondes pour lever le menton et le regarder.

— Oui.

— J'ai vérifié auprès de ta tante Yvonne. Le grand secret de maman ? Elle n'a pas fait de mannequinat à l'étranger quand elle avait dix-sept ans. Elle est tombée sous l'emprise d'une secte. Et s'est retrouvée enceinte de leur gourou. On lui a dit que son bébé était mort-né. Elle pensait qu'ils l'avaient peut-être tué. Elle est devenue suicidaire. Tes grands-parents l'ont sortie de là et pour la libérer de cette dépendance mentale, ils l'ont envoyée dans le centre où elle t'a emmenée faire ta cure.

Paige traversa la chambre pour aller s'asseoir sur son lit. Simon la rejoignit.

— Il était très mal, dit-elle. Son père abusait de lui depuis qu'il était petit.

— Aaron ?

Elle hocha la tête.

— Mets-toi à ma place. J'ai été agressée par Doug Mulzer, puis j'ai fait ce test ADN... et c'est comme si toute ma vie n'avait été qu'un tissu de mensonges. J'étais perdue, déboussolée, j'avais peur. Et voilà que j'avais un nouveau frère. On discutait pendant des heures. Je lui ai parlé de l'agression, et il a pris les choses en main. C'était horrible, mais, quelque part, je me suis sentie protégée. Puis il m'a fait mon premier shoot et je... j'ai aimé ça. Non, pas aimé, adoré. Ça m'a permis de m'évader. Il a recommencé, encore et encore...

487

Elle s'essuya les yeux.

— À mon avis, il savait ce qu'il faisait.

— Comment ça ?

— Je pense qu'Aaron était content d'avoir une sœur. Il ne voulait pas me perdre. Du coup, il fallait que je reste accro pour ne pas l'abandonner. Et peut-être... peut-être qu'il voulait se venger de sa mère biologique. Il était l'enfant qu'elle avait laissé tomber. Pourquoi ne pas détruire celle qu'elle avait gardée ?

— Et tu n'en as jamais parlé à ta mère ?

— Si.

Paige prit une grande inspiration.

— Je suis rentrée à la maison et j'ai demandé à maman si elle avait eu un enfant avant moi. Elle a dit non. Je l'ai suppliée de me dire la vérité. Elle a fini par craquer. Elle m'a parlé de la secte. Et de ce qui lui était arrivé. Du bébé mort-né. J'ai pensé qu'elle me mentait à nouveau. Mais ça m'était égal. J'étais devenue une junkie. Tout ce qui m'intéressait, c'était mon prochain shoot. Du coup, je lui ai volé ses bijoux et je suis retournée chez mon frère.

Ce lien tordu, malsain, avait été forgé dans le sang.

— Tu m'as dit que tu avais compris que tu avais touché le fond.

Simon sentit quelque chose se durcir dans sa poitrine. Le souffle lui manquait.

— Qu'à cause de toi, ta mère avait tué quelqu'un.

Paige ferma les yeux, serrant les paupières de toutes ses forces, comme pour s'extraire de la réalité.

— Mais elle n'a pas tué n'importe qui...

Ils savaient tous deux ce qui allait suivre. Les yeux toujours fermés, Paige se préparait à encaisser le coup.

— ... Elle a tué son propre fils.

— On ne peut pas lui dire ça, papa.

Simon secoua la tête, repensant à sa conversation avec Ingrid sur ce banc à Central Park.

— Assez de secrets, Paige.

— Papa...

— Ta mère m'a avoué avoir tué Aaron.

Lentement, Paige se tourna vers lui. Jamais elle n'avait eu le regard aussi clair.

— Ce n'est pas pareil. Ce secret-là va l'anéantir.

À travers la porte, ils entendirent Ingrid appeler d'une voix chantante :

— Le dîner est prêt ! À table, tout le monde.

— On ne peut pas lui dire, papa.

— Ça va resurgir un jour ou l'autre. Elle est peut-être déjà au courant.

— Non, répliqua Paige. Les archives de l'adoption ont disparu. On est les seuls à savoir.

Ils allèrent dans la cuisine. Tous les cinq – Simon, Ingrid, Paige, Sam et Anya – prirent place autour de la table. Sam commença à leur décrire son nouveau camarade godiche du cours de psycho. L'histoire était drôle. Ingrid riait aux larmes. Elle croisa le regard de Simon. Son regard à elle semblait dire : « Tu imagines la chance qu'on a ? » Ceci aussi était un moment de bonheur. Plus précieux encore parce qu'il était partagé avec leurs enfants. C'était un moment de pur bonheur, et ils avaient la chance de le vivre en conscience.

Simon échangea un coup d'œil avec Paige.

Leur secret était attablé entre eux.

S'il gardait le silence, ce secret ne les quitterait jamais.

Et quel serait le moindre mal : vivre en permanence avec ce secret ou révéler à la femme qu'il aimait qu'elle avait assassiné son propre fils ?

La réponse semblait évidente. Les choses pourraient changer demain. Mais, aujourd'hui, il savait ce qu'il avait à faire.

Simon ne s'était peut-être pas interposé entre la balle et Ingrid quand Luther avait tiré sur elle. Mais il le faisait maintenant, dût-il en souffrir pour le restant de ses jours. En écoutant le rire mélodieux de sa femme, il comprit qu'il était prêt à payer le prix fort pour continuer à l'entendre jour après jour.

Il se fit donc une promesse solennelle. Il n'y aurait plus de secrets entre eux. Plus jamais.

Sauf celui-là.

Remerciements

L'auteur (qui de temps à autre, aime à parler de lui à la troisième personne) voudrait remercier, dans le désordre, les personnes suivantes : Ben Sevier, David Eagleman, Rick Friedman, Diane Discepolo, Selina Walker, Anne Armstrong-Coben et, bien sûr, les gars du BMV Group – Pieter van der Heide, Daniel Madonia, et John Byren – qui l'ont aidé à comprendre le travail de Simon.

L'auteur, c'est-à-dire moi-même, remercie par ailleurs Manny Andrews, Mariquita Blumberg, Louis van de Beek, Heather Grewe, Maish Isaacson, Robert et Yvonne Previdi, Randy Spratt, Eileen Vaughn, et Hudy Zyskind. Ces personnes (ou leurs proches) ont contribué généreusement aux œuvres caritatives de mon choix pour voir leur nom figurer dans ce livre. Si vous voulez participer dans les prochaines parutions, n'hésitez pas à vous rendre sur le site harlancoben.com ou envoyez un email à l'adresse giving@harlancoben.com, pour plus de précisions.

Composition et mise en pages
Nord Compo à Villeneuve-d'Ascq

Cet ouvrage a été imprimé par
CPI Bussière à Saint-Amand-Montrond
pour le compte de France Loisirs
en février 2019

Numéro d'éditeur : 93742
Numéro d'imprimeur : 2041787
Dépôt légal : mars 2019

Imprimé en France